반 역 자

– 백야 속 그림자 –

반역자: 백야 속 그림자

초판 1쇄 발행   2015년 3월 27일

지은이   김 필 립
펴낸이   손 형 국
펴낸곳   (주)북랩
편집인   선일영   편집   이소현, 이탄석, 김아름
디자인   이현수, 김루리, 윤미리내   제작   박기성, 황동현, 구성우
마케팅   김회란, 박진관, 이희정
출판등록   2004. 12. 1(제2012-000051호)
주소   서울시 금천구 가산디지털 1로 168, 우림라이온스밸리 B동 B113, 114호
홈페이지   www.book.co.kr
전화번호   (02)2026-5777   팩스   (02)2026-5747

ISBN   979-11-5585-514-0 04810(종이책)   979-11-5585-515-7 05810(전자책)
            979-11-5585-541-6 04810(SET)

이 도서의 국립중앙도서관 출판예정도서목록(CIP)은 서지정보유통지원시스템 홈페이지(http://seoji.nl.go.kr)와
국가자료공동목록시스템(http://www.nl.go.kr/kolisnet)에서 이용하실 수 있습니다.
(CIP제어번호 : CIP2015008724)

백야 속 그림자

김필립 장편소설

북랩 book Lab

반역자란 과연 누구인가?

동학농민운동부터 6월 민주화 항쟁까지 남한 내 지배층에 대한 저항의 역사는 긴 뿌리를 자랑한다. 세 번의 독재 정권을 스스로 무너뜨리며 직선제를 쟁취했다. 혹자는 산업화와 민주화를 동시에 이룬 자랑스러운 역사를 가진 나라라 칭한다. 분명 동아시아의 경쟁국인 일본과 중국과 비교한다면 쾌거임에 틀림없다. 적어도 세 번 이상 정권을 뒤엎어버리고도 민주주의를 유지하는 유일한 나라인 대한민국은 적어도 동아시아의 민주 선진국이다.

IMF를 기점으로 대한민국은 후기 남한 사회와 전기 남한 사회로 나눌 수 있다. 신자유주의 물결의 도래와 함께 자의든 타의든 세계화라는 큰 흐름 속에 편입되었다. 권력은 군대에서 정치권으로 그리고 종국엔 기업으로 넘어가게 되었다. 그러나 이러한 흐름 속에서도 지난 60년간 변하지 않는 한 가지 공식이 남아 있다.

빨갱이 프레임은 수십 년간 남한 사회의 아킬레스건이었고 권력자들의 지배 논리로서 사용되어왔다. 반면 대한민국 진보 운동은 빨갱이 프레임을 극복하지 못했기에 실패했다. 프레임 속에 갇혀버린 정치로 인해 복지와 사회적 균등 그리고 정책에 대한 진지한 논의는 사장되고 말았다. 무엇보다 정치적 철학의 부재가 가장 큰 문제이다. 작금에는 정체성의 혼란마저 앓고 있다. 빨갱이 프레임은 손쉬운 양날의 검을 제공했지만 결국 국가의 백년대계를 위한 장기적 토대는 사라지고 말았다.

그럼에도 북한의 존재는 실로 위협적이다. 수백만의 인민을 아사시키며 3대 독재 세습을 통해 2천만 북한 주민을 옥죄는 범죄 집단이다. 그들은 호시탐탐 남한의 자유민주주의를 파괴하려는 음모를 가진 적대 집단이다. 간첩의 존재 또한 부정할 수 없다. 실제로 그들은 탈북을 가장한 남한 침투, 땅굴, 수중, 철책 절단 등의 과감한 대남 공작 활동을 벌여왔다. 급기야 대한민국의 영토를 공격하는 도발을 자행했다.

남한 내 간첩은 반드시 있다. 그들은 어딘가에서 지금도 사회적 분열을 야기하고 있다. 이들은 반드시 처단되어야 한다. 그러나 이를 정치적으로 이용해서는 안 된다. 북풍과 선동은 진짜 간첩들에게 좋은 방패막이를 제공한다. 더 나아가 빨갱이 프레임은 비겁한 자들에게 은신처를 제공하고 진짜 빨갱이들에게는 정치적인 선동 도구를 쥐어 주는 꼴밖에 되지 않는다.

민주주의의 성숙은 체제의 결속으로 판단되지 않는다. 언제든 다른 선택이 가능할 때 민주주의는 건강한 것이다. 빨갱이 프레임 하에 한 가지 선택을 강요하는 사회는 절대 민주적이지 않다. 그것은 김씨 왕조의 세습 독재와 피차 다를 것이 없다. 우리는 민주주의를 파괴하는 그 어떠한 적에 대해서도 잘못되었다고 목소리를 낼 수 있어야 한다. 그리고 민주주의를 해하려는 어떠한 시도에 대해서도 무력을 가할 수 있어야 한다. 그 적은 오직 북쪽에만 있는 것이 아니다.

우리 사회엔 두 종류의 반역자가 있다. 교묘히 체제를 전복하려는 외부의 반역자와 체제 내부에 숨어 결속을 주장하지만 실제론 민주주의를 갉아먹는 내부의 반역자가 그들이다.

진짜 빨갱이는 생각보다 가까이에 있다.

목차

인물관계도

• 이성환 국장 국정원의 이단아

전형적인 출세 가도형 인물로서 국정원의 대북1팀의 국장을 역임하고 있다. 잔혹한 성격과 동시에 계산이 빠르며 협박이 특기이다. 본래 한 차장과 같은 차장 직급에 있었다. 그러나 북한 정찰총국 요원들의 주중 미 대사관 침투 사건을 미연에 방지하여 고속 승진하였다. 대통령의 신임을 받으며 국정원 내에서도 대북통으로 통하여 무소불위의 권력을 휘두른 장본인이다. 그러나 641부대 작전의 실패로 인해 궁지에 몰린다. 궁여지책으로 청와대의 희생양 몰이를 피하기 위해 자신의 심복 정 팀장에게 비밀 지령을 내리게 된다. 나이는 40대 후반이며 은색 무테안경을 즐겨 쓰며 흡연은 습관이다. 그의 사무실은 늘 니코틴으로 절어 있다.

• 한 팀장 한 차장의 비수

정 팀장의 입사 동기 사원으로서 이 국장의 또 다른 끄나풀이다. 성격이 조용하며 내성적이다. 대사관 사건 이후 이 국장이 정 팀장을 자신의 후계자로 키우는 것을 확인한 뒤 실망한다. 그 후 이 국장의 라이벌인 한 차장에게 연이 닿으면서 이 국장의 일거수일투족을 보고하고 있다. 특히 정 팀장에게 내린 비밀 지령을 한 차장에게 전달하는 데 큰 도움을 준다. 이후에도 국정원 내부의 정보들을 한 차장에게 돌리는 등의 행동을 보이며 이 국장을 견제하고 있다. 열등감이 심하며 특히 피해의식이 강하다. 표현은 잘 하지 않지만 뒤끝이 심하다.

• 김태식 국정원장, 낙하산의 귀재

전형적인 낙하산 인사로서 대통령의 선거 로비를 적극적으로 도왔다. 김해김씨 집안의 종친으로서 경상도 일대에서 막강한 지역적 기반을 유지하고 있다. 그러나 집안 배경과 달리 본인은 소극적이며 내성적인 성격이 강하다. 말수가 적으나 판을 보는 것에는 탁월한 능력을 지녔다. 신체적으로는 축농증이 심하여 코를 심하게 훌쩍이는 고질병을 갖고 있다. 몇 차례의 수술을 받았으나 증세가 심하여 말을 할 때 가끔씩 더듬는 경향이 있다. 그의 보좌관 중에서는 그가 고도의 집중력을 발휘하여 정상적으로 말하는 경우도 보았다고 한다.

• 한연수 차장 이 국장의 연적

팜므파탈의 장본인으로서 비상한 머리와 뛰어난 수완을 발휘하여 차장으로 고속 승진을 하였다. 사무직에서도 성과의 탁월한 능력을 발휘하여 최단 시간 내 현장직으로 발탁되었다. 암호알고리즘 박사학위를 비롯하여 각종 전자 장비에 해박한 지식을 자랑한다. 또한 국내 여성 최초로 네이비 실 위탁 교육을 비롯하여 각종 특수전 교육을 이수하여 월등한 체력을 자랑한다. 그러나 이성환 국장에게 대북 프로젝트를 빼앗긴 이후로는 좌천되다시피 하였다. 이후로는 청와대 김대진 실장을 통해 이 국장을 견제하며 복수의 칼날을 갈고 있다.

• 미성 한 차장의 정보원

한연수 차장의 심복으로서 그녀를 자신의 모친처럼 아끼는 심성의 소유자이다. 한 차장처럼 고아로 자라 연변과 지린성 등지를 전전하였다. 한연수 차장의 두만강 작전 당시 조선족 정보원으로서 발탁되었다. 작전 이후에는 국내 군사기관에서 위탁 교육을 받아 한 차장에게 대북 관련 정보를 넘겨주는 요원으로 활동 중이다. 한 차장에게 매달 일정 금액을 송금받아 생계를 유지하고 있으며, 그녀에게 북한 국경 주변의 상황 및 중국 공안과 관련된 기밀들을 넘겨주는 역할을 하고 있다. 641스캔들 이후에는 한 차장을 위기에서 탈출할 수 있도록 돕는다.

• 최태환 중위 641부대 특수전 교관

앞날이 유망한 육사 출신으로서 특수전에 해박한 지식을 갖추었다. 또한 상황 돌파에 있어 비상한 능력을 보여주어 641부대 교관 면접 당시 창의성 부분에서 만점을 받았다. 혹자는 그가 군인의 길을 걷지 않았다면 수학자나 물리학자가 되었을 것이라고 할 정도로 논리적이며 계산에 능하다. 그는 일면식도 없는 부모가 남긴 부채의 늪에 허덕였기에 군인의 길은 필연적이었다. 641부대원들을 훈련시킨 장본인이며 훗날 이 국장의 부름을 받고 정 팀장 일행에 합류하게 된다. 이후 진실을 알게 된 뒤엔 전우들을 위한 복수를 계획하게 된다.

• 김재연 의원 청와대 저격수

야당 국회의원으로서 겉과 속이 다르며 내연 관계가 복잡한 인물이다. 여당 저격수를 자처하며 청문회 스타가 되려 한다. 그러나 실질적으론 타협주의에 가까운 인물이며 국방위 소속임에도 불구, 다른 곳에 관심이 더 많아 다른 의원들의 눈초리를 사고 있다. 청와대 수석실장과는 사이가 매우 안 좋으며 국회의 이단아로 불리고 있다. 훗날 최 중위와의 만남을 통해 사건의 진실을 파헤치려는 데 앞장서나 그 한계를 깨달으며 좌절한다. 이후 차기 정권의 대선 후보로서 자리매김하나 비운의 운명을 맞게 된다.

• 유길재 수석실장 엘리트 정치 관료

사법고시를 우수한 성적으로 패스하나 연수원 성적이 좋지 못해 검사의 길을 접었다. 이후 변호사 생활을 하며 부를 축적하였고 탈세에 능하다. 고위 공무원의 추천으로 행안부 국장 자리를 역임한다. 이후 도지사까지 역임하며 승승장구하였고, 정권 탄생에 기여한 공신으로서 청와대 수석실장을 하게 된다. 비상한 머리를 갖고 있어 콜롬비아 대학교에서 경제학 박사학위를 받는 등 학구열도 남다르다. 인사 청문회 당시 자식의 위장 전입과 부동산 투기 그리고 과도한 수임료에 대해 태클을 받았으나 화려한 언변술과 로비로 무사히 넘긴다. 이후 641부대와 관련된 청와대의 모든 개입 증거를 없애려 하나 이 국장과 최 중위의 방해와 견제로 그들과 대립각을 세우게 된다.

• 신재민 재판장 공정한 심판자

헌법재판소장으로서 사법계의 명망 높은 검사 출신이다. 전형적인 엘리트 코스 출신의 소유자이며 현대판 포청천이라는 별명을 가질 만큼 청렴하고 공정한 판결로 유명하다. 그러나 간통죄 위헌 결정을 내린 장본인으로서 일부로부터 지탄을 받고 있다. 641부대 스캔들 이후에는 민주주의를 위해 자신의 기득권을 포기하는 면모를 보여준다. 이후 여당에 의해 차기 대선 후보로 손꼽히게 된다. 성격상 조용하고 강직한 모습을 지녔으며 불의에 대해 타협하지 않는 곧은 성미를 지니고 있다. 훗날 민주화의 상징이 된 김재연 의원과 대권을 놓고 경쟁하게 된다.

• 김기섭 반장 헌병대 수사과장

헌병대 수사과장으로서 90년대 중반부터 한곳에서 수사과를 맡아온 터줏대감이다. 술을 좋아하며 칼퇴근이 특기인 인물이다. 속내를 알 수 없으며 특유의 웃음을 지으나 그것이 무엇을 의미하는지 아는 사람은 아무도 없다. 이후 헌병대로 들어온 정한성 팀장과 탐색전을 벌이며 대립각을 세우나 협력 관계로 돌아선다. 그러나 스캔들 이후 그를 배신하여 오명을 쓰나 귀환한 정한성 팀장을 상대로 다시 협력을 재개하게 된다. 영원한 적도 아군도 없다는 말을 실천하는 인물로서 맺고 끊음이 자유로우며 선악의 구분 경계 없이 이익을 가장 중시하는 인물이다.

• 김상현 중사 베일의 존재

김 반장의 직속 부하로서 헌병대 수사팀장을 맡고 있다. 김 반장의 괴팍스러운 성격을 받아내는 유일한 인물이며 소극적이고 조용한 면모를 지녔다. 혹자는 그가 지능이 약간 모자를 정도로 바보 티가 많이 난다고 하지만 나름 생각이 있으며 사색을 즐기는 사람으로 알려져 있다. 641부대 사건 이후 정 팀장을 감시하는 역할을 맡게 되나 김 반장의 변덕스러운 성향으로 인해 한 일을 계속해서 하지는 못한다. 김 반장을 원망하는 듯한 모습보다는 혼자서 삭이는 모습이 주로 관찰되는 인물이다.

• 한민규 중사 예민한 자

기무사 출신의 요원으로서 기간제 요원이다. 본래 전방 사단 근무자였으나 기무사로 보직을 옮긴 이후에는 주로 특정 시설 경호 및 위험인물 감시 등이 주요 업무였다. 이후 기무사 김 과장의 요청으로 인해 국정원 소속 정 팀장의 지휘를 받게 된다. 신경이 매우 예민한 것이 특징이며 능청스러운 말주변과 쉽게 쉽게 인간관계를 만드는 능력을 지녔다.

• 김찬성 대리 다혈질 싸움꾼

뱃사공의 아들로서 우직한 것이 특징이며 시원시원한 성격에 다혈질이다. 그러나 논리적인 면에서는 타의 추종을 불허하는 면모를 지녔다. 그 역시 기무요원으로 활동하였으나 기무사 김 과장의 추천으로 정 팀장 휘하에 배속된다. 정 팀장과는 사이가 좋지 않으며 배 계장과 사이가 원만하다. 말에 쉽게 상처받는 편이며 뒤끝이 심하다. 특히 의리를 중시하며 자신에게 해가 될 경우 극도로 혐오하는 특성을 지녔다.

• 배상철 계장 사이코 프로파일러

그의 부친이 사단장이라는 사실을 제외하고 그에 대해 알려진 것은 없다. 그가 군무원이라는 명찰을 제외한다면 공식적인 위치도 알 수 없다. 그가 과연 정상인인지 분간하기 힘들다. 사람을 뚫어보는 능력을 지녔으며 심리학에 있어선 대가라고 할 수 있을 정도로 거짓말과 의중을 잘 읽어내는 특성을 지녔다. 고집이 세며 귀찮은 것을 싫어한다. 자신이 원하는 것은 무조건 이루어야 성미가 풀리는 특성을 지녔다. 말대꾸가 심하며 남을 배려하지 않는 것이 그의 본 모습이다. 특히 남을 존중하기보다는 깔아뭉개는데 특화된 인물이다. 그러나 그런 자신을 받아내는 정 팀장을 신뢰하고 따르는 편이다.

• 최원석 중사 강직한 남자

641부대사건에 연루된 해당 통문의 통문장이다. 매사에 뚱한 표정을 짓고 있으나 고집 하나만큼은 황소 부럽지 않을 정도로 강하다. 그 역시 격식과 예의에 민감하다. 사건 당시 최 중위와 밀약을 나누었다고 알려진 것이 전부이다. 부대 내에서의 경고와 눈초리로 인해 사건 취조 당시 미온적인 반응을 보인다.

• 김대진 실장 기회를 엿보는 자

유길재 수석실장의 부하로서 청와대 보안을 담당하고 있다. 직책상 실장 자리를 유지하고 있으나 실질적인 일은 사무관 업무를 보고 있다. 털털한 성격이나 때로는 차가우며 날카로운 특징을 보인다. 한 차장과는 내연 관계를 유지하였으나 얼마 전 청산하였다. 그러나 이 국장이 641부대와 관련된 공작을 펼치고 있다는 한 차장의 말에 그녀와 다시 손잡게 된다. 수석실장 모르게 공을 세우려 하나 모든 것에서 항상 늘 펑크가 나며 제대로 일을 추진하지 못하는 습성을 지녔다. 그러나 기회를 잘 포착하는 하이에나 같은 본성을 지닌 것이 특징이다.

• 정한성 팀장 어른이 된 데미안

고아 출신으로서 이 국장에 의해 눈에 띄어 그의 보호를 받게 된다. 이후 이 국장이 그 스스로 그의 후견인을 자처하면서 고급 정보원으로서의 기틀을 마련해 간다. 작은 일부터 철저히 이 국장에 의해 길러지며 그의 심복이 된다. 대사관 임무 당시엔 연수한 차장의 기밀 서류들을 빼돌리는 결정적 역할을 하였으며 이 국장의 승진에 기여한다. 641부대사건 이후 그에게 비밀 지령을 받고 철원으로 가나 리더십의 부재로 인해 위기를 겪게 된다. 훗날 진실을 알게 된 후엔 최 중위와 함께 복수극을 벌이게 된다.

반역자

심야의 총성

GOP의 새벽 상황실엔 정적이 감돌았다. 가끔 걸려오는 전화를 제외하곤 그 누구도 고개를 들거나 소리를 내지 않았다. 왜소한 체구에 무테안경을 쓴 CCTV병은 닭 모이 먹듯 꾸벅꾸벅 졸고 있었다. 맞은편에 앉아 있던 상황병은 지루한 듯 턱을 괸 채 모니터만 바라보았다. 상황실 내부는 두 개의 책상과 몇 개의 허름한 의자가 전부였다. 유일하게 새로운 것은 최근에 들어온 노트북뿐이었다. 벽면 한구석에는 중사 계급장을 단 남자 한 명이 시계만 멍하니 쳐다보고 있었다. 그는 잘 다듬어지지 않은 턱수염과 그은 피부, 통통한 체구를 지니고 있었다. 흙먼지가 묻은 군화를 종종 바닥에 털었고 큰 덩어리가 떨어지자 다리를 꼬았다. 벽면 곳곳에 붙어 있는 '완전작전'이라는 말이 무색하게 모두 피곤함에 찌든 채 고개를 숙이고 있었다. 날은 무더웠고 그들의 머리 위엔 파리가 가득했다. 시계 침은 이미 2시를 향해 가고 있었으나 그 누구도 움직이지 않았고 그 누구도 말하지 않았다. 오직 소리 없는 정적만이 감돌았다. 시계마저 무료함을 이기지 못해 멈춰버릴 무렵, 군선 전화의 딱딱한 벨 소리가 모두의 귀를 끌어당겼다. 입을 크게 벌려 하품을 하던 상황병은 잠에서 덜 깼는지 전화를 물끄러미 바라보았다.

"뭐 해, 안 받을 거야?"

중사는 휴대전화기를 만지던 손을 내려놓으며 눈을 추어올렸다. 마치 잡아먹을 것처럼 상황병을 뚫어져라 쳐다보았다. 상황병은 뒤통수가 따가웠던지 뒤를 한번 돌아보곤 재빨리 손을 벌려 수화기를 잡았다.

"통신보안 8중대 일병 백재근입니다."

평소와 같이 무심하게 전화를 받던 상황병은 수화기를 들고 나서 몇 초 정도 머뭇거렸다. 그는 즉시 수화기를 귀에 낀 채 종이와 펜을 들고 무언가를 열심히 받아 적었다. 그런 뒤 고개를 돌려 휴대전화기를 보던 중사에게 시선을 보냈다. 의자를 뒤로 젖힌 채 기지개를 켜던 그와 상황병의 눈이 마주쳤다. 무언가 급해 보이는 상황병의 표정에서 중사는 분명 자신이 수화기를 받아야 한다는 사실을 눈치챘다. 그는 성큼 다가간 뒤 수화기를 낚아챘다.

"중사 최원석입니다."

"네, 반갑습니다. 641 정보부대입니다."

"예, 관등성명이 어떻게 되십니까?"

"부대 보안상 알려드릴 수 없을 것 같습니다. 다른 게 아니라 지금 당장 통문을 개방해 주셔야겠습니다."

"그게 무슨 말입니까? 누군지도 밝히지 않고 작명도 안 낸 상태에서 통문을 열어달라는 말씀입니까? 야간 통문 개방은 규정상 불가합니다."

최원석 중사는 자신의 손목시계를 바라보았다. 시계 침은 자정을 넘기고 있었다. 오늘 야간 투입은 분명 없었다. 지금껏 야간에 통문을 개방한 적은 없었다.

"자세한 것은 나중에 알려드릴 테니 일단 30분 내로 통문 좀 열어주십시오."

"아니 이 새벽에 통문을 누군지도 모르고 몇 명인지도 모르고 승인권자 없이 뭘 열어달라는 겁니까? 여기 말고 대대에 전화해 보십시오."

중사는 험상궂은 목소리로 말했고 그의 말투에서는 완강함이 묻어나왔다. 한편으론 이것이 자신을 시험하기 위한 연대나 사단의 기만 훈련일 수도 있다고 생각했다. 지난번에도 보안 검열 시 자신에게 전화를 걸어왔었기에 충분히 가능한 상황이었다. 전례가 없었기에 분명 당황스러운 상황이었다.

"최원석 중사님, 곧 그리로 장교 한 명이 갈 겁니다. 빨리 통문용 키를 갖고 나와 주십시오. 인원은 대동할 필요가 없습니다. 키만 갖고 내려오십시오. 시간이 없습니다."

그때였다. 전화 속 인물의 말대로 상황실 문이 열렸고 중위 계급장을 단 간부 한 명이 우의를 입은 채 들어왔다. 그는 물기를 털어내며 다급하게 외쳤다.

"최원석 중사! 키 어디 있나요?"

수화기를 들고 있던 최원석 중사는 문가를 바라보며 놀란 듯 물었다.

"누구십니까?"

"전 641부대 최태환 중위입니다. 전화받고 계신 분이 보냈습니다. 시간이 없으니 빨리 열어야 합니다. 이미 상급 부대 승인이 다 되어 있으니, 일단 통문으로 가서야 합니다."

"아, 상급 부대에서 승인되었습니까? 그럼 확인 좀 해보겠습니다."

"그건 나중에 하시고 차후에 개방 승인할 때 전화해 보십시오. 일단은 키 좀 갖고 내려갑시다."

최태환 중위는 우의에 달린 모자를 벗으며 신경질적인 말투로 말했다. 그는 빨리 가야 한다는 몸짓을 연신 취했다.

"정식 허가 없이 개방은 없습니다."

"최 중사, 말장난하지 맙시다. 당장 키 갖고 오란 말이야!"

최 중위는 고함을 질렀다. 순간 상황실은 찬물을 끼얹은 듯 조용해졌다.

"지금 협박하시는 겁니까?"

최 중사는 최 중위를 뚫어져라 쳐다보며 욕이 나올 기세로 성을 내며 말했다.

"미안합니다. 급해서 그렇습니다. 빨리 내려갑시다!"

최 중위는 그에게 손짓하며 말했다. 그런 뒤 조금 전 상황을 무마하려는 듯 자신의 잘못을 인정하는 말투로 답했다. 최 중사는 그가 누군지 아직 확신할 수는 없었다. 게다가 대대의 승인조차 없는 상황이었다.

"야! 키 가지고 와!"

최 중사는 통제성 열쇠 함을 개방한 뒤 통문용 키를 손에 쥐었다. 그런 뒤 최 중위는 현관으로 나갔고 최 중사는 그를 따라갔다. 현관 앞에는 레토나가 엔진 소리를 내며 기다리고 있었고 두 남자는 차량에 올라탔다. 통문 길은 비로 인해 노면 상태가 불량했고 이따금 바퀴의 한 부분이 진흙 속으로 움푹 파여 들어갔다. 그럴 때마다 최 중사는 머리를 좌우로 흔들어댔고, 최 중위는 손을 올려 우측 손잡이를 더욱 세게 잡았다. 와이퍼가 계속해서 빗물을 내려보냈음에도 불구하고 앞의 헤드라이트는 한 치 앞도 비추지 못했다. 차량은 계속해서 내려갔고 질편한 진흙은 헛바퀴를 몇 번이고 돌게 했다. 우여곡절 끝에 차량은 통문 앞에 도착했다. 이미 그곳에는 한 무리의 병력이 대기하고 있었다. 언뜻 봐도 그들에겐 계급장이 부착되어 있지 않았고 모두 우의를 뒤집어쓰고 있어서 누가 누군지조차 알아보기 힘들었다.

레토나는 라이트를 끈 채 그들 뒤에 멈춰 섰다. 통문에는 어떠한 불빛도 없었다. 철조망 위에 달린 주황색 투광등에 비친 그들의 총기와 우의만이 희미하게 보일 뿐이었다. 칠흑 같은 어둠 속에서 그들은 보일 듯하면서도 그림자에 가려져 보이지 않았다. 최 중사는 차에서 내린 뒤 최 중위를 따라갔다. 두 남자는 통문 앞 대기 초소 옆으로 걸어갔다. 최 중사는 곁눈질로 미동도 없이 총기를 잡고 있는 병력의 얼굴을 하나하나 쳐다보았다. 검 초록 우의를 쓰고 있어 잘 보이지 않았지만, 검은색 위장 크림으로 온 얼굴과 손등, 목덜미를 뒤덮은 모습에서 이미 그들이 이곳 출신의 병력이 아님을 알 수 있었다. 그는 레일이 달린 소총들을 보자 그것을 확신했다. 희미한 월광 사이로 비치는 군복은 더욱 시커멓게 보였다.

"최 중사, 개방해 주십시오."

최 중위는 통문의 자물쇠를 흔들며 짤막하게 말했다. 최 중사는 난처한 표정을 지어 보였다. 이것은 규정 위반이었기 때문이었다.

"개방하기 전에 일단 지휘통제실에 연락해봐야겠습니다."

최 중위는 더는 말이 안 통한다고 느낀 듯 건성으로 알았다는 표정을 지어 보이고는 머리를 끄덕였다. 최 중사는 대기 초소 밑의 전화기로 걸어갔다. 진흙이 그의 전투화를 파고들었고, 한 걸음 한 걸음 나아갈 때마다 깊은 발자국이 패였다. 그가 전화기 앞에 설 즈음에 옷은 이미 흠뻑 젖어 있었고, 방탄 헬멧 끝으로 물방울이 뚝뚝 흘러내렸다. 그의 초록색 우의가 문간에 걸려 찢어지는 소리를 제외하면 빗소리만이 유일한 불청객이었다.

"통신보안 필승! 지휘통제실입니다."

"대대장님 계시냐?"

"작전과장님 계십니다."

"바꿔 봐."

"예, 연결하겠습니다."

잠시 후 연결 신호음이 들리더니 늘어지는 듯한 목소리의 남자가 전화를 받았다.

"작전과장입니다."

"예, 필승! 최원석 중사입니다. 지금 641부대 최 중위라는 사람이 와서 15명 정도 되는 병력이 DMZ로 출입해야 한다면서 통문을 개방해 달라는데, 말이 다 되어 있다고 합니다. 그런데 도통 출입 목적도, 신원도 모르겠고 긴급작명으로 들어오는 것도 아닌데, 이거 상급 부대에서 승인된 것 맞습니까?"

최 중사는 퉁명스러우면서도 불안이 섞인 목소리로 물었다.

"아니 이 새벽에 작명도 없이 들어간다고?"

"그러게 말입니다. 무슨 이런 말도 안 되는 경우가 다 있습니까? 제가 알고 있는 거라고는 이 사람들이 641정보부대라는 곳에 소속되어 있다는 것인데, 소초로 와서 막무가내로 통문을 열어달라고 하는 겁니다. 어쨌든 승인하신 적 없잖습니까? 그리고 641정보부대라는 곳이 있긴 합니까? 정보사 예하 부대입니까?"

"난 승인한 적 없는데? 기다려 봐. 한번 내가 알아볼 테니까."

"위병소 이 새끼들 뭐 한 거야! 15명이나 통문 앞에 와 있다잖아. 보고 안 된 거야?"

작전과장의 고함이 전화 너머로 들려왔다.

"보안담당관! 이거 맞아?"

"그거 지난 2대대 때도 그랬습니다!"

"다시 전화줄게."

작전과장 역시 금시초문인 듯했다. 그는 다급한 말투로 전화를 황급히 끊었다. 최 중사는 전화기 앞에 놓인 자그마한 창문으로 병력과 최 중위를 쳐다보았다. 병력은 미동도 없었고 최 중위는 통문 앞을 좌우로 서성였다. 통문에는 페인트 색이 다 벗겨진 노란색 문기둥과 그 사이에 걸쳐진 철조망 패널이 있었고, 좌우로는 윤형 철조망이 몸을 꼰 채 끝도 없이 늘어져 있었다. 아직 철책 근무자가 도착하지 않았는지 고가초소는 비어 있었다. 최 중사는 방탄 헬멧 끝에서 한 방울씩 떨어지는 빗방울 사이로 그들을 노려보았다. 최 중사의 얼굴에는 긴장감이 서려 있었다. 얼마 지나지 않아 전화벨이 정적을 깼다.

"예, 통문장입니다."

"최 중사, 그거 승인된 거야. 열어줘."

"그거 승인된 거 맞습니까?"

"그래. 대대장님이 연대장님이랑 협조한 거래. 조금 전에 통화했어. 그리고 비공개 출입이라니까 누군지 알려고도 하지 마. 알아서도 안 된다니까 그냥 보내."

최 중사는 수화기를 꼭 붙잡은 채 말했다.

"차후에 문제 생기면 전 아무 잘못 없는 겁니다. 전 작전과장님이 시키는 대로 한 겁니다." "알았으니까 통문 열어."

"예, 필승!"

최 중사는 수화기를 내려놓고 무거운 걸음으로 대기 초소를 나왔다. 그는 통문 기둥 옆에 팔짱을 낀 채 비스듬히 서 있던 최 중위 옆으로 다가간 후, 품에서 열쇠를 꺼내 노란 페인트가 벗겨진 통문 자물쇠를 하나하나 열기 시작했다. 열쇠는 뻑뻑했으나 자물쇠를 여는 데 오랜 시간이 걸리지 않았다. 벼락이 한 번 쳤고 뒤이어 소리가 들려왔다.

"한 5km 떨어진 지점이군."

최 중위는 혼잣말을 하며 최 중사가 문을 따는 것을 바라보았다. 중단과 하단을 열 무렵, 뒤에 있던 병력이 서서히 수색대형으로 걸어오기 시작했다. 둔탁한 쇳소리가 나면서 통문의 1선이 열렸고, 2선 역시 쇳소리를 내며 좌·우측으로 열렸다. 번개 빛에 의해 통문의 모습과 그림자가 바닥에 비쳤다. 최 중위는 소총을 지향 자세로 취하며 병력이 빠져나갈 때까지 기다렸다. 그 후 수색팀장으로 보이는 자가 우의 모자를 잠시 벗더니 최 중위에게 몇 마디를 건넸고, 최 중위는 그의 손을 잡으며 악수를 권했다. 두 사람은 몇 초간 서로의 얼굴을 바라보았고 팀장으로 보이는 자는 다시 사격 지향 자세를 취한 뒤 대열의 후미로 따라갔다.

최 중사는 대열이 산등성이 뒤로 사라질 때까지 기다렸다. 사실상 보이는 것은 없었으나 그는 눈대중으로 안전 구역에서 벗어나는 것이 얼마나 걸릴지 예상했다. 대열은 천천히 이동했고 산등성이를 진입할 무렵에는 칠흑 같은 어둠 때문에 과연 사람인지 분간하기도 힘들 정도였다. 비는 계속해서 내렸고 천둥은 이따금 심장 소리에 맞춰 울려 퍼졌다. 그들이 능선에 올랐다고 판단될 무렵 최 중사는 문을 닫고 자물쇠를 잠갔다. 최 중위는 옆에 서서 이를 지켜보았다.

"저 사람들은 도대체 어디를 수색하는 겁니까? 수색대대에서도 몇 번이나 돌던 코스인데 뭐 하러 이렇게 급하게 들어가는지 이해할 수가 없네요."

최 중사는 키를 품 안에 있는 주머니에 넣으며 말했다. 그러자 최 중위는 소총을 어깨로 멘 채 장갑을 벗었다. 그는 한 손으로 최 중사의 오른팔을 잡았다. 키를 넣던 최 중사는 그의 갑작스러운 행동에 그를 노려보았다.

"최 중사님. 현 시간부터 이곳에서는 아무 일도 없던 겁니다. 당신은 여기 오지도 않았고, 누구도 통문을 출입하지 않았습니다. 당신은 여기 없었던 겁니다. 알겠습니까?"

아까와 달리 최 중위의 태도는 상당히 고압적이었고 위협적이었다.

"뭐라고 하신 겁니까? 지금 사람이 열댓 명이 들어갔는데 제가 여기 없었다고 생각하라는 건 무슨 소리입니까?"

"그냥 시키는 대로 하십시오."

"지금 협박하는 겁니까?"

"아닙니다. 당신에게 명령하는 겁니다."

최 중사는 최 중위의 말에 아무 말도 하지 않았고 그를 노려보았다. 마치 살쾡이 같은 눈이었다. 최 중위는 아무 표정 변화 없이 그를 바라보기만 하였다. 두 남자의 미묘한 신경전은 우선에서 내려오는 순찰병들의 군화 소리로 인해 중단되었다. 최 중사는 최 중위의 어깨를 스치며 통문의 반대편으로 걸어갔다. 그는 혼자 걸어갔고 최 중위는 멀어져가는 그의 뒷모습을 지켜볼 뿐이었다. 그가 오래된 고목 앞을 지날 무렵, 뒤에선 라이트가 최 중사의 뒷모습을 비추었고 레토나 한 대가 그의 옆으로 지나갔다. 비는 그치지 않았고 그가 한 걸음 한 걸음 내디딜 때마다 발이 땅속으로 꺼지는 듯했다. 레토나는 그를 지나쳐 10m 정도 더 가더니 빨간 불을 비추며 정차했다. 조수석에 앉아 있던 최 중위는 고개를 빼꼼히 내민 채 외쳤다.

"타세요!"

그러자 최 중사는 아무 말 없이 레토나의 뒷문을 열고 올라탔다. 차량은 한참을 올라갔고 잠시 후 최 중사의 소초에 도착했다. 최 중사는 상황실 문을 열었고 흠뻑 젖은 초록색 우의를 옆에 있는 옷걸이에 걸었다. 최 중위는 장갑에 묻은 물을 털어내며 머리를 한 번 쓸어내렸다. 그러곤 품에서 손수건을 꺼내 얼굴을 닦았다. 최 중사는 정면에 보이는 총기 거치대에 총기를 잠금 했고 바로 앞에 놓인 테이블 위에 자신의 방탄 헬멧을 놓았다. 그런 뒤 의자에 털썩 앉았다. 최 중위는 인상을 쓰며 우의에 묻은 물을 털어내었고 군화를 몇 번 바닥에 치더니 묻은 진흙 덩어리들을 털어냈다. 컴퓨터만 바라보던 상황병은 고개를 한번 돌리더니 턱을 괴고 있던 손을 풀고 커피포트에 물을 담았다.

상황실에는 비 냄새와 퀴퀴한 먼지 냄새가 풍겨왔다. 상황병이 종이컵에 물을 붓자 싸구려 커피 냄새가 방 안을 가득 메웠다. 최 중위는 최 중사의 맞은편에 앉아 다리를 꼰 채 휴대전화기를 만지작거렸다. 최 중사는 멍하니 바닥만을 바라보았다. 아직 마르지 않은 진흙이 그의 군화에서 뚝뚝 떨어졌다. 그는 온기로 인해 노곤했던지 고개를 떨어뜨렸다. 상황병은 종이컵을 테이블 위에 올려놓은 뒤, 본인의 컵을 들고 다시 자리로 돌아갔다. 최 중사는 한 손으로 컵을 감싸 쥐며 온기를 느꼈다. 최 중위는 두 손으로 컵의 밑단을 잡고 마셨다. 한동안 두 사람은 커피가 주는 온기를 느끼며 서로의 시간을 가졌다. 그동안 들리는 것은 상황 일지를 적는 상황병의 타자 소리가 유일했다.

"아까는 상황이 상황인지라 마음에도 없는 말을 한 것 같습니다. 미안하게 생각합니다."

최 중위는 고개를 최 중사 쪽으로 돌렸고 컵을 내려놓으면서 무표정하게 말했다. 그러자 최 중사 역시 무표정하게 커피를 들이켜면서 양 입을 굳게 다물더니 고개만을 끄덕였다.

"저희 하는 일이 이런 식이 대부분이라… 이해해주셨으면 합니다."

최 중사는 아무 말 없이 남아 있는 커피를 마셨다. 그동안 그의 군화에 묻어 있던 진흙들이 바닥에 물처럼 떨어졌다. 최 중위는 더는 말할 것이 없다는 듯 커피를 한 번에 다 들이켰고 품 안의 지갑에서 명함을 꺼내 최 중사에게 건넸다.

"제 연락처입니다. 혹시 이곳으로 또 지나갈 수도 있고 오해도 좀 있었으니 나중에 생각나거나 하실 말씀 있으시면 이리로 연락해 주세요."

최 중사는 무표정하게 명함을 건네받았고 이내 주머니 속에 구겨 넣었다. 최 중위는 그가 자신의 명함을 구겨 넣었다는 것을 알고 있었지만 신경 쓰지 않고 의자에서 일어났다. 벗어놓은 우의와 장갑을 다시 신고 자신의 총을 우측 어깨에 멘 채 문을 열었다. 최 중사는 여전히 테이블에 앉아서 남은 커피를 들이켰다. 최 중위는 말없이 문을 나섰다. 잠시 뒤 차량 엔진 시동 소리가 들렸고 소리는 점점 멀어졌다. 또다시 상황실은 고요해졌다.

"혹시 그분 관등성명 아십니까?"

상황병은 최 중사의 기분이 좋지 않은 것을 느꼈고 조심스럽게 물었다. 상황실 방문객의 이름을 아는 것은 그의 고유의 임무였으나 그럴 만한 상황이 되지 못했다. 그러면서도 내심 질책을 하지 않을까 걱정했다. 아까 전 들어오던 레토나가 CCTV에 찍혔음을 미리 보고하지 못한 죄를 물을 것으로 생각했기 때문이었다.

"몰라, 인마."

최 중사는 저음의 목소리로 말했다. 한숨이 배어 나오는 듯한 말투였다. 반대편에서 CCTV를 보고 있던 병사는 기지개를 켜며 하품을 늘어지게 했다. 그는 안경을 매만지며 외쳤다.

"차량 통과했습니다."

최 중사의 시선은 다시 휴대전화기로 돌아갔고 한동안 상황실에는 정적이 흘렀다. 시계 초침 소리만 들려올 뿐 아무 소리도 들리지 않았다. 의자 삐걱거리는 소리와 이따금 거칠게 내쉬는 숨소리와 기침 정도가 유일했다. 시간은 계속 흘렀고 상황실 온도는 계속해서 올라갔다. 참다못한 상황병은 선풍기를 켜고 다시 앉았다. 원전 중지로 인해 전력 수급에 차질을 빚자 군부대 역시 전력 감축 대상 최우선 순위에 올랐다. 연대와 사단에선 불필요한 전력 소비를 줄이라고 늘 강조했지만 불볕더위 속에서 그 누구도 더는 제지하지 않았다. 전기를 아끼라는 말을 입에 달고 살던 최 중사 역시 아무 말 하지 않았다. 열기로 인해 다들 제정신을 차리지 못했다. 그들은 마치 헛간의 건초더미 위에서 누워 있는 것처럼 움직이지 않았다.

탕! 타 타 탕!

그들을 깨운 것은 몇 발의 총성과 뒤이어 계속된 총성이었다. 분명 두 개 이상의 총구에서 들려오는 소리였다. 희미한 소리였지만 그것이 총소리라는 것은 누구나 알 수 있었다. 뒤이어 상황실 전화가 요란하게 울렸다.

"야! 뭐야, 뭐야!"

최 중사는 벌떡 일어나며 외쳤다. 상황 컴퓨터 앞으로 달려온 그는 상황병 어깨를 마구 두드리며 전화기의 스피커폰 버튼을 눌렀다.

"241 고가초소 근무자 상병 김현승입니다. 현재 수십 발의 총격 소리가 청취되고 있습니다! 적인지 아군인지 모르겠습니다! DMZ 쪽에서 들리고 있습니다!"

그때였다. 최 중사의 오른편에 있던 핫라인 전화기에서 부저 음이 울렸고 상황병은 수화기를 들었다.

"통신보안!"

"예, 예, 그렇습니다."

상황병은 누군가에게 답하듯 말했고 스피커폰으로 근무자에게 보고를 받고 있는 최 중사를 쳐다보며 자신이 받고 있던 수화기를 건넸다.

"506 GP입니다."

상황병은 전화온 곳이 506 GP임을 알려 주었고 최 중사는 바로 수화기를 낚아챈 뒤 말을 이었다.

"예, 통문장입니다."

"급합니다! 지금 공격당하고 있습니다! 중상자가 속출하고 있습니다! 초기 의무대에 연결해 주십시오!"

"대대에 말씀이십니까?"

"대대든 어디든 즉시 연결해 주십시오! 시간이 없습니다! 아직 교전 중입니다!"

"지금 GP에서 교전이 일어나고 있습니까?"

또 다른 전화로 한 통이 더 걸려왔고 상황병은 자신이 들고 있던 수화기에서 누군가가 크게 외치는 소리를 들었다.

"통신보안!"

"근무자 일병 백재근입니다!"

"최 중사 어디 있어! 빨리 바꿔!"

"지금 핫라인 통화 중입니다."

"야 이 새끼야, 바꾸라고!"

상황병은 즉시 최 중사에게 수화기를 건네었고 최 중사의 손에 두 개의 수화기가 들려 있었다.

"예, 필승!"

"최 중사! 지금 당장 통문 개방해! 의무대에서 들어갈 거야. 그리고 곧 지원 포격 있을 거야. 지금 박격포 쏠 거니까 신경 쓰지 말고 당장 개방해!"

"지금 전시입니까?"

"몰라! 아직까진 일단 쏘라니까 쏘는 거야! 잔말 말고 빨리 통문부터 열어! 5분 내로 도착할 거야!"

최 중사는 수화기 하나를 내려놓고 GP에서 걸려온 전화를 다시 받았다.

"통신보안!"

"예!"

"의무대 차량이 통문에 5분 안으로 도착할 겁니다! 상황이 어떻습니까?"

"지금 적 총격 때문에 유개호 외벽에서 계속해서 총탄 세례를 받고 있습니다! 적 GP 사격은 아닙니다! DMZ 내에 적이 있는 것 같습니다! 지금 공격당하고 있습니다!"

최 중사는 수화기를 상황병에게 건넨 후 급히 총기와 장구류를 챙겨서 나갔다.

"야! 키!"

CCTV를 보던 병사가 통제성 키 함을 따더니 통문 키를 최 중사에게 던져 주었다.

"즉시 상황 생기면 통문 대기 초소로 전화해! 알겠어?"

"예!"

최 중사는 황급히 통문으로 뛰어갔다. 진흙으로 인해 속도가 나지 않았지만, 군화가 진흙을 가르듯 미친 듯이 뛰어갔다. 그는 우의조차 입지 않아서 이미 그의 하의는 전부 진흙으로 범벅되어 있었다. 방탄 헬멧은 그가 뛸 때마다 좌우로 흔들렸고 총구 역시 진흙으로 인해 흙 범벅이 되어 있었다. 마음은 이미 통문에 가 있었지만 그는 아직 진흙 펄이었다.

얼마 지나지 않아 통문이 보일 무렵, 뒤에서 라이트가 비춰왔고 그는 사력을 다해 문까지 뛰어갔다. 의무대 차량이 마지막 전봇대를 지날 무렵 최 중사는 혼자서 좌우로 문을 활짝 열었다. 의무대 차량은 후미에 몇 대의 경호 차량의 경호를 받으며 들어갔다. 수색중대 인원들이 분명했다. 최 중사는 통문 옆에서 그들이 다 지나가길 기다렸고 그들이 산 등성이 뒤로 사라지자 그제야 두 개의 거대한 문을 닫았다. 문을 닫고서 대기 초소의 전화기로 가서 수화기를 들고 통화를 하기 시작했다.

"예, 지금 구급차 들어갔습니다."

"어, 최 중사. 지금부터 하는 이야기 잘 듣게."

"예."

"상급 부대에서 연락이 왔다. 현 시간까지 있었던 모든 일은 함구하는 거다. 알겠어? 고속상황전파체계부터 통문 출입까지 모든 기록을 삭제할 것이니 자네 기억도 지우게. 그리고 나오지 말고 막사에서 대기해. 그냥 묻지 말고 거기 있어!"

"예."

최 중사는 수화기를 떨리는 목소리로 잡았다.

"지금도 총소리가 들립니다."

"알아, 듣고 있어. 최 중사, 기억까지 지워야 해. 알겠어?"

"과장님, 그런데 정말 아무 일 없는 겁니까? 지금도 계속 총소리가 들립니다. 아까 GP에서 공격당하고 있다고 말했습니다. 그리고 박격포 초탄은 아직 안 뜬 겁니까?"

"나도 몰라. 곧 방열 완료될 거야. 아직 시간이 있으니 소초에서 대기하게. 구급차 나올 때 전화주겠네."

전화는 끊겼고 그의 손목시계는 4시를 향해 달려가고 있었다. 그는 천천히 대기 초소를 나왔고 왔던 길을 다시 걸어 올라갔다. 마치 큰 돌이 산비탈을 올라가듯 그는 꾸역꾸역 진흙 길을 천천히 올라갔다.

15분 정도 지난 후 그는 진흙을 뒤집어쓰고 비를 흠뻑 맞은 채로 문간 앞에 섰다. 상황병은 잔뜩 긴장한 채 전화를 받고 있었고, 오직 안경 쓴 CCTV병만 상황을 제대로 파악하지 못한 듯 펜대를 돌리고 있었다.

"특이사항!"

"아까 나간 최 중위님이 전화 한 통 달라고 하셨습니다."

"어디로?"

"명함 드렸답니다."

최 중사는 조금 전의 총격이 분명 DMZ 안으로 들어간 병력에 대한 총격임을 확신했다. 자신이 들여보낸 인원들에게 일어난 일이고 단지 상급 부대의 요청이라는 말 한마디로 통문을 출입했다는 사실에 의구심이 들었다. 그는 최 중위에게 이 사건에서 자신이 책임져야 할 부분이나 사건의 경위, 본질에 대해 질문을 하고 싶었다. 그러나 설사 자신이 최 중위를 만난다고 해도 그가 확실한 답변을 해줄 것 같진 않았다. 그러나 분명한 것은 그가 이 사람들의 정체를 알고 있다는 사실이었다. 그는 즉시 휴대전화기를 꺼내 그에게 전화를 걸었다. 내심 그에게 다시 전화를 건다는 것은 먹기 싫은 음식을 먹는 것과 같은 기분이었다. 그뿐만 아니라 자존심을 박박 긁어 놓은 상급자에게 다시 전화한다는 것은 몸이 거부하는 행동이었다.

"예, 전화하셨습니까?"

"네, 아직 상황실이십니까?"

"그렇습니다."

"몇 가지 서약을 받아야 하는데 응하시겠습니까?"

"어떤 서약이죠?"

최 중사는 점점 퉁명스러운 목소리로 말했고 최 중위는 사무적이면서도 다급하다는 인상을 주는 목소리였다.

"몇 가지 안 됩니다. 우선 통문으로 아까 그 병력이 들어갔다는 사실을 묵인해야 한다는 것이고, 또 하나는 641정보부대에 대해 들은 적이 없고 본 적도 없다고 하셔야 한다는 겁니다. 마지막으로 저를 보지도 만나지도 않았다는 겁니다. 인감이 있으시면 인감으로 하셔도 되고 아니면 지장으로 하셔도 됩니다. 20분 뒤에 봐도 되겠습니까?"

"아니, 제 상관들의 허가를 받고, 그리고 정식적으로 보고하고 이런 서약을 받으셔야지 저는 직접적인 협상 대상자가 아닙니다."

"이미 윗선은 다 이야기되었습니다. 최 중사님께서만 동의하시면 됩니다. 사건도 사건이고 시간도 시간인 만큼 이번만큼은 협조해 주셨으면 합니다. 부탁합니다."

"아니 뭐, 안 될 것은 없는데 저희 작전과장님이…."

"작전과장님도 이미 다 승인하셨고 동의만 해 주시면 됩니다. 다른 것은 없습니다."

"작전과장님께서도 동의하셨습니까?"

"예. 자세한 것은 가서 말씀드리도록 하겠습니다."

전화는 일방적으로 상대편에서 끊었고 최 중사는 불편한 기색을 숨기지 않았다. 이미 그의 얼굴은 붉게 상기되어 있었다.

"아니, 이건 뭐, 제기랄! 장난하자는 거야, 뭐야? 내가 봉인 줄 아나, 씹새끼가 진짜!"

최 중사는 오른손에 들고 있던 펜을 힘껏 집어 던졌다.

"빌어먹을 놈! 어디 한번 와 보라고 하시지."

정확히 최 중위가 말한 대로 20분이 지나자 상황실 밖에 레토나 한 대가 정차하는 소리가 들렸고, 초록 우의를 입은 최 중위가 다시 상황실로 들어왔다. 이번에는 뒤에 병사인지 간부인지는 알 수 없었으나 선글라스와 헌병 완장을 착용한 두 명을 대동하고 왔다. 그는 말도 없이 바로 테이블에 앉은 뒤 서류 가방을 꺼냈다.

"예, 최 중사. 여기에 서명해 주시면 됩니다."

최 중위는 서류들을 주섬주섬 꺼내며 네 가지로 분류해서 테이블에 비스듬히 기대 있는 최 중사에게 건넸다. 첫 번째 문서들은 '비밀 보호 협약'이라는 문구가 새겨진 종이들이었고, 두 번째 문서들은 '통문 보안 유지'라는 제목이 작게 새겨져 있었다. 세 번째는 641정보부대라는 이름이 크게 적혀져 있었고, 네 번째는 깨알 같은 글씨들로 가득 찬 서류였다.

"각각의 서류들 앞 장에 지장과 사인만 해주시면 됩니다. 주요 내용은 오늘 있었던 일들에 대해 발설하지 않겠다는 일종의 각서입니다."

최 중사는 기대고 있던 테이블에서 일어난 뒤 의자를 갖고 와서 앉았다. 그런 뒤 팔짱을 낀 채 최 중위를 노려보았다. 최 중위 역시 그를 쳐다보았다. 피곤한 기색이 역력하지만 최 중사의 매서운 눈매와 꽉 다문 입술은 누가 봐도 그의 심리 상태를 알 수 있을 정도였다. 최 중위 역시 마른 체구로 인해 눈이 더욱 날카로웠고, 그의 입술은 핏기 없이 무표정했다. 화난 남자와 신경질적인 남자의 만남이었다.

"내가 왜 화났는지 아십니까?"

그러자 최 중위는 펜을 잠시 내려놓으며 서류철을 덮었다. 그런 뒤 그를 빤히 쳐다보았다.

"화를 내야 할 이유가 있습니까?"

"상식적으로 누가 자신을 개무시하는데 좋아할 사람이 있습니까?"

"누가 누굴 개무시한다는 겁니까?"

"더는 긴 말이 필요 없고, 난 당신하고 상종 못 하겠습니다."

그러자 최 중위는 팔짱을 끼었고 잠깐 최 중사를 바라보았다. 최 중사는 전혀 말을 할 기색을 보이지 않았고 최 중위 역시 그러했다. 최 중위는 계속해서 펜을 앞뒤로 굴렸고, 과연 어떻게 해야 목적을 성취할 수 있을지에 대해 고민했다. 반대로 최 중사는 참을 수 없는 모욕감에 치를 떨었고 조금이라도 건드리면 폭발할 지경이었다.

"예, 정식으로 사과드립니다. 사실 무례했던 것이 사실입니다."

최 중사는 미동도 보이지 않았다.

"모든 것이 기밀 사항이고 말씀드리기 어려운 부분도 있기 때문에 이 부분은 양해해 주서야 하는 겁니다. 저도 최 중사님 입장이었다면 분명 그랬을 겁니다. 그런데 저희가 하는 일들은 국가를 위해서는 정말 필수 불가결한 일들입니다. 최 중사님도 국록을 먹는 사람 중 한 분이잖습니까? 국록을 먹는 사람이라면 그 무엇보다 국가를 우선시해야 하는 겁니다. 저는 그것을 실천하기 위해 군에 왔고 제 한평생을 바치기 위해 여기 왔습니다. 물론 많은 사람에게 강요하는 것은 아닙니다. 그러나 최소한 국록을 먹는 자라면 그런 시늉이라도 해야 도리에 맞는 것이고 계약의 이치에 맞는 겁니다. 전 그렇게 생각합니다. 그래서 최 중사님이….."

차분히 말하던 최 중위는 점점 열을 내며 이야기했으나 순간 최 중사는 그의 말을 막아 버렸다.

"그래서 그 기밀이란 것이 뭐요? 나 같은 나부랭이가 절대로 알아서는 안 되는 그런 거요? 정말 그리도 중요한 거요?"

"아니, 그런 것이 아니라….."

"그게 아니면 뭐요? 나 같은 말단 통문장 놈은 알 필요조차, 아니 알면 국익에 해라도 된다는 거요?"

"최 중사!"

최 중사는 이제야 할 말을 한다는 듯 성을 내며 따지듯 그에게 몰아붙였다.

"내 이름 함부로 부르지 마시오. 그리고 그 기밀이란 것이 도대체 뭔지는 설명을 해 줘야 할 게 아니요? 내가 관리하는 통문으로 사람들이 들어갔고 그 사람들이 총격을 당했는데 내 어찌 마음이 편하겠습니까? 생사조차 모르는 사람들이 의도하지 않더라도 내 손에 의해 사지로 들어가게 되었는데 사람 목숨 앞에 무슨 기밀이고 나발이고 무엇이 중요하단 말입니까? 내가 알아야 할 것은 진실이오, 진실! 그 사람들이 왜 거기에 들어갔고 저 망할 총소리는 어디서 들려오는 겁니까!"

최 중위는 허탈한 표정을 지으며 고개를 밑으로 숙였다가 들면서 물었다.

"그게 답니까?"

"그게 다요."

"그 알량한 생각 때문에 이 고집을 부리는 거요?"

"그렇습니다. 그 알량한 생각이라는 것이 고집이라면 사람 잘못 봤습니다. 이건 내 자존심의 문제요!"

"알겠습니다. 그럼 알려드리면 사인하시는 겁니까?"

"군말 없이 하겠습니다. 대신 모든 경위를 알려 주셔야 합니다. 왜 무슨 목적으로 출입했고 나는 왜 알아서는 안 되는지, 그 모든 것을 말입니다."

최 중위는 순간 정색하며 최 중사를 이글거리는 눈빛으로 쳐다보았다.

"미안하지만 그건 어려울 듯합니다. 당신이 사인하지 않으면 난 당신을 죽일 수밖에 없으니까."

최 중위는 낮은 목소리로 말했고 최 중사는 그의 말에 당황한 기색이 역력했다.

"시간이 없습니다."

최 중위는 즉시 등 뒤에 메고 있던 소총으로 최 중사를 겨누었다. 당황한 상황병들은 자리에서 얼음처럼 굳어졌고 최 중사 역시 침을 넘겨 삼키며 아무 말도 못 했다.

"문명인으로 대우하면 문명인답게 행동해. 아니면 짐승처럼 다뤄줄 수밖에 없으니까."

최 중사는 오른손에 들린 펜을 떨며 최 중위를 바라보았다. 최 중위는 조정 간을 단발로 옮겼고 딸각 하는 소리가 그들 모두의 귀에 울렸다. 그의 검지는 방아쇠에 다가가 있었고, 최 중사는 그가 정말로 자신을 쏠지도 모른다는 생각에 모든 신경이 마비되었다.

"사인해."

최 중사는 떨리는 손으로 종이 하단부에 자신의 이름을 적었고 지장을 찍었다. 최 중위는 그의 서명을 한번 바라본 뒤 한 손으로 종이를 서류 가방 안에 집어넣었다. 총구는 아직 그의 심장부에 조준되어 있었다.

"다음번에는 얼굴 보지 맙시다. 당신 죽일지도 모르니까."

최 중위는 즉시 서류 가방을 들고 밖으로 빠져나갔고, 최 중사는 아직도 겁에 질려 있었는지 그 어떠한 말도 하지 않았다.

새벽의 어둠이 걷히고 DMZ에 동이 트고 있었다. 통문은 활짝 열려 있었고 다수의 차들과 구급차들이 바삐 오갔다. 수십 명의 군인이 GP 능선 아래로 길게 뻗어 있는 길을 철통같이 경비했고 삼엄한 분위기가 이어졌다. 민간 차량도 허가 없이 통문을 드나들었다. 주로 은색 차량이 많았고 번호판 앞자리가 육과 국으로 적혀 있는 차량이 대다수였다. 수사관들을 비롯해 검은 양복을 입은 사람들이 주위에 경시 줄을 치며 출입을 통제하고 있었다.

잠시 후 GP에서 나온 한 대의 차량이 흰색 천을 덮은 주검을 싣고 통문 앞에 도착했다. 차량 곳곳이 피로 물들어 있었다. 통문 앞에서 대기하고 있던 인원들은 차량 뒤에서 시신을 꺼내 검은색 비닐 안에 집어넣었다. 고무로 된 줄은 시신의 다리와 몸 그리고 어깨를 묶고 있었으나 옮기는 과정에서 일부가 풀어져 팔이나 다리가 흰색 천 밖으로 튀어나오기도 했다. 그러나 사람들은 아랑곳하지 않고 감자를 자루에 담듯 피로 물든 시신에 비닐을 씌웠다. 다 씌워진 시신들은 구급차에 실려서 후방으로 이동했다. 나머지는 손전등을 켜고 주변의 다른 흔적을 이 잡듯 뒤졌다. 한쪽에서는 현장검증을 하는 듯한 행동들이 보였다.

잠시 후 레토나 한 대가 통문 앞에 섰다. 그러자 검정 양복을 입은 사내가 정중히 문을 열었다. 차에서 내린 남자는 검정 양복을 입고 있었고 선글라스를 끼고 있었다. 위압적으로 보인 남자는 문을 열어 준 양복 입은 사내에게 몇 마디를 건네었고 사내는 알았다는 듯 고개를 연신 끄덕이더니 이내 수첩을 꺼내 적기 시작했다.

"예 그렇게 하도록 하겠습니다."

"김 실장, 날 실망하게 하지 마라. 헛짓거리 하다가 일 그르치면 그때는 네놈의 인생을 그르치게 될 테니까…. 이 국장… 이 개새끼 결국 일을 냈구만. 그놈도 이제 끝이야."

"수석실장님께 누 끼치지 않도록 주의하겠습니다."

고압적인 말투의 남자는 선글라스를 검지로 한번 추어올리더니 다시 차를 타고 돌아갔다. 차가 거의 안 보일 무렵, 양복 입은 남자는 주위의 사람들을 불러 모으기 시작했다. 사람들이 어느 정도 주위의 모이자 모두 사내의 입을 뚫어져라 쳐다보았다.

"아, 상급 부대 지침 사항입니다. 현 시간부터 전원 철수입니다. 시신을 모두 수습했으니 현장 감식은 다음에 실시하도록 하겠습니다."

"어떻게 된 일입니까?"

하얀색 가운을 입고 마스크를 쓴 사내가 마스크를 내린 채 퉁명스럽게 물었다.

"일단 원점 보존만 하고 철수하시면 됩니다. 나머지는 저희가 알아서 하겠습니다."

양복을 입은 사내는 절제된 목소리로 말했다.

"같은 독립적인 수사기관들인데 당신 직책이 뭐요?"

통통한 볼살에 가르마를 하고 검은 넥타이를 맨 사람 하나가 물었다.

"대통령직속조사위 소속이라는 것만 말씀드리겠습니다. 현 시간부터 헌병, 기무, 정보, 국과수, CIC 전원 철수 부탁합니다. 나머지는 저희 요원들이 알아서 처리하겠습니다."

그의 말이 끝나자 대부분 불만스러운 표정을 지었지만 수긍하였고, 이내 청와대 인장이 찍힌 공문을 보여주자 하나둘 자리를 뜨기 시작했다. 경계병들은 지루하다는 듯 저마다 짝다리를 짚거나 하품을 하는 등 피곤한 기색을 보였다.

두 시간쯤 지나자 DMZ 안으로 들어갔던 사람들이 하나둘 나왔다. 하얀 방역복과 마스크를 떼면서 걸어 나왔다. 그러자 양복 입은 사내의 부하로 보이는 네 명의 인원이 그의 주위로 모였다.

"이제 출입 통제해. 여기는 우리가 맡는다."

양복 입은 사내는 짤막하게 말했고 그의 부하들로 보이는 남자들은 타 수사기관 인력이 통문으로 들어가는 것을 제지했다. 국과수 차량이 전술 도로를 빠져나가자 통문에는 더는 타 수사기관 인력은 보이지 않았다. 그로부터 30분이 지나자 언덕 너머로 4대의 차량이 흙먼지를 일으키며 넘어왔다. 차량은 통문 앞 공터에 멈춰 섰고 20명이 넘는 인원들이 차량에서 내렸다. 양복의 사내는 그중 몇 명과 악수를 하였다. 그중에서도 검은 콧수염이 난 사람 앞에 멈춰 섰다.

"김 위원장입니다."

"예, 청와대 김 실장입니다."

"민간업자도 몇 명 껴있고 특전사는 세 명이라고 들었는데 상관없겠습니까?"

"최저 입찰 가격을 쓴 대로 편성했고 주요 통제는 청와대 직원들이 할 테니 걱정하지 마십시오. 위원장님은 말씀드린 내용만 해결하시면 됩니다. 그리고 칩은 반드시 회수해야 합니다. 발자국은 모두 없어야 합니다."

김 실장은 위원장을 바라보며 나지막하게 말했고 그는 알았다는 듯 고개를 끄덕였다.

"그런데 저 흰 수염 난 남자는 처음 보는 자인데 이번 일도 같이 하는 겁니까?"

검은 콧수염의 남자는 맞은편에서 서성이는 흰 수염의 남자를 가리키며 물었다. 김 실장은 태연하게 그를 보며 말했다.

"이번에 특별히 이쪽으로 내가 직접 주선한 자요. 잘 좀 대해주시오. 그리고 웬만하면 그가 하는 일에 대해 관심을 갖지 마십시오."

"그게 무슨 말입니까?"

"당신이 군이 청와대 일까지 알 필요는 없잖아?"

김 실장은 쌀쌀맞게 이야기했고 콧수염의 남자는 김 실장을 힐끔 노려보았고, 바닥에 침을 한번 뱉더니 문으로 걸어갔다. 청와대 사람들이 준비를 마치자 최 중사와 병사 두 명이 걸어왔고, 양복 입은 사내는 그를 뚫어져라 쳐다봤다. 최 중사는 천천히 걸어오더니 통문 앞에 도착하자마자 양복 입은 사내에게 물어봤다.

"들어가시는 것이 맞습니까?"

최 중사는 양복 입은 사내 앞에 서서 키를 만지며 물었다

"네, 25명입니다."

"철수는요?"

"무기한입니다."

"경호 인력은?"

"자체 경호입니다."

"상관없습니까?"

"전혀 상관없습니다."

"들기로 시신 수습 장소가 MDL 이북이라는데 그럼 거기까지…."

"더 이상의 질문은 받지 않겠습니다."

최 중사는 더는 아무 말도 하지 않았고 사람들이 들어가는 것을 유심히 지켜보기만 했다. 그들은 평범한 사람들 같았고 전혀 군인처럼 보이지 않았다. 오직 자기 몸만 한 배낭 하나씩을 짊어지고 있었다. 표정은 굳어 보였고 양복 입은 사내는 그저 아무 말 없이 쳐다보기만 했다. 그들이 다 들어가자 최 중사는 통문을 닫았다. 그러자 양복 입은 사내가 최 중사를 가리키며 다가오라는 듯 손짓을 했다. 최 중사는 그것을 보자마자 양복 입은 사내가 있는 후미진 돌담 뒤로 갔다. 그에게 다가가자 그는 나지막한 목소리로 최 중사에게 속삭였다.

"잘 처신하시리라 믿습니다."

"예?"

"조만간 세간에서 뭐라 뭐라 이 사건에 대해 떠들 겁니다. 전혀 신경 쓰지 마십시오. 그리고 허튼 생각은 품지 않는 것이 좋을 거요. 당신도 알다시피 우린 법 위에 있는 사람들이니까."

양복 입은 사내는 최 중사를 빤히 바라보며 위협적인 말투로 말했다.

"알겠습니다."

"부대 내에서는 크게 신경 쓸 것 없소. 이건 전부 오발 사고 처리된 내용이니 정상 일과대로 시행하면 될 거요. 괜한 소리 퍼트리지 마시오."

"알겠습니다."

양복 입은 사내는 돌려져 있는 레토나를 타고 언덕 너머로 사라졌다.

최 중사는 아무 말 없이 천천히 막사로 복귀했다. 상황실은 아침이라 다시 붐볐고 곳곳에서 지겹도록 전화벨 소리가 들려왔다. 최 중사가 문을 열자 모든 이들의 시선이 그에게 꽂혔다. 국방일보를 펼쳐 보던 배 하사가 벌떡 일어나더니 최 중사 앞으로 달려갔다.

"어떻게 되신 겁니까? 전 전쟁이라도 난 줄 알았습니다. 갑자기 총격이 울려서 전부 다 통문에 나갔는데 막 못 들어오게 하는 겁니다. 어제 통문 가셨습니까?"

최 중사는 피곤한 듯 아무 말도 하지 않았다.

"나 밤새웠으니까 다음에 이야기하자. 피곤하다."

"어제 정말 사람이 죽은 것이 사실입니까? 이거 뭐 아무것도 안 알려 주고 지휘통제실이고 사단이고 전부 다 입을 다물고 있습니다. 어제 무슨 일이 있었습니까? 저 어제 정말 적 GP 쏘는 줄 알았습니다. 막 작전과장님도 탄 까라고 하고…"

"그만 이야기하라고, 새끼야!"

최 중사는 인상을 찌푸리며 그에게 화를 냈고 신경질적인 말투로 말했다. 그의 군복은 이미 진흙투성이였고 온몸에선 땀 냄새와 비 냄새가 아직도 풍겨왔다. 최 중사의 외침 한마디에 상황실 분위기는 냉랭해졌고 아무도 그에게 말을 걸지 않았다. 그는 총을 넣고 탄을 뺀 후 부 소초장 실로 들어가 버렸다. 쾅 하는 문소리가 들리며 그가 들어갔다. 상황실은 다시 분주해졌고 프린터 소리와 전화벨 소리가 울려왔다. 배 하사는 헛기침을 몇 번 한 후 붉게 상기된 얼굴을 한 채 테이블 위에 있는 국방일보를 다시 펴 보았다. 그는 주변을 의식한 듯 고개를 들지 않았다. 그날 통문으로 출입하는 인원은 아무도 없었다.

12시경, 헌병 수사실 내부는 여러 대의 컴퓨터와 네 명의 남자가 잡담을 하고 있었다. 점심을 먹은 지 얼마 안 되었는지 한 명은 엎드려 졸고 있었고, 우두머리로 보이는 자는 불만스러운 표정을 지은 채 모니터만을 보고 있었다. 다른 이들은 책상에 앉은 채 열심히 타자를 하고 있었다. 웃음소리가 들리며 여러 잡담이 오갔다. 말쑥한 얼굴에 하늘색 와이셔츠를 입은 남자가 웃음을 머금은 채 커피를 타러 일어났다.

"아니, 우리 관할 구역에서 일어난 일인데 자기들이 뭔데 수사를 합네, 뭐 하네 하는 거야?"

쇳소리 같은 목소리의 중년 남자가 의자를 젖히면서 말했다.

"반장님, 저도 이건 좀 아닌 것 같습니다. 엄연히 수사하는 기관이 있고 저희 사단에서 일어난 만큼 저희가 수사권을 쥔 것 아니겠습니까? 그놈의 청와대고 뭐고 간에 이건 분명히 불공평한 겁니다."

좌측 책상에서 타자를 치던 남자가 불만스러운 목소리로 말했다.

"뭐, 그 꼰대 같은 놈이 대통령직속조사위인지 뭔지 할 때부터 재수 없다고 했어. 면상을 휘갈겨 줬어야 했는데 말이야. 그놈의 청와대 공문인지 뭔지에 불알이 오그라들더라고."

반장 옆에서 커피를 마시며 책상에 비스듬히 기대어 있던 하늘색 와이셔츠의 남자가 너털웃음을 지으며 말했다.

"근데 시체 실으러 온 앰불이 한두 대가 아니던데 시체가 그렇게 많으면 분명 적에 의한 총격인데…. 이건 보통 사건이 아니야. 김 중사, 아까 몇 명이었지?"

"한 10, 12? 대충 그 정도 되어 보이던 것 같습니다. 아마 GP 내부 사상자들도 포함될 겁니다. 시신을 전부 회수한 것이 아닐 겁니다. 훨씬 많지 않겠습니까?"

"분대가 전멸했구먼, 전멸했어. 이거 뭐 북괴 새끼들 총격 아니면 뭐겠어? 뻔하지. 통문이면 E4 코스 아니야? 명백한 정전협정 위반 행위지.

그런데 우리를 배제할 이유가 있나? 뭐 찔리는 거라도 있는 거야 뭐야?"

반장은 담배를 꺼내 불을 붙이며 한 모금 빨아들이며 말했다.

"총기 난사일 수도 있잖습니까?"

타자를 치던 남자가 말을 꺼냈다. 그러자 커피를 마시던 남자는 서류 철로 그의 머리를 때렸다.

"인마, 상식적으로 15발 탄창으로 열 몇 명 죽이는 게 쉬우냐? 쉽냐? 종대로 걸어간다고 해도 후미에 있던 놈이 장전 소리까지 내면서 그 새 벽에 난사한다고? 제다가 탄창 갈아 끼우는 시간은 생각 안 하냐? 그 전에 지가 먼저 뒈지겠다."

"아니, 전 그냥 그럴 수도 있다고 말한 겁니다. 그리고 비가 왔잖습니 까? 그럴 수도 있을 거 같은데 생존자 정말 없답니까?"

"몰라, 새끼야. 뭐 봤어야 알지. 나도 좀 알고 싶다."

반장은 한숨을 쉬며 재떨이에 담배를 몇 번 털었고 느린 목소리로 말했다.

"미궁이다, 미궁이야. 그 새벽에 통문을 따 준 새끼나 통문을 들어간 새끼나 대통령조사위인지 뭔지…. 참 알 수 없는 사건이라니까…. 그나 저나 그 통문 8중대에서 관리하는 거 아니야? 그리고 왜 수색을 새벽에 해? 그 통문장 누구야? 그 저, 뭐야, 수염 난 털보 새끼 아니야?"

그러자 타자를 하던 남자는 손을 뗀 뒤 컴퓨터 사이로 얼굴을 들이 밀며 말했다.

"반장님, 그 사람 전역했잖아요. 그 사람 아니에요. 그 뭐지? 최원석 중사인가로 바뀐 지 좀 됐어요."

"그래? 그 미친놈은 왜 새벽에 문 따고 지랄이래? 그나저나 어디서 들 어간다고 한 거야? 대대는 알고 있었나?"

"그러게요. 그 전화해 볼까요? 출입 기록이나 인상착의 같은 거…"

"아니야. 내가 직접 가지 뭐. 그런 거 전화로 물어보면 될 거 같냐? 그래서 넌 수사의 기본이 안 된 거야, 인마. 모든 원인은 항상 현장에 있는 거야."

김 반장은 혀를 차며 그를 바라보았다. 그러자 남자는 억울하다는 표정을 지으며 입술을 모은 채 말했다.

"아, 반장님. 지난번에 기무 놈들이 한 건 하려던 거 제가 낚아채 온 건 기억 안 나십니까?" 김 반장은 어처구니없다는 표정을 지으며 말했다.

"그래, 그건 인정한다만 그렇게까지 그놈들 물 먹이면서 가져오는 너도 참 독종이다, 독종."

김 반장은 휴대전화기를 주머니에 넣은 채 일어났다.

"김 중사, 8중대 좀 가 보자."

"그 뭐, 출입하지 말라던데 갑니까?

"통문만이겠지. 8중대는 사고 지역이 아니잖아."

"알겠습니다."

김 중사는 커피를 내려놓은 채 차 키를 꺼내 밖으로 나갔다. 시동 소리가 들려왔고 이내 차는 위병소를 빠져나갔다.

중상모략

"그건 말도 안 되는 성급한 결정이었습니다!"

무테안경을 쓴 남자는 화가 난 듯 붉은 넥타이를 휘날리며 벌떡 일어났다. 그런 뒤 연필을 책상 위로 던졌다.

"아니, 아무리 그래도 그렇지, 이건 시간 싸움이고 우리가 이기는 게임이에요. 굳이 애걸복걸하면서 해결할 문제가 아니었어요."

그러자 남자는 선글라스를 벗으며 그를 노려봤다.

"그래서 가만 안 있으면 어쩔 건데!"

순간 분위기는 냉랭해졌고 선글라스를 벗은 사내는 위협적인 말투로 말했다.

"어리광은 그만 부려! 네가 지금 누구한테 말하고 있는지조차 구분 안 되는 건가? 지금 네놈이 살아 있는 권력에 대항하려는 거야? 그래서 가만 안 있으면 폭로라도 하겠다는 건가? 지금 네 가족과 넌 무사할 것 같나? 그리고 정신 차려! 이 모든 희생은 국익을 위해서야! 국익만이 모든 것을 정당화한다. 착각하지 마."

그러자 무테안경을 낀 남자는 순간적으로 굳어버린 듯 아무 말도 하지 못했다. 그러자 선글라스의 남자는 말을 이었다.

"국정원이든 뭐든 결정은 항상 우리가 한다. 원장도 가만히 있는 판에 고작 국장 따위가 설치는 꼴을 보니 참 같잖아. 원장께서 너의 이런 행태를 알고는 계시는 건가? 이 국장, 정신 차려. 단지 이번 작전이 너희 부서로 떨어졌다고 해서 주인 행세하려 들지 마. 너희는 그냥 군말 없이 따르면 되는 거야. 정치적으로 민감한 시기인 만큼 우리 선에서 처리할 것이니 토 달지 않도록 해. 이번 일로 간신히 진정되었던 남북관계가 더 어긋나면 더는 수습할 만한 명분이 없어. 북한이 미국과 중국을 자극하면 피 보는 것은 우리뿐이야. 통미봉남은 괜히 나오는 말이 아니야. 그리고 이번 일 관련해서 네가 분명 화마를 피해 갈 수는 없을 거야."

"수석실장님, 이대로 두시면 제가 가만히 앉아서 당할 것 같습니까?"

"한번 해볼 테면 해 봐. 어떻게 되는지는 네놈이 더 잘 알 테니까…. 그리고 넌 내가 일전에 제안한 일을 곰곰이 생각해보는 것이 네 신상에 이로울 거야. 전부 깨끗이 포기하고 지금 폐쇄하는 것이 좋아. 쓸데없는 짓거리를 생각한다면 그만둬. 어쨌거나 책임은 누군가가 져야 하니까…. 어떻게 하면 덜 잃을지를 고민할 시기야."

수석실장은 품에서 종이 한 장을 꺼낸 뒤 테이블 위에 밀어 넣었다.

"너와 나의 밀약이야. 지킬 것인지 지키지 않을지는 자네가 판단하는 거지. 협상은 없어. 받아들이느냐 받아들이지 않느냐의 차이일 뿐이야."

그는 다시 선글라스를 끼고 일어났다. 옆에서 그를 수행하는 것으로 보이는 남자가 서류를 정리하고 문을 열었다. 선글라스의 남자는 문간 옆에서 무테안경의 남자를 바라보며 말했다.

"그리고 이 국장… 함부로 각하의 이름을 들먹이며 모욕하지 말게. 자네가 그 자리에 있을 날도 얼마 안 남았어."

그가 나가자 문은 닫혔고 방 안에는 냉랭한 공기만이 흘렀다. 무테안경은 한동안 주먹을 쥐고 서 있더니 이내 테이블을 엎어 버렸다. 소리가 얼마나 컸던지 흰색 와이셔츠에 넥타이를 한 남자가 놀란 표정을 지으며 문을 열고 들어왔다.

"국장님, 괜찮으십니까?"

"개 같은 놈들! 자기들이 저질러 놓고 왜 우리가 모두 다 뒤집어써야 하는 거야? 빌어먹을 놈들!"

"진정하세요, 국장님. 이제부터 뒷수습이 중요한 시기입니다."

남자는 나지막한 목소리로 진정하라는 듯한 표정을 지었다. 국장은 화가 덜 풀렸는지 넘어진 테이블을 발로 차며 방 안을 배회했다. 그는 머리를 쓸어 넘겼고 한 손을 허리에 짚은 채 빠른 말투로 물었다.

"지금 현장에 우리 요원 얼마나 남았어?"

"전원 철수한 걸로 알고 있습니다."

"뭐? 왜 철수해?"

"대통령조사위에서 단독 수사한다고 철수하라고 했답니다."

그러자 국장은 벽을 주먹으로 치며 발길질했다. 아직도 분이 풀리지 않았는지 얼굴은 상기된 채 가쁜 호흡을 내쉬며 벽이 부서져라 쳐댔다. 몇 분간의 고성이 들려왔고 얼마 뒤엔 지쳤는지 국장은 고개를 숙인 채 심호흡을 해댔다.

"한 팀장, 기무사 김대성 과장한테 연락해 봐."

"예."

남자는 바로 휴대전화기를 꺼내더니 번호를 입력하고 전화를 이 국장에게 건넸다. 그는 전화를 받아든 뒤 신경질적인 목소리로 말했다.

"어, 김 과장. 나 이 국장이야. 너희도 철수했냐?"

"예, 그렇습니다. 대통령조사위인지 뭔지에서 전부 빼라고 했답니다."

"너 정말 뺄 거냐? 난 못 빼겠거든? 그거 죽은 애들이 다 우리 애들이야."

"아, 사실입니까?"

"그래. 자세한 건 알려줄 수 없지만 난 억울해서 못 빼겠거든? 어떻게 할래?"

"어떻게 하시려고요? 우리야 뭐 지부가 많으니 인력 동원은 어렵지 않은데 눈이 많아서 잘 될지 모르겠습니다. 게다가 그만큼 힘이 있는 것도 아니구요."

"너희 실력 괜찮은 애 좀 있냐?"

"글쎄요, 좀 비리비리합니다. 딱히 뭐 단독 작전을 할 만큼 좋은 애는 없고…."

"그러면 너희 현장 요원 세 명만 파견해 줘. 조사 요원은 우리 쪽에서 보낼 테니까."

"허허, 국장님. 우리는 뭐 손발만 하고 머리는 그쪽에서 하는 겁니까?"

"인마, 너희 뭐 없다며. 그리고 지난번에 기밀 유출 건 우리가 도와준 거 기억 안 나냐?"

"알겠습니다. 국장님이면 뭐 도와드려야죠. 그런데 정말 어떻게 된 사건입니까?"

"조만간 뉴스로 나올 거야. 다 알게 돼. 일단 현장 인원들 19시까지 내곡동으로 보내. 우리가 실어서 현장에 보낼 테니."

"알겠습니다. 그런데 굳이 우리 인력을 쓰시는 이유가 있습니까?"

"군부대의 하이패스는 전부 기무들이 하지 않나?"

"허허, 이거 너무합니다. 단물만 쏙 빼 드시려고 하는 것 같습니다."

"나 지금 농담할 기분 아니야. 나중에 내가 잘 챙겨 줄 테니까 내가 시키는 대로만 해. 그리고 이 번호 잘 대기하고 있어. 협조할 사항이 많으니까."

"그렇게 하죠. 아! 국장님, 그리고 조만간 내사 있을 겁니다. 뭔지는 모르겠는데 그쪽에 내사 있다는 첩보 좀 있었습니다."

"어떤 내사인데?"

국장은 목소리를 치켜세우며 물었다.

"아마 인사 관련 내사일 겁니다. 싹 다 털 겁니다."

"소스는?"

"감사원입니다."

"너희가 감사 쪽도 손대냐?"

"그런 것까지는 아니고 요즘에 사찰 관련해서 공직자들도 예외는 아니라 조사하는 과정에서 흘려들은 겁니다."

"너희가 검찰보다 더하는구나."

"국가의 적을 잡아내는데 성역이 어디 있겠습니까? 그리고 그것 때문이라면 크게 걱정하지 않아도 될 겁니다."

"믿어도 되나?"

"여러 사람 다치는 시나리오로 가진 않을 겁니다."

"그래야겠지. 신경 써라. 내가 죽으면 너희도 죽는 거야. 알잖아?"

"언제 식사라도 하시죠."

"사건 끝나고 받지."

"예, 알겠습니다."

국장은 전화를 건네고 거울 앞에 섰다. 그는 거울을 보며 넥타이를 다시 고쳐 맸다. 그는 마음에 들지 않았는지 옷깃을 세웠다. 넥타이를 풀어 목 뒤로 한 번 둘렀다. 한 팀장은 뒤에서 그의 상의를 들고 서 있었다.

"정 팀장 어디 있나?"

"휴가 중입니다."

"불러."

"수사권 일임하실 생각입니까?"

"정 팀장보다 신뢰 가는 사람 있어?"

한 팀장은 잠시 머뭇거리는 표정을 지었고 이내 다시 고개를 들었다.

"아닙니다."

"왜? 정 팀장이 너무 잘나가서 그런 거야?"

이 국장은 넥타이를 마저 고쳐 매면서 물었다. 그러자 한 팀장은 외투를 꽉 쥐었고 화들짝 놀란 표정을 지우며 말했다.

"아닙니다. 그런 것 없습니다."

"사실이잖아. 왜 숨기고 그래. 여긴 철저히 실력이야. 정한성 팀장만큼 유능한 사람 몇 못 봤어. 게다가 충성심도 있고 말이야. 너 지난번에 내사 때 정 팀장이 어떻게 한지 기억나?"

"잘 모르겠습니다."

"정 팀장 혼자서 바가지 썼어. 우리 다 살리려고… 물론 징계 먹긴 해도 누가 그런 충견을 내치겠어? 그게 바로 조직생활 잘하는 거야."

"예… 그렇습니다."

국장이 넥타이를 다 매갈 무렵, 한 팀장은 붉게 상기된 얼굴로 국장에게 상의를 건네었다.

"국익? 지랄하고 있네. 호가호위도 정도껏 해야지. 뭐? 무사하지 못할 거라고? 한번 기대해 보라고 하지. 지가 뭐라도 되는 줄 아나 보지?"

국장은 빈정대며 문을 열고 나섰다. 한 팀장은 마치 애완견처럼 그의 뒤를 졸졸 쫓아갔다. 좌측에 있는 TV에 사람들이 몰려 있었고, 이 국장은 가던 길을 잠시 멈추고 쳐다보았다. 한 팀장도 화면을 뚫어져라 쳐다봤다.

"긴급 속보입니다. 11시경 남북 장성급 회담이 성사되었습니다. 그간 천안함과 연평도 사건 등 대남도발 사건 이후 처음 열리는 회담입니다. 이번 회담은 아주 이례적인 결과인데요, 어떤 배경인지 그 속이 궁금합니다. 김인지 기자가 취재했습니다. 김인지 기자?"

"예, 김인지입니다. 저는 현재 국방부 브리핑실에 와 있습니다."

"회담이 성사된 것은 매우 이례적인데 어떤 배경이 있는 건가요?"

"예, 어제 새벽 청와대 관계자에 의하면 남북 경협 시일이 연장되었으며, 추가적인 대북지원 협상이 이루어졌다고 언급했습니다. 이에 따른 고위급 회담이 이어진 것이라 추측됩니다."

"그렇다면 대북지원이 갑자기 이루어진 것은 무엇 때문입니까?"

"최근 비공식적으로 무르익은 남북 화해 상태의 목적으로 오래전부터 준비했던 일이라고 청와대 관계자는 답변했습니다."

"최근 정부에 대한 신뢰도가 점점 낮아지는 시점에서 천안함이나 연평도 사건이 있었는데도 불구하고 지원이 이루어진다는 점에서 반 국민 정서를 살 수도 있지 않습니까?"

"그렇습니다. 강력한 도발 상쇄 의지를 보인 정부로서는 기존 태도와 대치되지만, 청와대 관계자의 말에 의하면 당근과 채찍을 통한 대북정책의 일환이기 때문에 기존의 정부 방침과 다를 것이 없다고 답변했습니다."

"예, 김인지 기자. 국방부 대변인 브리핑은 몇 시부터 시작되는 건가요?"

"10분 뒤에 실시될 것으로 예상하고 있습니다."

"예, 알겠습니다."

"이상, 국방부 브리핑실의 김인지였습니다."

이 국장은 입술을 깨물며 손을 쥐었다 폈다.

"쥐새끼 같은 놈들!"

속보가 끝나자 다들 삼삼오오 모여 여러 이야기를 했다. 심각한 표정을 지은 사람은 별로 없었다. 그러나 이 국장은 인상을 찌푸린 채 무테 안경을 한번 더 깊게 눌러 쓰고 엘리베이터로 향했다.

한 팀장은 이 국장을 배웅하고 7층에 있는 자신의 사무실로 들어왔다. 사무실은 깨끗했으며 싱싱한 화초 하나가 햇살이 잘 드는 창가 앞에 놓여 있었다. 회색 책상에 컴퓨터 한 대, 전화기 한 대가 놓여 있었고, 책상 위에는 종이와 형형색색의 펜들이 일렬로 가지런하게 놓여 있었다. 한 팀장은 한숨을 쉬며 자리에 앉았다. 마치 피곤한 일을 겪기라도 한 듯 머리를 뒤로 젖힌 채 몸을 늘어뜨렸다. 눈을 감은 뒤 한숨을 내쉬었고 그러고 나선 휴대전화기를 꺼내 책상 위에 올려놨다. 그는 잠시 눈을 감고 숙면을 취하는 듯하더니 이내 손을 뻗어 휴대전화기에 번호를 입력했다.

"어, 왜?"

"국장님이 복귀하래."

"뭐? 지금?"

"어."

"왜?"

"사건 생겼대."

"나 지금 강릉인데?"

"빨리 와. 큰일이야."

"뭔데?"

"총격 사건이야."

"어디서?"

"철원."

"알았어. 금방 갈게."

한 팀장은 늘어지는 목소리로 답하고 귀찮은 듯 눈을 감아 버렸다. 그는 눈을 감은 상태에서도 미간을 찌푸렸다. 마치 두통이 있는 사람처럼 얼굴에는 다양한 근육의 활동이 보였다. 창가의 햇살은 테이블 위를 비추었지만 한 팀장의 얼굴에는 빛이 들지 않았다. 그의 검은 넥타이가 더욱 검게 보일 뿐이었다.

미끼의 냄새

승합차 한 대가 빠른 속도로 고갯길을 올라가고 있었다. 전방에는 육중한 바리케이드로 막아 진 위병소가 앞에 보였다. 바리케이드는 색칠을 한 지 얼마 안 된 듯 노란색과 검은색이 상당히 선명했다. 초병들은 삼엄한 경계를 취하고 있었고 전방을 주시하고 있었다.

"정지! 소속, 직책, 관등성명 부탁합니다."

초병은 차량 앞을 막아서며 운전석 쪽으로 걸어 들어왔다. 그러자 반장은 창문을 열었다.

"어, 수사과 김 반장이야."

"출입증 확인하겠습니다."

그러자 김 반장은 속주머니에서 출입증을 꺼내 병사에게 건네었다. 병사가 출입증을 본 뒤 다시 출입증을 되돌려 주었다. 김 반장은 출입증 끝을 잡고 미소를 지으며 병사에게 물었다.

"8중대로 누구 들어갔니?"

"5시에서 6시 사이에 뭐, 이상한 사람들이 다 나가고 그 외는 일반 운행 차량 두 대밖에 없었습니다."

"너 몇 시에 투입했는데?"

"4시입니다."

"말뚝이야?"

"2교대입니다."

"그러면 일부 시간대는 네가 못 봤을 수도 있잖아."

그러자 병사는 머뭇거리면서 말했다.

"그럴… 수도 있습니다."

"출입 일지 좀 줘 볼래?"

"예."

병사는 손에 들려 있던 출입 일지를 건네었다. 김 반장은 출입 기록을 유심히 봤다.

"혹시 연통에 안 올린 기록도 있니?"

"전 근무자가 인수인계하긴 했는데, 그 기무에서 나왔다고 연통에 기재하지 말라고 했던 사람 하나는 있었습니다."

"관등성명이나 인상착의는 못 봤고?"

"예. 그냥 레토나 한 대라서 출입증만 보고 통과시켰답니다."

"8중대로?"

"그렇습니다."

"그리고 말이야, 새벽에 들어갔다는 그 수색인원들 혹시 너희 근무 시간대에 들어간 거니?" "아닙니다. 야간은 본부중대가 위병소라 저희는 잘 모릅니다. 그런데 아마 기록에 없을 겁니다. 듣고 보니 그 사람들이 차량이나 인원수 전부 적지 말라고 했다고 들었습니다."

"지휘통제실 보고한 거야?"

"저희는 정상적으로 보고 다 했는데 그때 하필 유선이 잘 안 되어서 통과하고 한 30분 뒤인가 지연 보고됐습니다."

"휴가 잘리겠네?"

김 반장은 웃으며 초병을 쳐다보았고 초병은 멋쩍게 웃었다.

"알았어."

김 반장은 창문을 닫았고 바리케이드가 열리자마자 빠른 속력으로 언덕을 올라갔다. 조수석에 앉아 있던 반장은 혀를 끌끌 찼다.

"벌써 손썼나 보네."

"어떻게 하십니까? 마주칠 텐데."

"뭘 어떻게 해? 죄지었어?"

"알겠습니다."

차는 몇 번의 비포장도로를 지났고 깊숙한 길로 접어들었다. 주위엔 나무들이 빽빽하게 늘어서 있었고 흙길 좌·우측에 지뢰를 경고하는 팻말들이 곳곳에 박혀 있었다. 김 반장은 덜컹거리는 차에서 메스꺼움을 느끼는지 안전띠를 풀었다.

"어후, 지난번에 어떤 놈이 탄 하나 훔쳐다가 저 지뢰지대에 갖다 버렸지 뭐야."

반장은 창가 옆의 지뢰지대를 가리키면서 중얼거렸다.

"기억납니다. 그거 찾느라 애먹었잖습니까."

"그때 박격포 탄부터 해서 수류탄에 지뢰에 해서 별의별 게 다 나왔지. 금속 탐지기 없었으면 난 아마 반신불수가 됐을 거야."

김 반장은 아찔한 듯 눈을 가리며 말했다.

"전쟁 끝난 지도 60년이 뭐야, 거의 70년이 다 돼가는 판에 아직도 전쟁의 잔재가 남아 있는 곳은 이곳 남한이 유일한 곳일 거야. 사실 여기서 얼마나 많이 죽었나? 너도 알다시피 요 앞 저격능선 전투에서 북한군 만 명이 몰살당했고 국군도 7천 명이 넘게 죽었어. 그놈의 능선 하나 때문에…. 저 저격능선 남쪽은 거의 급경사인 데다가 곳곳에 깊은 계곡이 많아서 중공군 저격수가 그렇게 많이 숨어 있었어. 그래서 애꿎게 죽어간 병사만 수천이야. 뭣도 모르고 그 어린것들을 소대장이 올라가라고 시켰겠지. 그러니 여기 어딘가에 억울하게 죽어 떠도는 유골이 얼마나 묻혀 있을지 상상이나 해 봤어?"

김 반장은 한숨을 한 번 내쉬더니 의자에 바짝 기댄 채 말을 이었다.

"그래도 여긴 지킬 만한 땅이야. 우리가 여기서 버텨줬기 때문에 고성쪽에서 치고 올라간 것 아니겠어?"

그러자 김 중사는 삼거리에서 좌회전하면서 웃음을 지었다.

"그래도 저격능선은 결국 내어줬잖습니까?"

"애초에 전쟁 후기에는 오성산에 태극기를 꽂을 수 있는 가망이 없었기 때문에 저격능선은 의미가 없었어. 메인디시를 안 먹고 사이드만 우걱우걱 처먹는다고 배가 차냐? 그럴 바에는 아예 손도 안 대는 것이 낫지."

김 반장은 빈정거리는 말투로 말꼬리를 높이며 말했다.

"오성산이 그렇게 중요한 산입니까?"

김 중사는 의문스러운 듯한 표정을 지으며 물었다. 그러자 김 반장은 고개를 끄덕이며 옛날이야기를 하듯 말했다.

"이 오성산이 말이야… 그 김일성이가 남한군 장교 군번줄 수만 개를 갖다 준다고 해도 바꾸지 않겠다고 한 산이야. 만약 이 산을 빼앗겼다면 놈들은 개성이고 뭐야, 황해도 전체를 넘겨줘야 했을걸?"

"아, 정말입니까? 그건 몰랐습니다."

"몇 년 차 근무인데 이런 것도 몰라? 한심한 놈."

"도대체 산 하나가 뭐 그리 중요하답니까? 저희도 1,000고지짜리 산 있잖습니까?"

"역으로 우리가 대성산과 적근산을 넘겨줬으면 최소한 의정부까지는 밀렸겠지. 지금도 오성산에는 레이더 기지를 비롯한 비행기 격납고는 물론, 수천 개의 지하 벙커로 도배되어 있지. 그리고 1,000고지도 정도에 1개 대대가 상주를 하고 있을 정도로 많은 병력이 집중되어 있지. 저건 난공불락의 산이야. 산 전체가 요새거든. 그 레이더 기지가 날씨가 맑을 때는 의정부까지 도청한다더군. 그러니 애초에 적의 GP 라인까지 갈 수가 없지."

"전술핵을 써야 먹힐 것 같습니다."

"너 지하 갱도가 전술핵에 쉽게 무너질 것 같아? 쟤네는 6·25 때 융단 폭격에 대한 트라우마가 있어. B-29만 봐도 몸서리치는 애들이야. 60년을 폭격 트라우마로 살아오던 애들인데 설마 전술핵 따위로 굴복시킬 수 있을 것 같나? 최소한 화학 탄 수천 톤은 떨어뜨려야 항복할 거다."

"정말 난공불락의 성 같습니다."

"그래서 우리 사단 지역이 1군과 3군에서 가장 위협적인 구간에서 적과 대치 중인 것이지. 여길 넘느냐 못 넘느냐에 따라 전시에 우리가 평양으로 가는 관문을 여느냐 마느냐가 결정되니까…"

"그렇게 말씀하시니 뭔가 비장한 것 같습니다."

"쓸데없는 소리 하지 말고 앞이나 봐."

차량은 몇 번의 고개를 더 넘었고 점점 더 깊숙한 곳으로 들어갔다. 우측에는 지뢰가 매설되어있다는 표식이 있었다.

"지금부터 DMZ입니다."

김 반장은 눈을 감은 채 귀찮은 듯 늘어지는 목소리로 말했다.

"알아."

그러자 김 중사는 멋쩍은 웃음을 지어 보였다.

"식사는 가서 하십니까?"

"그래야겠지. 아, 읍내에서 국밥이나 먹고 올라갈걸… 오랜만에 짬밥 먹을 생각을 하니 좀 찝찝하구만."

"그래도 여기 취사병 애들이 밥을 잘한다고 들었습니다. 지난번에 왔을 때 꽤 괜찮게 했었던 것 같은데…."

"그래, 너 혼자 많이 처드세요."

"그 수사는 언제부터 하실 생각입니까?"

"오늘 수사 안 할 거야. 탐문만 좀 하고 내려갈 거야."

"어떤 탐문 말씀이십니까?"

"그 8중대 뒤편에 통문 가는 샛길 하나 있지?"

"예. 좀 험하긴 해도 들키지 않고 들어갈 수 있을 겁니다."

"근처에 초소 없지?"

"예. 근무자들이면 대충 둘러대면 됩니다. 근데 최 중사는 안 만날 겁니까?"

"아이 씨, 몇 번을 말해! 안 만난다고! 너 왜 내가 지금 안 만나는 줄 알아? 꼭두새벽부터 그 꼬락서니를 당했는데 정신이 멀쩡하겠어? 수사는 어차피 받게 되어 있고 기무도 벌써 가 있어. 괜스레 지금 갔다가 이미지만 안 좋아져. 그리고 기무가 먼저 수사하면 우리가 그 수사 기록을 뺏어서 필요한 것만 물어보면 되지, 왜 굳이 우리가 손대서 코 풀려고 해? 그래서 넌 수사의 기본이 안 됐다는 거야."

김 반장은 곁눈질로 김 중사를 쳐다보며 비꼬았다. 김 중사는 핸들을 잡은 채 억지로 울상을 짓는 듯한 표정을 지어 보였다.

"그렇게 말씀하시니 섭섭합니다. 한 번밖에 안 여쭤봤습니다."

"뭐 인마, 말대꾸하냐? 섭섭하면 식사라도 한 끼 사든가…."

"저 돈 없습니다."

"월급 안 받냐?"

"반장님도 월급 받잖습니까?"

"때려치워, 새끼야."

김 반장은 기분이 상한 듯 팔짱을 낀 채 창가를 쳐다보았고 김 중사는 파안대소를 하며 말했다.

"반장님, 농담입니다. 정말 농담입니다. 제가 오늘 사 드리겠습니다."

"닥쳐. 듣기 싫어."

"아, 왜 이러십니까? 정말 농담입니다."

"안 먹어."

김 중사는 한 손으로 머리를 긁으며 웃었고 김 반장은 기분이 상했는지 인상을 찌푸렸다.

"반장님, 오늘 제가 강제로 데려가겠습니다."

"네 맘대로 해."

"가시는 걸로 알겠습니다."

"몰라, 새끼야."

흰색 페인트칠이 된 막사가 눈에 들어왔고 쓰다 남은 철골이 연병장의 한 귀퉁이를 차지하고 있었다. 차량은 벽면을 돌아 막사 뒤편에 주차했다. 차가 오는 것을 확인했는지 하사 두 명이 나왔고 그들은 김 반장을 보자 경례했다. 김 반장은 차량 문을 닫으며 경례를 받았다.

"누구누구 와 있냐?"

"기무에서 배 중사가 와 있습니다."

"아, 그 안경 쓰고 머리 까진 놈?"

"예."

"뭐 하는데?"

"소초장님과 대화 중이십니다."

"아, 그래? 우리 잠깐 여기 차만 대놓을게. 곧 갈 거니까 알려주지 마."

"알겠습니다."

김 반장은 막사 우측으로 가더니 심정 옆에 둘러쳐진 철조망 사이를 가볍게 뛰어넘었다. 김 중사는 그것을 보더니 놀란 표정으로 말했다.

"지뢰지대 아닙니까?"

"아니야, 빨리 와."

김 중사는 김 반장을 보채는 듯한 말투에 철조망을 넘었다. 정강이 높이까지 오는 철조망에 김 중사의 군화가 살짝 긁혔다.

"그것도 제대로 못 넘냐?"

김 반장은 조롱하는 듯 말했고 김 중사는 그저 웃기만 했다. 그는 김 반장의 성격을 잘 알기에 더는 말을 걸지 않았다. 말이라도 잘못했다간 지뢰지대에서 무슨 봉변을 당할지 모르는 법이었다. 내리막길은 비탈졌고 근처에 수원이 있는 듯 얕은 개울물이 아래쪽으로 흐르고 있었다. 김 반장의 운동화 밑창에는 진흙이 묻었고 김 중사의 군화에도 많은 진흙이 묻었다.

"길이 참 더럽네."

"그래도 빠른 길이잖습니까?"

"그건 그렇지."

그때였다. 김 반장이 디디려는 바위가 좌측의 산비탈로 굴러 떨어졌다. 김 중사는 재빨리 좌측 팔을 뻗어 김 반장의 옷깃을 잡았고 김 반장은 김 중사의 좌측 팔을 잡았다. 두 남자는 시선이 마주쳤고 김 반장은 무안했던지 몸을 앞으로 숙여 다시 발을 디뎠고 시선을 회피한 채 앞으로 계속 걸어갔다.

"고맙다."

김 반장은 기어 들어갈 듯한 목소리로 말했고 김 중사는 못 들었다는 듯 물었다.

"방금 뭐라고 말씀하셨습니까?"

"뭐 인마?"

"아닙니다."

두 남자는 계속해서 내려갔다. 깎아지른 듯한 절벽에 한 사람 겨우 지나갈 만한 비탈길이 나왔고 위태로운 줄타기를 하듯 두 남자는 조심스럽게 발을 내디뎠다. 이따금 들려오는 종달새 소리를 제외하곤 정적만이 흐를 뿐이었다. 어제 새벽에 내린 비 때문에 나무에서 떨어지는 물방울들이 정수리를 적셨다. 한참을 이동하자 평지가 나왔고 멀리 철책이 보였다. 바닥은 온통 진흙투성이였고 마치 늪지대를 연상시켰다. 김 반장은 묵묵히 걸어갔고 김 중사도 그 뒤를 졸졸 쫓아갔다. 김 반장의 운동화는 원래부터 갈색이라고 해도 믿을 만큼 진흙 범벅이었다. 김 반장은 아랑곳하지 않고 계속 걸어갔다.

"얼마나 더 가야 합니까?"

돌을 디디며 진흙을 넘어 다니던 김 중사가 말했다.

"이 길이 어떤 길인 줄 아냐?"

"어떤 길입니까?"

"예전에 GP 추진철책이 생기기 전에 남파 공비들이 자주 이용하는 침투로였어."

"언제 말입니까?"

"80년도 이전에는 추진철책이 없었거든. 그래서 야밤에 공비들이 GOP 막사 내에 잠입하기 위해서 이 통로를 자주 이용했어. 물론 놈들이 1㎞ 더 당겨 오고 우리도 800m 전진한 이후에도 계속 넘어왔어. 비공식적 집계만 따져도 놈들이 넘어온 횟수를 생각하면 정말 상상할 수 없을 정도로 많이 넘어왔지. 단지 언론에 보도되지 않았을 뿐이야."

김 반장은 마른 낙엽이 있는 곳으로 걸어갔다.

"진흙 밟지 말고 일로 와. 발자국 남아."

"알겠습니다."

"반장님께서는 이 길을 어떻게 그리 잘 아십니까? 그때 군대에도 안 계셨던 걸로 아는데…." "90년대 중반에도 이 길로 남파 간첩들이 내려왔었거든."

"정말입니까? 그땐 이미 3단 철책이 모두 다 완성되어 있지 않았습니까?"

"인마, 마음먹고 내려오려면 내려오는 곳이면 DMZ야. 그 아무리 많은 감시 장비와 소초, 철책이라도 남파를 시도하려면 언제든지 시도할 수 있어. 상상해 봐라. 지금 우리가 내려온 코스로 사람이 지나올 수 있다고 생각하는 사람이 얼마나 될 것 같아? 그 비탈길에 몇이나 지나간다고…. 그런데 그놈들은 이 길을 위해 유사 지형에서 죽도록 연습하지. 그게 바로 놈들의 실체야. 절대 만만히 봐서는 안 돼."

김 반장은 운동화의 진흙을 낙엽에 일부러 묻히면서 조금씩 진흙을 털어내며 걸었다.

"그 당시에 그럼 공비를 소탕했습니까?"

"아니, 놈들은 다시 돌아갔어."

"도대체 뭘 하고 갔답니까?"

"너 그 지금 12중대 있던 자리 아냐?"

"아, 그 협곡 쪽 공터 말씀이십니까?"

"어, 거기가 왜 없어진 줄 알아?"

"왜 없어졌는데요?"

김 중사는 의아해하는 듯한 목소리로 물었다.

"거기서 1개 소대 병력이 당했거든. 그것도 90년대 중반에 말이야."

"당했다면… 어떤 말씀이십니까?"

"그 총기 난사 사건 있잖아. 지금은 거의 총기 난사 사건의 교보재로 쓰이는 그 사건 있잖아. 96년 11월 GOP 총격 사건."

"아, 봤습니다. 교육 때 참고 자료로 본 것 같습니다."

"그 사건이야."

"설마 그럼…."

"그건 총기 난사 사건이 아니었어."

김 반장은 낙엽을 발로 좌우로 치우며 걸어갔다. 그런 뒤 앞에 보이는 오동나무 앞에 멈춰선 뒤 밑동을 짚고 담배 하나를 꺼내 태웠다. 라이터가 담배 머리를 태웠고 그는 담배 연기를 한 모금 마신 뒤 말을 이었다.

"정확히 다섯 명이었지."

"공비들 말입니까?"

김 반장은 담배 연기를 내쉬며 고개를 끄덕였다.

"42발에 장교 한 명, 부사관 두 명, 병사 열네 명이 사살되었지. 5분도 안 되는 시간에…. 아직도 잊을 수가 없어."

"왜 그렇습니까?"

"내 첫 현장 감식이었거든."

김 반장은 담배 필터를 빼고 한 모금을 깊게 빨아들인 후 바닥에 버렸다. 그런 뒤 운동화로 지그시 눌렀다. 그는 고개를 들어 김 중사를 쳐다보며 말했다.

"명목상 총기 난사긴 한데 사실상 전부 의문사야. 보통 유족들이 억울해서라도 화장 안 하고 군 병원 영안실 냉동고에 아들내미를 계속 보관하는 경우가 태반인데… 전부 장례를 치르더라고. 어떤 보상을 했는지는 몰라도 그때 살아남은 사람들이나, 모든 누명을 뒤집어쓴 놈이나 지금까지도 함구하는 걸 보면 정말 큰 사건이었던 것은 분명해."

"그래서 그냥 총기 난사 사건으로 종결되었습니까?"

"그랬지."

"진상 요구나 그런 거 요구하는 유족은 없었습니까?"

"없었어."

"일단 현장에서 동구권 총기 및 탄은 전부 발견되지 않았어. 신기하게도 전부 5.56㎜ 탄에 K-1 소총에서 나온 구경 크기였지."

"공비였던 것은 확실합니까?"

"생존자 증언에 의하면 분명 아군이 총격했다고 하는데 숫자가 상당히 많았거든. 그리고 같이 생활하는 사람들끼리 일면식이 없진 않잖아? 게다가 GOP에선 야간 운행이 제한되니 누가 올 일도 없고, 또 독립 소초라 다른 부대 사람들이 올 수가 없는 구조야. 답은 뻔하지. 그래서 추적에 추적을 거듭해 보니 놈들이 이 루트를 이용했더라고. 아니나 다를까, 나중에 현장 검증하다가 철책 하단 콘크리트를 파쇄한 흔적이 확인되었지. 아직도 그때 수사했던 사람들 표정을 잊을 수 없어. 사실 나도 그랬고, 거기 있는 사람들이 다 그랬거든…. 분명히 내부 소행이라고 생각했는데 그날 그걸 확인하니 정말 믿을 수가 없더라고. 아니, 난 사람이 어떻게 그 야밤에 이런 험한 길로 올 수 있는지 참…. 그것도 아무런 제재 없이 들어왔다는 사실 자체를 믿을 수가 없었지만 그 콘크리트를 보는 순간 모든 게 현실이 되었지. 전부 사실이었어."

김 중사는 진흙 웅덩이를 피하며 물었다.

"수사가 거기서 끝났습니까?"

"물론 계속해서 추적했지만 더는 진전이 없었고 질질 끌었지. 그냥 계속 원점이었어. 뭐 발자취를 남긴 것도 아니고 그렇다고 인분이나 물건을 흘린 것도 아니고 정확한 인상착의를 목격한 것도 아니고 CCTV가 있는 것도 아니고 오직 파쇄된 콘크리트만 덩그러니 있었으니 답답할 노릇이지. 그러다 해가 넘어가고 이듬해에 IMF가 터졌어. 그래서 아무도 신경 안 썼어. 그냥 묻어 버렸지. 그 뭐야 2000년도 지나고 새 정부 들어서고 과거사진상위원회인지 뭔가가 뒤지려고도 했었는데 협조하는 유족도 없고 그렇다고 명확한 증거가 있는 것도 아니어서 그냥 그 사람들도 다 포기하더라고. 그때 나도 참고인 자격으로 나갔었는데 말이야."

김 반장은 담배 한 개비를 더 꺼냈다.

"그래서 내가 골초가 된 건지도 몰라."

김 반장은 옅은 미소를 지으며 김 중사를 쳐다봤다.

"뭔가 씁쓸합니다."

"뭐가 또?"

김 반장은 특유의 귀찮은 듯한 표정을 지으며 김 중사의 얼굴에 담배 연기를 내뿜었다.

"정말 지금도 공비가 뚫고 지나갑니까?"

"그런 시대는 지났어, 이젠. 이 철책으로 더는 남파 간첩을 보낸다는 건 불가능한 일이지." "그럼 이젠 어떻게 넘어옵니까?"

"이젠 내부와의 싸움이야. 우리나라는 마지막 시험대에 오른 거야. 미국이 테러와 전쟁을 하듯 우리 내부에 자생하는 공비들과 싸우는 시대에 접어든 거지. 과거처럼 소초 하나 폭파하고 사람 몇 죽인다고 적에게 타격을 주는 시대는 끝났어. 더 교묘하게, 그리고 광범위한 공작들을 조심해야 하지."

김 반장은 담배를 마저 태우며 말했다.

"내가 만약 간첩이면 말이야, 난 이런 구질구질한 철책으로 오지 않고 탈북자로 위장해서 인천공항으로 당당히 들어올 것 같은데 말이야. 우리는 국지 도발에 대한 생각 자체를 바꿔야 돼. 시대가 어느 때인데 말이야."

"음…."

"요 앞이니까 일단 가자."

"예."

김 반장은 주머니에 손을 눌러 넣은 채 앞장섰고 김 중사는 그를 따라갔다. 울창하게 뻗어 있는 나무들 사이로 밀림이 펼쳐졌고 얕은 물이 흐르는 소리가 들려왔다. 김 반장은 고함을 지르며 장난을 쳤고 이따금 휘파람도 불었다. 얼마 안 되어 그들은 철책에 도착했고 계단을 타고 통문으로 내려갔다. 4분쯤 지나자 김 반장은 통문 옆의 대기초소를 가리켰고 김 중사를 쳐다보며 말했다.

"저기다."

"사건의 시작인 것 같습니다."

그들은 통문으로 내려갔고 육중한 통문 앞에서 주위를 둘러보며 또다시 담배를 태웠다.

"하루에 한 갑은 피우냐?"

김 반장은 김 중사를 쳐다보며 물었다.

"반 갑 정도 피웁니다. 끊어야 하는데 미치겠습니다."

"이 일 하다 보면 골초가 되는 건 시간문제야. 특히 너 같은 애송이들이 책상만 끼고 있다가 현장 오면 더하더라고."

"나름대로 취미생활도 많습니다. 쉽게 골초가 되지는 않을 겁니다."

김 반장은 코웃음을 치며 그를 쳐다봤다.

"네 마음대로 되는 거 하나 없다."

김 반장과 김 중사는 서로를 쳐다보며 웃었고 통문 앞으로 갔다. 김 반장은 통문을 좌에서 우로 한 번씩 더듬으며 말했다.

"최초 몇 시에 열었댔지?"

"12시경입니다."

"정확해?"

"일단 오기 전에 상황병한테 일지 뒤져보라고 했는데 최초 개방 시간이 그때랍니다. 지금은 뭐 지우라고 해서 지웠다는데 대충 지가 기억하는 시간 때가 그때랍니다."

"뭐? 왜 상황 일지를 지워?"

"그 뭐, 이상한 사람들이 와서 지우라고 했다고 합니다."

"야, 이 새끼야! 그걸 왜 지금 말해?"

"아니, 뭐 기무가 뻔하지 않습니까?"

"기무가 왜 상황 기록을 지워, 인마!"

김 반장은 화난 목소리로 김 중사를 다그쳤고 김 중사는 아무 말도 못 한 채 얼굴만을 붉히고 고개를 숙였다.

"너 나한테 더 말 안 한 거 있냐?"

"최태환 중위라는 사람이 상황실에 왔었답니다."

"뭔 개소리야? 최 중위라니?"

"그때, 작명도 없이 새벽에 문을 열어 달라는 사람이 있었답니다."

"아니, 그러니까 문이 열려서 누군가 뒤진 것은 알겠는데, 상급 부대에서 열어 달라는 것이 아니라 누군가가 통문장한테 개인적으로 열어 달라고 했다는 것 아니야? 그것도 보고 계통 없이 상황실에 와서 직접 말했다는 거잖아!"

"정확히는 모르겠습니다."

"아니, 아침에 왔을 때는 수색 코스 돌다가 뒤졌다며? 다들 그렇게 알고 있잖아? 긴급작명이 아니었다는 거야?"

"그런 것 같습니다."

"작명 안 난 것 맞아?"

"사단 정보처에서도 낸 적이 없답니다."

김 반장은 오른손으로 이마부터 눈까지 한 번씩 쓸어내리면서 탄식을 내뱉었다. 그런 뒤 낮고도 위협적인 목소리로 말했다.

"앞으로 뭐 숨기면 진짜 그땐 뒈질 줄 알아라."

"예, 주의하겠습니다."

김 중사는 알아들었다는 듯 연신 고개를 계속해서 끄덕였다.

"새끼가 빠져서…!"

김 반장은 눈을 흘기며 김 중사를 쳐다봤다.

"아, 씨발! 야! 그러면 다시 올라가야 하잖아!"

김 반장은 신경질적인 목소리로 언성을 높였고 김 중사는 고개를 들지 못했다. 두 남자는 한동안 아무 말도 하지 않았다. 김 반장은 철책 쪽을 바라보며 담배를 태울 뿐이었다. 김 중사는 고가초소 옆에 있는 아담한 돌 위에 앉아 담배를 태웠다.

"그 조사위인지 뭔지 하는 새끼들은 코빼기도 안 보이네."

김 반장은 철책 쪽으로 연기를 내뿜으며 말했다.

새벽 4시라…"

김 반장은 수첩을 꺼낸 뒤 여러 가지를 적기 시작했다. 매서운 눈매로 수첩을 가슴 가까이 가져간 뒤 삼색 펜으로 열심히 적어 내려갔다.

"뭐 좀 보이십니까?"

김 중사는 담배를 끄면서 기어 들어가는 목소리로 말했다.

"알아서 뭐 하게?"

"아닙니다."

김 반장은 통문 주변을 둘러보며 휴대전화기를 꺼내 촬영했다.

"그거… 보안 위반 아닙니까?"

"새끼야, 계속 토 달 거냐? 자꾸 깐족댈래?"

"죄송합니다."

"죄송할 짓을 왜 해? 이 새끼, 너 오늘 왜 그 따위로 자꾸 행동하는 거야? 뭐가 문제야?"

김 반장은 고개를 한 번 돌리며 그를 노려보았다.

"에효, 됐다. 말을 말아야지."

김 반장은 김 중사의 얼굴을 한번 쳐다보곤 길로 걸어갔다. 청색 점퍼를 입은 김 반장의 뒤로 김 중사가 주인을 쫓아가는 개처럼 졸졸 따라 갔다. 그들은 통문을 지나 바퀴 자국이 아직도 성히 남아 있는 진흙 길을 올라갔다. 몇 번의 언덕을 넘자 막사가 보였고 아스팔트 길에 들어서자 그들은 바닥을 세게 밟으면서 진흙을 도로 위로 털어냈다. 얼마 뒤, 입구에 도착한 두 남자는 약속이라도 한 듯 취사장으로 발걸음을 옮겼다. 마침 식사 중이었는지 많은 간부와 병사들이 취사장 내를 가득 메우고 있었다. 밥을 먹는 병사들은 마치 죄지은 사람처럼 좌우를 의식하며 서로의 눈치를 보았고 간부들은 인상을 쓴 채 밥을 먹고 있었다. 김 반장과 김 중사는 불청객이었고 선뜻 그들을 반기려고 하지 않았다. 한동안 1분을 그렇게 서 있었다. 그러자 밥을 먹던 소위 한 명이 그들을 의식했는지 옆에서 같이 식사하던 다른 간부들에게 눈치를 주었다. 그러자 하사 한 명이 숟가락을 내려놓고 그들 앞에 갔다.

"필승! 어쩐 일로 여기까지 오셨습니까?"

"아 뭐, 겸사겸사 들렀습니다. 최원석 중사는 어디 갔습니까?"

"오늘 아침에 기무에서 데려갔습니다."

"기무에서 데려가다니?"

"그 뭐, 어제 있었던 일 때문에 한 1시간 전에 데려갔습니다."

"오늘 복귀하나?"

"제가 듣기로 오늘 신원 조사만 끝내고 일단 귀대시킨다고 했습니다."

"알았다. 남는 생활관 있으면 좀 비워줘."

"알겠습니다."

김 중사와 김 반장은 조용히 취사장을 빠져나왔다.

비밀 지령

"예, 국장님. 접니다."

푸른색 정장을 차려입은 남자가 빠른 걸음으로 건물 안으로 들어가면서 출입증을 경비원에게 맡겼다. 휴대전화기를 들고 있던 그를 보자 경비가 손짓했다.

"잠시 한 통화만 하고 들어갈게요."

남자는 경비원에게 검지를 치켜세우며 눈을 크게 떠 보였다. 그런 뒤 속주머니에서 붉은색과 하얀색이 섞인 출입증을 꺼내 보였다. 그러자 경비는 알았다는 듯 고개를 끄덕였다. 남자는 다시 붉은 출입증을 넣은 뒤 지문 검색을 하는 게이트 앞에 줄을 섰다. 많은 직원이 일렬로 지문을 찍으며 직사각형으로 만들어진 게이트를 통과하고 있었다. 남자는 검은색 세미 정장을 입은 여자 뒤에 섰다.

"어, 정 팀장. 미안해. 사건이 사건인지라 부득이하게 불렀어."

"예, 국장님."

남자가 어깨에 휴대전화기를 끼고 지문을 찍으려는 순간 바로 앞에 있는 금속탐지기가 울렸고 세미 정장을 입은 여자는 당황한 듯 그 자리에 멈춰 섰다. 경비가 바로 허리춤에 손을 갖다 댄 뒤 좌·우측에 서 있던 보안요원들이 그녀를 제지했다. 그 뒤에 서 있던 남자는 인상을 쓰며 불필요한 일이 생겼다는 듯 게이트를 지나가려 했다.

"잠시만 기다려주십시오."

게이트를 통과하려던 남자를 보안요원이 제지했고 다른 한 명은 여자를 즉시 수색했다. 남자는 붉은 출입증을 다시 들어 보였고, 그러자 보안요원은 금속 탐지기를 허공으로 든 채 남자에게 길을 터주었다.

"뭔 소리야?"

남자의 휴대전화기에서 퉁명스러운 목소리가 흘러나왔다.

"별일 아닙니다. 게이트 앞에 좀 차질이 있는 것 같습니다."

"일단 내 방으로 올라와."

"예, 알겠습니다."

남자는 게이트를 통과하며 수색을 당하는 여자를 쳐다봤고 여자도 그를 쳐다봤다. 둘의 눈이 마주쳤고 그들은 한동안 서로를 쳐다봤다. 무언가 일면식이 있는 듯 남자는 어리둥절한 표정으로 쳐다봤고, 여자는 진지한 눈빛으로 쳐다봤다. 남자가 엘리베이터 문 앞에 이르자 둘의 미묘한 만남은 남자가 엘리베이터를 타며 끝났다. 엘리베이터는 사무국 직원이 많은 7층, 10층에 섰고 수사과가 위치한 13층에 섰다. 13층을 지날 무렵에는 남자와 중년의 여자 한 명만 있었다.

"휴가 잘 갔다 왔어요?"

"아, 예…."

남자는 어색한 듯 시선을 회피하려 했고 층은 계속해서 올라가고 있었다.

"어째 바쁜 일인가 보네요. 이틀이나 일찍 복귀하고."

"예… 뭐, 좀 그렇습니다."

남자는 자리를 피하고 싶은 듯 고개를 들지 않은 채 휴대전화기만 쳐다봤다. 15층을 지날 무렵 여자는 나지막하게 말했다.

"정 팀장님, 독사같이 이리저리 피해 다니면서 이빨을 숨기고 계셔도 알 만한 사람은 다 압니다. 괜히 용쓰지 마세요."

"무슨 말씀이십니까?"

남자는 당황스러운 듯 말을 꺼내었으나 엘리베이터 문이 열렸고 여자는 말을 듣지 못한 듯 하이힐 소리를 내며 엘리베이터를 나갔다. 문은 다시 닫혔고 남자는 계속 올라갔다. 남자의 뇌리 속에는 지난번 중국 주재 미 대사관 잠입 사건 때 그녀의 책상에서 훔친 문건이 스쳐 갔다. 그러나 아랑곳하지 않았고 대수롭지 않게 생각했다. 어차피 이 바닥이 그러하듯 배신과 도둑질은 밥 먹듯이 일어나는 일이었다. 모방은 좋은 정보원의 기본이었고 훔치는 것은 훌륭한 정보원의 미덕이었다.

얼마 지나지 않아 20층에 불이 들어왔고 문이 열렸다. 앞에는 유리로 된 데스크가 하나 있었고 푸른색 정장의 남자가 다소곳하게 앉아 있었다.

"정 팀장님, 국장님께서 기다리십니다."

"출입 절차는?"

"생략하셔도 됩니다."

데스크의 남자는 데스크 왼편에 있는 직사각형의 게이트의 전원 버튼을 내리고 남자를 안내했다. 복도는 하얀색 페인트칠을 한 지 얼마 안 된 듯 곳곳에서 시너 냄새가 났다. 천장으로는 하얀색 불투명 유리로 이루어졌으며 모서리에는 체크무늬를 새긴 듯 검은색 줄이 격자처럼 쳐져 있었다. 불투명 유리 속에는 하얀 형광등이 복도를 비추었다. 마치 복도는 우유 팩 속에 들어온 듯한 느낌을 주었다. 국장의 방은 끝에 있었고 여느 많은 방과 다르지 않게 문 앞에는 새까만 번호만 매겨

저 있었다. 복도에는 두세 명의 직원들이 걸어 다니고 있었다. 한 사람은 입에 샌드위치를 가득 문 채, 다른 한 사람은 커피를, 다른 하나는 서류를 물고 있었다. 공통점은 양손에 서류들이 잔뜩 들려 있었다는 것이었다. 남자는 그들과 마주치면서 가볍게 묵례만 한 채 방으로 안내되었다.

"조명을 바꿨나 보네?"

"국장님이 너무 밝다고 좀 줄이라고 지시하셨습니다."

"하긴 너무 밝으면 눈이 부시지."

"더 필요하신 것이 있으면 데스크로 연락 주십시오."

"어, 고생해."

남자는 문 앞에서 붉은 출입증을 문고리에 달린 카드 판독기기에 갖다 대었다. 그가 출입증을 긁자 문의 잠금장치가 해제되면서 문이 열리기 시작했다. 약간 둔탁한 소리를 내면서 5㎝ 두께의 철문이 오른쪽으로 완전히 젖혀졌다. 안에는 긴 생머리를 한 여자 한 명이 정면으로 보였다. 그녀는 테이블 위에서 타자를 하고 있었고 남자를 보자 눈을 한번 치켜세워 보더니 말없이 의자에서 일어나 남자 앞으로 왔다. 남자는 화장기 짙은 그녀의 얼굴을 한 번 물끄러미 보다가 코트를 벗어 그녀의 손에 전해 주었다. 그녀는 그의 코트를 받은 뒤 옷걸이에 걸었고 은행나무로 된 테이블 좌측에 있는 사무용 전화기의 수화기를 들었다.

"도착했습니다."

"예."

"들어가시면 됩니다."

여자는 짤막하게 말한 후 남자는 알았다는 듯 책상 좌측 편에 있는 나무 문을 두드렸다.

"접니다."

"들어와."

남자는 오래된 은행나무 재질의 문을 열고 들어갔다. 방 안은 담배 연기가 자욱했고 오래된 골동품들과 각종 사진으로 벽이 도배되다시피 했다. 벽지는 아주 오래전에 만들어진 듯 눅눅해 보였다. 이 국장은 흔들의자에 앉아 창가를 바라보며 담배를 태우고 있었다. 남자는 그를 보자 경례했고 이 국장은 담배를 위아래로 한번 흔드는 것으로 인사를 대체했다.

"앉아."

국장은 담배를 한 모금 빨며 나지막하게 말했다. 그러자 남자는 흔들의자 앞에 있는 붉은색 소파에 앉았다. 곳곳에 주름이 져 있는 중고품이었다.

"강릉에서 뭐 했어?"

"집에 좀 들렀습니다."

"어머니를 만났나?"

"그렇습니다."

"뭐라고 했나?"

"잘 살고 있더군요."

"알아보나?"

"알아봤다면 제가 여기 있을 이유가 없겠죠."

"원망은 없나?"

"얼굴 본 걸로 충분합니다."

"항암 치료가 상당히 고통스러울 텐데…. 돈도 상당히 많이 필요할 테고 말이야."

이 국장은 의자를 흔들며 연기를 천천히 내뿜었다. 그는 재를 털었고 담배를 입에 문 채 서류를 들여다보았다. 그의 무테안경은 코끝까지 내려갔고 미간은 찌푸려졌다. 남자는 무표정하게 국장의 다음 말만을 기다리고 있었다.

"내 자네를 급히 부른 이유는 다른 게 아니야. 아주 골치 아픈 일이 하나 생겼거든."

국장은 머리를 한 번 쓸어 넘기며 담배 연기를 뿜었다.

"얼마나 큽니까?"

"매우 크다."

"감당할 수 있을지 모르겠습니다."

"많은 것을 요구하진 않는다. 다만 진위 관계만 파악하면 될 것 같다."

남자는 넓게 벌린 다리 사이로 두 팔을 깍지 낀 채 고민하는 듯한 표정을 지었다.

"지난 몇 년간의 정책 기조가 사실 국정원한테 불리하게 작용한 건 정 팀장도 잘 알 거야."

정 팀장이라 불린 남자는 조용히 고개만을 끄덕였다.

"도청도 이젠 허가 없이 힘들게 되었고 말이야. 사실상 반신불수가 된지 오래야. 나는 그런 시기를 거치며 이 자리까지 왔고 말이야. 내가 이 자리까지 올 수 있었던 것은 그러한 제재와 폭력에 대해 항상 유연하게 대처해왔기 때문이지."

이 국장은 종이를 넘기며 담배를 입에 물었다.

"결국, 모두가 더러운 것이란 것을 알고 피하지만 누군가는 해야 하는 일이거든. 선배로서의 조언은 그런 것이야. 지옥의 불구덩이로 들어가는 것, 그것이 바로 성공의 핵심이지."

"알고 있습니다."

"최근에 대북 정보 자산이 우리에게 많은 기회를 열어주었지만, 대부분은 미국 놈들한테 의지 하고 있어. 70년대부터 시작된 자주국방은 아직도 소원한 것이 사실이야. 매일같이 U-2 정 찰기와 각종 정찰위성이 뿌려주는 정보들을 초콜릿 받아먹듯이 받는 것이 사실이지. 그게 현실이야. 말로는 미군을 졸졸 쫓아다니며 초콜릿 받아먹는 시절이라고 이야기하지만 아직도 받아먹고 있어. 실제로 우리가 뭘 알 수 있나? TOD? 저고도 레이더? 무궁화 위성? 중국으로 파견된 요원들?"

이 국장은 무테안경을 책상 위에 벗어 놓고 두 손으로 얼굴을 한번 감쌌다. 그런 뒤 천천히 손을 내리며 말했다.

"아무것도 없어. 아무것도⋯. 그게 우리의 현실이야. 결국, 청와대에서도 요구한 것이 그것이었고 우리가 원하던 바이기도 했지. 사실 처음엔 다들 미친 짓이라고 했어. 다들 개소리라고 웃어댔지. 그런데 지난해 전 세계 어떤 정보기관보다 빨리 김정일의 건강 상태와 2차 핵실험 날짜를 예측한 건 우리밖에 없어. 결국 통했던 거지. 내가 차장에서 국장이 된 것은 우리의 본분인 '음지에서 양지를 지향하라'는 기본 원칙에 충실했기 때문이야."

정 팀장은 뚫어져라 이 국장을 쳐다봤고, 이 국장은 종이를 책상 위에 놓고 담배를 다시 한 대 태웠다.

"이번 침투 계획은 사실상 내 실수였다. 내가 실무자를 과신했던 탓이었고, 내가 타성에 젖었기 때문이다. 무엇이 진실인지는 모르겠지만 분명 이유가 있을 것이다. 내 부하가 죽었고 난 그 부하를 사지로 보냈다. 청와대를 비난하는 것은 나로서는 어쩔 수 없겠지만 그들의 상관으로써는 이것을 모른 체할 수 없어."

이 국장은 한숨을 길게 내쉬고 말을 이었다.

"자네 641부대 들어봤는가?"

"잘은 모르겠습니다."

"실은 이번 작전을 위해 육군에서 비밀리에 정보 부대 하나를 조직했고 요원들은 국정원에서 훈련받은 요원들로 구성했어."

"그럼 이번 사건이…."

"맞아, 그들과 관련된 것이지."

이 국장은 고개를 끄덕였다.

"어쩌면 이것이 내 마지막일지도 모르지. 정 팀장도 많이 봐 왔잖아. 이 바닥에서 결국 많은 선배들이 그러했듯 한 번의 실수가 낳은 결과를 말이야. 난 사실 내 명줄보다는 마지막으로 내 위신을 지키고 싶어. 그 것이 내 마지막 바람이야."

"무슨 말인지 잘 알겠습니다."

"그래…."

이 국장은 담배를 껐다. 그리고 서랍에서 누런 봉투 안에 담긴 서류 철을 꺼냈다.

"이게 다야."

"추가적인 정보는 없습니까?"

"철원에 답이 있다. 그리고 추가적인 지원이 필요하거든 주저하지 말 고 전화하게. 그곳 헌병대장한테는 충분히 압력을 넣어 놓았으니 크게 걱정하지 말고…. 그런데 웬만하면 일을 벌이진 말게. 사단 지휘부에서 개입하면 활동하기가 어려워질 테니까."

"알겠습니다."

"그리고 지금 대통령조사위에서 모든 수사기관을 배제하고 자체적으 로 수사하고 있을 거야. 그들의 눈에 띄지 말고 그들이 수집한 모든 정 보를 알아야 해. 그리고 가능하다면 그들보다 가능한 한 빨리 진실을 알아내게. 그리고… 만일 그 조사위 사람들이 칩을 확보했다면 그걸 내 게 가져오게나."

이 국장은 재떨이에 있는 담뱃재를 응시하며 말했다.

"어떤 칩을 말씀하시는 겁니까?"

"아주 작은 초소형 마이크로 칩이야. 난 그게 지금 필요하네. 그러니 만일 그들이 가진 칩을 보거든 그것을 손에 넣어서 내게 가져오게. 물론 이것이 핵심은 아니네만…. 난 그 칩이 매우 절실히 필요하네. 청와대에서도 눈독을 들이고 있을 거거든. 분명 날 궁지에 몰아넣으려는 수작이겠지."

"아무튼, 선배들이 주는 교훈을 잊지 마. 세상엔 성역 따위는 없는 거야. 목적이 분명하다면 어디든 언제든 취할 수 있어야 하는 거야. 그럴 용기가 없다면 도태되는 것은 시간문제일 뿐이지."

정 팀장은 고개를 끄덕였다.

"발은 준비되어 있습니까?"

"본관 앞에서 대기 중이다."

"바로 출발하겠습니다."

"매일 정각에 보고할 수 있도록 해. 아주 사소한 것도 전부 다 보고해. 보안코드는 봉투 안에 있어."

"예, 알겠습니다."

정 팀장은 누런 봉투를 집어 들고 일어나 정중히 경례했다. 이 국장은 다시 알았다는 듯 담배를 위아래로 흔들었다. 정 팀장은 고양이처럼 문을 사뿐히 여닫았다. 그가 나오는 것을 본 여자는 검은색 코트를 꺼내 건네주었다. 여자는 코트의 양팔을 들고 있었고 남자는 덤덤하게 팔을 넣었다.

"철원 헌병수사과로 우선 가세요."

"협조된 건가?"

"국방부 소속 헌병 수사권자로 내놨어요. 아마 파견 명목은 선진 수사 기법 전수 및 수사 증원일 거예요."

여자는 국방부라는 글귀가 적힌 푸른색 출입증 하나를 건네주었다.

"상신된 건가?"

"이미 결재 다 났고 정식 직원으로 등록되어 있을 거예요. 아무 이상 없어요."

"알았어."

"다른 요원들 신상도 모두 초기화되었어요."

"다른 건?"

"RD 발생 시 접선 장소는 화천군 상서읍 생수 기도원이에요. 지부에서 다음 지령을 내려줄 겁니다."

"알았어."

여자는 플라스틱 가방을 주었다. 남자는 서류 봉투를 집어넣었다.

"번호는?"

"생일."

그러자 남자는 피식 웃어 보였다. 여자는 책장 뒤의 철제 캐비닛의 문 고리를 여러 번 돌리더니 캐비닛 안에 있는 함을 꺼냈다. 그러고는 함을 열고 권총 한 정과 탄창 세 개를 꺼냈다. 그녀는 말없이 권총의 조정 간을 안전에 놓고 탄창 한 개를 삽탄했다. 그런 뒤 남은 두 개의 탄창과 권총을 돌려 남자에게 건넸다. 남자는 말없이 권총을 허리춤에 차고 탄창은 품 안에 넣었다.

"정은아."

정 팀장은 멜빵을 한 번 더 조이면서 여자를 조용히 불렀다.

"이름 부르지 않기로 했잖아."

여자는 차가운 표정을 지으며 함을 닫고 말했다.

"김정은 부른 거야."

여자는 눈치를 한 번 주었고 남자는 다시 한 번 피식 웃었다.

"서울 접선 장소는?"

"강남역 스타벅스 2층 B3 테이블."

"송신 코드는?"

"먹구름이 몰려오고 있습니다."

"수신 코드는?"

"조만간 걷히겠지요."

정 팀장은 서류 가방을 챙겨 뒷문 앞으로 나갔다. 여자는 다시 앉아 타자를 쳐 내려갔고 남자는 출입증을 다시 긁었다. 다시 문이 열렸고 남자는 유유히 방을 빠져나갔다. 들려오는 것은 여자가 쳐 내려가는 타자 소리밖에 없었다.

그녀는 정 팀장에겐 유일한 혈육과도 다름없는 여자였다. 그녀와의 인연은 사원으로 처음 입사했던 시절부터 이어져 왔다. 갖은 심부름부터 잡일이란 잡일은 다해왔던 정 팀장에게 그녀는 천사와도 같은 존재였다. 신입 사원 당시만 해도 그녀는 까마득하게 높은 선배 동료였다. 그런 그에게 관심을 주었고 어려운 시기마다 그를 붙잡아준 그녀였다. 특히 그가 암호 알고리즘 부서로 옮겼을 때는 같은 프로젝트를 수행하면서 동반자이자 연인 관계로 발전하게 되는 결정적 계기가 되었다. 3년이 지난 지금, 둘은 결혼을 준비하는 관계까지 발전하였다. 물론 최정은의 모친이 정 팀장의 집안에 대해 문제를 삼았지만 둘은 아랑곳하지 않았다.

15층은 한 차장의 집무실이 있는 곳이었다. 그녀는 해외 국제범죄 전담 부서를 맡고 있었다. 그녀는 지난번 미 대사관사건 이후 사실상 좌천된 것이나 다름이 없었다. 국장으로의 진급이 예정되었지만 모든 것이 어긋났다. 그녀는 국정원의 많은 실무 직원 중에서도 엘리트였다. 암호 알고리즘 박사학위, 전자공학 석사학위를 소지하고 있었으며 특수전사령부에서 교관 임무를 수행하기도 했다. 게다가 대한민국 여성 최초로 네이비 실 위탁 교육을 수료한 상태였다. 특히 위탁 교육 시 한 달간 늪지대에서 대항군에게 들키지 않고 목표물을 저격한 일화는 지금도 직원들 사이에서 회자하는 무용담이었다. 해외 현지 작전 경험은 물론 중국어와 일어, 그리고 독어에 능통했다. 원장은 처음 그녀가 입사할 당시 행정 부서에 배치하여 연구원으로 키울 생각이었으나 그녀의 대담한 행동들과 훌륭한 성과들은 그녀를 현장직으로 옮기게 하였다.

이 국장의 대북 프로젝트가 가동되기 전까지 그녀는 최고의 유망주였다. 그녀는 미혼이었지만 남자는 많았다. 대부분이 정보를 위한 동침이었고 실제로 마음을 준 남자는 단 한 명도 없었다. 오직 그녀에게 중요한 것은 조직에서의 승리 하나뿐이었다. 최근 원장과의 독대에서 대북 관련 프로젝트를 전부 이 국장 쪽에서 싹쓸이하는 것에 대해 불만을 토로했다. 그러나 원장은 특유의 눈이 거의 감긴 표정을 한 채 코를 훌쩍였고 그녀에게 겉치레를 하는 것으로 독대를 마쳤다.

이 국장이 대사관 사건으로 대통령에게 신임을 얻고 난 뒤 한 차장은 찬밥 신세였다. 이 국장은 자신보다 나이도 훨씬 많았고 한 차장에 비해 그리 탁월한 코스를 밟은 인물은 아니었다. 그러나 그는 계략의 최고봉이었고 늘 검은손으로 상대를 누르고는 했다. 한 차장은 그에 비해 고속 승진을 한 사례였고, 그와 같은 직위까지 오른 이후에는 항상 실적 경쟁을 해야 했다. 둘은 비교 대상이었고 맞수였다. 대사관 사건 이후 멈춰진 자신의 성장 가도를 펴기 위해선 머지않은 국장 승진 심사에서 좋은 점수를 받아야 했다. 그렇게 하기 위해선 대북 관련 프로젝트를 따내야 했다.

그런 그녀에겐 충실한 부하들이 많았다. 그중에서도 미성은 그녀에게 있어 심복과 다름이 없었다. 이 국장에게 정 팀장이 있었다면 그녀에겐 미성이 있었다. 미성은 그녀가 북한을 넘나들 당시 현지에서 발탁한 조선족 정보원이었다. 고아 출신인 한 차장은 같은 고아 출신인 그녀를 아꼈다. 지난번 대사관 사건 때도 북한을 넘나드는 것을 물심양면으로 도와준 것도 미성이었다. 한 차장은 그녀를 완벽한 정보원으로 만들기 위해 많은 노력을 들였다. 국내에서 주관하는 많은 교육기관에 그녀를 위탁 교육했고 정보원으로서의 자질을 갖추게 하였다. 그녀의 부서로 배당되는 특별집행예산 일부를 그녀의 생활비로 매달 송금하는 등 사실상 그녀의 후견인 역할을 자처했다.

예상대로 미성은 탁월했고 한 차장에 버금갈 만한 능력의 소유자였다. 그녀는 미인계로 이 국장 밑에도 여러 *끄나풀*을 심어 놓았다. 그중한 팀장이 자신에게 건네 온 641부대 관련 소식은 청와대가 수석실장을 필두로 강원도 일대에서 일을 꾸미고 있다는 사실을 알게 해 주었다. 그녀가 오늘 미성을 부른 것은 그것 때문이었다. 그녀의 방은 이 국장의 방과 달리 깔끔했고 담배 냄새는 없었다. 그녀 역시 담배를 즐기긴 했으나 특유의 결벽증으로 인해 방 안에 담배 냄새가 배는 것은 눈뜨고 볼 수 없는 일이었다. 방 안엔 유리 테이블 하나와 접대용 소파 하나, 그리고 서류 보관 캐비닛 하나가 끝이었다.

"미성입니다."

"어, 들어와."

단발머리에 세미 정장을 입은 여자 한 명이 들어왔다.

"게이트에서 걸렸다고 인터폰 왔었어."

한 차장은 웃으며 그녀에게 말했다.

"오랜만에 와서 그런 것 같아요."

"요즘 보안 때문에 말이 많아. 이해해. 외부 출입자는 항상 두 배로 검문하거든."

"네, 알아요."

여자는 소파에 앉았고 한 차장 역시 그녀를 앞에 두고 마주 보며 앉았다.

"그래, 중국은 어때?"

"별일 없어요. 늘 항상 그렇죠."

"정보는 따로 없고?"

"이번에 북한에 다녀왔는데 조만간 남한에 국지적 도발을 할 가능성이 높아요."

"위치는?"

"아마 서해 5도가 될 것 같아요."

한 차장은 그녀와 대화하면서도 그녀의 정보에 민감하게 반응했다. 미성은 자신이 가진 유일한 대북 자산이었고 이번 프로젝트를 따게 되면 그녀의 발이 되어줄 사람이었기 때문이었다.

"언니는 이번에 괜찮은 일감 좀 맡으셨어요?"

미성 역시 대사관 사건의 실패로 그녀가 국장 자리에 오르지 못한 사실을 잘 알고 있었기에 더욱 신중한 입장에서 그녀의 안위를 물었다.

"글쎄 모르겠어. 일단 준비는 해야지. 그런데 이 국장하고 그 부하들이 뭔가 일을 꾸미고 있는 것이 분명해. 청와대도 개입된 것 같고…."

"어떤 걸 말하는 거죠?"

"이 사람들이 북쪽에 공작원을 보내는 것 같았는데 일이 꼬인 거 같거든."

"그럼 일감을 우리 쪽에서 따내기 좋은 시기군요."

"그럴지도 몰라. 일단은 알고만 있어. 그리고 그 사람들 방에 이걸 좀 설치해주었으면 좋겠어."

한 차장은 초소형 카메라와 녹음기를 그녀의 손에 건넸다. 미성은 무슨 말인지 알겠다는 듯 그것을 손에 쥐었다.

"몇 층이죠?"

"20층이야. 5층만 더 올라가면 돼."

"보안 수준은요?"

"미리 뚫어놨어. 설치만 하면 될 것 같아."

"알겠어요."

"미성아, 오늘 밤은 우리 집에서 자고 가."

"그럴게요."

"일 끝나면 전화할게. 밥이나 같이 먹자."

"네."

미성은 자리를 일어섰고 한 차장은 곰곰이 생각했다. 물론 한 팀장이 그녀에게 알려준 641부대에 대한 정보는 수석실장이 이 국장에게 질타를 하며 책임을 전가하려던 그날의 정보가 전부였다. 그 대화 내용에서 그녀는 분명 이번 일이 절대로 그냥 넘어갈 만한 일이 아님을 직감했다. 그녀는 더 많은 정보가 필요했다.

미궁의 방

"배 안 고프십니까?"

"너 같으면 그 분위기에서 먹을 수 있겠냐?"

"몇 시간째 이러고 있으니 답답합니다."

김 반장은 두 발을 교차해서 책상 위에 얹었다. 그런 뒤 껌을 꺼내 씹었다.

"그렇게 앉아 계시니 양키 같습니다."

"선글라스가 없잖아."

"저 라이방 있습니다."

"줘 봐."

김 반장은 김 중사의 라이방의 검은 렌즈와 황금색 테를 이리저리 훑어보더니 테를 붙잡고 귓가에 걸었다. 그러고는 흰 이를 드러낸 미소를 지으며 김 중사를 쳐다보았다.

"어떠냐?"

"진짜 양키 같습니다."

그러자 김 반장은 파안대소하며 웃어댔다.

"그나저나 최원석은 언제 온답니까?"

"난들 알겠소?"

김 반장은 두 팔을 어깨까지 올리며 웃었다.

"수사과에 전화하겠습니다."

"지금쯤이면 아마 상급 공문 올라갈 시간대이니까 걔네가 작성한 거다 받아와."

"알겠습니다."

김 중사는 가방에서 노트북을 꺼냈다. 그리고 무선랜을 설치한 뒤 전원을 켰다.

"야, 여기 인터넷 되냐?"

"얼마 전에 SK에서 수신기를 설치했다고 하는데 신호가 그렇게 높진 않습니다."

"그래?"

김 반장은 라이방을 벗은 뒤 이리저리 둘러보며 만족스러운 듯 렌즈를 열심히 닦았다.

"나 이거 주면 안 되나?"

타자를 치고 있던 김 중사는 심기가 불편한 듯 안색이 좋지 않아 보였다.

"그거 제가 좀 아끼는 겁니다."

"그래서 싫어?"

"아… 아닙니다. 저 그거 또 사면 됩니다."

"그래야지."

김 중사는 얼굴이 붉게 상기되었고 김 반장은 만족한 듯 라이방을 품 안에 넣는 척했다. 김 중사의 표정은 어두웠고 아무 말 없이 타자만 쳐 내려갔다.

"에효, 삐지긴. 내가 네 것을 왜 가져가겠니?"

김 반장은 김 중사의 어깨 너머로 라이방을 그의 볼살에 툭툭 찔렀다. 그러자 김 중사의 표정은 다시 밝아졌고 잽싸게 낚아챈 뒤 품 안에 넣었다.

"새끼, 좀팽이 같이 굴기는."

김 반장은 웃었고 김 중사는 쑥스러운 듯 아무 말도 하지 않았다.

"다 되었습니다."

"어디 보자."

김 중사는 화면을 띄웠고 결재 문서 위의 첨부 파일을 열었다.

"뭐야, 군단장 귀하로 되어 있네?"

"그러게 말입니다. 얘네 사단 직할 아닙니까?"

"열었다가 우스워질 것 같은 문서인데?"

"어차피 로그 기록이나 레지 같은 거는 금방 지워서 모를 겁니다."

김 반장은 문서를 훑어보았고 입가에 있던 미소는 온데간데없고 심각한 표정과 정적만이 감돌았다. 그가 마우스를 내릴수록 그의 표정은 더욱 심각해졌고 이를 따라 보던 김 중사도 당혹스러운 눈초리였다. 그가 마지막 장의 기무반장 진성국의 이름이 적힌 날인을 볼 즈음 그의 손은 떨리고 있었다. 그런 뒤 바로 노트북을 닫은 채 문을 박차고 상황실 쪽으로 걸어갔다. 얼마 뒤 상황실에서 고성이 들려왔고 김 반장은 얼굴이 붉게 상기된 채 방으로 다시 들어왔다.

"어떻게 된 겁니까?"

김 중사는 조심스러운 표정으로 물었다.

"이거 보통 사건이 아니다. 빨리 최원석이를 만나야 해!"

"공문 내용이 사실입니까?"

"맞아."

김 반장은 휴대전화기를 꺼내더니 어디론가 급하게 전화를 했다.

"어, 헌병대 수사과 김 반장이야. 너희 최원석이 아직 데리고 있니?"

"어? 지금 보냈다고?"

"어, 어, 그리고 그 같이 데려간 참고인 병사들은?"

"어, 알았다. 너희 수사 끝난 거니? 내일 또 한다고? 그래 알았다."

김 반장은 전화를 끊었다. 그는 위 주머니에서 담배 한 개비를 꺼내 태우기 시작했다. 담배를 빨아들이는 그의 얼굴은 긴장한 것이 역력해 보였고 계속해서 시계를 보았다. 김 중사는 랜 선을 뽑고 종이와 서류 철, 그리고 도장을 준비했다. 시간은 계속 흘렀고 밖에선 차량이 도착한 소리가 들렸다. 김 반장은 담배를 끈 뒤 막사 밖으로 나갔다.

차에서 막 내린 최원석 중사의 모습은 초췌해 보였고, 장시간의 수사가 그러하듯 안색이 좋지 않아 보였다. 잠을 얼마 자지 못한 듯 눈가에는 피로가 서려 있었고 군복은 흙투성이였다. 떡 진 머리는 그가 씻지도 못했다는 사실을 간접적으로 보여 주었다. 그는 현관 앞에서 그를 바라보던 김 반장을 보았고 힘없이 경례했다. 김 반장은 그에게 앞으로 가할 행동이 무엇인지 잘 알면서도 그의 경례를 가볍게 받았다. 그런 뒤 천천히 걸어오는 그에게 손짓했다.

"고생했다."

"예."

"일단 씻고 방으로 올 수 있도록 해."

최 중사는 김 반장을 죽일 듯이 노려보았고 그의 초췌한 모습은 그를 먹이에 굶주린 승냥이처럼 보이게 했다. 그는 잠깐 김 반장과 눈을 마주 치더니 다시 고개를 숙인 채 막사 내로 들어갔다. 김 반장은 스쳐 가는 그의 뒷모습을 본 뒤 다시 방으로 들어갔다. 얼마 뒤, 최 중사는 마르지 않은 머리를 한 채 평상복을 입고 방으로 들어왔다. 김 반장은 담배를 껐고 의자를 당겨 앉았다. 김 중사는 옆에서 노트북을 편 채 두 사람의 대화 내용을 기록하려 했다.

"어, 앉아."

최 중사는 앞에 있던 의자에 천천히 앉았다. 김 반장은 꼬았던 다리를 푼 채 최 중사에게 말했다.

"내 단도직입적으로 말할게. 어차피 최 중사 오늘 겪은 일 다 알고 있어. 그리고 진술한 내용도 다 알고 있고. 그러니까 그냥 묻는 대로만 대답해줘."

"예."

최 중사는 힘없이 말했고 고개를 떨군 채 피곤한 기색을 보였다.

"그날 자정 12시 어간에 전화를 받은 것이 사실인가?"

"예."

"그다음에 통문을 열어달라고 한 사람이 중위였고 그 사람 부대 이름이 641정보부대 맞나?"

"그랬던 것으로 기억합니다."

김 반장은 눈을 크게 뜬 채 그에게 말했다.

"641정보부대는 존재하지 않아."

순간 최 중사의 안색은 변했고 당황한 듯한 표정을 지었다. 김 반장은 서류를 놓으면서 직접 검지로 검색 결과를 보여 주었다.

"우리나라의 정보부대 중에 641이라는 이름을 가진 부대는 한 개도 없어. 비공식 부대 중에도 641은 없어."

김 반장은 그에게 낮은 목소리로 물었다.

"멍청한 기무 놈들은 그냥 사실관계만 파악해 갔지만 난 더 많은 사실을 알고 있어. 그 말이 무슨 말이냐 하면, 네가 허가도 없는 사람들을 통문 안으로 출입시켰을 수도 있다는 거야. 게다가 네가 출입한 사람

중 공식적으로 존재한다고 증명할 수 있는 인원이 있긴 해? 이건 내가 볼 때 명백한 군사 재판감이야. 항고도 먹히지 않는 아주 명백한 죄 말이야."

김 반장은 그를 노려보며 말했고 최 중사는 괴로운 듯한 표정을 지으며 말했다.

"전 아무것도 하지 않았습니다. 그저 개방하라길래 연 것뿐입니다."

"그게 통문을 담당하는 자가 할 소린가? 모든 건 자네 책임이야."

최 중사는 더욱 괴로운 표정을 지어 보였다. 김 반장은 그의 표정에서 이상한 낌새를 눈치챘는지 그에게 더욱 가까이 다가가 나지막이 물었다.

"최 중사, 난 알아. 자네가 설마 그런 유령 같은 놈들을 통문 안으로 넣었다고 생각하지 않아. 정말이야. 난 자네의 결백함을 믿네. 그런데 아귀가 맞지 않는 부분은 분명히 있다는 거야. 결국, 자네가 지금 나한테 말을 안 한 것이 있거나 내게 거짓말을 하고 있다는 것이지. 그렇지 않나?"

김 반장은 최 중사를 계속해서 주시했다. 최 중사는 불안해하는 듯한 표정을 지었고 한쪽 다리를 떨기 시작했다.

"괜찮네. 다 이야기해도 돼. 내가 알기로 자네 내년에 결혼한다면서? 괜히 이력에 문제 남기지 말고 실토하게. 군 생활이란 것이 다 그런 거야. 자네부터 살아야 하지 않겠나? 부사관은 길게 오래 하는 게 좋지. 이런 사건 하나 덤터기 쓰고 인생 종 치고 싶진 않잖아? 그러니 마음잡고 어디 이야기해 보게."

최 중사는 한동안 뜸을 들였고 김 중사는 그의 표정을 계속 주시하며 노트북을 두드렸다. 김 반장은 팔짱을 낀 채 최 중사의 입이 열리길 기대했다. 시계 침 소리만이 들려왔고 정적이 이어졌다. 그러나 몇 분이 지나도록 그는 아무 말도 하지 않았고 고개만 푹 숙일 뿐이었다.

"최 중사, 다 이해하네. 자네가 오늘 겪은 일도 있고 분명 자네가 한 행동이 어떤 결과를 불러일으켰는지도 이해할 수 있어. 그런데 적어도 저 안에서 죽은 사람들을 위해서라도 진실을 밝히는 게 옳지 않겠는가? 얼마나 억울한 죽음인가? 고의는 아닐지라도 자네는 분명 도의적 책임이 있는 것은 분명하네. 그것만은 확실해."

그는 여전히 말이 없었다.

"자… 자네가 답변한 토대로 이야기하고 있어. 자네가 혼자 최 중위인가 뭔가 하는 사람 말만 듣고 문을 열진 않았을 거야, 그렇지?"

"분명 제 잘못이 아닙니다. 절 믿어주십시오."

최 중사는 괴롭다는 듯 인상을 찌푸리며 흐느꼈다. 장시간에 걸친 조사와 압박감에 강인한 그일지라도 어쩔 수 없는 사람이었다.

"다 이해한다니까, 최 중사. 누군가? 그날 자네에게 그 중위와 수색대를 들여보내라고 한 사람이? 규정상 대대장과 그 대리권자만 승인할 수 있지, 그렇지?"

김 반장은 말꼬리를 올리며 최 중사를 빤히 쳐다보았고 그럴수록 최 중사는 더욱더 긴장한 듯 말을 아꼈다. 그는 탄식을 계속해서 내뱉었고 오른손으로 머리를 잡았다.

"알았네. 말하지 않아도 되네. 그러나 그것만은 확실한 것이 맞나? 규정대로 통문을 개방한 것이?"

그는 정말 작은 움직임을 보이며 고개를 위에서 아래로 흔들었다. 정말 미세한 동작이었지만 김 반장은 간파한 눈치였고 일어나 그의 어깨를 다독여 주었다.

"최 중사, 고생 많았네. 가서 쉬게. 정말 푹 쉬게. 오늘 정말 고생 많았어."

김 반장은 미소를 지어 보였다. 그의 양 볼의 보조개와 하회탈처럼 찢어진 눈은 부성애를 느낄 정도로 따뜻해 보였다. 최 중사는 두통을 호소하듯 한 손으로 이마를 잡은 채 의자에서 일어나 조용히 문을 나갔다. 방 안에는 노트북을 덮은 김 중사와 팔짱을 낀 김 반장만이 남았다.

"됐어. 대충 윤곽이 나오는구먼. 연어가 하류에서 상류로 올라오는 것은 당연한 일이지. 부딪히는 물결의 반대편에 답이 있었군."

김 중사는 김 반장의 수사력에 감탄한 듯 내심 속으로 놀라워하고 있었다.

"끝나신 겁니까?"

"그렇지 않아. 이제 시작일 뿐이야. 귀리 자루의 고무줄을 풀었으니 곧 귀리가 쏟아져 나오는 것은 그리 오래 걸릴 일이 아니지."

김 반장은 담뱃갑을 꺼낸 뒤 한 개비를 꺼냈다.

"이제 무슨 일을 하면 되겠습니까?"

"일단 고기를 키워야지. 보통 감성돔은 봄에 산란기를 갖다가 8월, 9월 정도 되면 살이 통통하게 오르는 법이지. 고놈의 배때기를 갈라다가 내장까지 쪽쪽 빨아 먹으면 그것만큼 꿀맛도 없는 거야."

김 반장은 담배를 문 채 뻐끔뻐끔 연기를 내뿜었고 고민이 해결된 듯 거의 찌푸려 있던 미간은 어느새 부드러운 고기 살처럼 펴졌다.

철원으로 가는 길

차 안은 고요했고 네 남자의 이름 없는 침묵이 지속되었다. RPM은 계속해서 올라가고 있었고, 운전자는 굳은 표정으로 계기판과 정면을 응시했다. 조수석의 남자는 피곤한 듯 창가에 고개를 기댄 채 자고 있었다. 이따금 들썩이는 차량에 그의 미간은 찌푸려졌지만, 그는 아랑 곳 하지 않았다. 뒷좌석에는 형광 등산복 상의와 검은색 하의를 입은 남자가 다리를 오므린 채 앉아 있었고, 그 옆에는 푸른 양복을 갖춰 입은 정 팀장이 있었다. 두 남자는 서로를 응시하지 않고 각자의 창가만 바라볼 뿐이었다. 등산복의 남자는 산비탈을 올라갈 때 즈음 지루한 듯 휴대전화기 게임을 열심히 했다. 휴대전화기를 이리저리 돌리며 한 손가락으로 화면을 계속해서 움직이는 모습이 마치 선물을 받은 어린아이처럼 보였다. 정 팀장은 골똘히 생각에 잠긴 채 두 손을 무릎에 올려놓고 서류들을 꺼내 보고 있었다.

"안 되네…. 왜 안 되지?"

인터넷 신호가 느려진 듯 남자는 계속해서 말꼬리를 늘어뜨리며 불만을 표시했다. 그의 검지는 더욱 빠르게 화면을 눌러댔다.

"벌써 38선인가?"

정 팀장의 눈에는 38선을 넘었다는 표지판이 눈에 들어왔다.

"시골은 이래서 살기가 불편해."

등산복의 남자는 더는 안 되겠는 듯 휴대전화기를 꺼 버렸고 정 팀장은 머리를 긁었다.

"거, KT 것 쓰세요. 이런 데는 항상 KT가 잘 터지더라고요."

정 팀장은 등산복의 남자에게 넌지시 말을 건넸고 남자는 말 한마디 없던 분위기가 싫었던지 말을 속사포처럼 쏟아냈다.

"제가 아는 사람들도 KT를 자주 쓰던데 그런 것 같아요. 이참에 통신사 한번 갈아타야 할 것 같네요. 그 뭐, 약정도 다 변상해 준다던데…. 지금 휴대전화기 뭐 쓰세요?"

등산복의 남자는 매우 적극적으로 정 팀장에게 말했다. 그는 창가를 보고 있던 몸을 정 팀장 쪽으로 돌리며 궁금하다는 표정으로 쳐다봤다. 정 팀장은 자신의 휴대전화기를 보여주었고, 등산복의 남자는 배경화면에 있던 사진을 보고 물었다.

"여자 친구예요?"

"예, 그런 셈이죠."

"그런 셈이 어디 있나요? 얼마나 사귀었나요?"

"…."

정 팀장은 싸늘한 눈빛으로 그를 쳐다봤다. 그는 당황한 듯 얼굴을 붉혔다.

"죄송합니다. 그럴 의도는 아니었습니다. 실례했습니다."

"농담입니다. 최정은이라고 제 여자 친구입니다. 3년쯤 됐네요. 사내 짝입니다."

그런 뒤 정 팀장은 손을 내밀었다.

"국정원 정 팀장입니다. 통성명이 늦은 것 같군요."

"예, 기무사 한지원 중사입니다."

정 팀장은 양 볼을 추어올리며 싱긋 웃었고 당황스러운 표정을 지었던 등산복의 사내도 멋쩍은 웃음을 지으며 그의 손을 잡았다.

"같이 일하게 되어 반갑습니다."

등산복의 사내는 분명 의심스러운 생각을 품고 있었다. 종로 삼거리가 주 무대인 그가 갑자기 내곡동 앞으로 끌려가 알 수 없는 행선지로 가게 되었다는 점은 그로서도 참 답답한 노릇이었다. 그러나 직업적인 특성이 그러하듯 어떤 사람이건, 어떤 임무건 그 나름대로 합리화시키려 애썼다. 밥벌이하는 일이 그리 녹록하지만은 않았고, 또한 하는 일 자체가 워낙 음지에서 하는 일이었기 때문이다. 또한, 전방 임무가 한두 번은 아니었다.

"어디로 가는지 아십니까?"

"아직 모르십니까?"

정 팀장은 의아해하는 표정으로 그를 쳐다보았고 한 중사는 정말 모르겠다는 표정으로 말했다.

"전 이 차에 탄 모든 사람을 처음 봅니다."

"그건 저도 마찬가지입니다."

그러자 운전석에 있던 남자가 동조하듯이 말했다.

"전 그냥 불러준 주소로 가라고 한 것만 알고 있습니다."

운전자의 나긋나긋하면서도 묵직한 말소리에 조수석의 남자는 잠이 깬 듯 졸린 듯한 눈을 서서히 뜬 채 그를 곁눈질로 바라보았다.

"어딥니까?"

한 중사는 직설적으로 물었고 운전자는 짧막하게 답했다.

"여기 종이 있어요."

운전자는 오른손으로 자신의 와이셔츠 상의 주머니에 있던 종이를 꺼내주었다.

"철원군? 헌병대 수사과?"

그 말에 조수석의 남자는 아직 잠에서 덜 깬 목소리로 말했다.

"거긴 왜 간대요?"

뜬금없이 일어나 갑자기 질문하는 그를 보며 운전자나 등산복의 사내는 무언가 불쾌감을 느꼈다. 운전자는 아무 말도 하지 않았고 붙임성 좋은 등산복의 사내는 감정을 숨긴 채 말했다.

"글쎄요… 가 보면 알겠죠?"

오직 정 팀장만이 세 남자의 대화를 듣고만 있었다. 그러자 한 중사가 물었다.

"운전하시는 분께서는 어디 소속이세요?"

"저도 기무사입니다. 김찬성 대리입니다."

그러자 한 중사는 동지를 만난 듯 기뻐했다. 그는 과장이 섞인 몸짓을 취하며 목소리를 높여 말했다.

"어디 지부세요?"

"마포입니다."

"어! 그럼 송 차장님도 알고 계신가요?"

"송대건 차장님 말씀이십니까?"

"예, 맞습니다. 저랑 친한 선임이십니다."

"아, 그러세요? 송 차장님께서 제 전 지부장님이셨습니다. 이번에 진급 심사에 들어가셨다는데 잘됐는지 모르겠습니다. 한동안 연락이 없으셔서 답답했습니다."

"뭐, 나름 잘되셨다고 들었습니다. 제게도 직접 말씀은 안 하셔서…"

운전자는 말꼬리를 흐렸으나 한 중사는 한동안 의외라는 듯 계속해서 감탄사를 연발했다. 그러자 조수석의 남자는 그 틈을 타 목소리를 냈다.

"전 김포지부 배상철 계장입니다."

잠에서 깬 그에게 돌아온 것은 정적밖에 없었다. 딱히 그에게 말을 걸고 싶어 하는 사람은 없어 보였다. 그는 분위기를 눈치챘는지 더는 말하지 않고 다시 창가에 머리를 갖다 대었다. 한동안 다시 침묵이 이어졌다. 정적을 깬 것은 정 팀장이 김 대리에게 말한 한마디였다.

"요 근처 편의점에서 잠시 쉬었다가 가죠. 제가 커피라도 한 잔씩 사겠습니다."

그러자 운전자는 만족한 듯 알겠다는 의사 표현을 연거푸 했다. 그러나 한 중사는 내심 달갑지 않았다 그에게 있어 정 팀장은 이질적인 감정을 느끼게 하는 사람이었고 경쟁의식을 낳게 하는 사람이었다. 그가 가볍게 던진 농담까지도 그에겐 자존심을 갉아먹는 행동이었다. 물론 그는 항상 원만한 관계를 유지하려 애쓰는 편이었으나 직업적 관계에서는 공과 사가 확실한 사람이었다. 매서운 눈매와 딱 봐도 비싸 보이는 양복, 그리고 알 수 없는 은색 가방에서 정 팀장이 국정원 사람이라는 느낌이 들었다. 이런 외적인 요소들은 한 중사의 경쟁의식을 더욱 자극했다.

차량은 노란색 간판을 단 편의점 앞에 주차했다. 새벽 시간대라 그런지 편의점 앞 주차장에는 아무것도 없었다. 도로에도 가끔 차량 몇 대가 지나갈 뿐, 주변은 여느 시골과 다른 것 없이 조용했다. 오직 바람에 의해 날리는 풀 소리와 귀뚜라미 소리가 다였다. 차에서 내린 남자들은 편의점 안으로 들어갔고, 마침 2층이 잇는 복층 편의점이라 하나둘 계단을 타고 올라갔다.

정 팀장은 커피 넉 잔을 계산한 뒤 갖고 올라갔다. 그들은 정 팀장이

사 온 커피를 하나둘 건네받았고 고맙다는 표시를 했다. 그들이 커피를 한 모금씩 마시자 정 팀장이 가방을 테이블 위로 꺼냈다. 은색 서류 가방에는 비밀번호가 달려 있었고, 정 팀장은 번호를 맞춘 뒤 가방을 열었다. 세 남자는 눈을 동그랗게 뜬 채 말없이 정 팀장이 하는 행동을 쳐다보기만 했다. 정 팀장은 서류 가방에서 기밀이라고 적힌 서류 파일 세 개를 꺼냈고 각각 인물의 얼굴이 새겨진 공무원증을 나누어 주었다.

"이게 뭡니까?"

한 중사는 정 팀장이 건넨 서류 파일과 신분증을 받으며 물었다. 워낙에 이런 일에 익숙한 그였지만 신분증까지 새로 나온 채 기밀이라고 적힌 서류 파일을 받은 적은 처음이었기 때문이었다. 대범한 그에게도 당황스러운 일이었다.

"지금부터 제가 하는 말을 잘 들으세요."

정 팀장은 세 남자와 눈을 맞추며 말했다.

"아시다시피 이번 작전은 제가 주도합니다. 여러분은 저를 도와주기 위해 이곳에 온 것이고, 제가 하는 대로 하셔야 합니다. 기관은 다르지만 제가 여러분보다 상급자이고 이번 작전은 여러 명의 목숨이 걸린 일이기에 정말 신중을 기하셔야 합니다."

정 팀장의 말에 세 남자는 의아해하면서도 그의 짙은 눈썹이 말하는 바를 대략 눈치채고 있었다.

"지금 나누어 드린 신분증은 육군본부 헌병대 수사관 신분증입니다. 지금부터 여러분은 각자의 직책이 아닌 육군본부 헌병대 수사관이 되는 겁니다. 모든 과거 알리바이는 서류 속에 있습니다. 여러분이 연기해야 할 인물들의 과거 배경과 이번 일에 관련해서 취해야 할 사항들이 적혀 있습니다. 그러니 모두 숙지해 주셔야 합니다."

정 팀장은 서류 한 장을 꺼내 든 뒤 밑줄 친 부분을 가리키며 말했다.

"만약 정체가 탄로 나거나 문제가 생길 경우, 혹은 작전이 망할 경우 제가 보여주는 지점이 랑데부 지점입니다. 이것만큼은 반드시 확인해야 합니다. 그리고 만약 모두의 생사를 확인할 수 없거나 흩어진 경우에는 접선하는 장소를 반드시 확인하십시오."

정 팀장은 지도를 꺼낸 뒤 해당 지점에 표시해 두었고 돌려가며 랑데부 지점을 보여 주었다. 랑데부 지점은 '생수 기도원'이라는 표시가 있었고 주변은 계곡과 높은 산으로 둘러싸여 있었다. 가장 가까운 도로라곤 2차선 국도밖에 없었다.

"수사 임무인데 이런 것까지 할 필요가 있습니까?"

한 중사는 의문스럽다는 듯 지도를 든 채 정 팀장을 뚫어져라 쳐다봤다. 마치 오랜 경험에서 나오는 노련미가 느껴지는 듯 그의 말에는 무게감이 있었다. 이에 정 팀장은 아랑곳하지 않고 자연스럽게 답변했다.

"보통 수사는 아닙니다. 더러운 일을 겪을 수도 있습니다."

한 중사는 정 팀장의 말이 무슨 말인지 알 수 있었다. 그도 전방 임무를 여러 번 수행했었지만 항상 끝이 좋진 않았다. 기관마다 파견한 요원들과의 마찰이나 실랑이는 늘 있었다. 긴급할 경우 자신의 밥줄을 위해서라도 법은 더는 지켜야 할 불문율은 아니었기 때문이다. 그는 이런 음지 세계의 법칙을 누구보다도 더 잘 알고 있었다.

정 팀장의 설명이 끝나자 세 남자는 각자의 파일들을 유심히 훑어보았다. 오직 조수석에 앉아 있던 배 계장만이 서류를 한번 훑어보더니 이내 테이블에 서류를 올려놓은 채 관심도 없다는 듯이 곁눈으로 쳐다보기만 했다. 사실 프로의 세계에서 다른 이의 일에 참견한다는 것은 프로답지 못한 행동이었다. 모든 것은 결과로 판단되는 법이었다.

그러나 일을 그르치는 놈이 있다면 그것은 더는 프로의 관점에서 상대할 것이 아니었다. 정 팀장은 쉬지 않고 손가락을 꼼지락거리며 정신을 사납게 침을 계속 삼켜대는 배 계장이 이번 작전을 그르칠 확률이 높은 사람이라고 생각했다. 또한, 조기에 기선 제압을 하지 않으면 차후에 통제가 힘들 것임을 직감했다. 그는 이런 배 계장의 태도가 자신의 마음에 들지 않았다. 정 팀장은 배 계장이 이 일이 중요성을 간과하고 있다고 판단했다.

"당신 직책이 뭡니까?"

정 팀장은 매서운 눈매와 쌀쌀맞은 말투로 포구를 열었다. 마치 고기 경단을 내리치는 듯한 둔탁한 느낌이었다.

"육군본부 헌병대 4수사과 수사팀장입니다."

배 계장은 이에 질세라 특유의 어눌한 말투로 입을 열었다. 그의 눈빛은 몽롱하고 흐릿해 초점이 잡히지 않은 듯한 느낌을 주었다. 분명 아무런 감정을 느끼지 못하는 것이 분명했다. 그에겐 두려움도 긴장감도 없었다.

"당신은 어릴 적 어느 초등학교를 나왔습니까?"

"성남초등학교입니다. 우리 초등학교 뒤편에는 감나무가 많이 자라죠. 저희 부모님도 감나무 농장을 하셨는데 IMF 이후로는 다른 일을 찾아서 하고 계시죠."

정 팀장은 내심 놀랐다. 그에게 준 파일은 A4용지 30장 정도 되는 분량이었고 지금 물어본 내용은 그중에서도 정말 희미하게 새겨진 가족사에 관한 부분이었기 때문이다. 이러한 짧은 시간에 엄청난 내용을 압축해서 외웠다는 것은 그로서도 놀라운 일이었다. 정 팀장은 이 알 수 없는 특이한 사람에 대해 악감정을 갖는 것이 그리 유익하지만은 않으리라 판단했다. 그의 경험상 기억력이 좋은 사람은 여러모로 쓸모가 많았기 때문이다. 그는 아까와는 달리 약간 너그러운 표정으로 배 계장을 쳐다보았다.

"별로 보지도 않으신 것 같은데 벌써 다 외우신 것 같군요."

"이런 일 한두 번 하는 것도 아닙니다."

배 계장은 정말 별거 아니라는 표정을 지으며 말했다. 분명 외관상 그것은 시건방진 태도였고, 보는 사람으로 하여금 분노를 일으키는 행동이었다. 그러나 처음 보는 사람이었고, 정 팀장은 그 정도 무례를 용인할 만한 관용을 가진 사람이었다.

"전 다른 인물 하면 안 됩니까?"

배 계장은 깡마른 몸에 왜소한 체구를 지녔고 하얀 피부에 은색 무테안경을 썼다. 그는 안경테를 올리며 말을 이었고 정 팀장은 그의 돌발적 태도에 무슨 용기와 배짱으로 그런 말을 하는지 의아해했다. 배 계장은 말을 툭툭 내뱉었지만, 그의 말은 보통 상식으로는 이해하기 힘든 말이었다. 나머지 두 사람도 그의 말이 어이없다는 표정을 지어 보였다. 그들도 나름 인내하는 성격을 지녔으나 그들 기준에서도 배 계장이 하는 말은 분명 프로답지 못했고 철없어 보였다.

"김포지구에서 무슨 일을 하셨나요?"

정 팀장은 그에게 고개를 들이민 채 물었다. 정 팀장의 표정은 유화되었으나 아직까진 냉기가 느껴졌다. 정 팀장의 추측으로는 그가 분명 자신의 예측과는 벗어난 인물인 것은 사실이었으나, 그가 혹시 정말 철이 없거나 나이에 비해 허풍을 떠는 것일지도 모른다는 생각이 앞섰다. 아직 그는 의심스러운 사람이었다.

"전 심리 수사를 주로 했습니다. 별의별 인간쓰레기부터 선지자까지 다양한 인간들을 상대하는 일을 하죠."

정 팀장의 예측과 달리 그는 상당히 예상 외의 답변을 했다. 정 팀장은 배 계장의 태도가 책상에서 서류 정리나 하는 골방 서생에서 나오는 태도거나 젊은 패기에 따른 허풍 같다고 추측하였기 때문이다.

"심리 수사라면 어떤 수사입니까?"

"간단해요. 그 사람이 무엇을 숨기고 있는지, 혹은 왜 그런 행동을 하게 되었는지 등 심리분석관에 준하는 역할을 하죠."

정 팀장은 의외라는 듯한 표정을 지었고 배 계장을 바라보며 테이블 위에 손을 얹었다. 그러자 남자는 안경테를 코 밑으로 내린 뒤 눈을 치켜뜬 채 정 팀장을 바라보았다.

"제가 정 팀장님을 한번 추측해 볼까요?"

정 팀장은 계속해서 돌발적으로 행동하는 그에게 일종의 불안감과 낯선 감정을 느꼈다. 처음에는 반감이 놀라움으로 바뀌었다가 이제는 불쾌함과 위협으로 변했다. 마치 정형화된 패턴을 거부하듯 그의 행동은 정 팀장의 예상을 계속해서 빗겨갔다. 안정성을 중시하는 그로서는 그의 행동 하나하나가 불쾌의 연장선이었고 신중을 기해야 하는 이번 작전에 마치 망아지를 데려온 것 같은 느낌을 느꼈다. 그러나 그가 유용한 인간이라는 사실에는 변함이 없었다. 조금만 길들이면 분명 좋은 재목이 될 것 같았다. 그는 분명 사람을 파악하는 데 있어서는 전문가였다.

"제가 볼 때, 정 팀장님은 트라우마가 있는 것 같습니다."

정 팀장은 웃으며 말했다.

"어떤…?"

"글쎄요… 가족과 관련되지 않았나 합니다. 구체적으로 무슨 내용인지는 모르겠는데 당신같이 말수가 적고 사무적인 사람의 특성은 연쇄살인마이거나 유능한 사업가의 유형에서 잘 발견되죠. 공통적인 것은 유년 시절, 사랑이 부족한 경우가 많죠. 사실 이러한 저의 답변이 당신의 말초신경을 자극한다는 것도 배제할 수 없는 사실입니다."

정 팀장의 입가의 미소는 점점 사그라졌고 두 눈은 배 계장을 노려보았다. 그는 직업적인 면을 떠나서 그의 개인적인 사생활을 들춰내는 그의 태도에 대해 위협을 느꼈다. 마치 견고하게 닫힌 성문에 쇳물을 끼얹고 나서 생기는 연기처럼 그의 머리는 충분히 열로 달아 있었다. 척수를 타고 오르는 혈압은 그의 혈관을 터뜨릴 정도로 많이, 그리고 빠르게 움직였다.

"그리고 아까 당신의 양복 질감을 봤는데 꽤 좋은 천연 비단 원단 아닙니까? 어쩐지 맞춘 것 같더라고요. 그리고 당신이 입고 있는 와이셔츠나 넥타이 색, 시계의 색깔을 볼 때 당신은 상당히 열등의식이 있는 사람 같군요. 더하자면 당신이…."

"알겠으니까 그만합시다."

정 팀장은 낮은 목소리로 그에게 말했고 그의 음성에서는 진심이 느껴지는 듯한 떨림이 들려왔다. 배 계장은 말을 하다 멈추고 정 팀장을 빤히 쳐다봤다.

"제가 너무 정곡을 찔렀나요?"

배 계장은 무테안경을 올리며 비웃듯 한쪽 입꼬리를 올렸다. 그는 일반 상식을 벗어난 사람이었고 정 팀장에겐 심할 정도로 무례한 태도를 보여주고 있었다. 정 팀장은 다리를 꼬고 앉아 이내 속주머니에서 담배를 꺼내 태웠다. 한동안 정적이 흘렀고 그의 필터는 서서히 타들어 갔다. 정 팀장을 제외한 다른 두 남자는 아무 말도 없이 험악한 표정을 지었다. 그들 모두 배 계장을 내심 불편해했고 왜 이번 작전에 그가 포함되었는지 의문이었다. 그들 눈에 배 계장은 더는 고삐 풀린 망아지 그 이상도 이하도 아니었다.

정 팀장은 분명 인내심이 깊은 사람이었고 관용도 어느 정도 갖춘 사람이었다. 사실 오늘과 같은 무례는 그에게 있어서 아무것도 아니었다. 단지 대상이 상급자가 아닌 하급자라는 사실만이 다를 뿐이었다. 정 팀장은 자신의 내면까지 파먹는 그의 송충이 같은 말투에 역겨움과 메스꺼움을 느꼈으나 그는 프로였다. 그는 감정을 절제할 줄 알았다. 만약 혹자가 정 팀장의 절제 능력에 대해 감탄해한다면 아마 그에게는 감정을 조절하는 제6의 기관이 달려 있다고 답변할 정도였다. 그만큼 그는 전문가였고 프로였다. 그러나 그 역시 때로는 폭발하기도 했다.

"배 계장은 원래 말투가 그런 겁니까?"

정 팀장은 최대한 예의를 갖추는 듯하였으나 말꼬리를 올리며 불편한 심기를 은연중에 드러냈다. 그러나 배 계장은 정말 아무것도 신경 쓰지 않고 말을 내뱉는 듯했다. 정 팀장의 말에는 많은 의미가 담겨 있었다. '넌 원래부터 그렇게 막돼 먹은 새끼인가?' 혹은 '넌 원래 그렇게 남의 가슴을 후벼 파는 재주가 있나?' '네가 정말 국가의 녹을 먹는 자가 맞는가?' '사회생활은 도대체 어떻게 하고 지내는가?' '가족은 있는가?' 등의 질문이 함축되어 있던 말이었다. 그의 답변은 정말 간단했다. 마치 사고 기능이 정지된 사람 말투와 비슷했다.

"내 말투가 이상한가요?"

정 팀장은 더는 그와 인간적인 대화가 불가능하다는 것을 깨달았고 나머지 두 사람도 마찬가지였다. 이것은 분명 시간 낭비였고 정력 낭비였다. 정 팀장이 그에게 해줄 수 있는 것은 대화가 아니라 명령이었고 이행 결과에 대한 질책이었다. 정 팀장이 그러한 것을 깨닫는 데는 오랜 시간이 걸리지 않았다. 정 팀장은 서류를 다시 가방에 집어넣고 밖으로 나왔다. 한 중사와 김 대리도 자신이 받은 서류를 잘 정리해 넣었고, 배 계장은 서류를 꾸깃꾸깃하게 주머니에 말아 넣었다. 그들은 차례대로 계단을 내려갔고 다시 차량에 탑승했다. 김 대리는 마시던 커피 캔을 밟은 뒤 가볍게 엑셀에 발을 놓았다.

그들을 태운 차량은 좁은 2차선 도로로 들어갔고 가끔 보이던 비닐하우스들도 자취를 감추었다. 좌우로는 암벽이 곳곳으로 튀어나온 산만이 그들의 시야를 가렸고 간혹 철원을 가리키는 오래된 표지판들이 눈에 띄었다. 처음 보는 사람들 눈에는 과연 대한민국에 이런 곳이 있는지 의심스러울 정도로 그곳은 산골이었다. 다른 시각으로 보면 마치 정글에 들어가는 듯 신기한 느낌이었다. 오직 문명은 그들이 달리고 있던 2차선 포장도로가 유일했다. 하지만 정 팀장이나 한 중사에겐 익숙한 느낌이었다. 그 거친 야생은 그들이 처음 사회생활을 시작한 곳이었기 때문이다. 다른 이들의 사회생활은 깔끔하게 포장된 보도블록과 아늑한 책상, 그리고 따뜻한 음식으로 시작했지만 그들의 시작은 차가운 흙바닥과 축축한 야전 깔개, 그리고 차갑게 식은 배식이 전부였다.

　지금에서야 그것들은 오랜 시절의 추억이었지만 아직도 그들은 야인의 기질에서 벗어나지 않았다. 그들은 어디까지나 산의 아이들이었고 들은 잠시 오래된 집을 비웠다가 다시 돌아오는 것뿐이었다. 정 팀장은 물끄러미 창밖을 보았고 배 계장은 아까처럼 창가에 머리를 박은 채 졸고 있었다. 한 중사만 눈을 말똥말똥 뜬 채 안 되는 게임을 해 보려 애쓰고 있었다.

　"한 중사는 뭐 하다 왔어요?"

　정 팀장은 문득 생각이 난 듯 가볍게 물었다. 그러자 한 중사는 휴대전화기를 잠시 멈추고 고개를 들어 기다렸다 자신 있게 말했다. 아직 분위기는 나쁘지 않았다. 그만이 할 수 있는 특유의 사투리와 이야기를 끌어나가는 흥겨움으로 가끔 웃음도 터져 나왔다.

　"그래서 어떻게 하셨다는 거죠?"

　"글쎄, 그 뭐라고 해야 하나. 좀 부끄러운데…."

　"이 세상에 뭐 부끄러운 것이 있다고요. 말해 보세요."

"그래, 동생! 나도 궁금해."

김 대리는 맞장구치며 말했고 한 중사는 조수석의 배 계장의 눈치를 슬슬 보며 말을 꺼내려 했다. 사실 그는 배 계장이 자신의 이야기를 듣는 것을 원하지 않았다. 진해 사람 특유의 무뚝뚝함인지 낯선 것에 대한 거부감인지 그는 배 계장이라는 특이한 사람이 자신의 과거를 아는 것을 원하지 않았다. 오히려 약간의 두려움이 있었다. 어린아이가 반찬 투정을 하는 듯한 원초적인 거부감도 분명 있었다.

"저 인간 잡니까?"

김 대리는 고개를 끄덕였다. 정 팀장은 시트에 몸을 기댄 채 한 중사의 말을 기다렸다. 그는 형광 소매로 입을 한 번 가렸다가 말을 이었다.

"아, 그게 뭐, 그냥 제가 그 사람 인분을 가지고 성분 검사를 좀 했었죠."

그의 한마디에 분위기는 파안대소의 분위기였다. 김 대리는 운전대를 치며 박장대소했고 정 팀장도 좀처럼 올리지 않던 입꼬리를 살며시 올리며 웃음을 지어 보였다.

"집요하시네요."

"제가 약간의 편집증이 있어요. 그래서 그런지 잘 때도 조금만 건드려도 예민하고 그래요. 조금만 흐트러져 있으면 금방 알아채요. 이 예민한 것이 얼마나 심하냐면 내가 이 마누라 겉옷 냄새만으로도 생리 주기를 알 정도예요. 전 군대 생활을 할 때도 다른 사람들하고 침대를 같이 못 썼어요."

"어휴, 군대는 어떻게 생활하셨대? 힘들었을 텐데…."

김 대리는 멋쩍은 웃음을 지으며 말했다. 과거 한 중사의 군대 시절은 그의 성격에 비해 순탄한 편이었다. 그가 입대할 즈음 군대에서도 군내 가혹 행위에 대한 인식이 조금씩 각성하던 시절이었고 운이 좋게도 그는 탐지 소대에서 근무했었다. 그가 하는 일이라곤 매일 홀로 지진파를 감시하는 일이 전부였다. 그는 실제로 최전방에서 근무했었지만 그렇지도 않았다. 그가 매일 보는 것은 탐지기와 책상, 스피커뿐이었다. 매일 똑같은 근무에 똑같은 일상이었다. 그의 예민한 특성이 가장 극대화된 보직이었다. 그의 그러한 특수한 능력을 알아본 상부에서 그가 국가를 위해 더 오랫동안 봉사하길 원했다. 결국, 상부의 몇 마디와 그의 낙천적 성격은 그를 군대에 잔류시켰다. 그는 군대에서도 그의 특수한 능력을 극대화해 처리 안 된 많은 사건을 해결하는 데 도움을 주었다. 그러나 그의 지랄 맞은 성격은 그가 국외자로 전락하는 데 일정 부분 이바지하였다. 그는 자신의 분야에서는 탁월하였으나 대인 관계에서는 낙천적인 성격 이외에도 편집증적인 문제가 주위 사람들을 피로하게 했다. 어쩌면 그가 미친 듯이 휴대전화기에 집착하는 것도 그와 같은 이유에서일 것이다.

"김 대리는 뭐 했어요?"

정 팀장은 조금 전의 웃음이 가시지 않은 채 김 대리에게 물었다. 김 대리는 시원시원하게 답했다. 능청맞은 한 중사와 달리 무언가 강인한 면이 없지 않아 있었다. 그는 우악스러운 성격답게 목포 뱃사람의 아들이었다. 그의 아버지는 어려서부터 고깃배를 몰았고 그의 아들도 그러한 가업을 물려받길 원했다. 그러나 여느 아버지들이 그러하듯 그의 아들이 점점 커가며 그물 치는 일에 익숙해질 무렵, 하나밖에 없는 아들이 좀 더 넓은 세상을 보길 원했다. 그러나 김 대리는 뱃일에 더 익숙한 사람이었고 공부와는 거리가 멀었다. 그나마 그에게 군인은 적성과 체질에 잘 맞는 직종이었다. 멋모르고 지원한 부사관에 합격한 그로서는 천직이었다. 그에게 특별한 능력은 없었지만, 그에겐 답답함이란 없었다.

시원시원한 성격은 상관들이 좋아하는 타입이었다. 그도 몰랐지만,

그는 수에 상당한 능력을 갖추고 있었다. 한때 그 스스로 전역 후 사업을 해 보려는 생각도 하게 할 만큼 수에 강했다. 그러한 능력은 어린 시절 새벽 수산시장에서 어깨너머로 배운 숫자 놀음에 기인했다. 수에 강한 그로서는 논리에서도 탁월한 능력을 발휘했다. 실제로 그에게 논리에 맞지 않는 일은 단칼에 베어 버릴 정도로 그는 철두철미했다. 어찌 보면 우악스러운 성격과 시원시원한 성격은 수지를 따져 버릇하는 그의 성격에 바탕한 것일지도 모른다. 그는 오래 고민하는 성격도 아니었고 느리게 결정하는 성격도 아니었다. 결정은 빠르되 내키지 않은 것은 내키지 않은 것이었다. 정 팀장은 한 중사보다는 김 대리에게 더 신뢰가 가는 편이었다. 그로서도 모든 약속은 계약이며 계약에 대한 이행은 신뢰의 증가로 받아들였기 때문이다.

김 대리는 강인함 속에 신속함, 그리고 논리성을 갖춘 사람이었다. 정 팀장은 그의 말 하나하나에 귀를 기울였고 그에 대해 호감을 느꼈다. 서로에 대한 통성명은 배 계장을 제외한 모든 사람이 한마디씩 함으로써 끝났다. 그 누구도 배 계장에 대해 따로 물어보거나 궁금해하지는 않았다. 이미 그에 대해선 모두가 알고 있었고 더 물어보지 않는 것이 그들 스스로 도움이 되리라고 생각했기 때문이었다. 그러나 정 팀장은 내심 마음에 걸렸다. 그로서 팀의 조화는 자신의 목적을 이루기 위해서라도 중요했다. 배 계장의 존재는 그에게 한 가지 임무를 부여한 것과 다름이 없었다.

사실 그의 마음은 바다와 같아서 배 계장의 돌출 행동을 이해할 수는 있었다. 설사 그가 자신에게 더 마음의 상처를 입히더라도 그는 용인할 준비가 되어 있었다. 중요한 것은 임무였지 개인이 아니었기 때문이다. 하지만 지금으로서는 뾰족한 수가 없었고 잠자코 지켜보는 것이 상책이었다. 그는 지나가는 가드레일을 보며 깊은 생각에 잠겼다. 생각보다 철원은 멀었다. 내곡동에서 출발한 지 세 시간 정도가 흘렀고, 서울의 불야성을 빠져나와 한적한 교외 길을 지난 지도 한참이다. 서서히 민가가 사라지더니 뱀의 허리 같은 언덕을 몇 개를 올랐는지 셀 수도 없었다. 첩첩산중은 어느 것이 평지인지조차 헷갈릴 정도였다. 그만큼 길은 좋지 않았고 인적은 드물었다.

"얼마나 남았어요?"

"내비게이션에는 안 나오는데 아마 곧 나올 것 같습니다."

정 팀장은 김 대리의 말에 거의 다 왔다고 직감했다. 그는 자신의 행동 절차를 점검했고 마지막으로 그의 알리바이를 살펴보았다. 그의 직책은 정 반장이었으며 이름은 그대로 사용하되, 본적과 주소지, 과거 학적, 병원 진료 기록 등이 전부 바뀌어 있었다. 본부에서는 이것이 가장 좋은 방법이라고 생각했다. 가장 훌륭한 위장은 그 스스로 위장을 한 것인지조차 모르게 느끼는 것이었다. 결국, 위장의 대상이 본인처럼 느끼게 하는 법은 이름을 같게 유지하는 것이 가장 효율적이었다.

차는 몇 개의 검문소를 통과했고 김 대리는 연습한 대로 공무원증을 보여주며 검문초소들을 유유히 통과했다. 새벽 시간대의 검문소들이 그러하듯 민간 차량에 대한 검문검색은 엄격하였으나 군 차량에 대해서는 관대했다. 그러나 민통선의 검문소는 그리 가볍지만은 않았다. 차량은 바리케이드를 지나고 초병의 통제에 따라 서서히 정지했다. 초병은 총구를 들이민 채 사격 자세를 취했고 다른 부사수로 보이는 인원이 운전석으로 다가와 손을 밑으로 내리며 창문을 개방하라고 지시했다. 그런 뒤 손전등으로 인원을 확인했다. 그때까지도 배 계장은 자고 있었다. 초병은 배 계장을 유심히 쳐다보았다. 그런 뒤 공무원증을 넣는 김 대리에게 물었다.

"죄송하지만, 조수석에 탑승하신 분 신분증도 보여주셨으면 합니다."

그러자 김 대리는 꺼림칙한 물건을 만지듯 배 계장을 툭툭 건드렸다.

"이봐, 아까 받은 출입증 좀 줘 봐."

배 계장은 창가에 박고 있던 머리를 일으키며 눈을 찡그리더니 손전등을 치우라는 손짓을 했다. 그런 뒤 출입증을 꺼냈다. 초병은 출입증을 받더니 의아해하며 말했다.

"현 시간은 외지인 출입 불가 시간입니다. 상급 부대에 통보하고 조치하겠습니다. 잠시만 기다려 주십시오."

정 팀장은 순간 불안한 낌새를 눈치챘다. 그가 분명 자신이 준 출입증을 제출하지 않고 원래 소속이 적힌 출입증을 제출한 것을 알았다. 만약 그것이 보고라도 된다면 그것은 즉시 사단 지휘통제실로 보고될 것이 분명했고 배 계장은 더는 임무를 수행할 수 없게 될 것이 분명했다. 또한, 다른 일행에 대한 추궁도 이루어질 것이 확실했다. 그는 무슨 수가 있더라도 저 초병을 막아야 했다. 초병은 뒤로 돌아선 채 초소 건물로 뛰어갔고, 정 팀장은 즉시 내려 외쳤다. 초소의 서치라이트가 그를 즉시 비추었고 그는 그 불을 따라 뛰어갔다.

"야! 멈춰!"

정 팀장은 초병을 저지하려고 전속력으로 뛰었다. 그러자 사수석에서는 그에게 수하를 실시했다.

"정지! 정지!"

정 팀장은 뒤돌아 걸어가는 부사수를 향해 소리쳤다.

"야! 초병! 멈추라고!"

"정지! 더는 접근하시면 발포하겠습니다!"

사수석에서 달려가는 그에게 더욱더 강한 어조로 소리쳤다.

"야! 이 새끼야! 멈추라고!"

순간 사수석에서 총성이 울렸고 그것의 소리는 허공으로 퍼져나갔다. 초병은 수칙에 따라 공포탄을 어깨 위로 쏘았고 그 소리에 허둥지둥 달려가던 부사수는 멈춰 선 채 뒤를 돌아보았다. 사수석에선 계속해서 정 팀장의 몸을 조준했다. 분위기는 냉랭했으며 김 대리가 정 팀장에게 외쳤다.

"팀장님! 멈추세요!"

정 팀장은 그제야 어둠 속에서 누군가 자신의 몸에 조준하고 있다는 사실을 깨달았다. 그가 한두 번 위병소를 통과한 것은 아니었지만, 이번만큼은 그도 그 흔한 초병수칙의 원칙을 망각하고 있었다. 만약 그가 한 발 더 움직였더라면 그다음은 공포탄이 아닌 실탄이었다. 일촉즉발의 상황이었다. 발사된 공포탄 소리에 소초 상황실에선 다른 인원들이 달려 나왔다. 그들은 번개 봉을 든 채 사수석 뒤편으로 엄폐했다. 그중 간부로 보이는 사람이 외쳤다.

"누구냐!"

정 팀장은 순간 자신이 국정원 소속이라는 말이 목구멍 끝까지 올라왔으나 순간적으로 참았다. 그는 절제된 표정과 어투로 말했다.

"육군본부 헌병대 수사반장이다."

"용무는?"

"10사단 헌병대 방문."

"신원 확인하겠습니다."

그러자 소총을 든 두 명의 병사가 그에게 조준하며 경계 자세를 취했다. 중위 한 명이 다가오더니 인사했다.

"예, 헌병대 정 원사입니다."

"20 초소장 강 중위입니다. 다치신 곳은 없으십니까?"

"예, 따로 다친 데는 없습니다."

"일단 안으로 들어가시죠."

정 팀장은 초소장의 안내를 받아 초소장실로 들어갔고, 김 대리는 그가 들어가는 것을 보자 차를 초소 한 귀퉁이에 주차한 채 건물 안으로 들어갔다. 건물로 들어가며 김 대리는 배 계장에게 박박 화를 내며 낮은 목소리로 타박했다. 그러나 배 계장은 신경조차 쓰지 않았다. 그들이 초소장실에 들어가자 정 팀장은 한 중사를 보며 미묘한 눈짓을 해 보였다. 그러자 한 중사는 특유의 표정을 지으며 화장실을 한 번 갔다 와도 되겠느냐고 물었고 이내 자리를 비웠다. 그동안 한 중사는 부사수가 가져간 배 계장의 신분증을 회수했다.

"어휴, 새벽에 큰일 나실 뻔했습니다."

강 중위는 천만다행이라는 듯 안도의 한숨을 쉬었다. 총을 맞을 뻔한 당사자보다 총을 쏜 사람이 더 큰 숨을 들이 내쉬었다. 그는 내심 인명사고가 발생할 뻔한 찰나에 멈출 수 있었다는 사실에 감사했다. 또한, 규정대로 한 덕분에 벌써 포상을 기대하고 있는 눈치였다.

"예, 이 시간대에 저희처럼 하는 게 이상할 만도 하죠. 제가 초병이었더라도 분명 쐈을 겁니다."

정 팀장은 너털웃음을 지어 보였으나 그의 온 신경은 배 계장의 신분증에 있었다. 만약 상황병이 그의 신분증에 관해 유선전화를 걸었거나 기록을 남기기라도 했다면 일은 모두 물거품이었다. 그의 관심사는 그것 하나였다.

"그나저나 10사단 헌병대에는 이 시간대에 왜 가시는 겁니까?"

"아, 그건 저희 수사 내용이라 말씀드릴 수는 없고… 왜 저 최근에 있잖습니까?"

정 팀장은 말꼬리를 흐리며 말을 마쳤고 강 중위는 무릎을 치며 무슨 말인지 알겠다는 듯 더는 묻지 않았다.

"원래 그쪽 중대가 좀 일이 난다 싶었어요. 언제 나나 싶었는데 결국 일이 났네요. 서울에서까지 그렇게 많은 조사가 올 정도면 보통 일은 아닌 것 같아요."

정 팀장은 강 중위가 무슨 생각을 하고 있는지 대충 알고 있었다. 그러나 그가 가진 단편적인 정보에 관해 관심이 전혀 없는 것도 아니었다. 그의 신경의 90%는 한 중사의 뒤처리에 있었고, 나머지 여유분은 작전에 필요한 정보에 있었다.

"그, 뭐라고 합니까? 이번 일에 대해서?"

"뭐… 제가 답변드릴 입장은 아닌데 여긴 교통이 워낙 뚫려 있으니 오가는 소리에 의하면 저 8중대에서 밤에 통문을 열었다가 사람이 죽었다 하더라고요. 그날 아침에 장난 아니었어요. 별의별 차가 다 지나다니고 정말 정신없었어요."

"통문을 열었다는 게 무슨 말이죠?"

"그 DMZ 안에서 사람이 죽었는데 그 사람들이 들어간 시간대가 새벽이랍니다. 정확한 것은 모르겠는데 아무튼 그렇게 말하는 것을 얼핏 들은 것 같네요. 아무튼, 그 일 때문에 사단에서도 외지인은 절대 들이지 말라고 지침을 하달했어요. 물론 육본은 예외라고 해 두죠."

강 중위는 너털웃음을 터뜨렸고 정 팀장은 고개를 끄덕이며 말했다.

"그렇군요."

정 팀장은 의외의 정보를 얻었으나 겉으로는 별것 아닌 척했다. 사실 통문이 주간에만 운용된다는 사실을 상기한다면 누군가 새벽에 통문을 열어달라고 했을 것이 분명했다. 단편적인 정보만으로도 생각보다 원인이 멀지 않았다는 것을 느꼈다.

"커피 드시겠습니까?"

"아, 아닙니다. 곧 가봐야 해서 시간도 없고 정신도 없을 것 같습니다."

정 팀장은 내심 한 중사가 일을 다 끝마쳤는지 확인하고 싶었다. 문을 여는 순간 한 중사는 상황병 컴퓨터 앞에 서서 상황병과 여러 이야기를 나누는 듯했고 그의 검지는 모니터를 가리키고 있었다. 그가 초소장실에서 나오는 정 팀장을 보자 그는 눈빛을 교환했고 이미 처리가 다 되었다는 신호를 보냈다. 정 팀장은 고개를 살며시 끄덕였고 이내 문을 열고 나갔다. 김 대리는 즉시 차로 갔고 배 계장도 차에 탔다. 정 팀장은 한 중사가 나오는 것을 보고선 차로 향했다. 그때였다.

"정 반장님!"

강 중위였다. 정 팀장은 뒤도 돌아보지 않고 계속 걸어갔다. 그로서도 더 이상의 부스럼은 용납할 수 없었기 때문이었다. 일단 이 망할 초소를 벗어나는 것이 그에겐 급선무였다.

"정 반장님! 잠시 멈추십시오!"

두 번까지는 못 들을 수 있었다. 그러나 세 번째는 허용할 수 없었다. 그는 멈춰선 채 다음 행동과 말을 생각했고 뒤돌아 강 중위를 처다보았다. 변수는 얼마 없었다. 신분이 들통 나거나 벗어나거나 모 아니면 도였다.

"아까 초병 말로는 신분증을 탑승하셨던 간부님께서 다시 가져가셨다는데 외지인 한 명이 탑승한 것으로 알고 있습니다."

"이거 말씀하시는 겁니까?"

정 팀장은 예비 출입증을 강 중위에게 주며 말했다. 차분한 목소리로 말했으나 이미 등골에는 땀이 흥건했다. 이것은 고도의 심리전이었다. 여기서 누가 실수를 하느냐에 따라 모든 것이 결정될 판이기 때문이었다. 하지만 정 팀장은 타고난 프로였고, 능숙하게 행동했다.

"외지인이랬는데⋯. 야! 준호야!"

강 중위는 신분증을 보고 고개를 갸우뚱하더니 아까 신분증을 가지

고 간 듯한 초병을 불렀다. 병사 한 명이 강 중위에게 뛰어왔다. 정 팀장
은 그 병사를 보자마자 그의 입에 모든 신경을 집중했다.

"너 조수석 간부 아까 외지인이라며?"

"예, 맞습니다. 무슨 기무사인가? 뭔가라고 적혀 있었습니다."

"이거 봐 봐. 아니잖아."

강 중위는 신분증을 들이밀며 병사를 질책했다. 사실 강 중위는 병사
가 하는 말을 곧이곧대로 듣지는 않았다. 어두운 새벽이었다. 혼선은
어디서나 있을 수 있었고 혼란도 있을 수 있었다. 무엇보다 헌병대 사람
이 자신을 기만할 것이라고는 애초에 생각 자체를 하지 않았다. 그만큼
헌병대의 위치는 신뢰의 표상이었고 군인에게 공정성을 줄 수 있는 이
미지였다.

"이 얼굴이 맞는지 확인시켜줄까?"

정 팀장은 초병의 눈을 쳐다보며 물었다. 이미 정 팀장은 대세가 기
울었다고 판단했다. 분위기는 자신에게 유리했고 더는 긴장할 것은 없
었다.

"아까 분명히 이거랑 다른 신분증이었는데…."

"가서 확인해 보면 되지."

세 사람은 차량에 갔고 손전등으로 배 계장의 얼굴을 다시 한 번 비
춰 보았다. 차량에서 욕을 얼마나 먹은지 모르겠지만 배 계장은 아까와
달리 사뭇 긴장한 표정이었고 정면만을 응시하고 있었다. 초병은 얼굴
과 신분증을 한 번 더 확인했고 얼굴이 일치하는 것을 확인했다. 그로
서도 설사 출입증을 두 개나 들고 다닌다는 것은 상상할 수도 없는 노
릇이었고 애초에 그런 것은 소설 속에서나 일어날 법한 일이었다.

"에이, 맞네. 네가 잘못 본 거 아니야?"

강 중위는 배 계장의 얼굴과 출입증의 얼굴을 번갈아 보며 초병에게

물었고 초병은 고개를 갸우뚱하면서 출입증을 쳐다봤다. 강 중위는 초병의 손에서 출입증을 회수하여 정 팀장에게 다시 돌려주었다. 정 팀장은 출입증을 손에 꼭 쥔 채 그것을 속주머니에 단단히 넣었다.

투광등은 꺼졌고 한 중사가 마지막으로 탄 뒤 승합차의 시동이 걸렸다. 초병은 다시 위치로 돌아갔고 차량은 바리케이드를 지나 반대편으로 넘어갔다. 어둠 속에서 차량은 저속으로 이동했다. 차 안의 분위기는 험악할 대로 험악했다. 김 대리는 욕을 얼마나 해댔는지 입에 욕이 달릴 정도로 욕을 해댔고, 한 중사는 아까의 긴장된 상황을 묘사하느라 정신이 없었다. 정 팀장만이 두 남자를 번갈아 보며 그들의 말을 듣고 있었다. 그러나 정 팀장의 머릿속에는 배 계장에 대한 분노만이 남아 있었다.

"차 좀 세웁시다."

"뭡니까?"

"잠시 좀 세워 주세요."

정 팀장은 갈대가 우거진 숲 속 입구 부분에 차를 대라고 했고 이내 배 계장에게 내리라고 지시했다. 두 남자는 갈대숲으로 들어갔고 정 팀장이 먼저 말을 꺼냈다.

"당신 빠지고 싶어?"

"뭐가 문젠데요?"

"당신이 지금 우리를 다 위험에 빠뜨릴 뻔한 거 아직 몰라서 묻는 거야?"

진정하는 그의 모습은 온데간데없고 분노로 가득 찬 표정으로 배 계장을 노려보았다. 그에게 어떠한 모욕도 상관없었다. 그러나 임무만큼은 그의 전부였고 그를 유일하게 분노하게 하는 요인이었다.

"그래서 잘 빠져나왔잖아요. 뭐가 문제예요? 당신이 원하는 거 아니었어요? 당신 소기 목표를 이뤘잖아요? 화낼 거 있나요?"

"이 새끼가!"

순간 정 팀장은 자신의 구둣발로 배 계장의 배를 찼다. 배 계장은 뒤로 넘어지며 신음을 냈다.

"너 뭐 하는 새끼야? 미쳤어?"

정 팀장이 추궁하듯 쓰러져 신음을 내는 배 계장 옆으로 가서 말했고 연이어 배를 계속 걷어찼다. 배 계장의 왜소한 체구는 그의 강한 발길질에 남아나질 않았다. 그의 구두는 연신 그의 복부를 내리쳤고 이내 그는 더는 버틸 수 없는지 갈대밭에 대자로 드러누워 버렸다. 마치 잠을 자는 듯한 그의 행동에 정 팀장은 더는 그를 구타할 마음조차 사라졌다.

"마음대로 해, 이 새끼야."

누워 있던 배 계장을 뒤로한 채 정 팀장은 차로 향했다. 배 계장은 언제 그랬느냐는 듯 벌떡 일어나 외쳤다.

"생각보다 좀팽이 기질이 좀 있는 거 같은데?"

정 팀장은 그 말을 듣자마자 멈춰 섰다. 그런 뒤 서서히 걸어왔다. 그의 두 손은 주먹이 불끈 쥐어 있었고 어느새 빈정거리는 듯한 표정의 배 계장 앞에 섰다. 분명 누구라도 그의 모습을 보았다면 주먹이 아니라 돌로 골통을 부숴버릴 정도로 얄미워 보였다. 그러나 정 팀장은 털끝 하나 건드리지 않았다.

"그 망할 주둥아리 닥치고 타. 뒈지기 싫으면."

정 팀장은 앞까지 올라온 끓어오르는 주먹을 뒤로한 채 다시 돌아갔다. 배 계장은 그가 가자 강아지마냥 그의 뒤를 졸졸 쫓아 왔다. 너무 심하게 맞았는지 한 손으로는 옆구리를 감싸며 기침을 해댔고 넘어질 듯 말 듯하며 걸어왔다. 그들이 차에 다시 타자 김 대리는 말없이 다시 차를 도로로 향하게 했다. 더는 차량 내부에서 대화 소리는 들려오지 않았다.

조우

그들이 헌병대 정문을 통과한 것은 새벽 5시가 다 되어서였다. 다들 지친 표정으로 사무실에 들어왔고 새벽 당직인 김상현 중사가 그들을 맞이했다. 김 중사는 그들에게 커피를 타다 주었고 지금까지 진행된 상황에 관해 설명했다. 정 팀장은 그의 말을 들으면서 열심히 필기했다. 한 중사의 정신은 오직 휴대전화기에 가 있었다. 김 대리는 운전과 아까의 사건 때문에 기진맥진한 표정을 지었고 배 계장은 알 수 없는 어두운 표정을 지으며 김 중사의 말을 듣고 있었다.

"반장님께서는 언제 출근하십니까?"

"글쎄요… 워낙 두문불출하셔서 수사과로 안 오시는 날도 많습니다. 가끔 사건 현장에서 야전침대를 놓고 주무시는 적도 꽤 많이 있었습니다."

"그래서 지금 어디 계시다는 건가요?"

"아, 저기 저 사무실에서 주무시고 계십니다."

정 팀장은 필요없는 수식어를 자꾸 붙이는 김 중사를 보며 그다지 좋은 수사 능력을 갖춘 사람은 아니라고 판단했다. 또한, 그의 상관인 김 반장이란 사람이 어떤 사람인지도 대충 감이 오는 터였다. 이미 그는 오기 전에 김 반장에 대한 기초 이력을 모두 파악했고 대략적인 성격을 알고 있었다. 그에게 김 반장은 약간 대칭적인 인물이었으나 공통적인 것은 둘 다 일중독자들이었다. 마치 개처럼 주어진 일에 대해 끝장을 보는 성격이었다. 그러나 김 반장은 치밀하기보다는 큰 그림을 그리는 데 주력했고 정 팀장은 세부적인 섬세함에 능한 사람이었다. 마치 동양철학과 서양철학의 만남과도 비슷한 형국이었다. 어느덧 그들이 커피를 다 비워갈 무렵, 기상 시간이 다가왔고 김 중사는 아침점호를 하러 잠시 자리를 비웠다. 한 중사는 어느새 코를 골고 있었고 김 대리도 옆에 있던 책상에 기대어 꾸벅꾸벅 졸고 있었다. 오직 배 계장만이 넋이 나간 사람처럼 입을 연 채 땅만을 바라보고 있었다.

"인마, 너 올해 몇 살이야?"

정 팀장은 담배를 꺼내 문 채 불을 붙였다. 그런 뒤 다리를 꼬고 배 계장을 곁눈질로 쳐다봤다.

"서른하나요."

순간 정 팀장은 자신의 눈을 의심했다. 너무 동안으로 보여서인지, 톡 튀어나온 광대뼈와 하얀 살갗 때문인지는 모르겠지만, 나이에 비해 얼굴이 상당히 젊어 보였다. 많아도 20대 중후반 정도로 생각했다. 이번에도 정 팀장의 예측은 통하지 않았다. 그는 이제부터 그를 대할 때는 마음을 비우기로 마음먹었다.

"아까 때린 것은 미안하게 생각한다."

정 팀장은 연기를 뿜으며 그를 쳐다보았다.

"신경 안 써요. 당신들이야 항상 그런 인간들이니까요."

그러자 정 팀장은 헛웃음 소리를 내었고 어이가 없다는 표정으로 그를 쳐다봤다.

"내가 10년 넘게 이 직종에 종사하고 있거든? 너 같은 놈 내가 처음

봐. 정말이야. 넌 진짜 내가 본 미친놈 중에서 다섯 손가락 안에 드는 놈이야."

"나도 알아요. 그런데 그건 당신의 오만함이죠."

정 팀장은 더는 그를 설득하거나 이해시키거나 협상한다는 생각 자체를 하지 않았다. 단지 호기심이 앞설 뿐이었다. 그가 왜 상식적으로 살지 못하는가에 대해 정말로 궁금했다. 이젠 그가 혹시 정신질환을 앓는 것이 아닌가에 대해 의심스러울 정도였다.

"배 계장, 내가 정말 궁금해서 그러는데 말이야, 너 도대체 왜 군대에 왔어?"

"저 군인 아닌데요.

"그럼 뭐야?"

"8급 군무원인데요."

"뭐, 아무튼 군인이건 군무원이건, 그렇다 치자. 어쨌든 군대에 관련된 일을 하는 것은 맞잖아. 그러니까 왜 너 같은 사람이 군대 일을 하느냐는 거지. 밖에서 네 적성에 맞는 일이 많지 않겠어? 너의 그 말도 안 되는 기억력이나 그 잘난 사람 꿰뚫어 보는 거 말이야. 그냥 뭐 점집을 차려도 사람 많이 올 것 같은데 왜 하필 군대 일이냐고."

"저도 왠지는 모르겠는데 저희 아빠가 군인이라서 그럴 거예요."

"너희 아버지 뭐 하시는 분인데?"

"사단장이요."

"뭐?"

"4사단장이에요."

순간 정 팀장은 머리를 얻어맞은 듯한 충격을 받았다. 더는 그를 예측하기 포기한 그였지만 배 계장은 까면 깔수록 나오는 양파 같은 존재였다. 그의 예측 허락하지 않은 언행들은 그에게 연신 미칠 듯한 충격을 안겨 주었다. 그는 조금 전 사단장 자식의 배를 걷어차고 욕설을 했던 것이었다. 물론 정 팀장으로서는 기관이 다르고 군과는 직접 연관되지는 않았지만 사단장이라는 지위는 분명 함부로 할 만한 것은 아니었다.

"결혼을 일찍 하신 건가?"

"아빠랑 저랑 몇 살 차이 안 나요."

친구 같은 아빠라는 말은 배 계장에게 가장 적절히 어울리는 수식어인 듯했다. 정 팀장은 두통이 엄습해 오는 것을 느꼈다. 잠시 후 한 중사와 김 대리는 깨어난 뒤 정 팀장으로부터 배 계장에 대한 이야기를 듣게 되었다. 그들은 어안이 벙벙한 듯 서로를 바라보았다. 결국, 한 명씩 배 계장에게 한마디씩 말을 건넸고 배 계장은 퉁명스럽게 대꾸했다. 그의 흐리멍덩한 표정은 절대로 고쳐질 수 없었고 마음의 문은 쉽게 열리지 않았다.

그들이 아침 식사를 마칠 무렵, 운동복 차림에 부스스한 머리를 한 남자가 사무실에서 나왔다. 정 팀장은 그를 보자 그가 사진 속 그라는 사실을 알아차렸고 바로 다가가 인사했다.

"서울에서 온 정한성 반장입니다."

김 반장은 아직 잠에서 덜 깬 듯 눈을 찌푸렸고 이제야 상황을 인지한 듯 갈라지는 목소리로 그를 맞았다.

"아, 예, 예, 예. 오시느라 수고 많으셨습니다. 커피라도 한잔 드시죠. 일단 앉으세요."

일행은 소파와 의자를 끌어다 앉았고 김 반장은 한쪽 눈만 뜬 채 커피를 뒀졌다. 그는 커피를 찾으며 이리저리 헤매는 것처럼 혼잣말로 중얼거렸다. 김 반장은 제대로 자지 못한 한 중사나 김 대리보다 더 잠을 못 잔 사람처럼 행동했다. 그는 두리번거리며 간신히 찾은 커피를 탈 잔을 찾고 있었다. 그러다 큰 소리로 외쳤다.

"야! 경배야! 종이컵 좀 가져와라! 한 다섯 개만!"

그러자 밖에 있던 병사 한 명이 즉시 김 반장 앞에 있던 선반에서 종이컵을 꺼냈다.

"에이 씨, 여기에 있었네. 허허, 제가 좀 정신이 없습니다."

김 반장은 멋쩍은 표정을 지으며 다 끓인 커피포트의 물을 부었다.

"아, 제길! 커피를 안 탔네."

김 반장은 자기가 왜 그런 일을 했는지 자신조차 이해하지 못했다. 오직 그의 부스스한 머리, 슬리퍼, 꾀죄죄한 얼굴만이 그러한 상황을 이해시켰다. 김 반장은 애써 태연한 척하며 이미 부어진 물에 커피를 타고 저었다. 그런 뒤 멋쩍은 웃음을 다시 지으며 커피를 나누어 주었다.

"정신이 없습니다. 요즘 사건 때문에…. 야! 경배야! 문 좀 닫아라!"

문이 닫히고 김 반장은 커피를 한 모금 들이켰다. 그가 컵을 입에서 떼자 정 팀장이 말을 꺼냈다.

"뭐, 대충 설명은 들었는데 통 뭔 사건인지 모르겠습니다."

정 팀장은 나름대로 무언가 알고 있다는 식으로 이야기했으나 실상 그는 아는 것이 아무것도 없었다. 강 중위가 설명한 단편적인 정보를 제외하고 그는 모든 수사 기록을 통째로 알아내야 할 판이었다.

"아, 그 뭐야, 그 최원석 중사라고 있어요. 얘가 통문장인데 오늘 조사할 거예요. 어제는 저희가 중대 올라가서 애 붙잡고 물었는데 오늘은 헌병대로 소환해서 조사할 거예요. 오늘 보시고 저희 수사 기록도 한번 보세요."

김 반장은 겉으로는 협조적인 태도를 보였으나 마음 한편으로는 그들이 도대체 어떤 연줄을 타고 내려왔길래 사건이 터지자마자 이런 뜨거운 감자를 날름 먹어 치우려는 것인지 알 수가 없었다. 한 가지 확실한 것은 헌병대장이 그들을 주시하라고 했다는 것과 그들에게 협조할 것은 협조하되 최대한 성과는 우리 쪽에서 내라고 한 것이 대장의 지침이었다. 사실 김 반장에게 더는 진급 욕심은 없었으나 한 가지 남은 것이 있다면 지금까지 이루어 온 수사 경력에 화려한 이력 추가 정도가 있었다. 그러나 그가 여태껏 해 온 수사를 서울에서 온 놈팡이들에게 통째로 넘긴다는 것은 그의 고집이 허락하지 않았다. 김 반장은 그런 면에 있어 완벽한 능구렁이였고 포커페이스의 달인이었다.

"그나저나, 같이 오신 분들은 뭐 하시는 분들인가요?"

김 반장은 이제 두 눈을 뜨고 부스스한 머리를 다듬으며 의자에 앉아 그들의 얼굴을 한 번씩 쳐다보았다. 그러자 정 팀장은 그들이 제대로 대답하기엔 수면 부족과 장시간의 피로로 횡설수설하리라 판단했다. 결국, 하나하나 직접 소개했다.

"여기는 한 중사, 그리고 이 옆은 김 중사, 그리고 저 옆은 배 하사, 이렇게 됩니다."

소개를 받자마자 그들은 김 반장과 악수했다.

"어, 그러고 보니 우리 김상현 중사랑 동기 군번인 것 같은데?"

"06 군번입니다."

김 반장은 한 중사를 쳐다보며 말했다.

"야! 경배야! 김 중사 있냐?"

"예, 갑니다."

문이 열리자 김 중사가 경례를 하며 들어왔다.

"여기 너랑 동기 군번이야. 인사해. 한 중사야."

"예, 필승! 만나 뵙게 되어서 반갑습니다."

한 중사는 속으로 이런 상황에 대해 답답함을 이길 수 없었다. 그는 아직 그의 휴대전화기 게임에 대한 미련을 못 버렸고 그의 정신 상태는 정상이 아니었다. 이미 뇌의 반은 수면 부족으로 날아간 상태였고 나머지 반의반은 휴대전화기에 있어서 집중하고 있을 여유분의 정신이 별로 없었다. 정 팀장의 팀과 김 반장의 팀은 서로 인사치레를 하며 웃었지만 서로 동상이몽을 꿈꾸고 있었다. 정 팀장은 자료와 실질적인 수사가 먼저였고, 김 반장은 새로 온 외지인에 대한 탐색과 관찰이 우선이었다. 무엇보다 이들이 왜 서울에서 누구에 의해 내려왔는지는 김 반장에게 초유의 관심사였다. 특히나 이번 수사 자체가 대통령 조사위를 제외하곤 거의 비공식적으로 이루어지는 것이었기에 도대체 자신들의 활동이 누구에 의해 어느 선까지 알려졌는지를 아는 것은 매우 중요한 일이었다.

"그, 최원석 중사인가는 언제 오나요?"

"어제 중대에서 전화가 왔는데 언제라고는 확답 못 드릴 것 같네요. 아무튼, 오늘 오후 중으로는 옵니다."

"지금 그 중사는 뭐 하고 있나요?"

"특별한 일정 없이 그냥 방 안에 박혀 있을 겁니다. 그 사건 이후로 모든 공식 활동 금지입니다. 사실 뭐 죄가 밝혀진 것도 아니지만 지금 거의 직무 정지 수준이니 말 다했죠."

정 팀장은 그간의 수사 기록을 넘겨보며 김 반장에 물었다.

"여기 보니까 최원석이가 누군가의 승인을 받아서 문을 열었네요? 그러면 절차상 문제는 없는 것 아닌가요?"

"에. 뭐, 그렇긴 한데 문제는 누구냐가 중요하고 또 누가 왜 그 인원들을 새벽에 DMZ로 들어가게 했느냐는 겁니다."

김 반장은 커피를 다 미시고 담배를 꺼냈다. 그는 641정보부대의 존재에 대해 굳이 언급하려 하지 않았다. 그의 입장은 최소한의 정보만 주고 정 팀장의 팀이 스스로 발견하길 원했기 때문이다. 그래야 수지가 맞는 장사라고 판단했다. 그는 여러번 라이터를 켰지만 안 되는 듯 계속해서 불을 켜려 했다. 보고 있던 정 팀장은 불을 빌려 주었고 김 반장은 손으로 감사의 표시를 했다.

"그럼 최원석이 올 때까지 저흰 휴식을 좀 취하겠습니다."

"그러세요."

김 반장은 자욱한 연기를 내뿜으며 고개를 끄덕였다. 그러자 정 팀장 일행들은 일어나 사무실을 나와 빈 생활관에 들어갔다.

"일단 다들 눈 좀 붙이고, 오후에 시작되면 알려주지."

"김 반장, 저 사람 뭔가 숨기고 있어요."

배 계장이 뜬금없이 짐을 내려놓은 정 팀장에게 말했다.

"무슨 소리야? 뭘 숨겨?"

정 팀장은 순간 배 계장의 말에 집중했다. 그도 김 반장이 무언가를 숨기고 있다는 사실을 육감적으로 알았기 때문이다. 그것이 무엇인지는 모르겠지만 분명 그가 자신을 경계하고 있다는 사실은 확실했다.

"그 사람, 보통은 아닌 것 같더라고요. 슬리퍼에 운동복에 동작 하나하나까지 전부 의도된 거예요. 전형적인 기만전술이죠. 정말 재미있는 것은 커피를 꺼낸 찬장에 컵이 버젓이 있는데 커피는 꺼내고 컵은 병사를 시켜 꺼내게 한다는 것은 더는 설명할 필요도 없는 의도된 행동들이죠. 게다가 은연중에 같은 몸짓을 여러번 취하더라고요. 특히 수사에 관련된 말을 할 때, 예를 들면 그가 자주 손을 오므렸다 폈다 하는 행위들이 그래요. 그것은 그가 신중히 자신이 말할 단어들을 고른다는 증거죠. 게다가 그는 앞에 뜸을 들이는 경우가 많아요. 고지식하면서도 완고한 사람의 전형적인 패턴이죠. 결국에 그는 지금 우리를 경계하면서 탐색전을 벌이고 있는 거예요."

정 팀장은 배 계장의 능력에 놀라움을 금치 못했다. 짧은 시간 안에 많은 것을 관찰했으며 일부는 자신이 생각하는 바와 일치하는 바가 있었기 때문이다. 분명 근거 없는 소리는 아니었다. 하지만 그가 굳이 이렇게까지 우리를 기만할 이유가 있을까에 대해선 이해할 만한 이유가 있어야 했다. 정 팀장은 그 부분이 궁금했다.

"그렇다면 왜 우리를 그렇게 경계하지?"

"그건 간단해요. 우선 자신의 수사 결과에 대해 우리가 일부를 강탈해 간다고 생각하고 있기 때문이고 우리가 파견 온 것에 대해 석연치 않은 부분이 있기 때문이겠죠. 그가 보이는 대부분의 호의 및 기만술은 우리의 경계심을 낮추기 위한 방식들이에요. 그러니 지금부터는 절대로 허점을 보여선 안 될 거예요. 그 사람은 하이에나 같은 습성을 지녔어요."

"뭐, 나도 동의해. 그 사람, 손을 오므렸다 펴는 건 계속 봤거든. 나도 정신 사납더라고. 근데 그게 주기가 얼마나 되는지는 정확히 모르겠는데… 그 외에도 코를 자꾸 만지더라고. 왠지 모르겠는데 한 5~6번 만졌나? 내 기억으로는…."

한 중사는 배 계장의 말을 거들며 말했다. 그러자 김 대리가 맞장구쳤다.

"아마 한 다섯 번에서 여섯 번이면 그가 수사에 관련된 내용을 서너 차례 언급했을 테니 얼추 그 사람이 수사 기록을 말할 때마다 같은 패턴을 보인 주기와 일치하는 것 같아. 신뢰성이 있는 부분인 것 같군."

김 대리는 자신의 수학적 기질을 뽐내기라도 하는 듯 대화의 마지막을 마무리 지었다.

"어쨌든 다들 허점 보이지 말고 최대한 몸을 사리도록 해. 우린 일단 여기서 무슨 일이 일어났는지에 대해 알아야 하니 최대한 관찰하고 모을 수 있는 모든 정보를 모아야 해."

그들은 서로 고개를 끄덕였고 각자의 매트리스 위에 짐을 마저 푼 채 휴식을 취했다.

같은 시간, 김 중사는 노트북 앞에 앉아 있었고 김 반장은 거울 앞에 서서 넥타이를 매고 있었다.

"자디?"

"예, 다들 곯아떨어졌습니다."

"의외네. 난 어제 새벽에 전화로 알았어. 대장님이 전화를 직접 하셨더라고."

"어디서 왔답니까?"

"나도 몰라. 그냥 서울에서 왔다고 잘해주라네. 근데 뭐 잘해줄 게 있나. 내 식구 챙기기도 바쁜데 말이야. 뭔 오지랖이 넓어서 남의 식구까지 밥 먹여 주냐? 딱 봐도 위에서 그냥 밀어 넣은 것 같구먼…."

"맞는 말이긴 합니다."

"오늘은 기무에서 조사 안 하냐?"

"안 할 겁니다. 어제 신원 조사 끝내고 오늘은 아마 17연대 음어 자재 사건으로 바쁠 겁니다. 들어보니까 대부분 다 17연대로 나갔다고 들었습니다."

"그래? 잘됐네. 일단 경쟁자를 제쳐 두었구먼."

김 반장은 넥타이를 마저 매고 웃으며 말했다.

"항상 남의 불행이 나에겐 행복이 될 때가 많지."

"그럼 최원석은 오전에 부릅니까?"

"어. 그냥 오전에 불러. 그 뭐, 오후까지 할 필요 있나?"

"저 사람들 깨웁니까? 보고 싶어 할 텐데…"

"내버려둬. 자기들이 보고 싶으면 자기들이 일어나겠지. 우리가 그 사람들까지 깨울 의무는 없어."

"알겠습니다."

김 중사는 서울 사람들에게 아무런 감정도 없었으나 김 반장의 시큰둥한 태도에 무언가 거리를 두어야겠다는 생각이 먼저 떠올랐다. 또한, 정 팀장이 자신과 비슷한 나이 또래일 것이라 짐작했지만 벌써 반장의 직책을 달았다는 사실만으로도 보통내기가 아님을 추측할 수 있었다.

"그 정 반장이란 사람 있지 않습니까?"

"왜?"

김 반장은 전기면도기로 턱밑을 다듬으며 말했다.

"반장치고는 너무 어리지 않습니까?"

"실력 있으니까 그 나이에 반장 하겠지. 뭐 어때?"

"그럼 반장님은 상대적으로 오래 걸리셨잖습니까?"

"야, 이 새끼야! 내가 짬밥을 얼마나 처먹었는데 그걸 거기다 비교하냐? 이게 짬밥도 처먹은 양에 따라 수사 결과의 질이 달라요. 너 인마, 내가 지금 어디까지 진전시켰는지 몰라서 하는 말이냐?"

"아… 아닙니다. 제 말은 그냥 수치상으로 그렇다는 것이지, 제가 반장님의 수사 능력을 의심한 적은 단 한 번도 없습니다."

"싱거운 새끼."

김 중사는 아침부터 김 반장의 성질을 건드렸다간 어떻게든 좋을 것이 없다고 생각했다. 지난번 통문에서도 그랬고 차에서도 그랬다. 김 반장은 참으로 상대하기 힘든 성격이었다. 그나마 그로서는 하급자로서 갖추어야 할 탁 트인 반고리관을 가졌기에 어느 정도 김 반장을 상대하기에 적절했을 뿐이었다. 그러나 그의 지랄 맞은 성격이 폭발할 시에는 그로서도 답이 없는 노릇이었다. 문제는 그러한 폭발이 별다른 징조 없이 그의 예민한 감수성에 약간의 때라도 묻는 날이면 폭발은 어김없이 일어난다는 것이 문제였다. 지난번 비 오는 날에 파전을 먹지 못한다는 이유로 그에게 추태를 부린 일화는 절대로 잊을 수 없는 일이었다. 김 중사는 몸으로 김 반장의 성격을 체험한 지 오래였다.

밀월 관계

　방 안의 곳곳에는 사진들이 걸려 있었다. 일부는 폴라로이드로 바로 뽑은 듯했고, 나머지 사진들에는 글귀들이 적힌 포스트 잇이 붙여져 있었다. 사진 대부분은 알 수 없는 증거품들이 찍힌 사진들이었고, 일부 물건들을 보아 군용품이 분명했다. 책상에는 봉황 두 마리가 그려진 서류철이 있었고, 그것을 살펴보는 이는 짧은 머리에 검은 멜빵과 넥타이를 맨 김대진 실장이었다. 그는 사뭇 진지한 표정으로 서류들을 훑어보았고 벽면에 붙어 있던 사진 중 하나를 가져온 뒤 서류랑 대조하며 보았다. 그는 서류를 계속 넘기며 붉은 펜으로 어딘가에 밑줄과 동그라미 표를 쳤다. 얼마 지나지 않아 그는 특정 사진에 시선이 몰린 듯 하나를 뚫어져라 쳐다보았다. 그의 집중을 깬 것은 얼마 뒤 들려온 노크 소리였다.

　"예, 들어오십시오."

　김 실장은 서류를 덮으며 문 쪽을 바라보았고 문이 열리자 여자 한 명이 들어왔다. 대충 서른 초반 정도 되어 보이는 얼굴에 스트레이트로 핀 머리와 주름기 하나 없는 탱탱한 피부는 그가 서른 후반대의 나이라는 사실을 숨겨 주었다. 한 차장은 김 실장 앞에 섰고 그는 앉으라는 듯이 의자를 일어서서 권유했다.

"바쁜가 보네요. 방이 지저분하네."

한 차장은 비꼬는 듯한 말투로 말했고, 김 실장은 고개를 뒤로 젖힌
채 늘어지는 듯한 목소리로 말했다.

"무슨 용건이야?"

"뭐, 얼굴이나 한번 보려고 왔지. 왜 그렇게 쌀쌀맞게 그래?"

한 차장은 서운하다는 표정을 지어 보였고, 그는 이내 위 주머니에 잇
던 담뱃갑에서 담배를 꺼내 입에 물었다.

"본론이나 말해. 또 뭘 부탁하러 온 거야?"

김 실장은 시큰둥하게 물었다. 사실 한 차장이 자신을 찾아왔다는
것은 무언가 중요한 부탁이 있거나 정보가 필요하다는 것을 의미했다.
남자는 그런 그녀를 그리 달가워하진 않았으나 그렇다고 그녀를 보기
싫어한 것도 아니었다. 그녀는 그에게 있어 배였고 그는 그녀에게 항구
였다. 오는 그녀를 내치진 않았지만 그렇다고 가는 그녀를 잡는 것도
아니었기 때문이다.

"요즘 강원도 쪽에서 바쁘다며? 수석실장은 알고 있어?"

"냄새는 귀신같이 맡았군."

"어떤 거야?"

"굳이 알려줄 필요 있나?"

"괜찮아. 그만큼의 대가는 지급할 용의가 되어 있으니까."

"얼마큼 줄지는 두고 보자고."

"이 국장에 관련된 일이라면 충분히 해볼 만한 거래일 것 같은데?"

한 차장은 말꼬리를 올렸고 그녀도 책상 위에 있던 김 실장의 담뱃갑
에서 담배를 꺼내 물었다. 남자는 그녀에게 담뱃불을 붙여 주었다. 마
치 관심이 있는 이야기라는 듯 그의 눈빛이 아까와는 사뭇 달랐다.

"어디 한번 들어보지."

김 실장은 담뱃불을 끈 뒤 몸을 젖히며 팔짱을 끼었다. 이 국장이라면 분명 그에게 있어서 골칫거리인 존재였고 가시 같은 존재였다. 이 국장이 실력자임은 분명했으나 그 특유의 완고함과 굽히질 않으려는 성격은 청와대 고위 라인에서도 유명했다. 그들 머릿속의 첩보기관은 절대적인 명령하에 일사불란한 집단이었지, 스스로 생각하고 스스로 판단하는 집단은 아니었기 때문이었다. 이 국장에겐 적이 많았고 청와대는 그의 수많은 적 중 일부에 불과했다. 수석실장은 이번 사건을 두고 그와 밀약을 했다며 그를 자극하지 말라 일렀지만 한 차장이 귀띔하는 말을 듣고 난 뒤 그가 이미 수석실장 몰래 철원에서 일을 꾸미고 있다는 사실을 직감했다.

"대통령조사위가 강원도에 있는 것은 이제 모두가 다 아는 사실이 되었어."

한 차장은 시큰둥하게 말했고 김 실장은 뜨끔한 눈치로 그녀를 바라보며 말했다. 사실 애써 태연한 척하려 했으나 이와 같은 사실이 이 정도로 빠르게 전파될 줄은 상상도 하지 못할 일이었기 때문이었다. 어찌 보면 청와대 보안 담당관으로서 이 사건은 자신의 직위와도 연관된 일이었다. 청와대 내부에 누군가 정보를 흘리고 있는 것이 분명했기 때문이다.

"한 차장, 무슨 소리야? 대통령조사위라니? 그 말은 어디서 들은 거야?"

"왜 이래? 아마추어같이. 가식 좀 그만 떨어. 이 바닥 사람들은 이게 문제야. 왜 뻔히 들통 날 거짓말을 하려는 거야? 애초에 안 들키게 잘이라도 하던가. 습관이야, 습관. 이건 직업병이지."

"어디까지 알고 왔는데?"

남자는 귀찮다는 듯 물었고 여자는 당돌하게 말했다.

"전부 다."

"그러면 뭐 하러 왔어? 더 이상 알 것도 없을 텐데?"

"알려고 온 것은 아니야. 더 좋은 사실을 알려주러 왔지."

한 차장은 야릇한 미소를 지어 보였고 남자는 아직도 무언가 석연치 않은 듯 줄담배를 피워대며 그녀의 눈가를 빤히 바라보았다.

"이 국장이 뭐 어떻게 됐다는 거야?"

김 실장은 답답한 듯 연기를 계속해서 내뿜었고 한 차장 역시 담배를 깊게 들이마시며 목을 치켜들었다.

"성질 급하긴…. 이 국장, 요즘에 투잡 뛰나 봐."

"뭐? 투잡을? 어디서?"

"뻔하지 않아? 내가 알기로 철원 쪽에서 소꿉장난하는 걸로 알고 있어."

"배우는?"

"한 네 명?"

"확실해?"

한 차장은 남자를 바라보며 눈웃음을 지어 보였고 남자는 심각한 표정으로 말했다.

"그래서 어떻게 할 건데?"

"다른 것은 없어. 내가 원하는 것만 좀 들어주면 될 것 같아."

"뭔데?"

남자는 여자의 성격을 잘 알고 있었다. 여기서 많은 것을 양보한다면 다음번에는 영혼을 달라고 해도 모자란 인간이었다. 그 여자는 독한 년이었다. 사실 그녀에게 줄 만한 것은 많지 않았고, 설사 준다고 해도 그것은 자신에게 매우 불리한 것이었다. 그러나 이 국장이 일을 꾸미고 있다는 것은 심각한 위협이었고 자칫 잘못하면 작전 자체를 말아먹을 수 있는 노릇이었다. 분명 작전은 철저한 기밀이었고 만약 조금이라도 낌새가 새어나갔다간 자신의 지휘 계통은 물론 국가적인 정책 결정에도 큰 영향을 미칠 것이었다.

"이번에 국장 자리가 빌 거 같아. 그래서 좀 도와줘야겠어. 그리고 대통령조사위 관련 정보를 실시간으로 공유해줘. 물론 철수 날짜도 좀 알려주고 말이야."

"대가는?"

"이 국장의 개들이 어디 있는지 알려주지."

"무슨 수로?"

"이 바닥에 성역은 없어."

그러자 김 실장은 쓴웃음을 지어 보였다. 만일 한 차장의 말대로 이 국장이 벌써 낌새를 눈치채고 팀을 보냈다면 청와대엔 심각한 위협이었다. 분명 이 국장이 움직이고 있다는 사실은 수석실장이 미리 알아야 할 내용이었다. 그러나 이 국장의 개들을 자신이 처리한다면 분명 앞으로 그에게 좋은 인상을 줄 것이 분명했다. 수석실장은 늘 자신을 못마땅해했다. 그런 그를 원망한 것은 한두 번이 아니었다. 그러나 엄격한 조직 사회에서 모난 돌은 자신을 깎아내서라도 아담한 벽돌이 되는 편이 나았다. 위험하지만 않다면 굳이 수석실장이 모든 내용을 알 필요는 없었다. 힘 빠진 이 국장은 그에게 더는 과거의 거인이 아니었다. 한 차장이 이미 대통령조사위가 통문 안에 들어가 있는 사실을 알고 있다는 것은 사건이 분명 쉽게 덮이지 않으리라는 것을 의미했다. 설사 이 국장의 개들이 자신들의 목표물인 칩의 존재를 알아차리고 있거나 이를 탈취하려고 시도한다면 피곤한 일이 될 것이었다. 하지만 이 국장의 명줄도 그리 길어 보이지 않았다. 그가 뒷구멍으로 수석실장과 밀약을 했다는 것은 완고한 그도 이번만큼은 별수 없다는 사실을 의미했기 때문이었다.

늙은 개를 삶아 버리는 것은 어려운 일이 아니었다. 문제는 한 차장이었다. 그는 절대로 그녀가 자신의 밥그릇에 숟가락을 얹게 할 생각이 없었다. 물론 사건 협조는 할 것이었지만 목표에 대해선 철저히 함구해야 했다. 누구라도 탐나는 먹이를 공유한다는 것은 불가했기 때문이다. 적어도 이 세계에 동업이란 것은 없었다. 그는 한 차장과 이 국장의 관계를 누구보다 잘 알고 있었다. 둘은 앙숙이었다. 결정적인 사건은 지난번 북경 주재 미 대사관으로 진입하려던 북한 정찰총국의 지령을 받은 간첩들의 위장 탈북 사건을 계기로 더욱 멀어졌다.

사실 그 사건은 한 차장의 작품이었다. 그녀는 몇 달씩 연변과 지린성 등지에 풀어 놓은 공작원들과 함께 중국 주재 정찰총국 요원들을 현지에서 감시했던 것이었다. 그녀는 얼굴과 다르게 현장에 밝았다. 무더운 여름, 두만강 일대에서 고운 얼굴에 위장 크림을 묻혀가며 북한군 훈련 과정의 일거수일투족을 관찰해왔던 그로서는 이 국장이 한 행동은 절대 용서할 수 없었다. 그것은 아무리 이 바닥이 냉혹한 세계라도 불문율을 깬 더러운 행동이었기 때문이었다.

작전 막바지에 이르러 그의 충복이었던 정 팀장은 그녀의 노트북을 해킹했고 덕분에 이 국장은 작전과 관련된 상당한 정보들을 얻게 되었다. 이 국장은 정보원을 비롯해 지금까지 확인된 사실들을 모두 알 수 있었다. 결국, 그녀가 대사관에 목표물이 접근하는 순간을 덮치려는 찰나에 이 국장은 역으로 중국 공안과 협조했다. 결국, 목표물이 미 대사관에 진입하려 할 때 그들을 막아선 것은 이 국장, 정 팀장, 그리고 중국 공안이었다.

그 결과 미 대사관은 한국 정부의 각고의 노력과 중국 공안의 협조에 감사해 하였고 그것은 이 국장이 순식간에 차장에서 두 계단을 뛰어넘게 된 결정적인 계기가 되었다. 대통령도 그의 활약에 대해 입이 마르도록 칭찬했고 그의 도를 넘어선 행동 등은 성과를 위한 행동들로 치부되었다. 당연히 청와대 내 정보 계통에선 이 국장에 대한 경계의식과 그의 일방적인 행동에 대한 불만이 고조되었던 것이었다. 결국, 그는 만인에게 눈엣가시 같은 존재가 되었다. 특히 수석실장은 대통령이 그를 편애했던 사실에 대해 분개했고 한 차장 역시 자신의 공을 가로챈 그를 증오했다.

"독기가 단단히 올랐군?"

한 차장은 이 국장에게 막대한 타격을 안겨주고 싶어 했다. 그를 파멸시키기 위해서라면 그 누구라도 잘 수 있었고 그 어떠한 일도 할 수 있었다. 결국, 국장 진급은 그와 싸우기 위한 발판이었고 덩달아 자신을 물 먹인 정 팀장에게도 좋은 복수거리가 될 것이었다. 사실 그녀는 이 국장이 하는 행위에 대해 많은 것을 알고 있지는 못했다. 다만 미성을 통해 그의 사무실과 정 팀장 사무실에 설치한 도청 장치와 차량에 달아놓은 추적 장치를 통해 그가 철원에서 일을 꾸미고 있다는 사실만을 알 뿐이었다. 이것이 그녀가 가진 정보 전부였다. 그러나 이 정보는 청와대에 있어 처음이자 전부였다. 이 국장이 자신들을 뒤쫓고 있다는 사실만으로도 그들은 이미 모든 정보를 확보한 셈이었다. 어찌 보면 그들의 위치를 아는 것은 한 차장의 허풍이면서 동시에 김 실장의 과욕이었다.

두 남녀는 동상이몽을 하며 서로에 대해 조금씩 낚싯대를 들이대며 미끼를 걸었다. 한 차장은 다 넘어온 남자에 대해 흡족해했다. 김 실장 정도의 힘이라면 그녀의 진급에 직접적인 도움을 줄 수 있었기 때문이었다. 그는 이번 사건이 그의 명줄과 직결되는 일이었기 때문에 그녀를 도와야만 했다. 만약 그가 그녀에 대해 미온적인 태도를 보인다면 그녀는 더는 협조하지 않을 것이 분명했고, 그렇다고 자신의 정보만으로는 이 일을 해결할 수 없을 것 같았다. 사실은 그녀도 그 이상 줄 정보가 없는데도 말이다. 하지만 남자는 한 차장의 속내를 몰랐고, 적어도 유리한 고지를 점령한 쪽은 한 차장이었다.

"다음 선물은 이번 1차 평가 결과를 보고 줄지 말지를 결정할게. 그때는 공식적인 서류로 줄 테니 일단 기대하고 있겠어."

남자는 줄담배를 멈추지 않았다. 이미 그는 이 국장이 무슨 일을 꾸미고 있는지 온갖 요소를 동원해 상상하고 있었기 때문이었다. 더는 한 차장은 눈에 들어오지도 않았다. 그는 노이로제에 걸릴 지경이었다. 만일 이 사실이 자신의 상급 라인으로 흘러들어 가기라도 한다면 그것은 분명 인사 경질이 불가피한 일이었기 때문이다. 윗선은 시끄러운 것은 좋아하지 않았다. 일은 빠르고 신속히 처리되어야 했다.

"내 말 듣고 있어?"

"어, 다 들었어. 1차 뭐라고?"

"1차 평가 때 보자고. 어떻게 하는지 볼 테니까."

"알았어. 알았으니까 이제 나가 봐. 일 다 끝난 것 같으니까."

남자는 쌀쌀맞은 목소리로 말했다. 그러자 한 차장은 속삭이듯 말했다.

"우리 애정이 벌써 식은 건가?"

그녀는 일어서서 그를 곁눈질로 쳐다보았다.

"우리라니? 뭔가 착각하는 것 같군. 난 당신의 몸을 좋아하지 당신 자체를 좋아하진 않아."

여자는 핸드백을 들며 눈웃음을 지었다.

"몸이라도 좋아해서 다행이네. 김 실장, 기대하고 있을게."

여자는 즉시 문을 열고 나갔고 방 안은 담배 연기로 자욱했다. 남자는 보고 있던 서류철을 서랍 속에 집어넣었고 새하얀 A4용지 한 장만을 올려놨다. 그는 긴장한 모습이 역력한 듯 식은땀을 흘리며 담배를 빨고 있었다. 오른손에는 펜이 들려 있었고 그는 정신없이 적어 내려갔다. '어차피 이 국장은 끝난 상황이다. 만약 그 인간이 이미 칩에 대해 알고 있거나 자신의 요원들에게 그것을 지시했다면 이건 이 국장의 승리다. 더는 청와대는 이 국장한테 빼도 박도 못하는 상황에 이르게 된다. 그 인간은 자신이 이미 명줄이 끝났다는 것을 알고 있다. 분명 청와대는 이번 건을 덮기 위해서라도 그를 매장할 것이다. 그러나 분명 그놈은 무슨 수를 써서라도 지위를 유지하려 할 것이다. 그는 절대로 무위도식으로 그 자리에 오르지 않았다. 그는 그 자리를 차지하기 위해서 인생을 걸었다. 결국, 이번 일을 통해 그는 카드를 만들 것이고 그것을 토대로 처음엔 협상할 테고 안 된다면 협박을 할 것이다. 그것도 모자라면 분명 폭로를 할 위인이다. 그놈은 절대 혼자 죽지 않아. 결국, 내가 할 것은 상급 라인에서 그의 졸개들이 왔다는 사실을 모르게 해야 하고 그것은 내가 잔챙이들을 직접 처리해야 한다는 것이다. 분명 이 국장은 넓은 덫을 치고 있는 것이 분명하다. 이 시점에 상급 라인이 움직이는 것은 불필요한 소음이고 일을 그르치게 할 것이다. 수석실장은 그가 자신의 제안을 그가 받아들일 거라 믿고 있겠지만, 그는 이미 뒷문으로 문어발을 치고 있다. 이 국장은 극도로 예민한 사람이다. 그는 정치의 냄새를 누구보다 잘 아는 사람이다.'

그는 사진들을 둘러보았고 펜을 멈춘 채 담배를 껐다. 그는 얼굴을 찡그렸고 몸을 늘어드린 채 넥타이를 풀어헤쳤다. 그런 뒤 벽면을 뚫어져라 쳐다보았다.

"그래… 기회야, 이건."

그는 나지막하게 말했고 방 안은 고요했다. 잠시 뒤 전화기가 울렸다. 수석실장의 핫라인이었다. 분명 전화 내용은 두 가지였다. 자신의 동향을 점검하는 전화이거나 지난주에 올리지 않은 사건 보고를 발견하고 질책을 하려는 전화였다. 그는 선글라스에 가려진 인상 쓴 얼굴을 상상하며 전화를 받았다.

"예, 김 실장입니다."

"한 차장 그년 왜 왔다 갔어?"

"통상적인 임무 교류입니다."

"웬만하면 국정원 인간 청와대에 들이지 마라. 이 시국에 무슨 생각으로 만나는 거야?"

"죄송합니다. 별다른 내용은 없었습니다."

"확실해?"

"그렇습니다."

"그 뭐야, 이번에 민정수석 관련된 이야기 어떻게 되는 거야? 말들이 많아."

"기밀 서류 관련 건인데 민정수석이 이 국장과 접촉하고 있다는 소식을 입수해서 조사하고 있습니다. 큰일 아니니 신경 안 쓰서도 됩니다."

"민정수석이 기밀을?"

"예."

"무슨 기밀인데?"

"알려드릴 수는 없지만, 그냥 단순한 2급 정도의 기밀입니다."

"네놈이 간단한 일에 대해 이렇게 부산 떨 일이 없을 텐데…? 그나저나 내 눈을 피해서 쓸데없는 짓을 하려는 시도가 가끔 보이는데 한번 걸리면 그때는 끝이야. 명심해."

김 실장은 그 말의 의미를 잘 알고 있었고 송구하다는 목소리로 답했다.

"별일 없을 겁니다."

"아무튼, 일이 이렇게 되어버렸으니 이 국장 놈이 알아서 처리하길 기다려야지. 그놈도 사람이라면 내 말을 충분히 알아먹었겠지."

　수석실장은 의심이 많은 사람이었고 그도 이 국장에 대해 반감을 품는 사람 중 하나였다. 그러나 김 실장은 수석실장에게 이 국장에 대한 동향 보고를 하게 되는 것이 자신에게 오히려 큰 손해라는 것을 알고 있었다. 그것이 실무자로서 작전에 관한 보안을 제대로 유지하지 못했다는 죄를 스스로 알리는 꼴이었다. 또한, 이 국장이 청와대의 뒤꽁무니에서 냄새를 맡고 있다는 것을 알게 된다면 분명 더 많은 승냥이가 몰려올 것이 뻔했기 때문이었다. 사냥개에 불과한 자신이 먹이가 되는 것은 시간문제일 뿐이었다. 결국, 그로서는 한 차장과의 밀월 관계를 통해 자기 선에서 해결하는 것이 가장 바람직했다. 늘 그래 왔듯 거짓이 최선이 되는 경우는 이 경우에 통했다.

　"이상이십니까?"

　"끊어."

　수석실장은 냉철했고 신경질적이었다. 그에게 도움이 되지 않는다면 그 어떤 것이라도 그의 주위를 끌 수 없었다. 결국, 그가 관심을 두는 것이 있다면 거기엔 분명 이익이 있었다. 그는 이익을 몰고 다니는 사람이었고 그가 두는 관심은 곧 귀한 정보가 되었다. 그에게 인간적인 매력은 기대할 수 없었다. 그는 어디까지나 사냥감을 물고 낚아채는 매였고 그의 날카로운 발톱에 걸리는 사냥감은 자비를 구해선 안 됐다. 김 실장은 그런 수석실장을 두려워했고, 한편으로는 그를 경외했다. 그는 자신에게 도움을 주는 자에겐 철저히 보상했기 때문이다. 그러나 그에게 줄 수 있는 도움이 한계에 이른다면 다음부터는 자신의 목을 조심해야 했다. 정글은 먼 곳에 있지 않았다.

자백

    최원석 중사가 수사과에 도착한 것은 14시가 약간 넘어서였다. 아직 서울 사람들은 자고 있었고 김 반장과 김 중사만이 최원석 중사를 데리고 여러 가지 질문을 하고 있었다. 최 중사는 어제보다 한결 나은 표정을 짓고 있었으나 조사받는 내내 불편한 감정을 숨기지 못했다. 김 반장은 능숙하게 직접적인 질문을 피해가며 자신이 원하는 답을 얻어내고 있었다. 김 중사는 김 반장과 최 중사의 대화를 열심히 적어 내려갔다. 대화가 어느 정도 무르익을 무렵, 우측 테이블의 문이 열렸고 배 계장이 눈을 비비며 들어왔다. 그런 뒤, 목이 말랐던지 목을 긁으며 아까 김 반장이 컵을 꺼낸 선반을 뒤적거렸다. 김 반장은 귀찮다는 듯 김 중사에게 눈짓했고 김 중사는 종이컵을 꺼내 주었다. 배 계장은 정수기에서 물을 한 컵 받아먹더니 의자에 앉아 있던 최 중사를 곁눈질로 쳐다보았다. 잠시 후 김 중사 옆에 의자를 놓고 앉아 나지막하게 물었다.

    "저 사람입니까?"

    "네."

    김 중사는 짤막하게 답했고 배 계장은 연신 물을 들이켰다. 그 후, 김 중사가 써 내려가는 노트북 화면을 계속해서 응시했다. 그는 무테안경을 추어올리고 김 중사가 쓴 내용을 힐끔 본 뒤, 팔짱을 낀 채 최 중사를 위아래로 훑어보았다. 최 중사는 피곤한 듯 안색이 좋아 보이지 않았다. 최 중사는 삐삐 마른 배 계장을 한번 보더니 신경 쓰지 않는 듯 고개를 푹 숙인 채 김 반장의 질문에 답했다.

"그래서 그날 작전과장님이 승인했다, 이 말이야?"

최 중사는 말을 하지 않았고 계속해서 김 반장의 눈을 피했다.

"오늘 왜 이러는 거야? 지금까지 잘해왔잖아. 이미 지난번에 대대장 혹은 그 대리권자하고 답변했던 거 기억 안 나? 오늘은 그 실무자가 누군지만 말하면 돼. 이미 밝혀질 건 다 밝혀졌다고!"

김 반장은 답답한 표정을 지으며 최 중사를 바라보았고, 고개를 숙인 최 중사는 대답하지 않았다.

"최 중사, 나 좀 봐 봐. 내 눈을 똑바로 보라고! 지금 네가 하는 말 한 마디 한 마디에 억울하게, 아니면 정말 어이없게 개죽음당한 십수 명의 진실이 묻힐 수도, 밝혀질 수도 있는 거야. 내가 지금 하는 말의 중요성을 알겠어? 네가 이렇게 계속 질질 끌고 말을 안 하면 우리로서는 강제로 답변을 요구할 수밖에 없고 그러면 너만 피곤해지는 거야! 물론 너희 지휘부도 피곤해지는 거고. 부하로서 그것은 원치 않잖아? 너도 봤지만 이미 대통령조사위인가 뭔가가 이미 들어가 있어. 진실이 밝혀지는 것은 시간문제야. 그러니 빨리 이야기하라고! 어차피 감싸 돌고 뭐하고 해도 다 소용없는 짓이야! 다 부질없다고!"

김 반장은 더는 참을 수 없는 듯 특유의 신경질을 부렸다. 사실 김 반장이 히스테리가 어느 정도 있는 것은 김 중사도 알 만큼 알았으나 심문을 하는 상대를 대상으로 히스테리를 부린다는 것은 수사에 있어 충분히 논리적이지도 않았으며 이성적이지도 않았다. 물론 그는 감각적인 동물이었지만 이번만큼은 다 익지 않은 바나나를 성급히 까먹으려는 어설픈 행동을 보이고 있었다. 최 중사는 그가 다그칠수록 말수를 줄였고 더는 말하려 하지 않았다.

"야 인마! 지금 내가 강압 수사 하는 거야? 내가 너한테 강제로 요구했어? 이미 드러난 사실에 대해 인정하라고 하는 거야, 알아? 지금 보라고! 네가 한 말 그대로 읽어줄게! '그렇다면 대대장님 혹은 대리권자가 승인했겠네? 답변: 네.' 이거 네가 한 말 아니야? 네가 한 말을 토대로 물어보는 거야. 지금 넌 진술이 잘못됐다고 이야기하는 것도 아니고 그냥 묵비권을 행사하고 있어. 그래, 좋다 이거야. 계속 입 닥치고 있어도 좋다 이거야. 그럼 네가 지금 하는 행동에 대해 양심의 가책은 못 느끼나? 네가 입 닥치고 있어서 묻혀버릴 십수 명 정도 원혼의 억울함은 유족들의 몫인가? 쳐 죽여도 시원치 않을 죄인은 제 앞가림 때문에 말 못 하는 병신새끼마냥 입을 꽁꽁 싸 물고 있는 것이 죽은 자에 대한 도리인가? 이 망할 놈아!"

"그만하십시오! 앞가림이 아닙니다! 전 그렇게 비겁한 새끼 아닙니다!"

김 반장이 붉게 상기된 얼굴로 열변을 토하자 이를 잠자코 듣고 있던 최 중사는 기어코 울음을 터뜨렸다. 닭똥 같은 눈물이 뚝뚝 떨어졌고 그는 계속해서 고개를 내저었다. 그는 정말 억울한 표정을 지어 보였고 계속해서 눈물을 흘렸다. 김 반장은 잠시 말을 멈춘 채 담뱃갑에서 담배를 꺼냈다. 그런 뒤 불을 붙이고 천장을 바라보며 한 모금 한 모금 빨았다.

"나 참, 돌아버리겠네."

김 반장은 눈물을 흘리고 있는 최 중사 앞에서 담배 연기를 내뿜었고 오른쪽 다리를 꼰 채 김 중사에게 음료 한 잔을 갖고 오라고 말했다. 김 중사는 즉시 선반에 있던 컵에 오렌지 주스를 따라 왔다. 김 반장은 오른손에 담배를 들고 왼손에는 오렌지 주스를 들고 번갈아가며 입에 갖다 대었다. 최 중사의 울음은 멈출 기미를 보이지 않았고 사무실 내부는 최 중사의 흐느끼는 소리를 제외하곤 그 어떤 소리도 들려오지 않았다.

"누군가 발설하지 말라고 일렀군요?"

배 계장은 턱을 괴고 있던 손을 풀며 의자를 뒤로 젖히고 최 중사를 바라보며 물었다. 그의 목소리는 나긋나긋했으며 말꼬리의 끝은 높은 톤이었다. 김 반장은 고개를 돌려 그를 한 번 쳐다보았고 이내 어디 한 번 해 보라는 식으로 다시 담배를 빨았다.

"그 사람은 분명 말하면 무언가 신상에 불이익이 있다거나 혹은 협박을 했겠죠. 그렇죠?"

최 중사는 흐느끼며 아무 말도 하지 않았다.

"혹시 그 대상이 641정보부대 사람이었나요? 아니면 대대 관계자였나요?"

순간 김 반장은 뜨끔한 눈치로 김 중사를 뚫어져라 노려보았고, 김 중사는 무슨 영문인지 모른다는 듯 손사래를 치며 김 반장을 쳐다보았다. 오늘 아침에 온 사람이 641정보부대의 존재를 알 리가 없었기 때문이었다. 그것도 기무사의 수사 기록이었고 그것은 김 반장이 최 중사를 조사하며 대조한 내용이었기 때문이었다. 김 반장의 논리로는 도저히 배 계장이 이 사실을 알 방법이 없어 보였다. 그는 내심 긴장한 표정으로 계속해서 배 계장의 대화를 주시했다.

"그날 자정에 누군가는 왔겠죠. 그렇죠? 중위였나? 그렇죠?"

최 중사는 흐느끼며 고개를 끄덕였다. 이젠 그로서도 더는 더러운 죄인으로 취급받는 것에 신물이 난 것이 분명했다. 그는 강직한 사람이었고 누구보다 자존심이 센 사람이었다. 결국, 아무리 많은 손가락질과 비난에도 그로선 상관을 지키겠다는 의지가 있었으나 죽은 자 앞에서 더 이상의 변명은 없었다. 인간적 도리를 저버리는 행동은 그로선 더는 직업적인 이유를 떠나 금기를 깨는 행위였기 때문이었다.

"그 중위나 통문 승인자나 모두 당신에게 함구하라고 한 것이 맞죠? 내가 볼 때 당신은 지금 상당히 불안해 보여요. 지금 내가 하는 말은 모두 연관 고리가 있는 내용이에요. 더는 숨겨봤자 소용없어요. 당신에게 협박한 그 사람, 누굽니까? 통문을 승인했건 안 했건 중요하지 않아요. 당신의 입을 닫게 한 사람이 누군인지 알고 싶어요. 그게 그 중위에요? 대대 관계자에게요?"

최 중사는 고개를 쳐들고 흐른 눈물 자국을 닦아낸 뒤 말했다.

"둘 다예요."

김 반장은 최 중사의 말이 나오자마자 컵을 떨어뜨렸다. 약간 남은 오렌지 주스가 김 반장의 바지에 얼룩을 만들었고 그는 왼손으로 옷을 재빨리 문댔다. 김 중사는 거의 다 타들어간 담배를 재떨이에 눌렀다. 최 중사의 답변은 너무나도 충격적인 내용이었다. 결국, 이 사건에는 수많은 사람이 개입된 것이 분명했다. 그것은 통문 출입 승인을 낸 사람부터 그 수색대 관계자까지 모두가 연루된 것이었다. 배 계장은 회심의 미소를 지어 보였고, 놀란 김 반장은 무슨 생각을 하는지 어렴풋이 짐작할 수 있었다. 사실 641정보부대의 존재는 이미 그가 김 중사의 파일을 훑어보며 알아낸 사실이었고 문맥의 특징을 통해 당시 최 중사가 어떤 상황에 부닥쳐 있는지 알아냈다. 그러나 그도 그 중위가 어떤 목적으로 그에게 무엇을 물었는지에 대해선 알 턱이 없었다. 한 가지 확실한 것은 김 반장이 조사한 자료들이 유용한 정보라는 것에는 변함이 없었다.

"다 된 것 같습니다."

배 계장은 김 반장을 바라보며 특유의 말투로 답했다. 그러자 김 반장은 김 중사에게 손짓을 했고 김 중사는 최 중사를 데리고 밖으로 나 갔다. 초췌한 최 중사는 더는 말할 기운도 없어 보였고 김 중사는 그를 부축했다. 최 중사가 나가자 사무실엔 배 계장과 김 반장만이 남았다. 김 반장은 뒤에 앉아 있던 배 계장을 보며 말했다.

"이거 완전 물건이구만?"

그때, 우측 문이 열리면서 정 팀장이 나왔다. 정 팀장은 눈이 부신 듯 인상을 찡그리며 밖으로 나왔고 김 반장은 말을 멈추고 그를 쳐다봤다.

"지금 일어나신 건가요?"

"예."

"그 최원석 중사, 조사해서 돌려보냈어요."

"뭐라고요?"

"별 내용 없었고, 기록 내용은 전부 노트북에 있으니 참고하세요."

김 반장은 사무적인 태도로 답변했다. 정 팀장은 내심 김 반장의 불 친절한 태도에 대해 불만이 있었으나 내색하지 않았다. 이미 그가 자신 을 경계하고 있는 것을 아는 이상 그에게 시빗거리를 제공하는 것은 불 필요한 일이었다. 그러나 배 계장의 얼굴을 보자 더는 크게 문제 될 것 은 없다고 판단했다. 예측을 허락하지 않은 그의 행동들은 아직도 이해 하기 힘들었지만 일에서만큼은 그의 실력은 타의 추종을 허락하지 않 았기에 정 팀장은 그를 보곤 안심했다. 배 계장은 입에 사탕을 잔뜩 넣 은 채 콧노래를 부르고 있었다.

"어디 보자…."

김 중사는 최 중사를 위병소까지 바래다주고 사무실로 복귀했다. 정 팀장은 그의 노트북을 열어 보고 있었고 수사 기록을 전부 살펴보았 다. 그중 눈에 띄는 대목을 보았고 슬그머니 배 계장을 바라보며 미소를 지어 보였다.

"이거 답이 뜻밖에 쉽게 나온 것 같군요."

정 팀장은 노트북을 덮으며 김 반장에게 말했다. 김 반장은 껌을 입에 넣은 채 소리를 내며 말했다.

"거의 뭐 그런 셈이죠. 잠시 이야기 좀 하시죠."

김 반장은 정 팀장에게 반대편에 있는 사무실을 가리켰다. 두 남자는 사무실 안으로 들어갔다. 방 안은 불을 켜지 않아도 햇살이 들어와 꽤 밝은 수준이었다. 책상 하나를 두고 소파 두 개가 나란히 있었다.

"차? 커피?"

정 팀장은 커피를 골랐고 김 반장은 밖에서 컵을 가져온 뒤 커피를 타왔다. 그런 뒤, 그는 담배를 꺼내 물고 담뱃갑을 정 팀장 쪽으로 건넸다. 그러자 정 팀장은 한 개비를 꺼냈고 김 반장은 그의 담배에 불을 붙여 주었다.

"커피랑 담배랑 둘이 같이 마시면서 피우면 기분은 좋은데 폐암에 직빵이라네요?"

정 반장은 김 반장의 말에 입가에 미소를 드리우며 조용히 커피를 마셨다.

"어쩌실 겁니까? 일단 드러난 것으로 보면 641정보부대는 확실히 존재하는 것 같습니다. 물론 정식 명칭은 641이 아니지만 그런 부류의 부대가 있는 것은 맞는 것 같더군요. 또 대대 관계자는 아마 작전과장이나 대대장 혹은 차 상위 계급자가 분명할 것 같습니다."

김 반장은 고개를 끄덕이며 말했다.

"그 부분을 추측하지 못한 것은 아닌데 중요한 것은 이 수사란 것이 사실상 비공식적 수사라는 겁니다. 물론 서울 쪽에서도 이미 언질을 한 내용이지만 우리는 없는 듯이 행동하고 없는 듯이 수사해야 합니다. 물론 기무나 사단 쪽에서 당신들이 왔다는 사실을 모르는 것은 아닐 테지만 명목상 수사 증원인 만큼 이번 사건에 대해 직접적인 태도를 보여서는 안 될 겁니다. 사단에서 우리를 감시하고 있어요."

"피차 기무 쪽도 마찬가지 아닙니까?"

"물론 그쪽도 대놓고 하진 않는데 다들 몸 사리는 이유는 뻔하지 않습니까?"

"그렇다고 청와대에서 수사를 금지한 것도 아니잖습니까? 단지 사고 현장에 출입 불가만 시켜놓은 것 아닙니까?"

"맞습니다. 그런데 굳이 과도한 행동으로 상부를 자극하는 것은 불필요한 행위 아니겠습니까?"

"뭐 그건 그렇습니다. 굳이 자극적일 필요는 없겠죠."

"핵심은 대통령조사위입니다. 저 사람들이 지금 통문을 들어간 지가 3일이 넘었어요. 통상 DMZ 작전이 하루 단위로 이루어지는 것을 고려한다면 이건 보통 사안은 절대 아닙니다. 결국, 누가 은밀히 많은 사실을 알아내느냐가 이번 수사의 관건이겠지요."

김 반장은 남은 커피를 전부 마셨고 종이컵을 말아 쥐었다.

"대통령조사위의 존재만으로도 이번 건은 큰 겁니다. 저도 그 부분에선 최대한 공감하는 바입니다."

"최 중사 그 사람을 이렇게 데려다 심문하는 것도 사실 사단에서는 그리 좋은 시선으로 보고 있진 않습니다. 물론 저희가 항상 지휘부에 보고는 하고 있지만 내심 꺼리는 눈치죠. 대장님께서도 압박을 많이 받는다고 들었습니다. 그런데도 불구하고 계속해서 수사를 진행하는 것은 의심스러운 부분이 있기 때문이고, 또 이 사건이 제 경력에서 매우 중요한 요소이기 때문이죠."

김 반장은 야심가였다. 그의 사적인 내용을 서슴없이 드러내는 대담함을 보이면서도 상대방을 기만하는 능력에 탁월한 재능을 가졌다. 사실 그가 정 팀장에게 이런 속내를 드러내놓는 것은 이미 1차전에서 그들의 팀이 훨씬 좋은 능력과 배경을 가졌다는 사실을 직감적으로 알았기 때문이었다. 이미 숫자로도 이쪽이 두 명이었고, 저쪽은 네 명이었다. 오히려 김 반장은 정 팀장을 이용하여 더 많은 사실을 알아낼 수 있으리라 판단했다. 정 팀장도 그것을 모르는 바는 아니었다. 그럼에도 불구하고 두 사람의 협력은 필연적이었다.

정 팀장은 기본적으로 외지인이었기에 사단의 상황을 잘 몰랐다. 헌병대장이 상급 라인으로부터 수사에 대해 미온적 반응을 얻고 있다는 사실은 그로선 수사 자체가 이미 첫 단추부터 난관에 부딪혔음을 의미했다. 그럴수록 사단 내부 사정을 잘 아는 정보통이 필요했다. 김 반장의 입장에선 더 많은 인력과 수사 능력이 필요했다. 둘은 서로 경계했지만 서로가 협력해야 한다는 필요성은 이미 알고 있었다.

"그런데 왜 사단 쪽에서는 이번 수사에 대해 미온적인지 알 수 있습니까?"

정 팀장은 나름의 추측을 통해 이번 사건에 하자가 없다면 충분히 사단 쪽에서도 청와대보다 먼저 수사 결과를 받길 원할 것으로 생각했다. 그런데 김 반장의 말을 들으면서 오히려 사단 쪽에서 사건을 조기에 종결시키거나 덮으려 하는 듯한 눈치였다.

"그건 저도 잘 모르겠습니다. 저도 가끔 대장님과 대화하다 보면 대장님도 뭔가 이상한 느낌을 많이 받는답니다. 사건을 좀 쉬쉬하려는 분위기도 좀 있는 것 같답니다."

그는 얼마 전 군단장 서신 붙임 문서에서 본 내용을 언급하진 않았다. 그러나 상급 부대 역시 깊숙하게 관련되어 있다는 사실만은 확실했다. 김 반장은 정 팀장에게 제한적인 정보만 제공했다.

"음… 그렇군요. 그렇다면 대대 지휘부 인원들을 심문할 수 있습니까? 분명 그날 상황실에서 있었던 일은 그 사람들이 더 잘 알 테니 말입니다. 그런데 수사 공문을 받지 않는 이상 고위직에 대한 수사가 상당히 어렵지 않겠습니까?"

정 팀장은 의문스럽다는 듯이 말했고 담배를 재떨이에 두세 번 털었다.

"뭐, 그야 대장님께서 조치하실 내용이지만 일단은 대대 지휘부보다 641정보부대 쪽을 조사해 보는 것이 좋을 법합니다. 그 최 중위라는 사람을 찾으면 어느 정도 경위를 알게 될 것이고, 그렇다면 왜 그날 통문을 열었는지에 대한 답도 쉽게 구할 수 있지 않겠습니까?"

이미 641정보부대에 대해 언급한 배 계장을 본 이상 김 반장은 더는 가릴 것이 없었다. 대대 지휘부 인원들은 언제든지 볶을 수 있는 감자였다. 그러나 김 반장에게 있어 641정보부대는 손에 닿지 않는 존재들이었다. 결국, 641정보부대를 먼저 파악하는 것이 그에겐 한 마리 토끼를 잡아 둔 채 한 마리를 더 잡는 방법이었다. 또한 641정보부대는 분명 서울 사람들이 더 잘 알 것이었고, 사단 외부의 사람들과의 연결을 주도 할 사람은 정 팀장이라 생각했다. 헌병대장과의 통화에서도 정 팀장 일행이 자신보다 훨씬 높은 상급 라인에서 내려왔다는 이야기를 들은 이상 그것만은 확실했다. 어쩌면 그들이 청와대의 의지와는 반대되는 수사기관에서 파견된 요원일지도 모른다는 생각은 그의 불안감을 더욱 부추겼다.

"그 부분은 걱정하지 마십시오. 제가 서울 쪽에 연락을 한번 취해보겠습니다."

정 팀장은 자신 있게 말했고 담배를 재떨이에 눌러 껐다. 그런 뒤 커피를 마지막으로 들이켰다. 그는 그가 말하는 최 중위를 이미 알고 있었다. 그러나 그 최 중위가 641정보부대에 관련되었는지는 알 턱이 없는 일이었다. 그는 특수전 교관으로서 여러 명의 요원을 양성시키며 정 팀장과 일면식이 있는 사람이었다. 그러나 그가 아직 이 사건에 관련되어 있는지 확신할 수 없었기 때문에 그에 대한 언급은 조심할 필요가 있었다.

"오후에는 무엇을 할 예정이십니까?"

"일단 그 최 중위의 인상착의나 특징들을 한번 조사해 봐야 하지 않겠습니까? 그리고 641정보부대에 관련해서 최대한 빨리 알아두도록 하죠."

김 반장은 정 팀장의 유용성을 단번에 알아보았다. 이젠 그에게 있어 서울 사람들은 견제의 대상이 아니라 황금알을 낳는 거위였다. 사실 그 자신도 641정보부대에 대해 조사할 자신은 크게 없었다. 그는 일개 사단의 헌병 수사반장에 불과했기 때문이었다. 또한, 수많은 보고 단계를 거치다 보면 분명 수사는 미진해질 것이 분명했다. 그러나 서울 사람들의 능력이란 분명 강원도 촌구석 사람들보다는 훨씬 유능했다. 내심 그가 정 팀장이 가진 인맥이나 정보망에 대해 감탄했던 것도 그런 이유에서였다.

오후 내내 그들은 서로 다른 각자의 방에서 모은 정보들을 취합했다. 오직 그들이 서로 얼굴을 보는 시간은 식사 시간이 유일했다. 그만큼 서로 얻은 정보와 새로 확인된 정보는 수사를 빠르게 진전시켰다.

"한 중사, 그 기무 쪽에서 확인된 거 없어요?"

한 중사는 기록 일지를 쭉 내려다보며 말했다.

"그 뭐, 따로 동향은 없고 여기 기무대는 그렇게 힘든 곳이 아니고 수사 인력도 거의 고정 구성원들이에요. 지난번 사건 실적들을 보니 좀 비리비리한 것 같아서 딱히 크게 위협되는 것은 없는 것 같더라고요."

한 중사가 갑자기 경기를 일으키며 자신의 발밑으로 지나가는 바퀴벌레를 쳐다보았다.

"수사 진행 정도는요?"

"에에, 잠깐만 기다려 보세요."

한 중사는 미친 사람처럼 날뛰며 자리에서 일어나 즉시 테이블 위에 있던 하얀색 상자로 벌레를 덮었다.

"동생, 그 뭐 죽이면 되지 왜 그렇게 귀찮게 인생을 사나?"

김 대리는 중얼거리며 못마땅하게 그를 쳐다보았다.

"전 이런 거 절대 못 만져요. 미칠 것 같아요."

그는 거의 경기를 일으키며 호들갑을 떨었다. 정 팀장은 답변을 듣기 위해 그를 계속 쳐다보았고, 한 중사는 그가 자신을 보고 있다는 사실을 깨닫자 다시 말을 이었다.

"에… 글쎄요, 그들도 최원석 중사에 대해 약간씩 알아가고 있는 것 같긴 한데 저쪽도 지휘부 쪽은 아직 못 건든 것 같고…. 아마 641정보부대가 어딘지 한참 헤매고 있을 거예요. 저희가 출발은 늦었지만 지금까지는 동점인 것 같군요."

"같은 기무 사람들인데 좀 마음에 걸리지 않아요?"

정 팀장이 웃으며 그에게 말했고 한 중사는 양 입꼬리를 내리며 입을 삐쭉 내밀었다.

"급료가 좋으면 어디든 뭐가 중요하겠어요? 내 애새끼들 입에 밥 들어가는 것만큼 중요한 것이 어디 있겠어요."

한 중사는 아직도 기분이 영 찜찜한지 상자가 움직이나 안 움직이나 쳐다보고 있었다. 서류를 보던 김 대리가 웃으며 거들었다.

"동생, 인생 사는 법을 빨리 터득했구먼."

한 중사는 김 대리의 말에 정신이 든 듯 그를 바라보며 다시 능청스럽게 말했다.

"아 뭐, 별거 있겠습니까? 입에 풀칠만 하면 됐지. 영원한 동지가 어디 있고 영원한 적이 어디 있겠어요?"

한 중사는 특유의 익살스러운 표정을 지으면서도 상자에서 눈을 떼지 않았다. 이를 지켜보던 정 팀장도 입꼬리를 올리며 웃었다.

"이 641정보부대 건은 제가 조사해 보겠습니다. 일단 한 중사하고 배 계장은 8중대로 가서 그날 무슨 일이 있었고 그 최원석 중사를 찾아왔다는 최 중위 인상착의 좀 파악해 줘요. 최 중사가 말한 걸로는 도저히 몽타주는커녕 정보도 제대로 안 돼요. 사람이 왜 그렇게 표현력이 부족한지…."

정 팀장이 말이 끝나자 한 중사는 못 미더운 표정을 지으면서 마지못해 고개를 끄덕였고, 배 계장은 관심 없다는 듯 다리를 꼰 채 손톱 손질을 계속했다.

"그냥 김 대리님도 같이 한번 가시죠?"

"예, 그렇게 하죠."

김 대리는 그 특유의 우직한 목소리로 말했다. 한 중사는 배 계장과 같이 가는 것을 달가워하지 않았다. 물론 그 누구도 그와 같이 가길 꺼렸지만 특히나 한 중사 본인의 편집증적인 성격이 몸 자체에서 그에 대한 거부반응을 일으키게 했다. 그는 메스꺼움을 느꼈고 배 계장을 볼 때마다 불안감을 느꼈다. 물론 그의 능청스러운 목소리와 얼굴은 외면상 그가 아무런 문제가 없다는 사실을 보여주었으나 실상은 그렇지 못했다. 정 팀장도 그의 불안한 내면 상태를 모르는 바가 아니었다. 그렇기에 목포 출신의 뱃사람을 같이 보내면 그나마 나을 것이라고 생각했다. 김 대리는 충직하게 그의 말을 따라주었다.

그들이 사무실을 나간 뒤 정 팀장은 조용히 방 안으로 들어갔다. 그는 구석에서 은색 알루미늄 가방을 꺼낸 뒤 비밀번호를 입력하고 열었다. 안에 든 서류 봉투에서 전화번호가 빼곡히 적힌 서류를 꺼냈다. 그런 뒤, 붉은색으로 투명 처리된 번호에 시선을 맞추고 가방 내부에 있는 구형 전화기를 꺼내 들고 전화번호를 입력했다. 수화 음은 그리 오래 가지 않았다.

"예, 이 국장입니다."

"국장님, 접니다."

"어떻게 됐어?"

"일단 무사히 헌병대까지 오긴 했습니다. 오늘 문을 연 그 인원을 조사했는데 641정보부대에 대해 계속해서 언급했습니다. 또 제 추측이긴 하지만 이번 건은 분명 대대 지휘부와 무관하지 않으리라 판단됩니다."

"그래? 분명 줄줄이 나올 거야. 좀 더 알아봐."

"그런데 문제는 641정보부대는 공식적으로도, 비공식적으로도 존재하지 않습니다."

"무슨 소리야? 우리가 작전을 입안했는데…."

"그럼 그 작전의 구체적 내용을 알 수 있습니까?"

"무선으로는 불가능해."

"일단 저희 요원들을 차출해 간 부대가 있는 것은 확실합니까?"

"그래, 있어. 육군에서 임시로 조직한 부대라 정식 등록이 안 되었을 거야. 일단 그 부분은 내가 알아봐 주지."

"그런데 혹시 최태환 중위가 이번 사건에 연루되어 있는 겁니까?"

"어떻게 그걸 알았지?"

"이미 여기서도 많은 사람이 지레짐작하고 있습니다."

"최태환 중위는 641정보부대의 실무자일세. 웬만하면 그에 대한 정보를 함구하게. 굳이 떠벌리고 다닐 필요는 없으니까. 자세한 설명은 자료에 첨부해서 보내겠네."

"알겠습니다. 언제쯤 답변을 얻을 수 있습니까?"

"내일 저녁 랑데부 지점에서 송골매를 만날 수 있을 거다. 작전 계획과 부대 이름도 모두 알려주지."

"알겠습니다. 랑데부 지점에서 대기하겠습니다."

"아직 대통령조사위가 무슨 일을 하는지는 모르고 있는 건가?"

"그렇습니다. DMZ 내에서 3일째 수사 중입니다."

"알겠다. 추가 사항 생기면 즉시 보고할 수 있도록."

"예, 알겠습니다."

정 팀장은 번호가 적힌 종이를 다시 넣었고 구형 전화기도 넣었다. 그런 뒤 가방을 다시 잠갔다. 그의 머릿속은 상당히 복잡해졌다. 일단 641정보부대에 대한 실체는 어느 정도 드러났고 과연 왜 그 인원들이 DMZ에 들어갔는지에 대해서도 곧 알게 될 터였다. 문제는 그들이 왜 어떻게 죽은 것인지에 대해서는 아직 아는 바가 없었다. 또한, 대대 지휘부는 왜 그날 문을 열었고 김 반장의 말대로 사단은 왜 이 사건에 대해 비협조적인가에 대한 물음이 남아 있었다. 죽음의 원인과 진실을 밝히는 것이 필요했다. 하지만 아직 이 국장이 말한 칩에 대한 의문은 해결되지 않았다. 그가 641정보부대에 대해 많은 것을 알고 있는 것도 사실이었고 사건의 경위에 대해 어느 정도 아는 것도 같았다. 그러나 그가 무슨 생각인지는 알 수 없었다. 단지 그의 느낌상 이 국장은 아직 그에게 모든 정보를 공유하지 않는 듯했다. 하지만 그는 다급하지 않았다. 아직 시간이 충분했다.

김 반장은 정 팀장의 일거수일투족을 감시하고 있었다. 정 팀장이 전화를 하는 도중에도 그는 문 앞에 귀를 댄 채 그의 목소리를 듣기 위해 애를 썼다. 한 가지 확실한 것은 정 팀장이 누군가 고위직과 교신을 하는 것이었다. 또 랑데부 지점이라는 말을 들은 김 반장은 자신의 촉감이 죽지 않았다는 사실을 깨달았다. 이미 김 반장은 대략 이 사람이 보통 서울 사람인가에 대해 의문을 품기 시작했다. 정 팀장은 여러 방면에서 김 반장의 예민한 촉수에 노출되었다. 시간은 어느덧 저녁 시간때가 되었고, 정 팀장 일행들은 식사를 하러 부대 밖으로 나갔다. 김 반장은 김 중사를 조용히 불렀다. 사무실 테이블에 노트북을 올려놓고 있던 김 중사는 김 반장을 따라 그의 방에 들어갔다.

"뭔가 좀 낌새가 잡히나?"

"냄새가 납니다."

"한번 말해봐."

"일단 정 반장이란 사람, 확실히 많은 것을 알고 있습니다. 그리고 배하사를 주의해야 할 것 같습니다."

"나도 알고 있어. 그놈 보통내기가 아니야. 그런데 하사인데 뭐 그리 나이가 많아 보이지? 진급 누락을 한 건가? 아니면 군대에 늦게 들어온 건가? 대충 서른 초반대인 것 같던데…."

"그 외 나머지 김 중사나 한 중사는 크게 신경 쓸 만한 인물은 아닌 것 같습니다. 전형적인 인물들입니다."

"그래… 일단 저놈들은 확실히 우리보다 많은 것을 가지고 있어. 인맥은 물론이고 수사 능력도 상당히 좋은 것 같더라고…. 곧 놈들은 641 정보부대의 실체를 알아 올 거야. 내일 저녁 정 팀장이 자리를 비우거든 네가 녀석을 미행해라. 그리고 무슨 일이 있었는지 샅샅이 보고해. 알겠어?"

"무슨 말이십니까? 정 반장이 어딜 가기라도 한다는 겁니까?"

"놈이 랑데부 지점에 들른다고 했어. 거기서 뭔가를 주고받거나 접선을 할 거 같아. 서울 쪽 사람들이겠지."

"알겠습니다."

"넌 내일 다른 거 하지 말고 정 반장만 계속 감시해. 그리고 오전 중에 일행들이 8중대에서 탐문 조사를 할 거야. 그건 크게 신경 안 써도 돼. 어차피 우리에게 중요한 것은 대대 지휘부이니까… . 난 내일 대장님한테 지휘부 수사 요청서를 올릴 거야. 그러니 너도 관련 서류는 오전 중으로 마무리 지어라."

"알겠습니다. 다른 사항은 없으십니까?"

"그 뭐야, 네 동기라는 그 사람 있잖아. 그… 한 중사였던가? 걔 좀 잘 구슬려 봐. 어쩌면 내부 정보를 알려줄지도 몰라."

"알겠습니다."

김 반장은 입술에 침을 바르더니 이내 입을 꾹 다물었다.

"대통령조사위가 얼마나 걸릴까?"

"적어도 1주일은 있을 것 같지 않습니까?"

"1주일이면 모든 것은 훼손될 테고 마음만 먹는다면 증거물 조작까지 가능한 시간인데 말이야. 일단은 641정보부대에 대해 알아야 해. 우린 왜 그 죽은 사람들이 통문으로 들어갔는지조차 모르고 있어. 게다가 그날 밤, 최원석을 만난 그 최 중위라는 사람의 인상착의조차 모르고 대대 지휘부에서 누가 그것을 승인했는지도 몰라."

"어쩌면 대대 지휘부와 641정보부대가 하나의 몸통 아닐까 싶습니다."

"무슨 소리야?"

"최원석 중사 증언에 따르면 처음에는 통문 개방을 거부했다고 하지 않았습니까? 대대에서."

"그랬지."

"그런데 나중에는 승인했잖습니까? 그렇다면 분명 641정보부대에서 대대 지휘부에 연락을 취했을 겁니다. 그래서 압력을 넣은 것이고 통문을 열게 된 것이 아니겠습니까?"

"소설을 써라, 소설을. 아주 그냥 베스트셀러 작가 하시면 되겠네요."

김 반장은 혀를 끌끌 차며 김 중사를 바라봤다. 그러나 김 중사는 아랑곳하지 않고 계속해서 말을 이어 나갔다.

"그러니까 지휘부는 압력을 받은 것이고, 결국 몸통은 641정보부대. 그리고 그것을 승인한 곳은 청와대 뭐 이런 것 아니겠습니까?"

"결국, 이번 사건엔 청와대까지 모두 껴 있다는 말이냐?"

"뭐, 제 추측엔 그렇다는 거죠."

"지랄하고 있네."

사실 김 반장은 말은 그렇게 했지만 김 중사의 추측이 다르다고 생각하지 않았다. 사실 정황만 놓고 본다면 일단 청와대가 이 일을 관심 깊게 지켜보고 있는 것은 확실했고 최 중사의 증언에 따르면 대대 지휘부는 어디선가부터 압력을 받은 것으로 추정되었다. 또한, 641정보부대가 청와대랑 관련되지 않는다면 새벽에 통문을 열 수 있지는 않았을 것이다. 결국, 641정보부대가 청와대의 직할 대라는 결론에 이르게 된 것이다. 그러나 상식적으로 청와대가 운용할 수 있는 부대는 수도 방위사령부 산하의 경비대대가 전부였다. 하지만 그것도 규정 이외의 부대를 운영하는 것은 불법이었다. 그러므로 김 중사의 말이 김 반장에겐 약간 부실하긴 했어도 나름 그럴듯한 말이었다.

"그 뭐냐, 내가 말한 내용이나 그대로 해. 알겠냐?"

"알겠습니다."

"나가 봐."

김 중사는 김 반장의 방을 나갔고 김 반장은 책상에 한쪽 팔을 올린 채 머리를 쥐어짰다. 일이 진행될수록 복잡해지고 점점 수사에 난관이 더해지고 있었기 때문이었다. 물론 최 중사 덕분에 641정보부대와 대대 지휘부로 목표를 좁힐 수 있었으나 아직 대대 지휘부에 관해서는 감이 잡히지 않았다. 통문 승인을 했더라도 그만한 이유가 있었을 터이다. 최 중사의 진술이 거짓 진술이라고 한다면 대대 지휘부는 아무런 책임이 없으므로 641정보부대에서 출입 승인을 요청한 최 중위라는 사람을 찾기 전까지는 대대 지휘부를 함부로 건드릴 수는 없었다. 여러모로 경우의 수는 그의 의도와는 달리 계속 증가했다. 그럴수록 정 팀장의 팀에 대해 거는 기대가 커졌다. 그들이 김 반장에게 일종의 돌파구가 될 것이라 믿었기 때문이었다.

성과는 그리 크지 않았다. 사실 탐문 수사란 것도 일종의 불확실한 정보에 의한 조합일 뿐이었다. 배 계장의 능력에도 불구하고 뚜렷하게 나온 것은 없었다. 각자 서로 다른 이야기들을 했을 뿐, 공통적인 요소는 시간 기록밖에 없었다. 그마저도 영양가 없는 정보들이 대부분이었거나, 이미 알고 있는 사실들이었다. 한 가지 확실한 것은 그날 밤, 그 최 중위의 인상착의를 정확히 기억하는 자가 아무도 없다는 것이었다. 해가 질 무렵, 그들은 소득 없이 사무실로 돌아왔고 김 중사는 김 반장의 말대로 정 팀장을 감시했다.

20시가 다 될 무렵, 정 팀장은 소리 없이 헌병대를 빠져 나왔고 김 중사는 위병소에서 그가 나가는 것을 확인했다. 김 중사는 곧 정 팀장을 쫓아갔다. 정 팀장은 동쪽으로 계속 갔고 23번 국도를 타고 계속해서 깊숙한 산자락으로 들어갔다. 사실 23번 국도는 철원에서 동쪽으로 넘어가는 몇 안 되는 국도 중 하나였고 그것도 가장 북쪽 언저리에 있다는 것만으로도 인적이 드문 곳이었다. 결정적인 것은 23번 국도를 따라서는 아무것도 없다는 것이었다. 방문할 만한 부대도 없었고 딱히 시내가 있는 것도 아니었다. 말 그대로 산자락이었다. 23번 국도는 건설 당시에도 마의 고개로 통했었다. 공사 도중 험한 지리로 인해 수명이 목숨을 잃었기 때문이었다. 김 중사는 23번 국도를 타는 정 팀장을 당연히 의심할 수밖에 없었고, 내심 김 반장의 예지력에 감탄했다. 어찌 보면 그것은 그의 경험에 의한 동물적 감각의 발현이었다. 정 팀장의 승합차 뒤에서 거리를 두며 따라가는 김 중사는 라이트를 켜지 않은 채 위험한 주행을 계속했다.

23번 국도에서 라이트를 켜지 않는다는 것은 자살행위나 다름없었으나 정 팀장에게 들키지 않기 위해 어쩔 수 없는 행동이었다. 거의 한 시간을 넘게 달리자 정 팀장의 차량은 우측에 보이는 공터에 멈춰 섰고, 김 중사는 서서히 브레이크를 밟으며 갓길에 차를 댔다. 그런 뒤 야간투시경을 끼고 갓길 밑 풀숲으로 들어갔다. 그는 특유의 조심성을 바탕으로 공터 쪽으로 서서히 접근했고 담배를 피우고 있는 정 팀장을 발견했다. 그는 정 팀장을 보자 품에서 휴대전화기를 꺼내 장소를 GPS로 찍었다. 그곳이 바로 김 반장인 랑데부 지점 같았기 때문이었다.

김 중사는 자세를 낮추었고 큰 돌만 밟아가며 공터가 보일 만한 언덕으로 올라갔다. 언덕에 올라간 김 중사는 야간투시경의 밝기를 최대한으로 높였고 배낭에서 카메라를 꺼냈다. 그가 준비를 마쳤을 무렵, 한 대의 차량이 반대편에서 라이트를 켠 채 공터로 진입했다. 김 중사는 즉시 몸을 낮추어 몸을 숨겼다. 그런 뒤 카메라를 가지고 정 팀장이 있는 공터 쪽에 무음 상태로 연달아 셔터를 눌렀다. 야간이었음에도 불구하고 카메라의 성능이 좋은지 공터가 생생하게 찍혔다. 차량은 검은색 소나타였고, 여자가 한 명 내렸다. 정 팀장은 담배를 끄고 여자에게 다가갔다. 여자는 정 팀장이 가지고 온 가방과 똑같은 은색 가방이었다. 김 중사는 연신 셔터를 눌러댔고 그들의 접선을 쥐 죽은 듯 지켜보았다. 그들은 대화를 나누는 듯했고 서로 알 수 없는 서류를 건네받았다.

어느 정도 시간이 지나자 여자는 가지고 있던 가방을 정 팀장에게 건넸고 다시 차를 타고 왔던 방향으로 돌아갔다. 도로의 방향을 생각해 보면 서울에서 온 사람이 확실했다. 정 팀장은 담배를 다시 꺼내 태운 뒤, 차에 탔고 왔던 방향으로 돌아갔다. 김 중사도 야간투시경과 카메라를 배낭에 넣은 뒤, 이번에는 소리를 내며 자신의 차로 걸어갔다. 순간 정 팀장의 차는 서서히 속도를 줄이더니 갓길에 주차되어 있던 김 중사의 차 앞에 멈춰 섰다. 김 중사는 발밑을 보다가 엔진 소리가 줄어든 것을 느꼈고 순간적으로 갓길에 주차된 자신의 차를 바라보았다. 정 팀장이 자신의 차에서 내려 김 중사의 차량을 이리저리 훑어보았다. 김 중사는 정 팀장이 그 차가 자신의 차라는 것을 모를 것으로 생각했으나 이내 차 안의 내용물을 본다면 들킬 수 있다고 생각했다. 정 팀장은 차를 몇 번 유심히 보더니 다시 차를 타고 돌아갔다. 그가 여름에 덕지덕지 발라놓은 짙은 유리 선텐 때문에 내부를 자세히 본 것 같지는 않았다.

"뒈질 뻔했네."

김 중사는 안도감에 한숨을 내쉬었다. 곧 갓길로 내려온 뒤 트렁크에 배낭을 넣고 전화를 했다.

"반장님, 접니다."

"뭐야, 어떻게 됐어?"

"일단 만난 장소 위치 보내드릴게요. 그리고 정 팀장 지금 막 출발했습니다. 반장님 말씀이 맞았습니다. 누군가 만났습니다. 그것도 여자였습니다."

"뭐? 여자라고?"

김 반장은 자신의 직감이 맞았음을 확신했다. 처음 정 반장이 올 때부터 그가 일반적인 수사만 하러 온 사람은 아니라고 생각했다. 김 반장의 편집증적인 성격이 이 일을 가능하게 했다. 상황은 김 반장에게 유리하게 돌아갔다. 그는 이미 양 토끼를 거의 다 잡은 것이었다. 만약 그가 사단에 정 팀장에 대한 내용을 보고하게 된다면 정 팀장은 지금처럼 수사할 수 없을 것이 분명했다. 하지만 정 팀장이 물어다 주기로 한 고기를 기다려야 했으므로 그 전까지는 기다려야 했고 그 이후에 결정할 문제였다.

"일단 알았으니까 복귀해. 쓸데없는 짓거리 하지 말고. 그리고 혹시 다른 일은 없었어?"

"아까 미행하던 중에 갓길에 차를 댔는데 정 반장이 돌아가다 제 차를 한번 보고 지나갔습니다."

"뭐라고? 야! 이 머저리 같은 새끼야! 왜 차를 갓길에 대고 지랄이야? 뭐 하자는 거야?"

김 중사가 한 행동은 김 반장이 욕을 해도 당연할 정도로 위험한 일이었다. 만약 정 팀장이 그 차가 김 중사의 차라는 것을 알았다면 당연히 김 반장이 자신에게 미행을 붙였다는 사실을 알았을 것이다. 이것은 정 팀장이 김 반장을 신뢰할 수 없다는 것을 의미했다. 만약 정 팀장에게 김 반장이 들켰더라면 김 반장은 자신이 원하는 정보를 얻을 수 없을뿐더러 오히려 자신의 명성에 먹칠까지 할 수 있었다. 이런 일은 김 반장에 있어서 용납할 수 없는 행동이었다.

"새끼야, 차 폐차시켜."

"예?"

"폐차시키라고!"

김 중사는 이렇게까지 김 반장이 심각하게 나올지는 생각하지 못했다. 단지 정 반장이 자신의 차를 봤을지도 모른다는 이유로 차를 폐차시키라는 것은 그로서는 절대로 이해할 수 없는 일이었다. 사건은 사건이었고 개인 재산은 별개의 문제였기 때문이었다.

"폐차는 너무하신 것 같습니다."

"뭐, 이 새끼야? 네가 지금 한 짓 때문에 모든 것을 말아먹게 생겼는데 그게 지금 할 소리야? 너 이 새끼 내일 아침에 당장 폐차시켜! 알았어? 그리고 차 부대로 끌고 오지 마! 이번 일 허탕 쳤다가 정말 뒈질 줄 알아! 알겠냐?"

"알겠습니다."

그러나 그는 폐차할 생각은 추호도 없었다. 그저 김 반장이 평소처럼 과도하게 역정을 내는 것이라고 여겼을 뿐이었다. 내일 아침이면 무슨 일이 있었느냐는 듯 잠잠해질 것이 뻔했다. 그리고 정말로 폐차하라고 했다고 해도 폐차 증명서까지 요구할 사람도 아니었다. 그러나 일단 김 반장의 비위는 맞춰주어야 하므로 차를 어디에 박아두고 복귀할지가 고민이었다. 정 팀장이 떠나고 한참이 지나서야 김 중사는 차를 타고 왔던 길을 되돌아갔다.

그는 되돌아가면서 조수석에 있던 배낭에서 카메라를 꺼내 찍은 사진들을 둘러보았다. 분명 여자 한 명과 정 반장이었다. 만약 김 반장의 예상대로 그가 서울 사람들과 인맥이 있다면 그는 분명 어느 정도 되는 지위가 있는 사람일 것이었고, 다음에 자신이 서울에 진출하기 위한 발판이 될 수도 있을 터였다. 어찌 보면 그를 이용하려는 김 반장의 속내에 동조하기보다는 정 팀장을 도와주어서 그에게 떨어지는 떡고물을 받아먹는 것이 훨씬 이로울 것이라고 신중하게 생각했다.

김 반장은 그에게 있어 더는 절대적인 존재가 아니었다. 김 중사는 위병소에 이를 무렵, 차를 버려진 훈련장 공터에 주차한 뒤 걸어서 부대로 들어갔다. 정 팀장의 차가 주차된 것을 확인한 뒤 조심스럽게 사무실로 들어갔다. 사무실 내부에는 아무도 없었고 정 팀장과 그 일행들은 이미 각자의 방으로 들어간 것 같았다. 그러나 김 반장의 사무실에는 아직 불이 켜져 있는 것으로 보아 김 반장이 자신을 기다리고 있을 것으로 생각했다.

"김 중사입니다."

"들어와."

문이 열리자 꽁한 표정을 지은 김 반장이 연신 줄담배를 피우고 있었다. 김 중사가 들어오자 한 번 고개를 휙 돌리고 그를 힐끔 쳐다본 뒤 다시 앞을 바라봤다.

"차 어디다 뒀어?"

"고내리 사격장 뒤편에 뒀습니다."

"너 새끼, 만약 그 차를 정 반장이 보면 어떻게 할 거야? 미친 거 아니야? 왜 갓길에 차를 대고 그래? 23번 국도가 뻔히 사람 안 다니고 차 안 다닌다는 것 몰라? 차가 버젓이 갓길에 주차되어 있는데 누가 의심을 안 하겠어? 내가 볼 때 저 인간은 이미 알고 있어! 누군가 자신을 미행했다는 거 말이야! 알아들어? 이미 다 들통 났을 거라고!"

김 반장은 또다시 언성을 높였다.

"에라, 이 칠칠맞지 못한 놈."

김 중사는 아무 말 없이 고개를 푹 숙이고 있었고 김 반장은 혀를 차며 계속해서 그를 흘겨보았다. 한동안 그의 살풀이가 이어졌고 김 중사는 망부석처럼 조용히 이야기를 듣고 있었다. '그래, 제기랄 떠들어라. 나는 잘란다.' 김 중사의 머릿속에는 아무것도 없었다. 단지 김 반장의 의미 없는 욕설만이 계속해서 귓가를 스쳐 갔을 뿐이었다. 언젠가 잠잠해지는 파도처럼 그는 김 반장이 지칠 때까지 기다리기로 마음먹었다.

"…. 응? 알겠어?"

"잘 못 들었습니다."

"이 새끼가 장난하나?"

김 반장은 욕을 계속했다. 하지만 곧 제풀에 지쳤는지 혼자 담배를 꺼내 피우더니 이내 끄고 김 중사를 노려보았다.

"뭘 잘했다고 계속 서 있어? 앉아."

김 중사는 파도가 끝난 것을 느꼈고 마음을 다시 추스른 채 소파에 앉았다. 마치 태풍이 지나가고 항구의 방파제가 여린 파도를 맞는 듯하였다. 그가 앉은 노란색 소파는 그의 무거운 무게를 온몸으로 받아내듯 그의 풍만한 엉덩이를 집어삼켰다.

"꺼내봐."

김 중사는 가방에서 카메라를 꺼냈고 김 반장에게 말없이 건네었다. 김 반장도 약간 무안했던지 카메라를 날름 가로챈 뒤 고개를 들지 않고 사진만 봤다. 김 반장은 한참을 보더니 이제는 도저히 모르겠다는 표정으로 궁금한 것을 김 중사에게 물어보기 시작했다.

"이 여자 뭐야? 언제부터 있었어?"

"정 반장이 먼저 오고 한 몇 분 뒤에 왔습니다."

"뭐야? 이거 가방이야?"

"그렇습니다. 정 반장이 처음 올 때 가지고 왔던 그 은색 가방이랑 똑같은 겁니다."

"지금 정 반장이 은색 가방을 두 개 가지고 있다면 사진 속의 남자가 정 반장이 되는 건 확실하겠군. 근데 이 여자는 어디서 온 거야? 서울인가?"

"제 추측으로는 그렇습니다. 아무래도 서울에서 온 접선자인 것 같습니다."

"정 반장… 이거 아주 큰 놈이야. 월척이야 월척! 그렇다면 그 가방 안에 641정보부대에 관한 정보가 있겠군. 그렇잖아? 그 인간이 멍청이가 아니라면 굳이 서울에서 사람을 불러서 그 야밤에 성인용품을 건네받진 않았을 것 아니야?"

"그… 그렇습니다."

김 반장은 나름 만족한 듯 입꼬리를 올리며 회심의 미소를 지어 보였다.

"이거 말이야. 뭔가 각이 나오고 있어. 안 그러냐? 각이 나오고 있단 말이야."

그는 문득 커피가 생각났는지 김 중사를 보며 종이컵을 들이마시는 척했다. 김 중사는 즉시 커피를 타왔고 김 반장은 마치 어린아이처럼 커피를 홀짝홀짝 마셨다. 커피를 마시면서도 계속해서 웃음을 지었다. 김 중사는 멍하게 그의 얼굴만 쳐다봤다. 조금 전까지 육두문자를 날리며 폐차를 시키라고 하던 그 사람이 맞는지 의심스러울 정도로 그는 즐겁게 웃고 있었다. 곧 그는 커피를 다 마셨고 김 중사에게 나가보라는 손짓을 했다. 김 중사는 나가면서 그의 감정 기복에 대해 이해해 보려고 했으나 도저히 이해할 수 없었다.

날이 밝자 기상나팔이 막사 내부에 울려 퍼졌고 잠이 덜 깬 병사들이 뜀걸음을 시작했다. 막사 내의 인원 중에는 유일하게 김 반장만이 늦잠을 자고 있었다. 정 팀장 일행은 기상나팔이 울리기 전 이미 아침을 먹고 있었다. 정 팀장은 달걀부침을 먹으며 팀원들에게 식사한 뒤 자신의 방으로 오라고 지시했다. 배 계장은 정 팀장이 그런 말을 하려고 했다는 것을 알고 있었다는 듯 눈길 한 번 주지 않은 채 계속해서 닭 모이 먹듯 밥을 먹었다. 식사를 마치고 일행들이 한 방에 모이자 정 팀장은 어제 갖고 온 은색 가방을 꺼내 번호를 맞추고 열었다.

가방 크기에 비해 든 것은 누런색 봉투 두 개가 전부였다. 정 팀장은 그중에 위쪽에 있던 봉투를 꺼내 윗부분을 잘라내고 '기밀'이라는 단어가 적힌 빨간색 문구를 떼어냈다. 그리고 안의 내용물을 꺼내 일행에게 한 장씩 돌렸다. 문서를 본 한 중사와 김 대리는 매우 놀란 표정을 지었다. 오직 배 계장만이 무표정한 채 서류를 계속 넘겼다. 정 팀장도 한 손으로 입가를 가리며 안경테를 추어올렸다.

"다들 봐서 알겠지만 이게 641정보부대의 전모요. 사실 이건 나만이 알아야 할 국가적 기밀이지만 어제 보면서 많이 혼란스러웠습니다. 그래서 위험을 감수하고 당신들에게 알려주는 겁니다. 어차피 이 사건을 해결하려면 모든 진실이 공유되어야 하는 것이 개인적인 생각입니다. 이 사건이 해결된 이후에 이 문건에 대해 발설하게 된다면 군법에 의해 처리될 것입니다."

한 중사는 말을 더듬으며 말했다.

"이거… 이런 일이 지금도 일어나고 있었던 겁니까?"

"저도 이제야 알게 되었습니다. 그러나 보는 그대로입니다. 더할 것도, 뺄 것도 없습니다."

한 중사는 믿을 수 없다는 듯 고개를 내저었고 김 대리 역시 수긍하지 못하는 분위기였다. 배 계장은 어느 정도 수긍한 듯 고개를 연신 위아래로 흔들었다.

"그렇다면 이들은 북파를 목적으로 계획된 부대였다는 거요?"

"정확하게 말하자면 오성산 레이더 기지를 폭파하기 위한 침투조였습니다."

정 팀장은 두 번째 봉투를 뜯어 안의 내용물을 꺼냈다. 그 안에는 사람들의 신상이 적혀진 서류들이 나왔다. 정 팀장은 서류들을 한 중사에게 건네며 말했다.

"이 사람들은 우리 측 정보요원이었습니다. 이들은 국정원 소속임에도 불구하고 641정보부대로 소속되어서 작전을 수행했습니다. 이건 단순한 군부대 사고가 아닙니다. 잘못하면 나라에 큰 타격을 줄 수 있는 사건입니다."

"왜 국정원 요원들이 641정보부대에 배속된 거죠?"

배 계장은 정 팀장을 보며 궁금하다는 듯 말꼬리를 올려 말했다.

"641정보부대에 배속되었던 우리 요원들은 이전에 연변을 비롯한 지린성 등지에서 북한에 대한 정찰, 감시, 감청, 요인 암살 등의 작전을 수시로 벌여왔습니다. 아마 이런 이유로 이번 임무에 최고로 적합한 인물들이었겠죠."

"정 팀장님은 이 사실을 애초에 알고 계셨음에도 불구하고 저희에게 말씀을 안 했던 겁니까? 그 가방은 지난번에 보여주신 우측 고리 부분에 흠집이 난 가방이 아닌 것 같습니다."

배 계장은 예리했다. 이미 정 팀장이 무슨 일을 했고 어떤 의도로 자신들에게 이런 말을 하는지 생각하는 바가 있었다. 한 중사와 김 대리는 배 계장이 마음에 들지 않았으나 최근 배 계장의 능력을 보여준 몇 건의 사건을 떠올리자 그의 말에 어느 정도 신빙성이 있다고 판단했다. 배 계장의 말로 인해 한 중사와 김 중사가 예전에는 미처 생각하지 못했지만, 일종의 퍼즐 조각처럼 정 팀장의 수상쩍은 행동들에 대해 의문이 들기 시작했다. 정 팀장은 나름 그 스스로 팀원들과 거리를 두지 않으려 했다고 생각했다. 그러나 배 계장의 말은 분명 어느 정도 사실이었고 팀원들이 그를 의심할 수 있었다. 하지만 모든 사실을 그대로 말한다는 것은 그리 좋지 않은 행동이라 생각했다.

"저도 철원에 오기 전까지는 641정보부대의 존재조차 알지 못했습니다. 또 이 가방은 어제 국정원에 따로 말해서 받아온 가방입니다. 그러나 그 이외에 내가 당신들을 속이거나 사건에 대해 더 속이고 있는 것은 없습니다."

배 계장은 입을 꾹 다문 특유의 표정을 지은 채 그의 말을 무시하는 듯 서류만을 쳐다봤다.

"그럼… 사건이 좀 많이 좁혀지지 않겠습니까? 침투의 성격을 본다면…."

한 중사는 고개를 들어 정 팀장을 쳐다보며 말했다. 그는 무슨 일이 일어난 것에 대해 어느 정도 짐작할 수 있었다.

"물론 그럴 겁니다. 일단 이들이 새벽에 DMZ를 넘어 북한으로 침투했으므로 북측에 의해 발각되어 사살되었을 가능성이 많습니다. 그러나 내부적으로 총기 난사 혹은 북한이 아닌 다른 누군가에 의한 타살당했을 수도 있습니다. 우리가 여기 온 것은 이것들을 알아내기 위해 온 것입니다."

"왜 DMZ에 들어갔는지 확인되었으니 남은 것은 641정보부대 관계자를, 당시 작전을 지휘한 인물을 찾으면 되지 않겠습니까?"

김 대리는 이미 모든 논리적 계산이 끝났다는 듯 말했다. 그는 이미 지금껏 일어난 사건의 정보들을 퍼즐 맞추듯 맞추었으며 그 퍼즐이 무엇을 의미하는지 짐작이 갔다.

"그런 정보들은 상부 쪽에서 이미 알고 있을 겁니다. 지금 상부에서 요구하는 것은 그들이 왜 죽었나 하는 것입니다. 우리가 여기에 온 이유가 바로 그것을 명확하게 하는 것입니다."

정 팀장을 힘을 주어 말했고 이제 이해가 된다는 듯 중사는 고개를 끄덕였다. 김 대리는 서류를 뒤적이더니 한 장을 꺼내 든 뒤 정 팀장을 바라보며 그 특유의 어설픈 표준어 억양으로 물었다.

"에… 이 서류를 보면 이들이 현재까지 북한에 침투했던 횟수가 적혀 있고, 작전 내용에 대해 간략히 쓰여 있습니다. 그런데 사망 추정 시각이 통문에서 출발한 뒤 30분도 채 되지 않은 시각이네요. 예전 침투 작전과 같은 인원이 갔는데 30분 이내에 전원 사망이라는 것은 말이 안 되는 것 같은데요? 그쪽에서도 이 점에 대해 아는 바가 없나 보군요. 기록되어 있거나 소견이 아무것도 없네요."

김 대리가 말꼬리를 올리며 물었고 배 계장은 말이 된다는 듯 고개를 끄덕이며 김 대리의 말을 들었다. 논리적으로 그의 머릿속에 그림이 제대로 그려지지 않았다. 변수는 항상 그에게 좋은 숙제 거리였다. 궁금한 것을 참지 못하는 그는 우직하게 정면으로 질문했다. 정 팀장은 그가 무슨 말을 하는지 잘 알고 있었다.

"예, 아직까진 알려진 것이 없네요. 그래서 우리가 여기에 왔죠. 그 부분에 대해서는 우리가 찾아봐야 합니다."

"확실합니까?"

김 대리는 정 팀장을 똑바로 응시하며 물었고 정 팀장은 이내 코를 잠시 만지며 눈을 크게 뜬 채 그렇다고 말했다. 한 중사도 김 대리의 말에 관심을 기울였고 그 자신도 정 팀장이 무언가를 숨기고 있다는 느낌을 받을 수 있었다. 그는 유일하게 국정원 직원이었고 그들에게 신분증을 나누어줄 때부터 모든 각본을 미리 보고 있는 듯한 느낌을 주었다. 시간이 지나면서 사건에 대한 진실이 조금씩 드러날수록 팀 내에서 정 팀장의 위치는 이방인에 가까워지고 있었다. 정 팀장은 약간 머뭇거리는 표정을 짓더니 잠시 후 일어나 창문을 열었다. 정 팀장은 커튼을 묶으며 차분히 말했다.

"오늘은 일단 김 대리하고 한 중사가 8중대에 다시 한 번 가 보세요. 그리고 지난번 수소문한 결과는 별로 믿을 만한 것이 아닌 것 같으니 이번에는 당시 있었던 상황 기록 같은 것을 중심으로 사건을 한번 종합해 주세요. 왜 641부대가 DMZ에 들어갔는지는 다들 아실 테니 그들이 움직인 동선을 추적해 주시고요. 그리고 지난번에 말한 대대 지휘부 관련 인사들과 당일 새벽에 통화한 인원들을 추려 주세요. 최 중사가 말한 그 최 중위라는 사람의 윤곽이 그려질 겁니다. 기무 수사 자료랑 지난번에 가져온 기록들로 한번 검토해 보시고요. 그리고 오전 중에 서울 지부에 다시 한 번 자료를 요청할 테니 배 계장은 오전에 수사과에 대기하고 오후에 나랑 같이 통문에 좀 다녀와야겠습니다."

"김 반장과 김 중사는 어떻게 할 겁니까? 김 중사는 어제저녁에도 저한테 몇 기냐, 뭐 하다 왔느냐는 등 친한 척하려고 하는 것 같고 김 반장은 어디 다시 뭐 했는지 계속 캐묻고 너무 속 보이는 행동들을 많이 하더라고요."

"일단 그 사람들이 우리 쪽에 필요한 정보가 많아서 도움이 필요하긴 한데 딱히 유능하다는 생각이 들지 않아서…."

"그럼 그냥 저희 독자적으로 합니까?"

"그렇게 하시죠. 필요하면 아쉬운 사람이 먼저 이야기를 꺼낼 테니까요. 이 시간까지 자는 것을 보면 그다지 위협이 될 만한 사람인 것 같진 않군요."

한 중사는 그 말에 웃으며 휴대전화기를 꺼내 시간을 확인했다.

"갈 시간이네요."

"예, 위치로 다들 갑시다."

정 팀장은 어느 정도 게으른 너구리 같은 김 반장의 속내를 대략 짐작할 수 있었다. 정 팀장의 팀은 김 반장의 협조 없이는 제대로 된 수사를 할 수 없었고, 김 반장도 이러한 사실을 잘 알고 있었다. 하지만 김 반장의 성격을 봐서는 정 팀장이 먼저 정보를 주지 않는 이상 수사에 협조적으로 나올 리가 없었다. 그렇다고 해도 김 반장은 정 팀장이 말해주기 전까지 641정보부대에 관한 사실을 알 수도, 알 방법도 없었다. 아직은 그렇게 둘의 균형이 유지되고 있었다.

현장 감식

 점심이 되어서야 김 반장은 사무실 문을 비집고 꾀죄죄한 몰골로 밥을 먹고선 다시 사무실로 들어갔다. 가끔 김 중사가 김 반장의 시중을 들기 위해 사무실을 출입했을 뿐이었다. 그동안 8중대에선 한 중사와 김 대리가 현장을 검증하고 있었으나 특별한 것은 없었다. 이미 여러 수사기관에서 8중대를 조사했었고, 덕분에 증언하는 것은 오히려 자기들의 생활에 불리하다는 사실을 알게 된 뒤였다. 결국, 8중대에서의 성과는 별것이 없었고 계속 원점을 맴도는 꼴이었다.

 김 반장은 자신의 오랜 경험상 어느 정도 지나면 8중대가 수사에 비협조적일 것이라는 것을 이미 알고 있었고, 그가 늦장을 부리는 것은 이미 8중대에서 얻어 낼 수 있는 정보는 다 얻어내었기 때문이었다. 김 반장이 정말로 필요로 하는 것은 정 팀장이 가지고 있는 641정보부대에 관한 정보였고 그것을 얻게 된다면 자신의 수사는 훨씬 수월해질 터였다. 그렇다고 김 반장은 그 정보를 급하게 얻을 필요가 없었다. 김 중사가 가지고 온 사진들로 어느 정도 정 팀장을 당황하게 만들 수 있기 때문이었다. 하지만 고기가 좀 더 그물 안으로 들어오길 기다릴 필요가 있었다. 그는 특유의 너구리 같은 표정으로 계속 기다렸다. 아직 그물을 걸을 때가 아니었다.

"굳이 여기까지 올 필요가 있습니까? 한 중사랑 김 대리가 벌써 조사했을 텐데…."

"여기 한 번도 안 와 봤잖아? 현장에 안 오고 절대 무슨 일이 있었는지 알 수 없어."

"전 그런 거 필요 없어요. 모든 것은 이미 파악되었다구요. 아까 제가 말씀드린 가설에 대한 검증만 거치면 이 사건은 해결돼요. 굳이 이렇게 현장까지 올 필요는 없다고요. 이건 자원 낭비고 인력 낭비예요."

배 계장은 가는 내내 정 팀장에게 투덜거렸다. 사실 김 대리나 한 중사가 있었을 때는 정 팀장에게 이렇게 많은 말을 하지 않았다. 그만큼 배 계장은 이미 정 팀장에게 편안한 감정을 느끼고 있었다. 물론 그것은 인간적인 편안함이었지 직무상의 경계심이 누그러진 것은 아니었다. 어디까지나 웃음을 머금은 탈을 쓴 얼굴이었고 항상 칼날을 뒤에 숨기고 있던 것은 두 남자 모두 같은 생각이었다. 8중대를 지나 SUV는 통문까지 이어진 비포장도로를 달렸다. 통문으로 가는 좌·우측 길은 모두 철조망으로 막혀 있었고, 곳곳엔 지뢰 표시를 알리는 간판이 있었다. 좌·우측의 산림은 우거졌고 햇빛은 강렬했다.

그들이 통문에 도착하자 정 팀장은 가파른 언덕 위의 고가초소에 들어가 통문 앞길을 바라보았다. 배 계장은 거친 숨소리와 싫은 티를 팍팍 내며 정 팀장을 따라다녔다.

"체력이 이렇게 안 좋은데 어떻게 군무원이 된 거야?"

그는 고가초소에 올라오자마자 숨을 크게 내쉬는 배 계장을 보며 웃었다.

"전 머리로 먹고살지 무식하게 몸으로 안 뛰어다녀요."

"그거야 네 생각이지."

정 팀장은 헛기침을 한 번 한 뒤 배낭에서 카메라를 꺼내 좌·우측으로 줌과 인을 반복하여 여러 잔의 전경 사진을 찍었다.

"찍어도 돼요?"

"그래도 돼."

정 팀장은 무관심하다는 듯 말을 내뱉었다. 본래 허가되지 않은 자라면 철책 근처에서 어떠한 장비도 사용할 수 없었다. 그러나 정 팀장에게 그런 것은 걸림돌이 되지 않았다. 배 계장도 이미 정 팀장의 그러한 성격을 잘 알았기에 더는 묻지 않았다. 통문 전방에는 GP로 들어가는 포장도로와 여러 개의 샛길, 그리고 벌초를 해놓은 듯한 언덕 몇 개가 보였고 그 앞으론 사람의 손길이 닿지 않는 우거진 산림과 벌판이 펼쳐져 있었다.

고가초소 전방에서 멀리 바라보면 두 개의 거대한 봉우리가 있었고 좌측 봉우리 꼭대기에 GP가 위치했다. 봉우리 사이로는 지도상에서 군사분계선이 위치한 거대한 평야가 보였다. 갈대가 우거져 있는 평야는 멀리서 보면 황금빛을 수놓은 벌판같이 보였다. 그 앞엔 셀 수 없는 무수한 고지가 펼쳐져 있었고, 아주 미세하지만 북한의 GP가 두더지 머리처럼 산봉우리마다 고개를 빼꼼히 내밀고 있었다. 정 팀장은 카메라를 목에 걸고 배낭에서 군사지도를 꺼내 바닥에 깔았다.

"여기가 우리 지점이지? 일단 506GP까지의 거리가 한 2㎞ 되고, 걸어가면 많이 걸려야 20분쯤 걸리겠군. 만약 포장도로로 가지 않고 샛길로 가면 직선주로니까 더 짧아지겠네. 그럼 우측 봉우리까지 대략 13분 정도 걸릴 거야."

정 팀장은 지도에 컴퍼스와 M2 나침반을 올려놓고 거리를 재보며 말했다.

"그렇게 빨리 올라갈 수 있나요?"

"우리한테는 기본이야."

정 팀장은 미리 지도 위에 붉은색 펜으로 그려 온 예상 침투로와 카메라로 찍은 사진들을 비교해 보았다.

"만약 우측 봉우리로 올라가면 언덕 세 개에 소로 하나를 지났을 테고 GP 쪽에서 이들이 올라가는 것을 모를 수가 없을 텐데…."

배 계장은 뚱한 표정으로 있다가 말을 꺼냈다.

"그렇다면 봉우리를 지나서 사건이 일어났을 가능성이 높겠군요?"

"그렇겠지. 봉우리 안쪽에선 모두 감시 구역이니 봉우리 반대편은 사각 지점이 되겠지. 총격이 30분이 약간 넘어서 일어났으니까 적어도 군사분계선까지 갈 시간은 충분하겠지."

실제로도 통문 앞 언덕은 그리 경사지지 않았으나 봉우리로 올라가는 길은 상대적으로 높았다. 대략 500m 정도 되는 산이었다. 그러나 해발고도를 생각하면 실질적인 높이는 약 200m 정도 되었다. 200m라면 고도로 훈련된 침투조에게는 10분 만에 주파할 수 있는 높이였다. 정 팀장 자신도 산악 침투 훈련을 해봐서 그것이 그리 어려운 일이 아니라는 사실을 알고 있었다. 물론 야밤에 기도 비닉을 유지하면서 가면 시간이 오래 걸리겠지만, 아군의 감시 지역에서는 급속 기동이 가능한 법이었다. 정 팀장은 그들이 일렬종대로 빠르게 기동했으리라 추측했다.

"무슨 근거로요?"

배 계장은 신경질적인 말투로 말했다.

"아마 이 지점에서 우측 능선이 완만하게 되고 봉우리라 해 봤자 200m밖에 안 되고, 바로 앞 후사면은 능선이니까 적어도 평야까지 내려가는 시간은 길어봤자 20분 내외겠지. 그리고 그 속도로 하천 하나만 건너면 바로 북방한계선이 보이니까 일이 생기지 않았다면 분명 충분히 도착했을 거야."

배 계장은 다시 뚱한 표정을 지으며 정 팀장을 유심히 바라보았고, 정 팀장은 지도에 여러 개의 선을 그으며 대략적인 거리를 재고 있었다.

"그 무슨 일이란 것은 둘 중 하나의 일이 아닐까요?"

"무슨 말이지?"

"8중대 기록 일지를 보면 그날 새벽 2시 31분경에 GP에서 총격이 있었다는데 이건 외부에 알려지지 않은 사건이지 않습니까? 통상 적이 도발을 할 경우 국방부 공보실뿐만 아니라 뉴스에도 나오는데 아무런 이야기가 없습니다. 게다가 명확한 총격이었는데 500고지에 있는 GP에 총격을 가할 수 있는 것은 군사분계선까지 내려간 자들의 무기로는 불가능한 사거리잖습니까? 침투조가 K-2를 쓰지 않는 한, 아니 아무리 K-2를 쓴다고 해도 유효사거리가 닿지 않는 곳인데…. 그럼 결과는 이미 나온 것 아닌가요?"

"그렇지. 상식적으로 침투를 기도하는 아군에 대해 쏜 총일 수도 있는데 그렇다고 해서 그들이 지금 가리키는 이 침투로로 갔다고 확실하게 말할 수는 없는 노릇이지. 결국, 필요한 건 사고 지점과 사망 원인이야. 그래야 탄도비행 거리도 알 수가 있고 사거리상 그들이 GP에 총을 쐈는지, 그리고 누가 그들을 쏘았는지도 알 수 있겠지. 그런데 일단 정황상 내부 소행의 확률은 낮을 거야."

배 계장은 웃으며 말했다.

"정 팀장님, 너무 성급하신 것 같군요. 뜻밖에 이성보다는 편견과 주관에 집착하시는 것 같은데…."

"난 아직 아무런 결론도 내지 않았어. 단지 여러 가능성의 확률적 분포만 이야기한 거야. 아직 우린 GP에서 어떤 일이 벌어졌는지조차 모르고 있어. 물론 그 벽면의 총탄 흔적을 봐야 이야기가 되겠지만, 아직 단정 지을 수 있는 것은 아무것도 없어. 단지 모든 것은 가정이고 추측일 뿐이야. 오히려 사단 쪽이 이 사건의 진실을 더 잘 알고 있겠지."

"제가 볼 땐 정 팀장님은 이미 결론을 내신 것 같습니다만…."

"허튼소리 그만하고 배낭에 이거나 넣어."

정 팀장은 지도를 접어 배 계장에게 넘겼고 배 계장은 가방을 싸기 시작했다. 정 팀장은 카메라의 전원을 끄고 다시 목에 걸었다. 그러면서 배 계장이 왜 그런 말을 했는지에 대해 곰곰이 생각해보았다. 정 팀장은 배 계장이 분명 자신을 떠보려 한다고 생각했다. 배 계장은 자신이 더 많은 정보를 숨기고 있다고 생각하는 것이 확실했다. 정 팀장의 추측대로 배 계장은 스웨터의 보푸라기를 찾고 있었다. 마치 한 줄의 실만 찾으면 모든 옷가지가 풀어지듯 그는 예민한 신경으로 정 팀장이 숨긴 정보를 찾으려 혈안이었다. 그렇기에 그는 계속해서 정 팀장을 자극했던 것이고 정 팀장은 그것을 모를 리가 없었다. 정 팀장도 이젠 배 계장의 패턴을 약간씩 익혀가고 있었다. 머지않아 그의 행동이 싸구려 도발로 치부할 날도 그리 멀지 않아 보였다.

"일단은 이 통문을 넘어가지 않는 이상 직접 알 수 있는 것은 없어."

정 팀장은 고가초소의 난간을 잡고 내려오면서 말했다. 정 팀장이 직접 알 수 있는 사실은 없었다. 단지 지형을 보고 가장 효율적인 루트를 보았을 뿐이었다. 그 외에는 없었다. 하지만 사건을 해결하면서 그가 GP에 가 봐야 한다는 것과 통문 내부의 길을 직접 가 보아야 한다는 사실을 상기시켜 주었다. 현장에 답이 있다고 믿는 정 팀장으로선 DMZ를 들어가지 않고서 직접적인 답을 얻을 수 없었다. 배 계장은 정 팀장의 말을 충분히 공감하고 있었다. 그도 겉으로는 온갖 인상을 다 썼으나 실은 자신도 궁금했기 때문이었다. 정 팀장이 말한 내용은 그로서는 신선한 내용이었다.

"GP에 갈 겁니까?"

"이 시국에 어떻게 들어가?"

"그럼 오늘 여기 괜히 온 것 아닙니까?"

"그래도 GP와 DMZ에 답이 있다는 것이 확실해졌잖아."

"이미 알고 있는 사실 아니었나요?"

"앞으로 네가 수사해."

정 팀장은 더는 답하기 싫다는 듯 그의 말을 받아쳤다. 정 팀장의 표정은 일그러졌고 불편한 기색이 역력했다. 배 계장 역시 이제는 수위를 조절할 줄 안다는 듯 입을 굳게 다물었다.

한동안 두 남자는 통문 길을 걸어 나오며 아무 말도 하지 않았다. 어느 정도 시간이 흐르자 정 팀장은 기지개를 켜며 좌측에 보이는 소나무 그늘로 들어갔다. 그런 뒤 위 주머니에서 담배 한 개비를 꺼내 태웠다. 자욱한 연기가 아지랑이처럼 정 팀장의 앞을 가득 메웠다. 그는 한쪽 무릎을 굽힌 채 자기 엉덩이만 한 돌에 살포시 앉았다.

"하아… 641정보부대… 북파… 오성산…."

정 팀장은 한 단어씩 내뱉으며 동시에 담배 연기를 뿜어댔다. 배 계장은 메스꺼운지 정 팀장을 뒤로한 채 서 있었다.

"왜? 담배 연기가 그렇게 싫어?"

정 팀장은 그에게 나긋나긋하게 말했다. 평정을 되찾는 것은 그리 오랜 시간이 필요한 것이 아니었다.

"간접흡연이 직접 흡연보다 몸에 해로운 것은 만인이 아는 사실이죠."

"그래, 잘났다. 오래오래 건강히 사세요."

정 팀장은 탄식을 내뱉듯이 기어들어가는 목소리로 말하며 담배를 껐다. 그는 멍하니 앞에 보이는 산봉우리를 쳐다보았다.

"뭔가 아귀가 맞는 것 같지 않아요?"

발로 땅을 긋던 배 계장이 갑자기 말했다. 정 팀장은 그의 뜬금없이 튀어나오는 말에 또 무슨 일이라는 듯이 그를 쳐다보았다.

"또 뭔데?"

"상식적으로 일단 북파가 계획되었고 침투한 지 얼마 안 되어서 총격을 받았다면 경우는 세 가지죠. GP에서 쐈을 경우, 침투조 내부의 총기 난사, 북쪽에서의 기습 사격. 이 세 가지 경우에서 벗어날 수 있을까요? 또 GP에서 총격을 가했다는 것은 침투조가 GP에 총격을 가했다는 것이고, 다른 하나는 침투조에 대한 사격이 곧 GP에 대한 사격으로 이어졌다는 것 아니겠어요?"

"뭐, 그렇지. 여러 가지를 다 따지면야…. 그런데 설마 GP에서 왜 침투조에게 총격을 가하겠어? 그건 말이 안 돼. GP자 단독이라도 사격 명령을 내리는 것은 불가능해."

"그럴 수도 있다는 거예요. 아니라는 보장이 없으니까…."

"일단 아군 GP에서의 선제공격은 배제하고 내부자의 수행하고 북측의 공격에 초점을 맞춰보자. 만약 내부자 소행이라면 아까 이야기한 대로 분대의 피격 지점이 GP와의 거리에서 소총 유효사거리 내에 있어야지. 그래야지 GP가 총격당할 수 있으니까 말이야. 많이 양보해서 최대 사거리까지 생각한다고 해도 총격 범위가 한정되니까 변수가 많이 줄어들지. 그리고 더 확인해야 할 것은 시신들의 피격 흔적이지. 만약 내부자가 분대원을 해치고 GP에 총격을 가했다면 아군 총기로 희생되었겠지. 결론적으로 사망 원인이 아군 탄에 의한 사망이어야지."

정 팀장의 말이 끝나자 배 계장이 이어서 말을 꺼냈다.

"그럼 역으로 북측에 의한 소행이라면 분명 GP 외벽의 총탄 흔적은 최소한 적의 공격이어야 하고, 침투조의 사망 원인은 북측 탄에 의한 사망이어야겠죠? 결국, 사망 지점, 사망 원인, 거리를 안다면 구체적인 윤곽이 나오겠네요. 그런데 만약 아군 탄이라면 GP에서 선제 사격을 가하지 않았다는 사실을 어떻게 증명할 수 있죠?"

"그야 GP에서 선제 사격을 가했다면 쏜 사람이 있을 텐데 상식적으로 네가 공용화기 사수가 아닌 이상 그 야밤에 침투조 인원들을 사살한다는 것은 야간투시경을 끼고 조준 사격을 한다고 해도 불가능에 가깝지. 그리고 만약 침투조가 GP에서 총격을 받았다면 그들도 충분히 엄폐할 시간과 교신할 시간이 있었겠지. 게다가 침투조들은 일반 병사가 아니야. GP에서 K-4 고속유탄 기관총 같은 중화기로 그 일대를 초토화하지 않는 이상, 일반 K-1, K-2, K-3 심지어 K-6 중기관총을 사용한다고 해도 그들을 단번에 전멸시킨다는 것은 말도 안 되는 일이야. 그리고 만약 그랬다면 사격 허가는 GP 장이 해야 하는데 이 경우라면 GP 장이 침투조를 사살했다는 것이랑 같은 말이야."

"MDL 이북으로 침투하는 사람들인데 교전 규칙상 사살하는 것이 맞지 않나요? 월북 기도자는 전부 즉각 사살이라고 되어 있잖아요."

"뭐 그렇긴 하지. 근데 그렇다고 해도 대대 지휘통제실에 보고 한 통 없이 사격했을까? 그리고 내가 GP 장이었다면 절대로 소총 따위로 사격하지 않았을 거야. 공용화기를 쓰는 것이 훨씬 효율적이니 말이야."

"듣고 보니 그럴 수도 있겠네요. 지난번 최원석 중사가 말한 그 윗선이라는 말을 상기한다면 GP 장이 그들의 침투를 몰랐다는 것은 말이 안 되는 일이겠네요."

"아니야, 혹시 모르지. 기록도 남기지 않고 통문을 열었는데 GP에서도 몰랐을 수도 있지."

"결국, 원점이네요. 결국, GP의 총탄 흔적, 침투조의 사망 지점, 사망 원인, GP와의 거리, 정확한 침투로 알지 않는 이상 어디까지나 가설에 불과하겠군요."

"그렇겠지…."

정 팀장은 일어나더니 차를 향해 걸어갔다. 별일 한 것 없는 수사였지만 많은 생각을 할 수 있었다. 우선 지금까지의 정보와 가설들을 가지고 일행들과 회의를 해 볼 필요가 있었다. 대충의 그림이 그려지고 있었으나 구체적으로 정리할 필요가 있었다. 김 대리의 도움이 필요한 시점이었다.

"예, 예, 그렇죠. 저희가 이번 건에 대해 굳이 언급할 필요는 없겠죠."

대대장은 조심스럽게 이야기하며 애써 미소를 지어 보이려 했다. 테이블 하나를 사이에 둔 두 남자의 모습은 사뭇 달랐다. 대대장은 온몸을 수그린 채 있었고 김 실장은 다리를 꼰 채 담배를 피우고 있었다. 그는 잔뜩 인상을 찌푸린 채 말을 이어나가고 있었다.

"대대장님께서도 아시겠지만, 상부에선 이 사건이 더는 공론화되는 것을 원하지 않습니다. 물론 이건 청와대의 공식 입장은 아니지만 각하의 의중이 곧 청와대의 입장이지 않겠습니까? 남북 화해 분위기 속에서 굳이 부스럼을 만들어봤자 좋은 것이 없다고 봅니다."

"물론 이해합니다. 우리 대대가 최대한 협조하겠습니다."

"대대장님도 이번 사건에 관련되어 있으니 이번 일이 조금이라도 안 좋게 된다면 불편해할 사람이 한둘이 아닌 것은 대대장님께서 더 잘 아시리라 생각합니다."

김 실장은 찻잔을 조심스럽게 입에 갖다 댄 뒤 조금씩 맛을 음미했다.

"맛이 좋은데 뭐로 우려낸 겁니까?"

"그거, 오가피입니다."

"아, 이 귀한 걸 어디서 구하셨습니까?"

"요 근처에 오가피 나는 곳이 한 곳 있지요. 나중에 한번 모시겠습니다."

"별말씀을요. 그나저나 혹시 이 사건에 대해서 헌병대 쪽에서 촉각을 세우고 지켜보고 있다는 소식이 좀 들려오는데 아는 것이 있으십니까?"

김 실장은 한쪽 눈을 치켜세우며 천장을 좌우로 훑어보았다. 사실상 이 질문을 하기 위해 그가 철원에 직접 온 것이었다. 대대장은 상체를 낮춘 채 손을 모았고 웃으며 말했다.

"아, 그 통상적인 조사일 겁니다. 저희도 최대한 입단속을 시키고 있습니다. 그들이 얻어 갈 수 있는 것은 별거 없을 겁니다. 제가 알기에는 이미 윗선에서 헌병 쪽에 압력을 넣고 있는 걸로 알고 있습니다. 기무건 헌병이건 조만간 조사 종료 리포트를 제출할 겁니다. 곧 수사도 종결될 겁니다."

"그러길 바라야겠군요. 아니 그래야만 합니다."

김 실장은 대대장이 무슨 말을 하는지 잘 알고 있었다. 이미 이 국장의 개들이 사냥감을 쫓아 벌판을 미친 듯이 달리고 있을 것이 분명했다. 수사가 공식적으로 종료된다고 해도 잠시 시간을 벌어줄 뿐, 그들은 수사를 계속할 것이었다. 정 팀장 일행들이 진실을 찾건 찾지 못하건 그들을 죽이는 것이 김 실장의 목표였다. 그들에게 절대 기회를 주어서는 안 되었다.

"지금 현재 통문에서 다른 작전이 이루어지는 것이 있습니까?"

"사건 이후에 GP로 들어가는 보급 작전을 제외하곤 없습니다."

"그 말은 아무도 지금 DMZ 내부에서 일어나는 일을 알 수 없다는 이야기가 되겠군요?"

"그렇습니다. 현재 GP 내부에서 저희 쪽 인원은 철수 중이고 사단 지침대로 교대 작전이 시행 중입니다. 물론 관련자들에 대해선 전부 함구 중입니다."

"외부 흉벽이 얼마나 무너졌답니까? 사진으로 본 바로는 유개호 쪽에 총격에 의한 손상이 상당히 많이 발생했던데…."

"작년에 공사를 워낙 잘해 놔서 전체적으로 무너진 것은 아닙니다만 집중적인 사격을 받은 외측 흉벽이 크게 무너졌습니다. 물론 그 정도 피격을 당하고서도 이상이 없다면 그게 더 이상하죠. 다행인 건 사람이 안 죽었다는 겁니다. 한 사람이라도 죽었다간 일이 걷잡을 수 없었을 겁니다."

"그건 중요한 것이 아닙니다. 설사 죽었더라도 그건 죽은 것이 아닙니다. 거기선 아무 일도 없었던 겁니다. 대대장님께서 그 부분을 잘 신경 써 주셔야 합니다. 모든 이들의 이목이 곧 집중될 겁니다. 최대한 함구하셔야 합니다. 아시겠습니까?"

김 실장은 대대장을 바라보며 낮은 목소리로 강조했다. 대대장도 그 사실에 대해 모르는 바가 아니었다. 이번 사건은 숨겨야 할 것이 태산이었다. 하지만 그는 꼭 그래야만 했다. 그에게 있어 진급은 필수적인 요소였다. 아직 연금 수령을 할 수 있는 연수를 채운 것도 아니었고 집에서 자신만 바라보는 식구들 때문이라도 절대 포기할 수 없었다. 김 실장은 그에게 있어 방패 막이였다. 적어도 청와대라면 이번 사건을 덮을 만한 힘이 있고, 그것에 협조한다면 자신의 진급에 좋은 요소가 될 것이었기 때문이었다. 하지만 그의 고압적 자세에서 풍겨 나오는 역겨움이란 쉽사리 가시지 않는 것이었다.

"하여튼 이번 일은 최대한 빠르게 마무리가 되어야 하고 추가적인 결과 발표는 없어야 합니다. 오직 청와대에서 파견한 수사 인원들의 수사 결과만이 공식적인 조사 결과이고 국방부의 공식 입장이 되는 겁니다. 무슨 말인지 잘 아시겠습니까?"

"알겠습니다. 제가 도울 일이 있다면 최선을 다하겠습니다."

"대대 쪽에서 도울 만한 일은 몸을 사리는 것 말고는 없습니다. 전 대대장님께서 현명한 판단을 내리시리라 믿겠습니다."

김 실장은 대대장에게 명함을 건네며 일어났다. 청와대 그림이 새겨진 명함은 그 자체로도 권력과 접속하는 카드와 같았고 신분적, 계급적 지위를 초월하는 무소불위의 힘이었다. 대대장은 마치 자신이 모든 일의 핵심에 놓여 있는 것처럼 느꼈고 중요한 대접을 받는 것 같았다. 하지만 김 실장에게 있어 오늘의 접견은 대대장이 더는 실수를 허용해서 안 된다는 경고 같은 것이었다. 곧 이 국장의 개들이 대대를 이 잡듯이 뒤질 것이 분명했다. 이번 만남은 그에 대한 선제 조치였다. 이제 김 실장에게 남은 것은 연대와 사단 지휘부였다. 모든 사건의 정보를 틀어막는 것이 중요했다. 아무리 작은 정보라도 정 팀장 일행들에게는 큰 정보가 될 수 있었기 때문이었다.

정 팀장과 배 계장이 헌병대 사무실로 도착했을 때 이미 한 중사와 김 대리는 사무실에 와 있었다. 그들 앞엔 설렁탕 두 그릇이 놓여 있었고 한 중사는 총각김치를 물어뜯으며 한 손엔 숟가락을 들고 있었다. 김 반장과 김 중사도 앞 테이블에서 꼬리곰탕을 덜어 먹고 있었다. 정 팀장은 코를 킁킁거리며 사무실로 들어왔다.

"나만 빼고 다들 밥 먹고 있었네?"

정 팀장은 서운하다는 듯 말했고 서류 가방을 소파 위에 던진 채 털썩 주저앉았다. 배 계장도 땀이 나는 듯 선풍기 앞에서 머리를 빗겨 올리며 땀을 식히고 있었다.

"밥 먹은 줄 알았지. 이 시간이 되도록 밖에 있을 줄 누가 알았겠어?"

김 반장은 혀를 끌끌 차며 정 팀장과 배 계장을 바라보았다. 그런 뒤 수육을 자신의 그릇에 덜었다. 김 중사는 김치를 먹으며 열심히 수육을 집어 들었다.

"젓갈이 없네? 젓갈 안 넣었어?"

순간 김 반장의 쇳소리에 김 중사는 안색이 노래졌고 자신이 무슨 말을 해야 할지 신중히 고민했다. 대개 김 반장의 히스테리는 이러한 사소한 것에서 출발했다.

"젓갈 당장 구해오겠습니다."

김 중사는 먹던 숟가락을 내려놓고 즉시 밖으로 나가려고 했다. 김 중사다운 선택이었다. 복잡해질 땐 현장을 벗어나는 것이 최선이었고 그렇지 못할 때는 모든 것에 해탈한 채 받아들이고 인정하는 것이었다. 그 모습을 본 김 반장은 너털웃음을 터트렸다.

"새끼, 척하기는…. 앉아, 인마."

김 반장은 일어난 김 중사의 왼팔을 붙잡았다. 김 중사는 안도의 한숨을 내쉬며 다시 앉았다. 그는 조금 전까지 모든 내용물이 식도 끝까지 올라갔다 내려가는 청룡열차를 경험했다.

"그나저나 저녁 못 드셔서 어떻게 하나…. 지금 배달이라도 시켜드릴까요?"

김 반장은 정 팀장을 보며 말했다. 무언가 상당히 위로하는 듯한 말투였고 그것은 분명 호의였다. 하지만 한 중사와 김 대리가 김 반장에게 친근하게 대하는 것을 보고 정 팀장은 분명 김 반장이 자신이 없을 때 저 둘을 구워삶아 먹었다는 것을 짐작할 수 있었다. 덕분에 정 팀장의 속내는 김 반장의 호의와는 달리 복잡해졌다.

"괜찮아요. 됐어요."

정 팀장은 짤막하게 답을 하고 방으로 들어갔다. 배 계장은 잠시 쉬고 싶었는지 소파에 비스듬하게 기대 누웠고 이내 잠에 빠져 버렸다. 방에 들어간 정 팀장은 군사지도를 꺼낸 뒤 앞서 맞춰본 내용을 지도에 도식하기 시작했다. 그는 분주히 여러 핀을 꽂았고 다 꽂았을 무렵 세

개에서 네 개 정도의 동선이 확보되었다. 전부 논리적인 알고리즘에 바탕한 결과물이었다. 남은 것은 검증이었다.

"한 중사! 김 대리! 식사 다 하시면 방으로 좀 들어옵시다."

정 팀장은 문틈으로 고개만 빼꼼 내민 채 밖으로 외쳤고 한 중사는 입에 뼈다귀를 문 채 뒤를 돌아보고 고개를 끄덕였다.

대략 30분이 지나자 두 사람은 소파에 누워 있던 배 계장을 깨운 뒤 방으로 들어왔다.

"배고프시겠네요."

한 중사는 떨떠름한 표정으로 말하며 들어왔다. 정 팀장은 가볍게 미소를 지어 보이며 괜찮다는 의사표시를 했다.

"이게 다 뭡니까?"

김 대리는 책상 위에 놓인 군사지도를 손가락으로 가리키며 물었다.

"이제부터는 여기에 집중할 차례입니다."

정 팀장은 그를 바라보며 말했다. 한 중사와 김 대리가 아무 소득 없이 중대를 나왔다는 것은 그들의 표정에서부터 알 수 있었다. 사실상 중대에서 건질 수 있는 것은 아무것도 없었고 탐문이나 다른 정보도 더는 새로운 것이 없었다. 가지고 있는 정보라곤 그날의 상황 기록과 몇 가지 증언들이 전부였다. 사건을 진행할 수 있는 것은 이것밖에 없었다. 김 대리는 지도의 붉은색 선을 보며 말했다.

"이거, 설마 침투로입니까?"

"그렇습니다."

김 대리는 자세를 낮추어 지도를 일직선으로 바라보며 선들을 유심히 살펴보았다.

"선들이 GP 주위를 맴돌고 있네요?"

김 대리는 별것 아닌 다양한 패턴 속에서 GP라는 구심점을 찾아냈고 패턴의 규칙성까지 읽어냈다. 실로 놀라운 통찰력이었다. 한 중사는 의자에 앉았고 배 계장은 테이블에 걸터앉았다. 김 대리는 지도를 물끄러미 바라본 뒤 마찬가지로 자리에 앉았다.

"자… 이번 사건에 대한 해답은 DMZ 내부에 있습니다."

"DMZ 안쪽에 답이 있는 것은 진작부터 알고 있지 않았습니까? 대통령조사위인지 뭔지에서 모든 수사를 원천 봉쇄하고 있어서 수사를 제대로 하지 못하는 거였는데…."

한 중사는 퉁명스럽게 말했다. 그의 머릿속엔 사건도 사건이었지만 아까 하다 중지했던 휴대전화기 게임 점수 생각으로 가득했다. 그는 대부분 말을 흘려듣고 있었지만 그 누구도 눈치챌 수 없었다.

"뭐, 들어갈 수가 없으니 원…."

김 대리도 답답하다는 듯 위 주머니에서 담배를 꺼내 들었다. 한 중사는 라이터를 켜서 불을 붙여 주었다. 그러자 정 팀장은 주먹으로 지도를 쾅 내려쳤다.

"들어갑시다!"

정 팀장은 마치 주사위가 던져진 마냥 확신에 가득 찬 목소리로 말했다. 그러나 한 중사나 김 대리는 어안이 벙벙했다. 한 중사는 수색중대 출신이었고 김 대리는 GOP 경험자였다. 지금 정 팀장이 하는 소리가 얼마나 터무니없는지는 그들 스스로 더 잘 알고 있었다.

"팀장님, 제가 국정원을 비하하는 건 아닌데 DMZ에 허가 없이 들어가는 건 월북 행위예요. 이건 애초에 말이 안 되는 겁니다. 절대 못 들어가요."

김 대리는 혀를 끌끌 차며 연기를 내뿜었다.

"맞습니다. 철책을 넘어가지 않는 한 들어갈 방법이 없습니다. 애초에

3중 철책을 넘을 만한 간 큰 사람이 있을는지 모르겠네요. 게다가 주간 이건 야간이건 순찰자들이 쌍심지를 켜고 보고 있는데 말이 안 되는 소리입니다. 섣불리 들어갔다가는 밥줄이 아니라 모가지가 날아갈 일입니다."

그러자 정 팀장이 그들을 쳐다보며 말했다.

"좋아요. 제가 경험이 없다는 건 인정하죠. 그런데 당신들 애초에 이번 건 하면서 계약서에 사인한 거 기억 안 나십니까? 그리고 전 당신들 상관입니다. 거부하고 자시고 할 것이 없는 문제예요!"

그러자 김 대리가 손사래를 치며 그에게 말했다.

"정 팀장님, 제가 팀장님 뭐라고 하는 것은 아니고 단지 제 사견을 말씀드렸을 뿐입니다. 이건 말도 안 되는 일이라서 현실을 알려 드린 겁니다."

"제가 협박하려거나 억지를 부리는 것은 아닙니다. 단지 좀 사고의 유연성을 발휘할 필요가 있다는 겁니다. 뭐든지 안 된다고만 하지 마시고 어떻게 해결을 볼지 생각해 보라는 겁니다."

정 팀장의 말이 끝나자 방 안엔 침묵이 감돌았고 한 중사도 김 대리에게 담배를 빌려 피웠다. 배 계장은 멍하니 세 사람의 언쟁을 지켜보다 소파에 드러누웠다. 정 팀장은 고개를 돌려 배 계장을 바라보았다.

"배 씨, 좋은 방법 없어?"

정 팀장은 말꼬리를 올리며 누워 있는 그를 바라보았고, 배 계장은 눈을 감은 채 입만 뻐끔거렸다.

"간단합니다. 그냥 잠시 파견 명목으로 숨어 있다가 야밤에 넘어가면 되잖습니까?"

"야 이 씨, 그게 그렇게 간단하면 지금까지 우리가 이러고 있겠냐?"

한 중사는 담뱃재를 털며 말했다. 그러자 배 계장은 팔을 이마 위로 올리며 늘어지는 목소리로 말했다.

"그 좋은 머리들로 왜 이렇게 간단한 문제로 논쟁해요? 그냥 하면 되는 거지."

"그래서 계획이 뭔데?"

정 팀장은 퉁명스럽게 물었고 배 계장은 또다시 늘어지는 목소리로 말했다. 이번엔 소파 끝에 걸친 다리를 상하로 흔들며 다른 사람들의 시선을 집중시켰다.

"일단은 수사를 종료하겠다고 해요. 그러면 일단 대대에서 신경을 더 는 쓰지 않을 거 아니에요? 그다음에 철책을 넘어가면 되겠죠. 나머지는 근무자명령서를 입수해서 가장 취약한 시기를 알아낼 수 있겠고, 순찰 기간이 가장 긴 구간을 찾아내서 들어가면 되겠죠. 철책은 그냥 절단 도구를 쓰면 되지 않겠어요? 김 대리님이 사다리 갖고 올라가고 한 중사님이나 정 팀장님이 넘어가면 되겠네요."

"사다리는 어떻게 은밀하게 가지고 올라갈 건데? 김 대리를 순찰자로 위장이라도 시킬 거야?"

"글쎄요… 전 대략적인 지침을 줬지 세부적인 일을 생각할 만큼 한가하진 않네요."

정 팀장은 부정적인 의견부터 내놓았던 두 사람보다 아니꼽지만 그래도 자신을 도와주는 배 계장이 내심 고마웠다. 그것도 그런 것이 한 중사, 김 대리와 지낸 시간이 길어질수록 자신과 두 사람 간의 관계가 멀어지고 있다는 것을 조금씩 느꼈기 때문이었다. 역시 사람은 연을 속일 수 없었다. 그들이 가진 부사관이라는 소속감이 오히려 팀의 정체성을 해치고 있는 것만은 확실했다.

"빌어먹을…. 팀장님, 이게 애초에 불가능해서 그렇게 말씀드린 것도 있는데 전 군 생활 오래 해야 합니다. 이런 일은 내키지 않습니다."

한 중사는 입을 비죽 내밀며 불만을 토로했다. 그것도 그런 것이 한 중사는 나름 새가슴의 소유자여서 위험을 감수하면서 이번 일을 하고 싶지 않았다. 그는 말하는 와중에도 담배를 덜덜거리며 불안한 심리를 표출했다. 정 팀장은 그런 그를 모르는 것은 아니었다. 애초에 한 중사는 데려갈 생각도 하지 않았다. 그의 예민함이 오히려 작전을 망칠 수도 있다고 판단했기 때문이었다.

"그럼 사다리는 갖다 줄 수 있잖아요."

그러자 한 중사는 담배를 끄며 고개를 끄덕였다.

"뭐, 그거야 해드릴 순 있겠죠."

그는 떨떠름한 표정에서 안 하자니 계약금이 아쉽고, 하자니 무언가 불안한 느낌을 받는다는 심리를 느낄 수 있었다. 하지만 정 팀장은 개의치 않았다. 애초에 불확실성을 안고 작전을 할 만큼 어리석은 사람은 아니었기 때문이었다.

"그럼 김 대리하고 배 계장이 나랑 같이 가야겠네."

배 계장은 말이 없었고 김 대리는 그 특유의 무뚝뚝함으로 고개를 조심스럽게 끄덕였다.

"팀장님, 한 번에 넘어가야 합니다. 추진철책을 포함해서 3중으로 구성된 곳도 있지만 2중으로 된 곳도 많습니다. 그리고 CCTV가 주변에 없어야 합니다. 요즘 전방 철책은 거의 다 무인화 공정이 완료되어서 곳곳에 CCTV가 많습니다. 그걸 주의해야 합니다."

"알겠습니다. 그 추진철책이라는 것은 상태가 어떻습니까?"

한 중사는 바닥을 발로 긁으며 조심스럽게 말했다.

"추진철책은 GOP 라인에 있는 철책보다 단단하지 않습니다. 대부분 70년대에 건설되어서 녹슨 부분도 많을뿐더러 쉽게 망가지기 쉬운 부분도 많습니다. 가끔 보수공사가 이루어진 곳을 제외하곤 쉽게 넘어갈 수 있을 겁니다."

"얼추 윤곽이 나오네요. 그럼 이대로 하는 걸로 합시다. 나머지는 제가 좀 더 보완하도록 하죠."

정 팀장은 주위를 둘러보며 말했다. 배 계장은 누운 채 오른손으로 동그라미를 그려보았고 김 대리도 긍정의 표시를 했다. 한 중사만이 마지못해 고개를 끄덕였다.

"목표는 사망 지점을 찾는 것이고 아까 세운 가설들을 점검하는 겁니다. 과연 누구의 소행인지를 밝히는 것이 먼저 해야 할 문제겠죠."

"무기는 어떻게 합니까?"

"실탄은 저만 휴대합니다. 나머지는 비무장으로 들어갑니다."

"권총입니까?"

정 팀장은 김 대리를 바라보며 고개를 끄덕였다. 그런 뒤 지도를 접어 다시 가방 안에 넣었다.

"그 641정보부대 관련해서 추가적인 정보는 더 없습니까?"

"아직까진 없었고 조만간 소식이 있을 겁니다. 오는 대로 바로 알려드리죠."

정 팀장은 말을 마친 뒤 밖으로 나갔다. 팀원들은 그의 돌발적인 말에 아직 정신을 차리지 못하는 듯 정 팀장이 나온 방 안에선 고함과 대화 소리가 오갔다. 마침 문 앞엔 김 중사가 세 절기로 문서를 파쇄하고 있었다. 그는 정 팀장이 나오자 계속 곁눈질로 그를 쳐다보았다. 김 반장은 테이블 위에서 다리를 교차해 올린 채로 후식을 즐기고 있었다.

"어, 정 반장님! 저 좀 봅시다!"

김 반장은 능구렁이 같은 특유의 능청스러움을 보이며 정 팀장에게 말했다. 정 팀장의 손엔 알루미늄 가방이 들려 있었다. 김 반장은 틀림없이 알루미늄 가방을 보고 정 팀장에게 의도적으로 접근하는 것이 분명했다. 하지만 정 팀장이 이를 알 리 만무했다.

"네, 뭐, 그러죠."

정 팀장도 딱히 만남을 거부할 이유가 없었다. 또 이런 곳에서 빼는 모습을 보인다면 앞으로의 관계에서 불리한 협상을 할 수 있을 터였다. 오히려 김 반장을 만나고 그의 허풍과 기만에 맞서는 것이 유리한 시점이었다.

두 남자는 김 반장의 방으로 들어갔다. 방 안엔 특유의 담배 냄새가 가득했다. 김 반장은 창문을 열었고 선풍기를 틀었다. 그런 뒤 책상 위의 널브러진 서류들을 한곳으로 모았다.

"이거 창피하네요. 죄송합니다."

김 반장은 서류 더미들을 주섬주섬 담아 올리며 한쪽으로 치웠다. 그런 뒤 손을 내저으며 담배 연기를 빼려고 했다.

"괜찮습니다. 저도 흡연자이니까 신경 쓰지 마세요."

"흡연자셨습니까? 전 애연가인데 정 반장도 애연가십니까?"

김 반장은 의도적인 호의를 보이며 그에게 접근했고 정 팀장이 그를 모를 리가 없었다. 두 남자의 탐색전은 약간의 움직임에서도 확인할 수 있었다.

"예, 취미로 양담배를 피우긴 합니다만 줄담배까진 아닙니다."

정 팀장은 자리에 앉아 힘을 주어 말했고 김 반장은 자신의 흔들의자에 앉아 그를 바라보았다.

"집사람이 결혼 때부터 끊으라고 그렇게 이야기했는데 아직 옛 습관을 버리지 못했네요. 아들내미도 곧 학교 졸업하는데, 늘 요 어린것도 제게 담배 끊으라고 노래를 불렀는데 말이죠."

정 팀장은 김 반장의 말에 웃으며 화답했다.

"가정을 꾸린다는 것은 어떤 겁니까?"

"글쎄요, 삶의 안정이랄까요. 정말 좋은 것은 누군가 절 위해 아침을 차려준다는 것이죠. 젊은 시절에는 방황하면서 놀았는데 확실히 결혼하니 돌아갈 곳이 있다는 안정감이 드네요."

"반장님은 사무실에 있는 날이 더 많지 않습니까?"

정 팀장의 말에 김 반장은 너털웃음을 터뜨렸다. 그는 멋쩍은 표정을 지으며 말을 이어갔다. 잠깐의 덕담이 오간 뒤 방 안에는 알 수 없는 침묵이 감돌았다. 두 남자 역시 자신들이 한 방에 있는 이유를 잘 알고 있었다.

"단도직입적으로 말하겠습니다."

김 반장은 날카로운 눈빛으로 정 팀장을 바라보았다. 김 반장은 더는 기다릴 수 없었다. 정 팀장은 내심 그가 무슨 말을 할지 고민이었다. 수를 잘못 두었다간 그에게 빚을 지는 것은 순식간이기 때문이었다.

"무엇입니까?"

"전 그 알루미늄 가방에 든 내용을 알고 있습니다."

김 반장은 도박을 했다. 사실 그가 아는 것은 아무것도 없었다. 그 알루미늄 가방을 여자에게 받은 사실만을 알지 내용물이 무엇인지는 짐작은 했지만 확신할 수 없었다. 그러나 정 팀장의 독주를 막을 방법은 이것밖에 없었다. 만약 그가 막무가내로 나온다고 해도 그로선 이득이었다. 최소한 정 팀장이 가방에 민감하다는 사실을 증명하는 바였고 그것은 정 팀장에게 중요한 정보가 있다는 것을 알려주는 단서이기 때문이었다. 여러모로 김 반장은 두 마리의 토끼에 필요한 두 개의 덫을 준비했던 것이었다. 정 팀장은 김 반장의 돌발적인 발언에 잠시 말을 생각하며 김 반장을 뚫어져라 쳐다보았다.

"어디까지 아십니까?"

"전부 다…."

"그럼 왜 나를 신고하지 않는 겁니까?"

순간 김 반장은 충격을 받은 사람처럼 그를 쳐다보았다. 그의 입에서 그런 말이 나올 줄은 상상도 할 수 없었기 때문이었다. 그의 추측으로 가방 안의 내용물은 최신 자료 이상의 것이 아니었기 때문이었다. 정 팀장의 신고라는 말에 어안이 벙벙해졌다. 대답을 현명하게 하지 못한다면 이것은 월척을 어망에 넣어놓고 밑구멍을 뚫어놓는 것과 다름없었다.

"우린 한 배를 탔다고 생각하기 때문입니다."

김 반장은 이 대답이 가장 좋은 해결책이라 판단했다. 동질감을 느끼게 하는 것은 경계심을 낮출뿐더러 서로에 대한 신뢰의 상징이기도 했다. 모르거나 안다고 답하는 것보다는 이런 감성적인 답변이 난관을 극복시켜줄 것이라고 김 반장은 생각했다.

"정말 그렇게 생각하십니까?"

"그렇습니다. 전 여태껏 그렇게 생각해 왔습니다."

정 팀장은 지난번에 보았던 그 차량을 기억해냈고 이제야 어떻게 김 반장이 이 사실을 알 수 있었는지 이해할 수 있었다. 그의 촉각은 틀린 적이 없었다. 분명 김 반장은 여태껏 자신을 감시해왔고 자신의 계획을 아는 것에 총력을 기울일 사람이었다.

"그렇다면 다음 계획도 충분히 알고 계시겠군요."

김 반장은 다음 계획이라는 말에 흥분했다. 정 팀장은 자신의 모든 베일을 스스로 벗는 중이었고, 김 반장은 쇼걸을 보는 관중의 입장이었다. 팁을 더 던지지 않는다면 쇼걸은 옷을 다시 걸칠 것이 뻔했다.

"모든 것을 이해합니다. 전 저희가 도와드릴 부분을 생각하고 있었습니다."

"그쪽에게 부탁을 하는 것이 오히려 폐를 끼치는 내용 같습니다. 만약 정말로 저희를 신경 써주신다면 모든 내용에 대해 함구해 주셨으면 합니다. 그렇게만 해 주신다면 앞으로의 정보 공유는 반드시 이루어질 것입니다."

"걱정하지 마십시오. 무덤까지 가지고 갈 테니."

김 반장은 아쉬워서 미칠 것 같은 느낌을 받았다. 김 반장은 정 팀장 일행이 무언가 불법적인 일을 하고 있다는 것을 확신했다. 하지만 그 내용에 대해서 아는 것은 많은 시간이 필요했다. 균형의 추는 김 반장 쪽으로 기울었으나 완전히 기울어진 것은 아니었다. 하지만 몇 가지만 더 추가된다면 어려운 일은 결코 아니었다.

"더 이상의 이야기는 불필요한 것 같습니다."

정 팀장은 말을 잘라 말했고 김 반장도 수긍했다. 더는 불편한 관계를 만드는 것은 바람직하지 않았다. 어쨌거나 김 반장은 정 팀장의 가방을 염탐한 것이었고 그 방법이 절대 좋지만은 않았다. 그것만으로도 충분히 정 팀장의 기분을 상하게 만들 수 있었다. 하지만 김 반장은 자신이 그런 오명을 뒤집어쓰더라도 그가 꾸미고 있는 일에 대해 몇 발자국 더 다가갈 수 있었고 그로 인해 그보다 유리한 고지를 점할 수 있게 되었다.

트로이 목마

김 실장의 방문 이후 기무대의 수사는 종료되었다. 더는 증인 소환 및 사건 기록 조회는 없었다. 사단으로 보고서가 올라간 이후 공식적인 수사 활동은 모두 중지되었다. 김 반장 역시 어깨너머로 이 소식을 접했고 불안감이 엄습해왔다. 기무가 수사를 종료했다는 것은 즉 자신도 곧 공식적인 수사를 종결해야 한다는 의미였다. 김 반장은 군 생활 20년 만에 맡은 최고의 사건을 이렇게 마무리하고 싶지 않았다. 하지만 우려했던 대로 헌병대 수뇌부도 더는 그가 사건에 개입되는 것을 원하지 않았다. 분명 무언의 압력이 가해진 것이 분명했고 군대라는 특수한 조직의 상명하복은 그것의 명을 성실히 이행해야 했다. 헌병대장은 김 반장을 따로 불러 사건을 조기 종결하라는 지침을 하달했다.

사실 헌병대장 역시 이 사건에 대해 의문점을 떨친 것은 절대 아니었다. 그간 가끔 이어져 오던 사단 지휘부의 압력에도 불구하고 눈치껏 김 반장이 계속 수사할 수 있도록 막아주고 경과를 지켜보던 그였기 때문이었다. 그러나 이번 압력은 프레스 압착 기계처럼 강력한 밀도를 자랑했고 더는 막을 수 없었다. 김 반장은 대장에게 계속해서 수사 의지를 보였으나 완고한 기개의 군인은 타협의 의지가 없어 보였다. 결국, 그날 그는 마음의 준비를 해야 했다. 헌병대 장은 수사 기록을 모두 단순 오발 사고로 처리하라고 지시했고 그에 맞는 조서는 사단에서 내준다고 지침을 하달하였다.

김 반장은 헌병대장의 성격을 잘 알고 있었기에 더는 어찌할 수 없었다. 또한, 더는 인사 문제에서 불이익을 받을 수는 없었다. 터줏대감인 그로서도 보직 문제로 더는 골치를 썩일 수는 없었다. 그 자신도 대장이 자신을 배려한다는 사실을 잘 알았기에 자신의 거취가 그에게 누가 되게 할 수는 없는 노릇이었다. 하지만 정 팀장의 베일을 벗기기 직전에 포기하기란 너무나도 아까운 것이었다. 그는 정 팀장에게 이 같은 사실을 알리고 싶지 않았다. 그로선 대대로 접근할 수 있는 권한이 있었지만 더는 그러한 권력은 통하지 않았고 소멸의 단계에 이르렀기 때문이다. 결국, 정 팀장에게 정보를 요구할 만한 다른 방법이 없었다. 정 팀장은 아직 군단 서신의 존재를 모르고 있었다. 또한, 대대 내부에 무언가가 있다는 사실을 느끼고 있었지만 쉽사리 말할 수 없었다는 사실을 잘 알고 있었다. 물론 그가 서울 소속이기에 사단 지휘부에서 그들에게까지 터치하진 않았지만, 만약 사단 지휘부에서 자신들의 발을 묶었다면 조만간 그들의 발을 묶을 것이란 것은 확실했다.

그러나 만약에라도 서울 사람들에 대한 제재가 이루어지지 않는다면 그것은 생일상을 통째로 빼앗기는 것과 다름이 없었다. 그로선 서울 사람들과 같이 사건을 종결하든지 아니면 그들이 자신들에게 지속해서 협력시키는 것밖에 답이 없었다. 김 반장은 정 팀장이 자신이 파놓은 덫에 걸려 스스로 정체에 대해 실토하는 장면을 놓칠 수 없었다. 만약 그들이 단순한 조사 팀이었다면 아무 일도 아니었지만 김 반장은 그들이 파견된 진짜 목적을 알아가고 있었기 때문이었다. 그는 던질 패를 던지고 취할 것을 취하기로 마음먹었다. 김 반장은 현재 상황이 좋지 않다는 사실을 알려 주었고 조만간 그들 역시 꼬리가 밟히리라는 사실을 귀띔해주었다. 또한, 자신들의 발이 묶였다는 사실을 알려 주었다. 그러나 정작 자신에게 불리한 사실에 대해서는 함구했다.

"그렇게 되셨군요."

정 팀장은 한숨을 길게 내쉬며 호두를 만지작거리는 김 반장을 바라보았다.

"예, 그렇게 되었습니다. 도움이 되어드리지 못해 죄송합니다."

"아닙니다. 반장님께서 죄송할 일이 있으시겠습니까? 상급 제대의 지침이면 따라야 하는 것이 맞는다고 생각합니다."

정 팀장은 내심 걱정했다. 예상은 했지만, 너무 빨리 찾아온 것이 문제였다. 만약 사단 지휘부가 자신들의 존재에 대해 안다면 신분이 들통나는 것은 한순간이었다. 또 다른 문제는 사단을 움직일 정도의 힘이라면 보통 힘이 아니라는 것이 분명했다. 정치 동물에게 그것은 쉬운 산수 문제와도 같았다. 분명 거대한 힘이 작용했다.

"그나저나 서울 쪽에서는 연락 안 왔습니까? 저희 쪽은 수사 종결인데 그쪽은 어떻게 되었습니까?"

김 반장은 차려놓은 밥상이 누구에게 돌아갈지 궁금했고 분명한 것은 철원이 먹지 못한다면 서울도 먹지 못해야 했고 서울이 먹는다면 반드시 자신들에게 어느 정도 양보를 해줘야 했다. 그렇지 않으면 거래는 의미가 없었고 상대방의 불행을 바라는 수밖에 없었다. 그의 성격은 정 팀장 일행의 불행을 기대했지만, 한편으로는 정 팀장의 호의를 기대했다.

"글쎄요… 아직 따로 연락이 온 것은 없습니다만 별 이야기가 없으면 계속해서 수사를 진행할 겁니다."

"그렇군요. 도와드릴 일이 있다면 최선을 다해 도와드리겠습니다."

김 반장은 옅은 미소를 지으며 최대한 그의 너구리 같은 표정을 짓지 않으려 노력했다. 그것은 아직 본인이 이 사건에 대해 종결짓지 않았다는 의미였다. 물론 헌병대장의 눈치가 신경 쓰였으나 미약한 움직임이 그에게 잘못을 할 정도는 아니었다. 정 팀장도 이를 잘 알고 있었다. 하지만 정 팀장이 김 반장에게 기대할 수 있는 것은 많지 않았다. 김 반장이 내부 수사라는 전략적 이점을 상실한 이상, 철원 팀이 서울 팀에게 해줄 수 있는 것은 거의 없었다. 그럼에도 불구하고 그들은 아직 필요했다. 만약 김 반장이 정 팀장 일행의 수사에 관해 사단에 올린다면 자칫 자신들의 신분이 탄로 날 수 있었기 때문이었다.

그나마 다행인 것은 정 팀장의 예상대로 김 반장이 은색 가방 외에 다른 사항에 대해 아는 바가 그리 많지 않아 보였다는 것이었다. 저번에 김 반장이 은색 가방에 대해 언급했을 때 자신이 너무 과민하게 반응했다는 사실도 눈치챘다. 하지만 김 반장의 의심이 계속된다면 사단에 자신들을 팔아넘기는 것과는 별개로 자신들의 신분이 그에게 노출되는 것은 시간문제였다. 정 팀장에게는 돌파구가 필요했다.

"정 반장님, 언제 술이나 한잔 합시다."

"그러죠. 근처에 괜찮은 집 있습니까?"

"요 읍내에 죽이는 해장국 집 하나 있습니다. 조만간 가시죠."

"저야 언제든지 환영입니다."

그래도 김 반장에겐 인간미가 있었다. 그는 비단구렁이처럼 담을 능수능란하게 넘나드는 존재였으나 어찌 보면 그 허물이 때로는 부드러움으로 다가올 때도 있었다. 정 팀장은 어디까지나 그를 공적 대상 이상으로 생각하지 않았지만, 초기에 적이라는 관계에서 개선된 걸 생각하면 괄목할 만한 변화였다. 김 반장 역시 그를 수사를 가로채러 서울에서 온 냉혈한으로 생각하였지만, 그간 그와 나눈 여러 대화에서 그에게

도 심장이 있음을 확인하였다. 기분에 따라 많은 부분이 결정되는 그로서는 정 팀장이 그렇게 싫지도 않았다. 만약 친해진다면 좋은 관계로 발전할 의사 정도는 있었다. 두 남자는 오묘한 관계를 이어가며 서로에 대해 알 수 없는 미묘한 친밀감을 더해가고 있었다.

정 팀장이 이 국장에게 전화를 건 것은 그날 오후였다. 한 중사와 김 대리는 다음 계획이 필요한 구체적인 방법에 대해 토의하고 있었고, 배 계장은 홀로 책상에 앉아 최적의 루트와 시나리오를 짜고 있었다. 사다리의 여부와 순찰자를 피할 방법, 침투 루트와 철수 루트 등 많은 부분이 완성되지 않았다. 하지만 정 팀장은 그런 일을 그들에게 맡기고 더 중요한 일을 해야 했다.

"접니다."

"어, 무슨 일이야?"

"641정보부대 관련해서 추가적인 정보는 더 없는 겁니까?"

"그때 보낸 자료가 전부야. 더 이상은 없어."

"그 명단 그대로 들어간 것이 맞습니까?"

"그래, 그 명단대로야."

"계급은 일부러 표기가 안 된 겁니까?"

"그 사람들은 주민등록도 안 된 사람들이야. 지구 위에 존재하지 않아."

"침투 루트와 계획은 맞는 겁니까?"

"은하수 계곡을 통해 남대천을 건너는 루트 맞아. 중간에 야생마 고지도 포함되어 있어 그리로 여러 번 갔어."

"저희는 지금 사망 지점에 주목하고 있습니다. 그것만 알면 총격의 방향과 주체에 대해 알 수 있을 겁니다."

"그렇겠지…"

"그런데 아무래도 어려울 듯싶습니다."

정 팀장은 목소리를 낮추며 말했다. 그로서도 이 문제가 자기 선에서 해결될 문제가 아닌 것을 알고 있었고 분명 지침이 필요한 사안이었다. 이 국장은 잠시 침묵하더니 말을 이었다.

"수사를 종결시킨 것 때문인가?"

"알고 계셨습니까?"

이 국장은 한숨을 크게 들이 내쉬며 말했다.

"청와대에서 우리 뒤를 캐고 있는 것이 분명해. 자네들의 실체를 아는 사람들은 나와 정은이밖에 없어."

"그렇다면 국정원 내부의 누군가가 이미 눈치챘다는 겁니까?"

"모르지… 누군지는 아직 몰라. 단지 우리를 뒤쫓을 만한 놈들은 초인적인 후각을 지닌 존재들이야. 그들이 모르는 것은 없어. 어쩌면 이미 우리의 위치가 발각되었는지도 모르지."

"저희 신변은 보장되는 겁니까?"

"장담할 순 없어. 하지만 아직까진 신분이 탄로 나진 않은 것 같으니까 안심해. 만약 그런 일이 발생하면 계획한 대로 이행하면 돼. 그래도 잡히지 말게. 자네들의 신분이 탄로 난다면 일이 더는 걷잡을 수 없이 커질 걸세. 내가 자네에게 해줄 수 있는 말은 절대로 잡히지 말라는 것 그것 외에는 없네. 그 어떠한 수사 결과든 증거든 잡히면 소용이 없어. 이 바닥에서 잡힌다는 것의 의미는 이승과의 이별과도 같은 것일세. 그러니 몸을 최대한 사리게. 이럴수록 빙판길을 조심하게 달려야 해."

정 팀장은 이 국장이 이미 대략적인 상황은 알고 있지만 어떻게 조처를 해줄 수 없다는 것을 알았다. 상황은 불리하게 돌아가고 있었다.

"국장님, 저희가 이 사건을 명목으로 철원에 계속 있는다면 분명 저희의 명줄은 오래가지 못할 겁니다. 이 점을 명심해주셔야 합니다."

"나도 알고 있어. 조만간 수사 명목을 인력 보강 증원으로 변경할 거야. 그 부분은 걱정하지 않아도 돼."

"그리고 문제가 더 있습니다."

"김 반장 이야기하는 건가?"

"그렇습니다."

이 국장은 지속적인 보고를 통해 김 반장이 어떤 인물인지 대략 알고 있었다. 그의 판단으로는 김 반장은 충분히 정 팀장을 위협할 수 있는 자였다. 정 팀장을 밀고할 가능성도 많았다. 그의 프로필을 살펴본 그는 그가 지역 터줏대감이며 사단 내부에도 발이 넓다는 사실을 잘 알고 있었다. 그런 그가 자신의 수사 종료에도 불구하고 정 팀장의 수사가 지속한다면 그의 정체를 밝히고 일을 모두 그르칠 위험이 충분했다. 넓게 보면 제거해야 할 인물일 수도 있었다. 하지만 그에게도 약점이 없는 것은 아니었다. 이 국장은 그가 인사 문제로 고민하고 있다는 사실을 잘 알고 있었다.

"그가 무엇을 요구하였나?"

"김 반장은 우리랑 같이 수사를 계속하길 원합니다. 제가 볼 때 김 반장은 사건을 종결하고 싶지 않아 하는 눈치입니다. 분명히 이 사건에 관심이 있는 것은 분명합니다. 그가 지난번에 저희를 미행해서 은색 가방에 대해 말하는 것만 봐도 그렇습니다. 김 반장은 분명 위험한 사람이지만 어찌 보면 좋은 협력 대상이 될 수도 있습니다."

"그 말은… 자네가 그와 같은 편이 된다는 건가?"

"어차피 그를 구워삶지 않는다면 저희가 철원에서 얼마나 오랫동안 버틸 수 있을지 장담할 수 없습니다. 한 가지 확실한 것은 지속적인 수사를 하려면 사단 내부에 연고자가 있어야 한다는 겁니다. 그와의 밀약이 어쩌면 장기적인 은신처가 될 수도 있습니다."

"그를 믿을 수 있겠는가? 난 심히 의심되네. 정 팀장이 신뢰할 수 있다면 난 더는 긴말 하지 않겠네만 위험한 도박일 수도 있어. 그는 20년이 넘도록 그곳에서 근무한 자야. 연고라는 것은 무시할 수 없는 것일세. 만약 그가 실제로 자네의 청을 들어줬더라도 만약 다른 마음을 먹거나 약점을 잡기 시작한다면 우린 그의 노예가 될 수밖에 없네. 그것을 확실히 하게. 이 이상은 말 안 하겠네. 자네가 더 잘 알 테니까 말이야. 그리고 김 반장이 최근 인사 문제로 고민하고 있을 거야. 내가 듣기론 이번 사건을 덮기 위해서 그를 희생양으로 쓰려는 움직임이 있어. 서류를 보내놓고 협상을 위한 압력을 행사해 주겠네. 그것으로 그를 해결해 보게나. 아마 기무사의 김 과장이 그와 관련된 정보들을 내게 제공할 거야. 내 자네한테 전송해 주지."

정 팀장은 고개를 끄덕였다. 그러나 어디까지 어떻게 김 반장과 협조를 해야 할지 결정하기 힘들었다. 하지만 이 국장의 말대로라면 돌파구를 찾을 법도 했다. 그 외에도 수사의 결과물을 어떻게 할 것인지도 정해야 할 문제였다. 여러모로 해결해야 할 문제가 많았다.

"어쨌거나 자네 생각대로 한번 해 보게. 난 반대하지 않네. 필요한 것이 있으면 언제든지 말하게. 힘이 닿는 한 도와주겠네."

"아까 말씀 드린 대로 파견 명령을 한 번 더 갱신해주셔야 합니다. 그리고 저희의 배후를 캐고 있는 사람을 알아야 합니다. 미리 알지 못한다면 저희의 행동반경이 제한될 수밖에 없습니다. 현재로선 저희의 존재를 아는 사람들이 많지 않습니다만 조만간 저희를 뒤쫓는 자들이 사냥개를 더 풀 것은 분명해 보입니다. 조기에 그들을 식별해야 합니다."

"알겠네. 일단 명령을 올리고 최대한 배후에 대해 알아보겠네. 자넨 최대한 몸을 사리고 수사를 진행할 방안을 최대한 마련해 보게. 그리고 DMZ를 넘어가는 문제에 대해서는 마지막 작전 보고를 반드시 해 주게. 아무리 완벽한 작전이라도 허점이 있는 법일세. 이번 건은 자칫 잘 못하면 목숨이 잃을 수도 있고 그렇다고 자네들이 시체가 되어서도 절 대로 끝나지 않을 일일세. 그러니 신중을 기하게."

"명심하겠습니다."

"지속해서 보고할 수 있도록 하게."

이 국장은 정 팀장이 처한 상황을 잘 알고 있었다. 더는 그에게 돌파 구가 없다는 사실도 잘 알고 있었다. 후배를 사지에 몰아넣고 해줄 수 있는 것이 없다는 것은 비극이었다. 하지만 그는 그러한 연민이 뇌리 를 스칠 때마다 매번 수석실장과의 거래를 떠올렸다. 그는 항상 양다 리를 잘 걸쳤다. 정 팀장이 오랫동안 살아주면 그에겐 감사한 일이었 다. 그러나 사라져도 문제는 아니었다. 그의 관심사는 그가 어떻게 사 라지느냐였다. 자칫 잘못하면 정 팀장은 물론 이 국장 그 자신의 삶도 끝날 수 있는 문제였다. 말 그대로 죽으려면 곱게 죽는 것이 모두에게 이로웠다. 그럼에도 불구하고 이것은 기회였고 대한민국 역사의 흐름 을 돌릴 수도 있는 사건이었다. 수석실장과의 밀약은 자신의 성격과는 맞지 않았다. 결국, 야심이라는 것은 목숨보다 소중한 것이었고 포기 할 수 없는 타협 조건이었다. 죽음의 줄타기를 하는 두 남자의 생각은 크게 다르지 않았다.

이 국장은 줄담배를 피워댔다. 그는 머리가 깨질 것 같은 고통을 느꼈 다. 충분히 예상할 수 있는 문제였다. 분명 청와대가 자신의 뒤를 밟을 것이라는 것을 알았다. 그러나 이렇게 빠르게 올 줄은 상상도 하지 못 했다. 수사를 종결시키려는 청와대의 의도가 명백해졌고, 머지않아 사 단 지휘부는 물론 헌병대까지 정 팀장의 목을 조여 올 것이 분명해 보 였다. 만약 정 팀장의 신분이 노출된다면 이것은 대한민국 역사에 길이 남을 스캔들이 될 터였다.

　이 국장은 사실상 자신의 모든 것을 이번 사건에 걸었다. 어차피 진실을 밝혀내지 못한다면 641정보부대원들의 사망에 관련된 책임이 전부 자신에게 돌아올 것이란 것을 잘 알고 있었다. 적어도 수석실장은 자신을 지구 끝까지 쫓아올 것이 분명했다. 청와대는 늘 그래 왔고 정보기관의 운명이란 것은 늘 그래 왔다. 이미 적은 아주 많았다. 명분도 명분이었지만 작전 입안자이자 책임자로서 그의 목이 온전하지 못하리란 것은 만천하가 아는 사실이었다.

　"최 중위가 접견을 요청하였습니다."

　넥타이를 푼 채 의자에 기대어 눈을 감고 있던 그는 정은의 나긋나긋한 목소리에 한쪽 눈을 떴고 스피커폰을 켠 뒤 말했다.

　"들어오라고 해."

　잠시 뒤 낡은 나무 문이 열렸고 사복을 입은 최 중위가 들어왔다. 그는 현장에 있었던 유일한 관계자였고 부대원을 훈련한 장본인이었다. 사실상 641정보부대는 이 국장과 소수 인원들의 사조직이었다. 그랬기에 그 어떠한 공문서도 존재하지 않았다. 단지 청와대와 육군의 교배종일 뿐이었다. 정통성이나 뿌리 따위는 없었다. 기록이라고 할 만한 것은 그들이 입안한 작전 계획과 성과 보고서가 전부였다. 말 그대로 부대의 형식만 빌렸고 훈련은 청계산 일대의 군사제한구역 내에 위치한 야외 훈련장에서 이루어졌다. 육지 부대와 각종 정보기관에서 파견된 우수한 교관들조차 그들이 여느 다를 것 없는 신병들이라고 생각했을 만큼 그들에 대해 알려진 것은 없었다.

　최 중위는 앞날이 유망한 육사 출신의 인재였으며 큰 꿈을 안고 이곳에 파견된 자였다. 최 중위가 이 국장의 눈에 든 것은 최 중위의 출중한 교관 능력과 특수전에 대한 해박한 지식이 큰 영향을 미쳤다. 또한, 물불을 가리지 않는 그의 성격과 비상한 머리는 이 국장의 구미를 자극했다. 특히 상황 돌파에 있어 비상한 방법을 도출해내는 그는 창의성 점수에서 만점을 받았다. 리더로서의 기질은 충분했고 집중력 역시 좋았다. 그가 군인이 아니었다면 분명 물리학자나 수학자가 되었을 것이었다. 무엇보다 그는 부하를 아꼈다. 동료 의식이 강한 그는 항상 꼴찌를 위해 남는 교관이었고 꼴찌를 위해 존재하는 군인이었다. 그는 641부대 훈련 교관에 적임자였다.

또한, 작전 수행에 따른 비공식적인 금전적 보상은 최 중위가 이 부대를 떠날 수 없게 하는 큰 매력이었다. 그는 일면식도 없는 부모가 남긴 부채의 늪에 항상 허덕여왔기 때문이었다. 그러나 일이 이렇게 된 이상 최 중위는 버려진 존재였고 진실을 밝히지 않는다면 그의 인생은 망가질 터였다. 무엇보다 그는 가슴이 뜨거운 남자였다. 적어도 자신들의 전우가 죽어간 사실을 모른 척할 수 없었다. 그는 사건 이후 늘 분노에 사로잡혀 있었다. 덕분에 현 상황에서 이 국장은 최 중위가 이 일을 잘 도와줄 수 있을 것으로 생각했다.

"어쩐 일이야? 여긴 얼씬거리지 말라고 했을 텐데."

"수사는 어떻게 되고 있습니까?"

"난관이야. 더는 희망이 없어. 청와대에서 손을 쓰고 있어."

최 중위는 붉게 상기된 얼굴로 말했다.

"이럴 순 없습니다! 이렇게 끝날 순 없다고요!"

"알고 있네, 진정해. 이런다고 해결될 문제가 아니야."

이 국장은 다시 담배를 꺼내 피우기 시작했다. 그런 뒤 서재에 있던 책을 한 권 꺼내 들었다. 최 중위는 계속 서서 그의 무관심한 표정을 지켜보았고 떨리는 목소리로 말했다.

"그렇게 이용할 땐 언제고 인제 와서 딴청 부리면 내가 가만히 있을 것 같습니까!"

다행히 방은 방음이 철저히 되어 있었기 때문에 이국 장외에 그 누구도 그의 성난 음성을 들을 수 없었다.

"정 팀장을 믿어보는 수밖에 없어! 나로서도 어쩔 수 없다고!"

이 국장은 책을 집어 던지며 그를 노려보았다. 그의 찌푸린 미간은 최 중위의 두 눈을 향해 있었고 최 중위 역시 홍분을 감추지 못하며 그를 바라보았다.

"이제 어떻게 하실 겁니까? 우리 애들이 저렇게 죽은 것 우리가 다 뒤집어쓸 겁니까? 이건 책임의 문제를 떠나서 우린 모두 군사재판에 부쳐질 겁니다! 이게 무슨 말인지 알기나 합니까? 우린 유죄예요, 유죄!"

이 국장은 조용히 물었던 담배를 떼어낸 뒤 연기를 내뿜었다. 이미 방은 니코틴으로 도배되었다.

"어떻게 하실 겁니까! 예? 우린 모두 죽었다고요!"

"그래서 다 폭로할까? 누가 우릴 믿어줄까? 그 잘난 청와대? 언론? 국민? 누가 우릴 믿어줄 것 같아? 우리가 가진 게 뭔데? 공식적인 문서가 있나, 걔네들 신원을 확인할 방법이 있나? 뭐가 있어?"

이 국장이 재떨이를 집어 던지며 역정을 냈다.

"어떻게 하라고? 지금 다윗이 골리앗을 이기는 소리를 하자는 거야? 성경은 성경이야! 이건 현실이라고! 우린 그들을 상대로 이길 수가 없어! 모든 것은 우리가 밝혀내야 해! 그렇지 않으면 아무 소용도 없다고!"

이 국장은 잔뜩 붉게 상기된 얼굴로 소리쳤고 그는 잠시 뒤 한쪽 머리를 붙잡고 다시 자리에 털썩 앉아 버렸다. 최 중위도 더는 할 말이 없었다. 그러나 그의 고압적인 태도와 단지 자신의 안위만을 걱정하는 모습은 그에게 메스꺼움을 유발했다. 그러나 대들 이유는 없었다. 이 국장의 말이 백번 옳았기 때문이었다. 분명 청와대는 무소불위의 권력이었다. 그들과 폭로전을 벌인다는 것은 분명 명을 재촉하는 일이었다. 해결책은 그들이 친 어망을 찢고 탈출하는 방법밖에 없었다.

"그래서 어떻게 하실 거예요?"

최 중위는 약간의 진정을 찾은 듯 차분하게 낮은 목소리로 말했다. 그 특유의 중 저음 목소리가 분위기를 더욱 무겁게 했다.

"일단 정 팀장이 사망 현장에 직접 가 볼 거야."

"무슨 수로요?"

"철책을 넘어가야지."

"뭐라고요? 월북해서 사건 현장에 가겠다고요?"

"그것밖엔 답이 없어. 지금 이대로는 절대로 아무런 수사가 불가능해. 오히려 정 팀장을 옥죄는 것일 수도 있어."

최 중위는 그 말에 상당한 충격을 받은 듯 말을 잇지 못했다. 그러나 다른 수가 없다는 것은 본인이 더 잘 알고 있었다. 더는 아군은 없었다. 철책 너머의 적이나 철책 안의 적이나 전쟁터는 굳이 전선으로 구분 지을 수 있는 것이 아니었다.

"제가 할 수 있는 것은 무엇입니까?"

"그들이 만든 작전 계획서를 검토하고 그들을 보호해 주게."

"무슨 말입니까?"

"정 팀장은 정보요원이지 특수요원이 아니야. 분명 그로서도 부담되는 작전일 걸세. 자네가 그에게 필요한 정보와 조언을 해 줘서 그가 살아남게 도와주란 말일세. 그리고 지금 우리를 뒤쫓는 녀석이 누군지를 알아야 해. 아마 수석실장의 부하 중 하나일 거야. 그놈을 찾아내지 못하면 우리가 먼저 당할 거야."

"실타래를 끊어야 한다는 겁니까?"

"필요하면 그래야겠지."

"긴급 첩보는 어떻게 된 겁니까? 함정이었던 겁니까?"

"나도 잘 모르겠어. 누군가 정보를 누설했을지도 몰라. 아직 확인된 건 아무것도 없어. 그래서 자네가 가야 하는 거지."

"그날 제가 들어가면 안 된다고 얼마나 이야기했습니까!"

"알고 있어. 근데 어쩔 수가 없었잖나!"

이 국장은 역정을 내며 소리쳤고 이를 갈며 최 중위를 노려보았다.

"당신은 말이야. 그놈의 청와대 눈치 보다가 결국엔 당한 거야, 당한 거라고!"

최 중위는 이 국장을 손가락으로 똑바로 가리키며 소리쳤다.

"최 중위 말조심하게. 넌 이 세계에 대해 몰라."

"두고 봅시다. 이 사건에 연루된 모든 사람은 대가를 치를 겁니다. 단 한 사람도 남기지 않고 모두에게 복수할 겁니다."

"신분증은 정은이가 알아서 다 처리해줄 거야. 실탄도 챙겨줄 테니 가져가. 그리고 곧 지뢰탐지화를 보낼 거야. 자네 치수도 맞게 보낼 거니까 나갈 때 치수 알려주고 가."

최 중위는 기분 나쁘다는 듯 문을 박차고 밖으로 나갔다. 이 국장은 더욱 복잡했다. 지금은 혈기가 필요한 시점이 아니었다. 인내와 참을성이 필요하다고 생각했다. 하지만 지금 현 상태를 해결하기 위해서는 최 중위 같은 사람의 도움이 꼭 필요했다. 그의 비상한 머리와 전투 지식은 정 팀장에게 큰 도움이 될 것이었다.

위험한 동거

며칠간 치열한 토론이 이어졌고 방 안엔 군사지도가 쌓여갔다. 다양한 종류의 문서들이 온 벽에 내걸렸고 한번 들어가면 나올 생각을 하지 않았다. 김 반장은 몇 번씩 방 안을 엿보려 기웃거렸으나 번번이 김 대리가 문을 굳게 닫아 놓는 바람에 아무 소득도 낼 수 없었다. 한 가지 확실한 것은 그들이 무언가를 꾸미고 있다는 것이었다. 김 반장은 촉각을 곤두세운 채 그들에게 집중했다. 그날도 그들은 큰 소리를 내며 방 안을 시끄럽게 했으나 문을 여는 순간 모든 소리는 없어지고 언제 그랬느냐는 듯 화기애애한 분위기를 보였다. 김 반장은 테이블에서 그들을 유심히 지켜봤고 곁눈질을 하며 김 중사에게 커피를 시켰다.

"어휴, 뭐 그리 회의할 내용이 많대? 또 뭐 그리 중요하길래 문을 꼭 걸어 잠가?"

김 반장은 특유의 능청스러운 목소리로 말했고 정 팀장은 그를 보며 웃었다.

"사건 조사 활동을 열정적으로 해야 하지 않겠습니까?"

"야, 서울에선 아직 다른 명령이 내려오지 않은 겁니까? 생각보다 사건을 길게 끄네요."

정 팀장은 주먹을 쥐었다 펴며 말했다. 그런 뒤 옷에 붙은 보푸라기를 떼며 조곤조곤 이야기했다.

"곧 종료될 거라는 말은 있는데 봉급 받는 자가 일을 소홀히 하면 안 되겠지요."

김 반장은 씁쓸해하며 입맛을 다셨다.

"아 그래요? 사건 끝나면 가시는 겁니까?"

"글쎄요… 수사 지원으로 잔류할 수도 있지 않겠습니까?"

"아마 수사과 하나에 반장이 둘일 수는 없을 겁니다. 저나 정 반장님 이나 둘 중 하나는 나가야 할 겁니다."

아무래도 그는 다음 차기 권력에 대해 신경 쓰는 듯했다. 사실상 김 반장은 이곳의 터줏대감이었고 권력에 대한 집착이 심한 사람이었다. 그 스스로 주도하지 않으면 못 배기는 성격은 분명 사건 해결 이후에 정 팀장이 서울로 돌아가길 원했다. 그간 보여준 탐색전은 정 팀장이 절 대 만만한 사람이 아니라는 사실을 인지시켜 주었기 때문이었다. 꼭두 각시가 아니라면 그에게 있어 의미 있는 존재가 아니었다. 동반 관계 따 윈 존재하지 않았다.

"아차, 김 반장님. 그 무월광 시기가 언제 언제입니까?"

"이번 달엔 아마 중순쯤 될 겁니다. 뭐 때문에 그러십니까?"

"그냥 궁금했습니다. 다른 건 없습니다."

정 팀장이 말을 마치자 김 중사는 쟁반에 커피를 내왔고 정 팀장 앞 에 멈춰 섰다. 정 팀장은 자연스럽게 한 컵을 가지고 갔고 다른 인원들 도 차례차례 커피를 들었다. 김 반장은 가장 마지막에 커피를 들었다.

"네 건 왜 안 탔어?"

김 반장은 김 중사를 물끄러미 바라보며 물었고 김 중사는 다시 등이 서늘해지는 느낌을 받았다.

"전 괜찮습니다."

"너 이 새끼, 침 뱉었구나?"

"아닙니다. 제가 무슨 침을…."

"그럼 왜 안 먹어!"

김 반장 특유의 큰 목소리가 사무실을 울렸고 나머지 네 명도 김 중사를 바라보았다. 그는 당황한 듯 주위를 둘러보며 한사코 아니라고 손을 내저었다.

"아닙니다! 아니라고요! 그럼 제가 지금 타온 커피 다 마시겠습니다."

"네 침이니까 안 더럽겠지. 망할 놈 같으니라고."

김 중사는 얼굴이 시뻘게진 채 어쩔 줄을 몰라 했다. 김 반장은 사람을 당황하게 하는 재주가 있었고 그의 농담은 도를 지나칠 때가 많았다.

"농담이야, 새끼야. 농담."

김 반장은 김 중사의 등짝을 두드리며 웃었다. 그러자 네 명도 그를 바라보며 웃었다. 김 중사는 이마에 맺힌 땀방울을 닦아내며 쟁반을 갖다 놓았다.

"정 반장님 저 좀 잠깐 볼 수 있습니까?"

김 반장은 커피를 내려놓으며 말했다. 정 팀장은 그를 보며 여러 가지 생각을 했다. 분명 다른 제안을 할 것이 분명했고, 거부하기엔 석연치 않은 의심을 살 것이 분명해 보였다.

"예, 그러죠."

정 팀장은 김 반장의 사무실로 갔고 평소 하던 대로 마주 보고 앉았다.

"이제 서로에 대해 확실히 선을 그을 필요가 있다고 생각합니다."

김 반장은 나지막하게 말했다. 그의 음성은 떨렸고 정 팀장은 침을 삼키며 무슨 말이 나올지 기다리고 있었다.

"당신들 서울에서 온 것 맞습니까?"

정 팀장은 뒤통수를 얻어맞은 듯 예상치 못한 말에 당황했다. 정 팀장은 다음 시나리오를 빨리 생각해 내야 했다. 이것은 정 팀장에게 다가온 김 반장의 첫 번째 위협이었다. 그의 도박적 기질을 고려하더라도 이것은 너무 멀리 온 수였고 추파로 던지기엔 강력한 것이었다.

"무엇 때문에 그러십니까?"

"어제 우연하게 국방부 헌병대에 전화할 일이 있어서 그쪽 헌병 수사과장하고 통화를 했는데 그들 말로는 여기에 자기들은 아무런 파견자를 보낸 적이 없다고 하더군요. 그래서 정 반장님이랑 같이 오신 분들 관등성명을 다 물어봤는데 자기 말로는 금시초문이라고 하더군요. 제 기억으론 정 반장님께서 처음 오셨을 때 국방부 헌병대 소속이라고 하셨던 것으로 기억하는데 무언가 말이 안 맞는 것 같지 않으십니까?"

김 반장은 제대로 짚었다. 정 팀장은 식은땀이 등 뒤로 흐르는 느낌을 받았다. 시나리오는 이미 허점을 드러내었고 남은 것은 정 팀장의 기지 하나밖에 없었다.

"아… 그건 말입니다. 그 육군본부 헌병대랑 저희 쪽이랑은 좀 다릅니다. 그쪽은 내부의 근무지원 부대고 저희는 TANGO 지원 헌병대 소속입니다."

김 반장은 자신이 맥을 잘못 짚은 것인지 긴가민가했다. 그만큼 정 팀장은 너무나도 당당하게 나왔고 설사 저것이 거짓이라고 해도 믿을 정도로 한 치의 흐트러짐도 없었다.

"아, 그 미군 쪽 이야기하시는 겁니까?"

"그렇습니다. 저희는 그쪽 담당이라 거의 외부 접촉이 없습니다. 육군본부 본대에서도 저희는 따로 관리되고 있습니다. 아마 그 수사과장님께서 모르는 것이 당연할 것입니다."

정 팀장은 자신이 생각하기에도 말도 안 되는 소리를 이어나갔다. 기억 속에 남아 있는 퍼즐들을 조각조각 맞추어 계속 이야기를 풀었다. 모르는 사람에게 사기를 치는 것은 참 쉬운 일이었다. 김 반장은 자신이 품었던 의심을 어리석은 일이라고 생각했고 더욱이 일전에 있었던 은색 가방 사건까지 이해할 수 있게 되었다. 대부분 군인에게 미군은 무언가 은밀하면서 범접하기 힘든 존재였다. 그렇기에 미군을 들먹이는 정 팀장의 말에 그는 입도 뻥긋할 수 없었다.

"죄송합니다. 제가 괜한 소리를 했나 봅니다."

김 반장은 정 팀장에게 계속 죄송하다는 말을 했다. 정 팀장은 겉으로 기분 나쁜 척했지만 속으로는 심장이 창자에 가 있다고 해도 믿을 정도로 긴장이 풀려버렸다. 좋은 정보요원의 미덕이 거짓말이란 것을 실천해 보인 순간이었다. 그는 거짓말탐지기를 피하기 위한 훈련을 밥 먹듯이 받았었고 순간적인 이야기를 만들어 내는 방법도 배운 그였다. 몇 가지 단어로도 상대방을 압도할 이야기를 만들어 내는 것은 어려운 것이 아니었다. 단지 김 반장의 추리가 생각보다 빠르게 왔다는 것이었고, 만약 정 팀장이 조금이라도 허점을 보였다면 그것을 물고 늘어질 김 반장이었다. 정 팀장은 그의 사과를 받고 저녁 식사를 대접받기로 했다. 사실상 김 반장의 패배였다.

정 팀장은 길게 숨을 내쉬며 방 안으로 들어왔다. 배 계장은 정 팀장을 바라보았고 한 중사 역시 다리를 꼰 채 그를 바라보았다. 정 팀장의 안색은 좋지 않았고 인상을 잔뜩 쓴 채 자리에 주저앉았다. 김 반장을 만나고 나선 항상 얼굴이 밝지 않았던 그였기에 팀원들이 딱히 건넬 말도 없었다. 다만 우직한 김 대리만이 조심스럽게 말을 꺼냈다.

"그 말씀하신 건에 대해서 대략적인 계획을 세워봤는데 일단 시기는 이번 달 중순, 그러니까 무 월광 시기가 좋을 듯합니다. 달빛이 없는 날이면 경계 밀도가 증가해도 시야 자체가 확보되지 않아서 타이밍만 잘 맞추면 쉽게 들어갈 겁니다. 그리고 방법으로는 이 지도에 있는 길이 좋을 듯합니다. 물어보니까 은하수 계곡 사이로 들어가면 바로 철책이 나온답니다. 통분하고도 그리 멀지 않은 곳이라서 충분히 가능할 겁니다."

김 대리는 꺼내 든 지도를 가리키며 자신 있게 말했다. 지도에는 많은 도식이 있었고 꽤 열심히 준비한 듯 빼곡하게 적혀 있는 내용도 많았다. 김 대리다운 일 처리였다.

"지뢰는요?"

정 팀장은 담배를 물며 물었다. 단순한 질문이었지만 어려운 문제였다.

"지뢰는 일단 지뢰탐지기를 이용해서 가면 되지 않을까 싶네요."

"그 야밤에 지뢰탐지기를 이용해서 그 긴 산악 지형을 통과한다는 건가요?"

"뭐 그 부분은…. 그 일대가 거의 암반지대라 지뢰 매설이 불가한 지역입니다."

김 대리는 머뭇거렸다. 그도 지뢰지대의 존재를 충분히 인지하고 있었으나 계곡지대라면 암반이 많을 것으로 생각했다. 그렇기에 그에게 있어 지뢰의 존재는 크게 와 닿는 존재가 아니었다.

"제가 비록 DMZ를 많이 와보진 않았지만 적어도 M16 지뢰가 어떤 지뢰인지는 잘 알고 있습니다. 그리고 그 지역에 수만 발이 묻혀 있다는 사실도 잘 알고요. 불확실한 위험에 몸을 내던지는 것은 그리 현명한 처사는 아니라고 봅니다."

"그럼 어떻게 합니까? 가긴 가야 할 텐데…."

"일단 그 부분은 제가 알아보도록 하죠. 서울 쪽에 한번 문의해보겠어요."

"알겠습니다."

"나머지 침투 관련 루트나 장비들은 확보하셨나요?"

"일단 특수 제작형 사다리 한 개랑 1주일 치 전투식량하고 각종 장비 등등 1인 기준으로 대략 25kg 정도 됩니다. 그리고 침투 루트는 A2 코스 우현으로 해서 약 5㎞를 걸어갑니다. 이때는 수색 코스를 이용하게 되고 당일 야간 매복조의 감시를 피해 지금 가리키는 이 사각지대로 들어갈 겁니다. 아마 우현으로 빗겨가서 시간이 어느 정도 소요될 겁니다. 예정 시간은 대략 2시간 내외로 생각하고 있으며 육각 수 능선의 우측 고지가 최종 도착지입니다."

"작전에서 중요한 부분은 뭡니까?"

"아무래도 철책을 넘어가는 소요 시간이지 않겠습니까? 조금이라도 지체했다간 작전은 실패입니다. 근무자들이 총으로 쏴 죽일 것은 뻔한 일이죠."

"우리 세 명이 25kg짜리 배낭을 들고 3단 철책을 넘는 데 얼마나 걸릴까요? 그리고 사다리는 어떻게 하실 겁니까?"

"일단 한 중사님이 저희를 도와 철책까지 오시고 사다리를 회수해 가셔야 합니다. 그 외 문제는 구체적으로 생각해 보진 않았네요."

그러자 창가에 앉아있던 한 중사가 굳은 표정을 지은 채 입을 열었다.

"일단 절단 흔적이 남아서는 안 됩니다. 만약 비가 오면 근무자들이 고정 근무를 서기 때문에 순찰자의 눈을 피하기가 쉬워지긴 하죠. 그런데 사다리를 첫 번째 철망을 넘을 때 쓸 순 있어도 북책을 넘어가는 것은 거의 불가능할 겁니다. 설사 쓴다고 해도 철책 위에 있는 둥근 모양 철조망이 일그러져서 쉽게 침투 흔적이 발견될 것이 뻔합니다."

"그래서 결론적으로 사다리로는 3단 철책을 넘을 수 없다는 말씀이십니까?"

"그렇죠. 넘을 순 있어도 흔적을 남기게 된다는 것이 문제죠."

정 팀장은 한 중사의 의견에 동의했다. 정 팀장이 생각하기에도 2단 철망을 사다리 하나로 넘는다는 것은 불가능했다.

"방법이 있습니까?"

"지하로 파고들어 가는 것도 방법이긴 한데 철책 보수공사 이후 모든 철조망 하단부에 콘크리트가 때려 박혀서 힘들 겁니다."

김 대리는 입으로 손을 가렸고 한 중사 역시 턱을 괸 채 창틀에 허리를 기대었다. 정 팀장은 배 계장을 살며시 쳐다보았다. 마치 무언가 답을 기대하기라도 하는 듯 그를 바라보았다. 그러나 그의 다크서클이 말해주듯 그는 멍한 사람처럼 엉뚱한 곳을 쳐다보고 있었다. 정 팀장은 즉시 체념했다.

"지금 결정적으로 월북 방법이 해결되지 않네요. 다른 것은 다 해결이 되었고…."

"그런 셈이죠."

다들 이 부분에 대해서는 뾰족한 수를 내지 못했다. 철책을 넘어 DMZ 안으로 들어간다는 행위 자체가 미친 짓이었고 그러지 못하도록 군인들이 철책을 24시간 감시하고 있었다. 상식적으로 불가능한 일이었고 그 누구도 시도하지 않는 것을 하려고 하는 것이 그들에게 쉬울 리가 만무했다.

"얼마나 남은 거죠?"

"대략 3일?"

"무 월광 시기가 그렇게 빠르나요?"

"이게 매달 바뀝니다. 이번 달을 중순 초라 어쩔 수 없습니다."

정 팀장은 고개를 숙인 채 지도를 바라보았다. 그는 두 손을 말아 쥐었고 이미 선택을 한 듯보였다.

"김 반장과 타협을 보겠습니다."

그러자 팀원들의 시선이 즉시 그의 입으로 꽂혔다. 충격적인 발언이었다. 속이 검은 김 반장이 배신이라도 하면 모든 일이 끝장날 터였다.

"어쩌시려고요!"

김 대리는 특유의 괴팍한 목소리로 언성을 높였고 한 중사 역시 거슬리는 듯 심각한 표정을 지었다. 배 계장은 예상했다는 듯 손톱을 만지작거렸다.

"답이 없잖습니까? 이미 일은 일대로 벌어졌습니다. 더는 지체할 수도 없고 또 방법도 없습니다."

"김 반장이라고 해서 월북하는 방법을 알고 있을 리가 있습니까?"

"어차피 주사위는 던져졌습니다. 우리에게 남은 시간이 많지 않아요."

일행들은 달리 정 팀장에게 설득할 말이 없었다. 그들 자신도 상황이 얼마나 좋지 않게 흘러 가는지는 잘 알고 있었다. 이미 사건은 강제로 종결되고 있었고 얼마나 철원에서 버틸 수 있을지 알 수 없었다.

"오늘 내로 담판을 지을 테니 그렇게 알고 있으세요. 그리고 김 대리는 계획했던 대로 3일 뒤로 맞춰서 준비하세요."

정 팀장은 짤막하게 말하고 밖으로 나가 전화를 했다. 작전에 대해 이 국장에게 허락을 받을 생각이었다. 예상외로 허락은 쉽게 받을 수 있었다. 지뢰지대에 대한 문제도 어느 정도 해결이 되었다. 지뢰 탐지용 보호화의 프로토 타입이 개발되어 있었고 국정원의 특성상 그런 물품을 구하는 것은 문제가 아니었다. 문제는 김 반장과의 관계였다. 김 반장과 거래를 하려면 그를 옥죌 수 있는 카드가 필요했다. 그러지 않고서야 고양이에게 생선을 맡기는 꼴이었다.

그날 밤, 정 팀장은 김 반장이 사기로 한 저녁을 먹으러 읍내의 허름한 해장국 집에 들렀다. 김 반장은 차를 타고 가는 내내 그에게 시시콜콜한 농담을 던져댔고, 정 팀장은 복잡한 속내를 드러내지 않기 위해 표정 관리에 신경 써야 했다. 김 반장은 뼈다귀 해장국과 수육, 그리고 소주를 시켰다.

"정 반장님, 아까는 미안했습니다."

김 반장은 소주잔을 기울이며 너털웃음을 터뜨렸고 정 팀장은 마지 못해 그것을 받아 들었다. 두 사람은 잔을 부딪친 뒤 한 번에 들이켰다. 김 반장은 총각김치를 우적우적 씹어 먹더니 다시 잔을 기울였다. 정 팀장은 즉시 술병을 들고 그에게 술을 따라주었다.

"정 반장님이 몇 년 되신지는 제가 잘 모르겠는데 전 여기서만 20년 군 생활 했습니다. 이제 만사에 대해 알 만큼 알 시기이고 더는 궁금한 것이 없는 시기이기도 합니다."

그는 두 팔을 상 위에 얹은 뒤 천천히 말을 이었다.

"그런데 제가 왜 아직도 이 짓거리를 하는지 아십니까?"

김 반장은 정 팀장을 똑바로 바라보며 말했고 정 팀장은 고개를 내저었다.

"이게 내 전부이기 때문입니다. 전부…. 난 이것 말고는 할 줄 아는 것이 없어요. 그리고 제일 잘하는 일이기도 하고요. 왜, 그, 난 옛날에 초등학교 도덕 선생이 말한 자아, 그 자아를 찾은 것 같아요. 직업에서 내 자아를 찾은 것 말입니다."

김 반장은 벌써 술이 올랐는지 웃음을 지으며 계속 말했고 정 팀장은 듣고만 있었다. 김 반장은 노련한 사람이었으나 술김에 그의 무절제라는 치명적인 약점을 공개한 것이었다. 정 팀장은 일이 예상외로 쉽게 해결될 거라 믿었다.

"그래서 만족하십니까?"

"그럼요. 얼마나 만족하는데요. 전 이 일이 좋습니다."

분위기는 화기애애했고 김 반장은 자신의 가족사를 말하며 정 팀장과의 공감대를 형성하려고 했다. 계속해서 즐거운 대화 분위기가 지속되었고 김 반장은 끝도 없이 말을 쏟아내었다. 마치 오래된 친구인 듯 두 남자는 서로 사적인 이야기를 주고받았다. 물론 정 팀장의 이야기 대부분은 급조된 것이었고 잘 들어보면 모순되는 이야기도 있었다. 그러나 술기운은 모든 이성적인 작용을 무력화시켰다.

"저 김 반장님… 실은 드릴 말씀이 있습니다."

김 반장은 벌게진 얼굴을 들어 올리며 실눈으로 그를 바라보았다.

"아, 말씀하십시오. 아우님! 뭐가 문젭니까?"

"난 철책을 넘을 겁니다."

정 팀장은 단도직입적으로 말했고 순간 김 반장은 숟가락을 떨어뜨렸다. 오른손에 있는 술잔은 가볍게 미동했고 이내 다시 표정이 환해졌다.

"아, 아우님! 뭔 농담을 이렇게 하신대? 유머감각이 아주 그냥 대단한데?"

"이거 농담 아닙니다. 도와주시겠습니까?"

김 반장은 다시 안색이 변했다. 정 팀장은 김 반장을 똑바로 바라보며 말했다.

"어차피 사건이 종결된다고는 하지만 이건 종결되어서는 안 됩니다. 그리고 만약 저희가 수사 결과를 얻게 된다면 그 자료들을 전부 김 반장님께 드리겠습니다. 이 부분은 약조해 드리죠."

"지금 무슨 소리를 하는 겁니까! 이 사람이 미쳤나!"

김 반장은 인상을 찌푸리며 언성을 높였지만 정 팀장은 한 치의 흔들림도 없었다.

"그리고 지금 헌병대에서 반장님을 노리고 계신 것을 알고 계십니까?"

순간 김 반장은 놀란 듯 딸꾹질을 했고 몸을 뒤로 젖혔다. 정 팀장은 가방에서 이어폰과 휴대폰을 꺼냈고 김 반장에게 건넸다. 김 반장은 정 팀장의 손에 들려 있는 이어폰과 휴대폰을 잠시 노려보더니 낚아채 갔다.

"그 안에 모든 것이 있습니다. 들어보시면 알 겁니다."

김 반장은 이어폰을 귓가에 꽂았고 잠시 뒤 음성 파일이 재생되자 김 반장의 붉게 상기된 얼굴은 더욱 붉어지고 볼살은 흔들리기 시작했다. 이마엔 이미 땀이 송골송골 맺혀 있었고 술잔의 술은 좌우로 심하게 요동쳤다. 파일의 끝 부분이 다가올수록 김 반장의 동요는 더욱 심해졌다. 다 듣고 김 반장은 이어폰을 빼고 정 팀장을 노려보았다.

"이거 모두 사실입니까?"

김 반장의 검은자위가 위로 몰렸고 마치 매의 눈을 보듯 김 반장은 정 팀장을 뚫어져라 쳐다보았다.

"모두 사실입니다."

"어디서 얻은 겁니까?"

"우리 지부가 이곳에 나온 이유이기도 합니다."

"당신 감사요?"

"그런 것과 비슷한 셈이죠."

김 반장은 한숨을 크게 내쉬더니 그를 바라보며 물었다.

"나에게 뭘 해줄 수 있습니까?"

"반장님 20년 군 생활 제가 지켜드리겠습니다."

"무슨 수로?"

"보시면 압니다."

"그 대가로 나의 협조를 원하는 거요?"

"그렇습니다."

"당신들 대체 정체가 뭐요? 그리고 왜 DMZ로 들어가려는 거요?"

"김 반장님, 우린 이제 한 배를 탔습니다. 저흰 오직 이 사건의 진실 그거 하나 때문에 저 안으로 들어가는 겁니다. 더는 말은 필요 없습니다. 내가 없으면 당신은 서서히 죽어갈 것이고 나도 당신이 없으면 아무런 소득 없이 삽질만 하게 될 겁니다."

김 반장은 말없이 자신의 빈 해장국 그릇을 바라보았다. 상부에서 이미 자신에 대한 인사 조처가 준비 중이었다는 것은 어느 정도 촉이 있는 그로서도 상상도 못 한 일이었다. 들은 것이 사실이라면 상부에서 자신을 이번 사건에 관련지어서 쳐낼 것이 분명했다. 김 반장은 이런 정보를 알려준 정 팀장에게 고마웠으나 떨리는 감정을 주체할 수 없었다. 정 팀장과의 거래는 자신의 자리를 위해 악과 거래하는 것과 다름이 없었다. 하지만 혼자만 당할 수 없는 노릇이었다. 자신이 평생을 충성해온 그들이 자신을 좌천시키려 한다는 것은 참을 수 없는 분노를 일으켰다.

김 반장은 한참 동안 빈 그릇을 바라보더니 정 팀장의 잔을 가져왔다. 그런 뒤 잔을 물로 깨끗이 헹구었고 자신의 것도 헹구었다. 내부가 훤히 보이는 소주잔을 정 팀장에게 건넸고 사나운 눈으로 정 팀장을 노려보았다. 김 반장은 마지막 소주병을 따고 조심스럽게 정 팀장의 잔에 소주를 따라주었다. 정 팀장도 마찬가지로 김 반장의 잔을 채워 주었다. 두 남자는 서로의 잔을 한 번씩 바라본 뒤 잔을 맞추었다. 소주는 목젖을 타고 내려갔다. 세상의 그 어느 소주보다 쓴맛이었다. 두 남자는 한동안 서로를 바라본 뒤 해장국 집을 빠져나왔다.

"김 중사 어디 있지?"

한 중사는 수화기를 든 채 사무실 주위를 둘러보았다. 김 대리는 잡지를 편 채 의자에 비스듬히 기대앉아 한 중사를 바라보며 말했다.

"화장실 간 거 아니야?"

그는 코를 후비며 한 중사에게 건성으로 대답했다. 그러자 출입문에서 김 중사가 허겁지겁 들어오며 주위를 두리번거렸다.

"김 중사, 전화 왔어. 연대 통신소대장이라는데?"

김 중사는 즉시 말도 없이 그 전화를 낚아챘다. 마치 흥분한 듯이 그는 극도로 절제된 목소리로 말했다.

"앞으로 이곳으로 전화하지 마. 이딴 식으로 나오면 죽여버릴 거야."

그는 즉시 수화기를 내려놓고 전화를 끊었다. 한 중사는 그의 흥분한 태도를 보며 의아해했고 김 대리 역시 갑작스러운 그의 행동에 잡지를 내려놓고 사무실로 들어가는 그의 뒷모습을 바라보았다.

"뭔 전화인데?"

김 대리는 퉁명스럽게 물었고 한 중사는 깍지를 낀 채 스트레칭을 했다.

"몰라. 연대 통신소대장이래 그냥. 김 중사 좀 바꿔달라고 했어."

"무슨 일 있나?"

"모르지 뭐. 뭐 알 거 있나?"

"저 사람 저래 화내는 거 처음 봤네. 화도 낼 줄 알긴 아나 보네."

김 대리는 졸음이 밀려왔던지 눈을 비비며 벽면의 시계를 바라보았다.

"아직도 그 양반들 술 먹고 있으려나?"

"그렇지 않을까?"

한 중사 역시 피곤한 듯 책상 위에 두 발을 올려놓은 뒤 의자를 뒤로 젖혔다.

"참 생각해 보면 정 팀장도 대단해."

"뭐가?"

김 대리는 일어선 뒤 벽 주위의 액자를 바라보며 말했다.

"승부사 기질이 있는 것 같아. 뭔가 우유부단하기도 한 듯한데… 조용하면서 할 거는 하는 그런 사람 있잖아."

"뭐 그런 것 같기도 하고 난 잘 모르겠어. 솔직히 이야기하면 이번 작전 너무 위험해. 아무리 계약이 계약이라지만 이런 식으로까지 몰아붙일 필요가 있느냐는 말이야."

한 중사는 테니스공을 가볍게 던져 올리며 능청스럽게 말했다.

"오늘 집사람이 전화 왔는데 보고 싶다네."

"그래?"

"언제 오냐고 보채더라고."

"나도 집에 안 들어간 지 꽤 된 것 같네."

"일 끝나면 집에 가서 좀 한숨 푹 자고 싶어. 그리고 일어나면 얼큰한 김치찌개도 먹고 말이야."

"그렇게 되겠지. 그렇게 될 거야…."

김 대리는 벽면에 기대어 천장을 바라보았고 한 중사는 테니스공을 주머니에 집어넣었다. 한동안 침묵이 이어졌고 김 대리가 불을 껐다.

월북 모의

다음 날 아침은 매우 부산했고 김 반장의 태도는 180도 뒤바뀌어 있었다. 이제 더는 숨길 것도 없었으며 숨겨야 할 것도 없었다. 김 반장은 자신의 자아를 위해 협조해야 했고, 정 팀장은 살기 위해 협조해야 했다. 두 남자의 동맹은 신선했고 이전과는 다른 분위기가 조성되었다. 아침 식사 자리에서부터 월북과 관련된 치열한 논쟁이 이어졌고 무언가 실마리를 풀어가는 듯 일은 빠르게 진전되었다. 구멍 난 옷을 수선하듯 계획은 점점 정교해졌다. 김 반장은 적극적이었고 이전과는 달리 능구렁이 같은 술수를 쓰지도 않았다. 정 팀장 역시 마음을 터놓고 이야기하였다.

그러나 그들이 숨겨야 할 마지막 보루에 대해선 모두가 함구했다. 김 반장은 책상 위에 놓인 군사지도를 살펴보며 한 손으로 초소를 가리켰고 다른 한 손은 주머니에 손을 넣은 채 말했다.

"일단 철책을 넘는 건 여기 말고 252 고가초소 근처가 나쁘지 않을 거예요. 물론 지금 잡은 지점도 괜찮긴 한데 중요한 건 252 고가초소 근처는 워낙에 급경사라서 철책 공사가 애초에 부실하게 된 곳이에요. 내가 근무했을 때도 거기는 항상 취약 지점이었는데 몇 번의 보강공사를 거쳐도 장마나 폭설이면 항상 무너졌죠. 아마 여기가 훨씬 나을 겁니다. 게다가 이곳은 급경사 때문에 마의 구간이라 불려요. 마라톤 선수가 와도 페이스가 무너지는 곳이에요. 덕분에 웬만해서는 이곳으로 잘 안 오죠."

김 대리는 고개를 끄덕였다. 그도 급경사 지역의 철책은 감시가 그리 좋은지 안다는 것을 몸으로 알고 있었다. 그 자신도 과거 이런 구역에서는 요령을 부린 기억이 있었기 때문이었다.

"김 반장님의 말이 설득력 있게 들리는군요. 김 대리 생각은 어때요?"

"예, 충분히 가능합니다. 이래저래 거리도 얼마 차이 안 나니 편한 지점으로 들어가는 것이 좋겠죠."

정 팀장은 고개를 끄덕이며 김 반장을 바라보며 물었다.

"철책은 어떻게 넘으실 겁니까?"

"일단 흔적 선을 건드리지 않아야 하니까 철망 위로 넘어갈 수밖에 없네요."

"둥근 모양 철조망에 걸릴 텐데 어떻게 넘어간다는 말입니까?"

"철조망을 건드리지 말고 그 위로 올라가야 한다는 겁니다."

"날개라도 있으면 모르겠는데 어떻게 올라간다는 건가요?"

정 팀장은 집요하게 물었다. 김 반장의 협조가 필요한 이유는 이 대목이었기 때문이었다. 그들에게 필요한 것은 창의성과 노련미였다. 김 반장은 적임자였다.

"일단 이건 좀 장비가 필요한데… 그 영화 할 때 스턴트 하는 장비 있죠? 그거면 됩니다. 한 70kg 정도의 무게 정도는 거뜬히 버틸 겁니다."

"잠깐, 잠깐, 무슨 말이죠? 구체적으로 좀 말해주실 수 있나요?"

"그러니까 이렇게 생긴 긴 철골 구조물 끝에 선을 매단 다음에 전동기를 돌려서 선을 감으면 사람을 들어 올릴 수 있죠. 그걸 앞으로 조금만 미는 겁니다. 그럼 철조망에 안 닿고 2단 철망을 넘어갈 수 있겠죠."

김 반장은 손을 휘저으며 열심히 설명했고 정 팀장은 무릎을 탁 치며 '이것이야!'라고 생각했다. 높이만 충분하다면 몇 명이고 넘길 수 있는 장비였다.

"거기 CCTV 사각 지점인가요?"

"예, 애초에 전선이 못 들어오는 곳이라서 안 됩니다."

"소음은 클까요?"

"글쎄요… 잘 모르겠네요."

"해 보신 거 아닙니까?"

"뭘 해 봅니까?"

정 팀장은 김 반장이 이 장비에 대해 많은 것을 알고 있다고 생각했다. 그러나 정 팀장이 들은 대답은 예상 이외의 것이었다.

"아뇨, 전 한 번도 해 본 적 없습니다."

"그럼 어떻게 이런 생각을 하신 겁니까?"

"당연한 거 아닙니까? 무슨 수로 넘어가려고 했어요? 이것밖에 더 있나?"

"그럼 이 장비는 존재하지 않는 겁니까?"

"당연하죠. 스튜디오나 가야 있겠죠. 훨씬 큰 걸로."

정 팀장은 눈을 감았고 고개를 숙였다. 마치 말장난을 들은 듯 그는 주먹을 말아 쥐었다. 김 반장은 정 팀장의 눈치를 보며 말을 아꼈다.

"이런 장비를 3일 안에 만들 수 있을까요?"

"뭐, 철공소 같은 데 가면 금방 만들지도 모르겠네요. 돈만 있다면야 오늘 내로 가능할 텐데…."

"돈은 걱정하지 마세요. 무슨 수가 있어도 그걸 만들어야 합니다. 가능합니까?"

"네, 뭐, 돈만 있다면야…."

김 반장은 당연하다는 듯 소파를 쓰다듬으며 말했고 정 팀장은 안도의 한숨을 내쉬었다. 그가 된다고 한다면 정말 된다는 것이었고 더는 왈가왈부할 일은 없었다. 다행히도 일은 궤도에 올라가는 듯 보였다.

"그런데 그거 무게가 꽤 될 텐데 어떻게 옮기실 겁니까?"

정 팀장의 말에 순간 분위기는 냉수를 끼얹은 듯 조용해졌다. 모로 가도 서울로만 가면 상관없다는 식이었지만 현실에 닿는 순간 그것은 치명적인 실수이자 약점이었다. 아무리 좋은 장비라도 수백kg에 달하는 무게를 지닌다면 아무 소용없는 고철에 불과했다.

"음… 그 부분을 생각 못 했네…."

김 반장은 말꼬리를 흐리며 헛기침을 했고 정 팀장의 시선을 회피했다.

"이거 참 난감하네."

김 대리는 머리를 긁적이며 종이에 여러 도형을 그려 보았다. 그러나 뾰족한 수가 없는 듯 펜대만 계속해서 굴렸다. 그러자 누워서 팔뚝으로 눈을 가리고 있던 배 계장이 흘러내리는 목소리로 말했다.

"뭐, 뻔하지. 김 반장님이 철책에 같이 가셔야겠네."

순간 김 반장은 화들짝 놀란 듯 몸을 잽싸게 돌려 배 계장을 처다보았다.

"뭔 소리야, 시방? 내가 왜 철책을 가누?"

김 반장은 얼마나 당황했는지 입에서 사투리가 튀어나왔지만 정 팀장은 배 계장의 말이 일리 있다고 생각했다. 장정 다섯 명에서 여섯 명이면 아무리 무겁다고 해도 들지 못할 것은 아니었다. 만약 부품대로 해체해서 가면 가능할 법도 한 이야기였다. 박격포가 30kg이 넘는 것을 고려하면 그리 무거운 것도 아니었다.

"김 반장님, 같이 가셔야 할 것 같습니다. 반장님도 가면 무게가 분산

될 겁니다. 그리고 혹시 한 명 더 가능합니까?"

"그 새낀 안 돼요. 그리고 난 갈 생각 없어요."

김 반장은 인상을 잔뜩 찌푸리며 특유의 영감 고집이 발동한 듯했다. 내키지 않으면 절대 건들지 않는 그의 독불장군 스타일은 어디서나 주책이었다.

"협조해 주십시오. 이것도 어디까지나 서로 돕는 것의 일부고 전 반장님 없이 이 일 성공하지 못할 겁니다."

정 팀장은 김 반장의 감정을 자극했고 어느 정도 책임이 있다는 듯이 말했다. 김 반장과 한 약조도 있었지만, 이것만큼 확실한 것은 없었다. 공범이 된다는 것은 완벽히 피를 섞는 것과도 같았다. 또한, 철수도 분명 고려해야 할 일이었기에 김 반장은 안내자로서, 엔지니어로서, 해결사로서 반드시 필요한 존재였다. 정 팀장은 애초에 이러한 김 반장의 능력을 알아보았다. 배 계장은 속으로 크게 웃었다. 기고만장하던 천하의 김 반장이 이젠 목에 밧줄이 걸린 신세가 되어 버렸으니 웃을 일이었다. 그는 김 반장은 정 팀장의 제안을 거부할 수도 없는 노릇이었기에 더는 벗어날 수 없는 함정에 걸렸다고 생각했다.

사실 헌병대장의 육성이 녹음된 파일을 입수한 것은 발이 넓은 기무사 김 과장의 도움이 컸다. 그에게 도청은 일도 아니었고 이 국장으로부터 사단에서 수사를 강제 종결시켰다는 말을 듣자마자 그다음 순서를 예상했기 때문이었다. 헌병대장의 성격상 살생부를 만드는 것은 필연적이었고, 김 과장은 그들의 생리를 누구보다도 잘 알고 있었다. 우연히 않은 사건 종결의 시도가 정 팀장에겐 기회가 되었다. 덕분에 최대의 적이었던 김 반장을 옭아맬 수 있었기 때문이었다.

한동안 김 반장은 아무 말도 없이 정 팀장을 노려 보았고 정 팀장은 무표정한 모습으로 그를 응시했다. 나머지는 김 반장에게 결단을 촉구하는 말을 한마디씩 했고 김 반장은 고뇌하는 모습을 보였다. 다른 카드는 없었다. 그간 겪어본 정 팀장은 철두철미한 자였고 김 반장이 이 제안을 거부해 버린다면 그다음 순서가 어떨지는 충분히 예상되는 바였다.

설사 자신이 이들의 월북 행위를 밀고한다고 하여도 만약 자신이 참여하지 않는다면 그들은 절대 움직이지 않을 것이라는 사실을 누구보다 잘 알고 있었다. 또한, 자신의 인사 문제까지 거론하며 헌병대장의 전화 통화를 도청할 수 있는 능력의 소유자들이었기에 더욱 그러했다. 인사 문제가 해결되지 않는 한 그가 자신의 직함을 유지하는 것은 불가했다. 지금으로서는 믿을 것이 이들의 제안밖에는 없었다. 그렇기에 그들을 밀고한다는 것은 애초에 불가능한 일이었다. 김 반장에게 선택권이란 없었다. 모든 것은 정 팀장의 각본이었고 돌아가기엔 너무 멀리 온 것이었다.

"반장님, 하셔야 합니다. 그렇지 않으면 실패합니다. 그럼 저희도 반장님을 못 도와드립니다."

김 반장의 고뇌하는 표정이 계속되었으나 이내 고개를 살며시 끄덕인 채 자리에 주저앉았다. 김 반장은 복잡한 속내를 숨길 수 없었다.

"감사합니다. 그럼 김 중사도 가는 것으로 알겠습니다."

눈을 손으로 가리고 있던 김 반장은 손을 떼며 말했다.

"그 새낀 안 됩니다. 젊은 놈 인생 망치는 거 원하지 않아요."

"누구의 인생도 망하지 않습니다. 내가 죽으면 여러분 다 죽습니다. 그런데 내일은 몰라도 오늘은 죽지 않을 겁니다."

정 팀장은 김 반장을 안심시키는 투로 말했다.

"아무튼, 김 중사는 빼줘요. 그놈은 그릇도 안 되고 이런 일에 연루돼서 인생 버리는 거 선배로서 보고 싶지 않아요."

김 반장은 어떻게 해서든지 김 중사는 빼고 싶었으나 정 팀장은 한 명이라도 절실한 시점이었다.

"철책까지만이라도 도와주세요. 어차피 김 반장님이나 김 중사나 안으로 안 들어갑니다. 발각 돼도 저희가 뒤집어쓰지 반장님은 절대로 피해당하지 않을 겁니다. 넘어가는 것만 도와주세요. 제가 원하는 것은 그게 답니다. 많은 것을 요구하는 것이 아닙니다. 이해해 주세요."

김 반장은 말 그대로 모든 것을 빼앗기고 있었다. 완벽한 포커페이스는 사라지고 약탈당하는 마을의 노인네만 남은 꼴이었다. 있는 대로 그는 전부 빼앗기고 김 중사마저도 빼앗길 판이었다. 김 반장은 이것이 아니라고 생각했지만 너무 늦게 깨달았다. 그는 자신이 저지른 일에 대해 후회하였다.

"실패할 수 없습니다. 제발 도와주세요."

정 팀장은 고개를 숙여 진심 어린 목소리로 말했고 김 반장은 어쩔 줄 몰라 했다. 수사과의 반장 한 명이 민망할 정도로 자신에게 예를 갖추는 모습을 보자 그로서는 예상치 못한 반격을 받은 것이나 마찬가지였다. 그의 성격상 이런 일을 거부할 수도 없는 노릇이었다. 뒷말을 할지언정 앞에서는 어쩔 수 없었다. 김 반장은 정 팀장의 요구를 들어줄수밖에 없었다.

"알겠습니다. 그럼 반장님은 철공소로 가시고 나머지는 물품을 준비하세요. 전 서울지부에서 지뢰탐지기를 받아오겠습니다."

네 명의 남자들은 방을 나가 서로의 방향으로 향했고 오직 배 계장만이 소파에 누워 그들이 올려놓고 간 문서들을 한 장 한 장 넘겨보았다. 배 계장도 나름 이번 작전에 대해 생각이 많았다. 작전에서 다른 것은 문제 될 것이 없었으나 김 반장이 그 기계를 제시간에 만들어 올 수 있느냐가 최대의 관심사였다. 하지만 그것은 자신이 어찌할 수 있는 문제가 아니었다. 배 계장이 제일 궁금한 것은 작전이 잘 진행될 것인가가 아닌 대통령조사위가 그 안에서 무엇을 하고 있을까에 대한 것이었다. 그들은 DMZ 안으로 들어간 지 꽤 오랜 시간이 흐른 뒤였다. 분명 이상한 노릇이었다. 그들은 무엇을 하고 있으며 왜 거기 있는지에 대해 알아내는 것이 그의 최대 목표였다.

발자국 찾기

김 실장은 찻잔을 든 채 입을 살짝 갖다 대었고 연대장 역시 반대편에서 미소를 머금은 채 찻잔을 들어 올렸다. 다도를 즐기듯 두 남자는 테이블을 사이에 두고 한동안 차를 음미했다. 김 실장은 다른 손으로 검은 넥타이를 한 번 고쳐 맨 뒤 말을 이었다.

"지금까지 말씀드린 내용에 대해서는 충분히 이해하셨으리라고 생각합니다. 저도 연대장님께서 말씀하신 내용에 대해 이해하고 있으니까요."

"충분히 이해합니다."

"일단 연대에서 관련된 모든 내용을 삭제하고 함구해 주셔야 합니다. 대대에서는 이미 조치가 거의 완료된 상태이고, 나머지는 연대 통합시스템에 올라간 보고 및 메모의 내용을 모두 없애주셔야 합니다. 모두 연대장님 권한으로 해 주셔야 합니다. 이미 사단 쪽에서도 이번 사건에 관련된 모든 내사를 종결시켰습니다. 이 정도 부탁이야 아무것도 아니라고 생각합니다."

연대장은 말을 흐리며 아까와는 달리 차분한 목소리로 말을 이었다.

"제가 그런 일을 한다면 월권행위 아니겠습니까? 아시다시피 이건 공문서 조작이고 위증까지 하게 되는 문제 아닙니까?"

김 실장은 잠시 찻잔을 내려놓은 뒤 연대장의 두 눈을 직시하며 말했다.

"이미 사단 쪽에서도 같이 일이 진행 중입니다. 이건 다른 방법으로서의 애국이고 또한 충정의 길입니다. 이 일이 자칫 잘못되면 제2의 연평도, 제3의 천안함 사건이 일어나지 말라는 법 없습니다. 그렇게 된다면 연대장님께선 그 어깨에 달린 견장의 무게를 이겨낼 수 있다고 생각하십니까? 책임의 무게란 것은 어디까지나 본인이 감내해야 할 부분입니다. 전 연대장님께서 그러한 상황까지 번지는 것을 원하지 않을 것으로 생각하십니다. 이런 극단적 예시는 그만큼 사안이 심각하다는 겁니다. 이미 연대장님께서도 알고 계시지 않습니까?"

"이건 군인이 할 일이 아닙니다. 난 군인이지 정보원이 아닙니다. 이런 파렴치한 행위는 절대 용납할 수 없습니다. 이건 직접 상부로 보고하겠습니다. 더는 당신과 나눌 말이 없는 것 같군요."

연대장은 즉시 테이블 위의 문서를 챙긴 뒤 일어났고 좌측의 문으로 걸어갔다. 김 실장은 소파에 기댄 채 고개를 위로 젖히고 나지막이 말했다.

"대웅물산."

그의 입에서 한 단어가 튀어나오자 연대장은 손으로 잡았던 문고리를 다시 놓았다.

"전 연대장님께서 군인 생활을 오래 하시길 바랍니다. 방산 물자 입찰 비리는 제가 알기로 최소 파면이 기본이라고 들었습니다."

연대장은 서서히 고개를 돌려 김 실장을 노려보았다.

"그건… 헛소리야! 모함이었어!"

"누구나 그렇게 이야기합니다. 하지만 숫자가 거짓말하는 것을 본 적이 없고 회계상의 장부가 거짓말을 한다는 것은 회계사가 마법을 부렸다는 말밖에 통하지 않습니다. 전 아무 일도 일으키지 않을 겁니다. 다만 모든 행위의 시작은 연대장님의 손에 달린 것뿐입니다. 긴말 하지 않겠습니다."

김 실장은 천천히 일어나 주머니에 두 손을 넣고 문 앞으로 걸어갔다. 두 남자는 문 앞에서 아주 가깝게 마주 보고 있었다.

"차, 잘 마셨습니다. 다도를 아시는 분이라면 분명 현명한 선택을 하는 법도 아실 것이라고 믿습니다."

김 실장은 연대장을 한 번 훑어보더니 옅은 미소를 짓고 문을 나섰다. 연대장은 모멸감을 느꼈으나 상대의 신분적 지위는 괄시할 만한 것이 아니었다. 청와대라는 무언의 압력은 모든 것을 가능케 했다. 연대장실을 빠져나온 김 실장은 크게 숨을 들이 내쉬며 은색 SUV에 올라탔다. 차의 운전석에서 고개를 숙인 채 눈을 감고 자신의 머릿속에 다음 일을 떠올렸다. 이젠 내부자들에 대한 압박은 어느 정도 마무리된 것이었고 조만간 기무대와 헌병대에도 압력이 전해질 것이 분명했다. 소기의 목적은 충분히 이루었으나 아직 이 국장의 개들을 발견한 것은 아니었다. 하지만 분명 어느 정도 일이 쉽게 풀리리라는 것은 확실했다.

정 팀장은 전과 같은 장소에서 같은 인물에게 지뢰탐지화를 받았고, 김 반장은 철공소에서 용접하며 하루를 보냈다. 김 대리와 한 중사는 필요한 물품을 구매했고, 배 계장은 사무실 소파에 누워 한가로이 잠을 잤다. 일은 꽤 순조롭게 진행되었고 늦은 밤 그들이 한곳에 모였을 때 대부분이 끝나 있었다. 가장 먼저 읍내에서 돌아온 김 대리와 한 중사는 그들이 사 온 족발을 늘어놓았다. 배 계장은 인기척이 들리자 눈을 비비고 일어나 그들과 함께 족발을 즐겼다. 뒤이어 온 정 팀장은 자신의 차에 검은색 가방들을 한가득 싣고 왔고 그것들을 가지고 오느라 이마에 땀이 송골송골 맺혔다. 김 대리는 정 팀장이 문을 열자마자 젓가락을 내려놓고 그의 짐을 받아 들었다.

"아, 뭔 짐이 이렇게 많다요?"

정 팀장은 가방을 내려놓고 물건을 가리키며 말했다.

"지뢰탐지화입니다. 총 네 가방이고 자신의 발 치수에 맞게 제작된 겁니다."

김 대리는 눈이 휘둥그레진 채 정 팀장을 바라보았다.

"원래 저랑 배 계장이랑 팀장님, 이렇게 셋이서 가는 것 아니었습니까?"

"맞아요."

"그런데 네 개네요?"

"한 명 더 올 겁니다."

"김 반장은 안 간다고 했잖아요."

"곧 알게 될 겁니다."

김 대리는 누가 같이 가는지 궁금해했으나 정 팀장은 더는 말해 주려 하지 않았다. 어차피 후에 알게 될 것이었기 때문에 캐묻지 않기로 김 대리는 마음먹었다. 뒤이어 연 가방 내부에는 난생처음 보는 신발 두 짝이 있었고 언뜻 봐도 무거워 보이는 것이었다. 발 앞부분에는 둥그런 원판이 달려 있었고, 마치 뻥튀기를 신발에 달고 다니는 듯한 기이한 모양이었다. 그는 검정 스티로폼으로 포장되어 있는 신발을 꺼낸 뒤 이리저리 살펴보았다.

"지뢰탐지화라고 했죠? 이거 정말 지뢰를 탐지합니까?"

"저도 잘 모르겠는데 그렇다고 하더군요."

정 팀장은 가방을 정리하며 말했다. 한 중사도 신기한지 김 대리가 꺼낸 한 짝의 다른 한 짝을 가방에서 꺼내 이리저리 훑어보았다. 배 계장은 관심 없다는 듯 족발을 열심히 먹고 있었다.

"이야! 이게 지뢰 탐지가 가능하다면 정말 대단할 것 같긴 한데⋯. 근데 좀 무겁네요."

"착용하면 생각보다 무겁진 않습니다. 일반 지뢰탐지기에 비하면 말이죠. 탐지 반경도 나름 괜찮은 편이고요. 그거 일단 한번 신어 보세요. 김 대리님 치수일 겁니다."

김 대리는 신기한 듯 지뢰탐지화에 오른발을 넣었다. 그런 뒤 속주머니에 있던 은색 라이터를 바닥에 집어 던졌다. 그는 마치 어린아이처럼 신발 한 짝을 질질 끌며 지뢰탐지화를 라이터 근처에 갖다 대었다. 대략 10㎝ 정도의 차이가 나자 신발에서 소리가 울렸다.

"이거 물건인데? 그런데 만약 밟는 지점 바로 거기에 지뢰가 있으면 어떻게 합니까?"

김 대리는 신발을 바라보며 물었다.

"한번 신발을 더 위로 올려 보세요. 그럼 아실 겁니다."

신기하게도 신발을 올리자마자 30㎝ 정도의 위에서는 소리가 더 요란하게 들렸다.

"대단한데? 절대 안 밟겠습니다. 그런데 이거 소리가 커서 어떻게 합니까?"

정 팀장은 가방의 뒷부분을 가리켰다.

"아, 이런 것이 있었구나!"

김 대리는 덮개 뒷면의 부수 기재들을 꺼냈다. 그곳에는 이어폰과 배터리가 있었다. 언뜻 봐도 신발에서 연결된 선으로 허벅지에 배터리를 장착하고 걷는 것이었다. 그리고 배터리부터 귀까지 이어폰으로 연결할 수 있는 것으로 보아 소음 문제는 완전히 해결된 것이었다.

"이거 완전 물건이네, 물건!"

김 대리는 신기해하며 신발을 이리저리 훑어보았고 한 중사는 가방을 한 번 본 뒤 다시 고기를 입에 넣었다.

"팀장님도 드시죠. 이거 정말 맛있습니다. 웬만해서 이런 동네에 족발 잘하는 집 없는 것 같은데 어디나 맛집은 있더군요."

김 대리는 정 팀장에게 족발을 권했고 정 팀장은 가방을 마저 정리한 뒤 소파에 앉았다. 그가 젓가락을 들자 땀에 흠뻑 젖은 김 반장이 문을 열고 들어왔다. 뒤에는 김 중사가 초췌한 표정으로 따라 들어왔다.

"고생하셨습니다."

정 팀장은 바로 일어나 김 반장을 맞이했고 김 반장은 고개를 끄덕이 며 알았다는 표시를 했다. 그는 갈증이 났는지 계속해서 인상을 쓰며 김 중사에게 물을 마시는 시늉을 해 보였다. 그 즉시 한 중사는 물 한 컵과 콜라 한 컵을 그에게 주었다. 김 반장은 지체할 것 없이 들이켰고 김 중사도 목이 말랐던지 물을 벌컥벌컥 들이켰다. 두 남자는 마치 길 한복판에서 노숙하고 왔다 해도 믿을 만큼 피곤함에 절어 있었다. 보는 사람도 그들의 피곤함을 느낄 정도로 그들은 초췌했다.

"완성하셨습니까?"

정 팀장은 조심스럽게 물었고 김 반장은 테이블 양 끝을 잡은 채로 연신 고개를 끄덕였다. 그런 뒤 숨을 크게 들이 내쉬고 이맛살을 추어 올렸다.

"에효… 내 이거 원, 이 나이 먹고 이런 일까지 하는 건 참…"

"고생하셨습니다."

"일단 다들 나와 봐요."

김 반장은 밖으로 그들을 불러내었고 사무실 연병장에는 대략 3m 높이의 철골과 사각형의 전동기가 있었다.

"저겁니까?"

정 팀장은 손가락으로 물건을 가리키며 말했다. 김 반장은 고개를 끄덕였고 즉시 내려가 전동기 위에 철골을 꽂기 시작했다. 김 중사는 나머지 철골을 연결했고 마지막 철골 끝에 붙어 있던 선을 내렸다. 그런 뒤 자신의 몸을 빡빡하게 묶었다. 그러자 김 반장은 전동기 끝에 달린 손잡이를 잡아당겼다. 잠시 후 김 중사의 몸은 허공에 떴고 김 반장이 손잡이를 앞으로 밀자 철골의 각도도 낮아지며 김 중사는 대략 3m 앞으로 이동했다. 정 팀장은 이 광경을 보며 마치 서커스를 보는 듯한 착각에 빠졌다. 이것은 3단 철망을 넘는 가장 확실한 방법이었다. 소음이 문제이긴 하였으나 안전하게 넘어간다는 점에서 비할 바가 아니었다. 정말 김 중사는 철망 높이를 털끝 하나 건들지 않고 무사히 이동했다. 그는 자신도 모르게 손뼉을 쳤고 덩달아 다른 인원들도 손뼉을 쳤다. 잠시 뒤 김 반장은 구조물을 해체했고 다시 사무실로 들어갔다.

"저거 몇kg이나 합니까? 사람이 들 수 있겠습니까?"

"처음엔 많이 나갈 줄 알았는데 200kg 정도밖에 안 됩니다. 전동기가 좀 무거워서 그렇지 철골 자체는 50kg도 안 해요."

"그럼 나머지 150kg이 전동기 무게란 말씀인가요?"

"네, 연료 포함이죠. 휘발유 만땅으로 넣을 때 무게입니다."

"분해는 가능합니까?"

"해 봐야 알 텐데 아마 가능할 겁니다."

"일단 이동은 가능하다는 건 확실하잖습니까?"

"그렇죠. 가능합니다. 다만 엄청난 체력 소모가 예상될 뿐이죠."

정 팀장은 안도의 한숨을 내쉬었다. 이로써 모든 준비가 끝난 것이었다. 보존 식품과 기타 캠핑 장비까지 모두 이상이 없었고 지뢰탐지화와 월책 도구도 완성되었기 때문이었다. 이제 남은 것은 남은 이틀을 기다리는 것이었다. 이젠 첩보와 기상이 생명이었다. 정 팀장은 그것을 누구보다 잘 알고 있었고 배 계장 역시 그것을 중점적으로 살폈다. 이미 대대 내부에 대해 대부분의 첩보를 파악한 상태였고, 기상청의 인맥을 통해 이틀 후의 날씨 데이터를 직접 받아 볼 수 있었다. 배 계장이 기상학에도 능통했다는 것은 나중에 안 일이었지만 그는 정말 다재다능했다. 그의 말대로라면 이틀 뒤엔 분명 천둥·번개를 동반한 폭우가 몰아칠 것이 확실했다. 침투할 날의 기상으로선 최상 날씨였다. 게다가 무 월광 취약 시기였기에 침투조를 발견한다는 것은 사실상 맨눈으로 보지 않는 한 불가능했다.

정 팀장은 하늘이 자신을 돕는다고 생각했고 일이 순조로운 것에 안도했다. 재수가 없어서 빗물에 유실되는 지뢰를 밟지만 않는다면 작전을 예정대로 진행할 수 있었다. 김 반장 역시 이 일의 일부가 된 듯 열성적으로 토론했고 가끔은 정 팀장에게 훈수를 두기도 했다. 정 팀장은 속으로는 아니꼬웠지만 그래도 받아들이는 척했다. 김 반장의 성격을 너무나도 잘 알기에 그와의 불필요한 마찰은 절대 있어서는 안 되었다.

배 계장의 첩보 능력은 작전 하루 전부터 다른 팀원들을 놀라게 했고 그가 밝혀낸 사실들은 꽤 정확한 것들이었다. 이미 순찰 편성표를 확보한 상태였고 그는 순찰 간부의 신상을 비롯해 지금까지 이동했던 동선까지 점검해 놓은 상태였다. 확률상 다음 날 순찰자가 침투 지점에 올 확률은 20%도 되지 않았다. 이를 듣고 있던 김 대리는 그래도 혹시 모를 사태에 대비해 총기와 탄을 휴대해야 한다고 계속 주장했다. 정 팀장도 김 대리의 말에 반대하지 않았다. 총기를 휴대함으로써 생기는 위험성을 감수하고서라도 우발 상황에 대해 대비해야 한다는 생각이 정 팀장의 머릿속에 자리 잡고 있었다. 그는 자신의 베레타와 권총 탄을 휴대하기로 마음먹었다.

작전 날의 해는 배 계장의 말대로 자취를 감추었다. 대신 먹구름이 잔뜩 끼었고 약간의 빗방울들이 떨어졌다. 그의 말대로라면 폭우는 오후 2시부터 다음날 점심까지 계속될 것이었다. 바람도 기상도에 나타난 그대로였고 나머지 풍속이나 구름의 양으로 보아 반드시 폭우가 올 것이 확실했다. 정 팀장은 마지막으로 장비들을 점검했고 한 중사와 김 대리는 나머지 인원들의 짐들을 싸주었다. 김 반장은 크레인의 연료를 마지막으로 주입하였고 구조물들의 상태를 확인했다. 점심때가 지나도록 남자들은 각자 맡은 곳에서 점검을 계속하였다. 그들의 점검은 18시까지 계속되었고 그동안 배 계장은 헌병대의 주간 업무를 혼자서 모두 처리해 두었다. 그들은 마지막 식사를 하며 결의를 다졌다.

"자, 자, 다들 한 잔씩 마십시다!"

김 대리는 흥에 겨운 듯 종이컵을 한 개씩 나누어 주었고 새 소주를 꺼내 한 컵씩 부었다. 곧 잔들이 가득 찼고 그들은 서로의 잔을 바라보았다.

"낙오자 없이, 그리고 죽는 사람 없이, 건배!"

김 대리의 우렁찬 목소리가 울려 퍼지며 그들은 소주를 마셨다. 소주가 넘어가는 동안 다들 깊은 생각에 잠겼다. 어쩌면 이것이 마지막일지도 모르는 일이었고 아니면 기회가 될지도 모르는 법이었다.

"출발 시각은 예정대로인가?"

정 팀장은 배 계장을 보며 물었다.

"예, 이상 없이 22시입니다. 중간에 일만 없다면 목표 지점까지 두 시간 안으로 도착 가능할 겁니다."

"낙뢰 가능성은?"

"70%입니다."

"그렇군."

정 팀장은 다시 숟가락을 들었고 김 대리는 궁금하다는 표정으로 정 팀장을 바라보았다.

"그, 네 번째 신발은 어떻게 하실 겁니까?"

그의 말이 끝나기 무섭게 밖에서 한 대의 차량이 들어오는 소리가 들렸고, 얼마 뒤엔 차 문이 닫히는 소리가 들렸다. 정 팀장은 김 대리를 바라보며 말했다.

"이제 왔네요."

정 팀장이 문을 열자 밖에는 비를 맞은 중위 한 명이 들어왔다. 그는 가볍게 경례를 받았고 뒤이어 의자에 앉았다. 그도 차를 타기 전에 비를 많이 맞았는지 베레모를 쥐어짜자 걸레를 빨듯 물이 쏟아졌다.

"예, 최대환 중위입니다. 반갑습니다."

최 중위는 일일이 사무실 내부 사람들과 악수를 했고 정 팀장은 그를 보며 눈치를 주었다. 그러자 그는 조용히 자리에 앉았다. 김 반장은 매서운 눈으로 그를 바라보았고 무언가 이상한 느낌을 느꼈다. 이십 대 후반의 남자였고 분명 헌병대와는 거리가 있는 사람처럼 보였다. 그는 즉시 통성명을 했다.

"전 10사단 헌병대 수사과장입니다."

"예, 전 미 8군 소속 헌병지원과장입니다."

최 중위는 정 팀장과 입을 맞춘 대로 각본을 성실이 읊었다. 일단 김 반장은 그의 말에 딱히 이상한 점을 느껴진 못했으나 꺼림칙한 구석은 반드시 있었다.

"아, 과장님께서도 이 일에 관련되신 겁니까?"

김 반장은 특유의 기능을 발동하여 최 중위에게 유도신문을 시작했다. 최 중위는 김 반장에 대해 익히 들어 알고 있었고 그의 싸구려 기법에 넘어갈 사람이 아니었다. 최 중위는 재치 있게 김 반장의 유도신문을 피해갔다.

"일단 앉으시죠."

정 팀장은 최 중위를 소파로 안내했고 김 반장은 최 중위를 유심히 쳐다보았다. 정 팀장이 말문을 열었다.

"최 중위님께서는 이번 작전에서 전기 부분을 담당하실 겁니다. 투입 시에 좌선 끝 부분에서 철책의 모든 전력을 차단하시는 겁니다. 시간은 대략 20분 정도이며 낙뢰를 가장한 전력 차단이 될 겁니다."

김 반장은 이제야 이해가 된 듯 고개를 끄덕였으나 헌병지원과장이 여기까지 파견을 오고 전기 기술자도 아닌 사람이 이번 일에 투입된다는 것이 미심쩍었다.

"과장님께서는 들어가십니까?"

"그렇습니다."

"전력 차단만 하시는 것 아닙니까?"

"제가 가장 늦게 들어갈 겁니다. 여러분이 안전하게 철책을 넘어간 이후 마지막으로 투입될 겁니다."

마치 해결사를 보듯 그의 말은 간결했으며 교관을 앞에 두고 있는 듯한 느낌이었다. 김 반장은 그의 말을 들으면 들을수록 내면에서 울려 퍼지는 의심의 목소리는 점점 짙어졌다. 그러나 작전을 앞두고 대놓고 의심할 수도 없는 노릇이었다. 이미 너무 멀리 와 버렸고 그들이 어째서 이번 일에 관심을 두는지를 안다는 것은 멍청한 일이었다. 그는 자신의 인사 문제만 신경 쓰면 그만이었다. 내 코가 석 자인 상황에서 오지랖을 넓게 부린다는 것은 현명하지 못했다.

"최 중위님은 저기 저 신발 한번 신어보시고 치수 맞는지 확인해 보세요."

정 팀장은 신발을 가리키며 말했고 최 중위는 신발을 신으러 갔다.

김 반장은 정 팀장에게 속삭이듯 말했고 두 남자는 김 반장의 방으로 들어갔다. 문을 닫자마자 김 반장은 정 팀장을 바라보며 말했다.

"저 사람은 계획에 없지 않았습니까?"

"본부에선 우리를 신뢰하지 않습니다. 그는 감시자요."

"이 일을 합법적으로 진행하고 있는 거요? 난 무엇이 맞고 무엇이 틀린 건지 이제 분간조차 안 갑니다. 도대체 당신들은 왜 무엇 때문에 이 일에 이렇게 집착하는 겁니까?"

"김 반장님, 거의 다 왔습니다. 이제 내일 밤이면 다 끝나요. 왜 갑자기 이렇게 나오시는 겁니까?"

"당신들은 베일투성이야! 난 일이 진행될수록 자네들을 믿지 못하겠어! 도대체 정체가 뭐야? 정말 헌병 소속 맞는 거야?"

"진정하세요. 이미 반장님도 우리는 한배를 탔습니다. 저희를 의심해보았자 소득이 될 것은 아무것도 없습니다. 그리고 인사 문제도 아직 해결이 안 되었습니다. 남은 군 생활을 고려해서라도 이번 일에 협조하는 것이 좋지 않겠습니까? 전 반장님께 섭섭하지 않게 해드릴 겁니다."

김 반장은 인사 문제를 거론하는 정 팀장을 노려보았지만 그렇다고 복잡한 속내를 드러낼 수 없었다. 자신이 이번 인사 문제의 표적이 된다면 터줏대감 노릇은 고사하고 사단 내에서 개차반이 되는 것은 시간문제였다. 이 세계가 그러했다. 오직 힘 있는 자만이 대접받는 곳이었고 별 볼 일 없는 자에겐 멸시와 무시가 뒤따랐다. 만약 이번 인사가 단행된다면 그것은 징계성 인사 조처가 분명했고 복귀란 쉽지 않을 것이었다. 김 반장은 절대 그것을 원치 않았다. 자신의 평생을 바친 일터에서 비겁한 패배자로 낙인찍히는 것은 목숨을 잃는 것만큼 치명적이었다.

"김 반장님, 거의 다 왔습니다. 인제 와서 사소한 일로 일을 그르치지 마십시오. 최 중위 저 사람은 저랑 잘 아는 사이입니다. 뒤통수치거나 그럴 사람 아니니까 걱정하지 마세요. 내일 일에만 집중하세요. 그걸로 된 겁니다."

"나도 압니다. 나도 알아요."

"그럼 뭐가 문젭니까?"

김 반장은 정 팀장을 신뢰할 수 없었다. 이것은 필요에 의한 동맹이었지 절대로 의기투합에 의한 동맹이 아니었다. 오히려 연맹과 연합이라고도 부르기 어려울 정도의 낮은 수준의 것이었다. 김 반장은 그만큼 타인에 대한 의구심이 많은 사람이었다. 자칫 잘못하면 그들이 자신에게 위해를 가할 수도 있다는 사실을 충분히 알고 있었다. 그의 근원적 공포는 무방비 상태에서의 기습에 있었다. 그가 이미 그것을 알아차렸을 때는 자신이 가진 카드가 얼마 남지 않았다는 것을 안 후였다.

"나랑 약속 한 가지 합시다."

"네, 뭡니까?"

"분명히 이 일이 잘 넘어간다면 나도 이기고 당신도 이기는 거요. 하지만 내가 만약 이 일로 인해 더 큰 문제가 생긴다면 당신을 가만두지 않을 거요! 다시는 이 세상에서 햇빛을 못 보게 해줄 거란 말이오! 알아듣겠습니까?"

김 반장은 정 팀장을 노려보며 말했고, 정 팀장은 굳은 표정으로 고개를 끄덕였다.

"난 실패하지 않습니다. 설사 일이 잘못돼도 우리 선에서 자르겠소. 나도 일이 커지는 것은 원하지 않습니다."

"실패해선 안 됩니다. 무조건 성공해야 합니다."

정 팀장은 자리에서 일어나 문을 나섰고 김 반장도 뒤이어 나갔다.

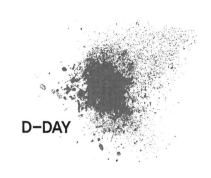

D-DAY

다음 날 아침은 특별한 일 없이 시작되었고 시간은 유달리 빠르게 흘러갔다. 사람들은 저마다의 시간을 보냈다. 한 중사는 게임으로 시간을 보냈고 김 대리는 기도를 했다. 두 남자는 지루한 듯 점심쯤에 캐치볼을 몇 번 했으나 김 대리의 안타까운 운동신경은 한 중사의 재미를 반감시켰고 게임은 최 중위의 훈수로 끝났다. 배 계장은 자신이 즐겨보던 잡지로 시간을 보냈고 정 팀장은 전화로 하루를 보냈다. 김 반장은 온종일 자신의 방에 틀어박혀 나오지 않았고 김 중사는 밖에서 그의 남은 업무를 처리했다. 최 중위는 완성된 작전지도를 탐독하며 시간을 보냈다. 수사과의 불은 늦은 시간까지 꺼지지 않았고 컴퓨터는 계속해서 돌아갔다.

그들이 한곳에 모인 것은 20시경이었다. 검은색 타이츠를 안에 입고 특수 위장복을 입었다. 위장 색이 매우 다채로웠기에 멀리서 보면 도통 알아볼 수가 없을 정도였다. 유일하게 김 반장만이 정상적인 전투복을 착용했다. 최 중위는 정 팀장과 전력 차단 위치를 다시 한 번 확인했고, 배 계장은 급하게 전화를 걸더니 기상예보와 순찰 시간을 마지막으로 점검했다. 김 반장은 크레인의 부품 상태를 확인한 뒤 김 중사와 같이 차량에 하나둘씩 실었다. 김 중사는 영문도 모른 채 그저 시키는 대로 할 뿐이었다. 그저 무언가 실전적인 훈련이고 보조 임무를 할당받았다고 생각했다. 시간은 21시를 향해가고 있었고 일행들은 굳은 표정으로 밴에 올라탔다. 밴 뒤에는 크레인을 실은 트럭이 있었고 김 중사가 탑승했다.

예상대로 비는 시간당 100㎜가 온다고 해도 믿을 정도로 엄청난 양을 쏟아부었다. 마치 하늘에 구멍이라도 난 듯했다. 뒤이어 천둥이 치자 배 계장은 자신의 입꼬리를 살며시 들어 올렸다. 차량은 위병소를 유유히 통과했다. 차량 창문에 일광욕이 강하게 되어 있어서 위병소에서 근무하는 인원들은 내부에 탄 사람들을 제대로 알아볼 수 없었다. 그저 그들이 불러주는 대로 그러려니 할 뿐이었다. 이미 그들은 민통선 내라서 다른 검문소를 지나칠 일이 없었다. 간혹 지나가는 군 차량이 있었지만 이미 차창 밖엔 영농출입증이 붙어 있었기 때문에 그들을 그저 농민 거주민으로 생각될 뿐이었다. 두 대의 차량은 계속해서 북쪽으로 올라갔고 길은 갈수록 험해졌다. 비포장 길이 듬성듬성 나 있었고 곧이어 GOP 대대의 간판이 보였다. 헤드라이트가 잠깐 비춘 간판이었지만 그것을 본 모든 이는 거의 다 왔다는 생각에 더욱 긴장했다. 양옆으로 난 논두렁과 좌측에 보이는 우뚝 솟은 산맥은 GOP 철책이 멀지 않은 곳에 있다는 사실을 상기시켰다.

그들은 GOP 대대의 입구를 지나 인적 없는 수풀로 둘러싸인 공터에 차를 대었다. 정차하자마자 그들은 신속하게 트럭에서 크레인 부품을 내렸고 2인 1개 조로 정해진 부품을 나눠 들었다. 최 중위는 즉시 도로로 나가 좌·우측을 살폈고 모두가 숨죽인 채 최 중위의 신호만을 기다렸다. 민간 차량 한 대가 지나간 뒤 최 중위는 도로 반대편에서 손전등을 두 번 깜빡였다. 그러자 여섯 명의 인원이 일사불란하게 도로를 건

넜다. 최 중위는 품에서 지도를 한번 보더니 선두로 나아갔다. 그들은 논두렁 사이에 난 뚝방을 타고 북쪽으로 계속 올라갔다. 크레인 부품에 달린 철제 기재들이 부딪혀 서로 소리를 내었지만, 타인의 잠을 깨울 만큼 요란한 것은 아니었다. 게다가 주위에 민가는 없었다. 전봇대에 달린 변압기에서 나는 소리만 들렸다. 그들은 고양이처럼 움직였고 종마처럼 빠르게 달렸다. 배 계장은 숨을 거칠게 쉬었지만 따로 내색은 하지 않았다.

최 중위는 한 마리의 짐승처럼 뚝방이 끝난 지점에서 능숙하게 산을 타고 올라갔다. 최 중위가 산을 오르자 뒤에서는 조금씩 신음이 들려왔다. 부품은 정말 상상 이상으로 무거운 것이었고 투입 인원의 군장 무게까지 더한다면 초인적인 체력을 요구할 정도로 무지막지한 것이었다. 최 중위도 그들의 고통을 알았기에 앞서 나가던 속도를 조금씩 줄였다. 그가 641정보부대원을 훈련했을 때에 비하면 동네 야산 같은 존재에 불과하였으나 다른 이들에겐 생소하였고 상상 이상으로 고통스러운 일이었다. 게다가 기상 조건은 그들이 한 발 한 발 내디딜 때마다 뒤로 퇴보시키는 느낌을 주었다.

최 중위는 깎아지른 듯한 계곡 앞에서 잠시 멈춘 채 뒤를 돌아보고 손전등을 세 번 깜빡였다. 그러자 뒤에선 탄식 소리가 나오며 부품을 바닥에 떨어뜨리는 소리가 들려왔다. 마치 곡소리를 듣는 듯 사람들은 숨을 거칠게 쉬며 앓는 소리를 해 댔다. 정 팀장은 최 중위에게 다가갔고 그는 위장막으로 둘을 덮은 뒤 손전등을 켜고 지도를 바라보았다.

"얼마나 남았습니까?"

"아직 멀었습니다."

최 중위는 방탄 헬멧을 벗은 뒤 이마에 맺힌 빗물을 털어내며 말했다.

"이대로 가다간 시간 내에 도착하지 못할 거요."

정 팀장은 숨을 거칠게 몰아쉬며 말했다.

"비가 너무 많이 와서 길 자체가 미끄럽습니다. 지금까지 사고가 안 난 것이 다행입니다. 그리고 아직 한 시간밖에 안 되었습니다. 이 페이스대로만 간다면 적어도 30분 정도는 늦어져도 목표 장소에 도착은 할 겁니다. 그리고 비가 많이 와서 곳곳에 지뢰가 유실되어 있을 겁니다. 특히 경사면이라 하부 쪽에 지뢰가 많이 떠내려왔을 가능성이 높습니다. 속도를 높이면 훨씬 위험할 겁니다."

정 팀장은 지도를 가리키며 말했다.

"아직 3분의 1도 안 왔는데 이 속도면 돌아가야 합니다."

"못 돌아갑니다. 우리가 돌아가는 순간 반도 못 가서 동이 틀 겁니다."

"더 빠른 방법 없습니까?"

정 팀장은 한시가 급했다. 그가 지형 정찰을 하지 않은 점은 최대의 실수였다. 지도상에서 보면 충분히 시간 내에 주파할 수 있는 거리였다. 그가 지난 세월 간 현장 경험이 충분하지 못하다는 증거였다. 기상 조건과 크레인의 무게는 그가 생각했던 이상으로 문제였다. 또한, 김 대리와 배 계장의 체력이 그리 좋지 못했다. 김 반장 또한 나이 때문에 많은 무게를 담당하진 못했다. 대열이 뒤처지는 것은 당연했다. 그렇다고 다시 돌아간다면 분명 들킬 것이었다. 그것은 그들에게 죽음을 의미했다. 최 중위는 고개를 내저으며 정 팀장을 바라보았다. 정 팀장은 지도를 한 장 더 넘겼다.

"이 코스면 어떻습니까?"

최 중위는 지도를 가리키며 잠깐 침묵에 잠겼다. 그 역시 그 루트를 보자 다른 생각이 든 것이 분명했다.

"시간은 단축할 법한데… 가능할지는 모르겠습니다. 이곳으로 간다면 발각될 확률이 더 높아집니다."

"전력을 차단하면 되잖습니까?"

"자연스럽게 차단기를 내리면 아무런 문제가 없는데 이 지점부터 차단기까지의 거리가 만만치 않습니다. 그리고 이곳은 순찰이 잦은 곳이어서 분명 들킬 겁니다."

"그럼 전력을 차단할 수는 없는 겁니까?"

"그렇습니다."

"전선을 끊으면 어떻습니까?"

순간 최 중위는 정 팀장을 바라보며 미간을 찌푸린 채 알 수 없는 듯한 표정을 지었다.

"그럼 전력을 끊을 순 있어도 나중에 분명히 들킬 것입니다. 그건 어떻게 감당하실 생각입니까?"

최 중위는 뚝뚝 떨어지는 빗방울 때문에 소리가 잘 안 들렸는지 크게 말했다.

"일단 전력을 끊지 못한다면 넘어간다는 것은 불가능합니다. 어쩔 수 없는 선택입니다."

"추격해올 겁니다."

"방도가 없습니다. 끊는 수밖에…."

최 중위는 5초간 침묵했고 빗물이 그들이 덮은 위장막에 스며들어 방탄 헬멧으로 한 방울씩 떨어졌다.

"알겠습니다. 끊겠습니다."

"갑시다."

정 팀장은 손전등을 끈 뒤 다시 이동 신호를 보냈고 대열은 다시 이동하기 시작했다. 진흙과 썩은 낙엽들이 그들의 군화를 뒤덮었다. 그들은 계곡을 우회해서 예비 루트로 이동했다. 아까보다는 지형이 상대적으로 완만했다. 빗줄기는 계속해서 굵어졌고 그들의 옷 위엔 물 폭탄이 떨어졌다. 천둥·번개가 계속해서 쳤고 가까이 있는 사람이 무엇을 하고 있는지 실시간으로 알 수 있을 정도로 주위는 밝아졌다.

그들은 쉼 없이 올라갔고 계속해서 올라갔다. 사람이 다닐 수 없을 정도로 개척이 안 된 길이었지만 그들은 나무 밑동을 하나하나 버팀목 삼아 올라갔다. 신음은 계속되었고 한 중사는 넘어지기를 몇 번이나 반복했다. 한번은 크레인 동체가 밑으로 굴러 떨어져서 김 반장이 어깨를 다칠 뻔했다. 다행히도 동체는 나무에 맞아 멈추었고 김 대리는 힘겹게 다시 동체를 끌고 올라갔다. 몸에선 쉰내가 진동했고 땀이 흥건했다. 차라리 옷을 벗는 편이 나아 보였다. 빗물 냄새와 땀 냄새가 섞여 고약한 냄새가 진동했으나 그들은 계속해서 미친 듯이 올라갔다. 고통을 빨리 끝내야 한다는 생각으로 이를 꽉 깨물었다. 고지에 다다라서는 거의 몸을 바닥에 밀착할 정도로 낮추어 올라갔다. 이미 그들의 위장복은 진흙으로 범벅되어 있으나 마나 한 것이 되었다.

가장 먼저 고지의 정상에 올라간 최 중위는 숨을 거칠게 내쉬었다. 그는 즉시 사주경계를 했고 야간투시경으로 정면에 보이는 철책을 확인했다. 인기척은 없어 보였고 초소마다 따로 식별되는 인원은 없어 보였다. 아마 폭우로 인해 최소 병력만이 철책을 경계하고 있는 것이 확실했다. 그러나 순찰자가 오지 않으란 법은 없었다. 뒤이어 사람들은 부품을 올리며 하나둘 고지로 올라왔고 마지막으로 김 반장이 폐암 환자처럼 기침을 해 대며 올라왔다. 그들 모두 기진맥진해 있었다. 김 대리는 아예 바닥에 대자로 누워 버렸다. 배 계장은 돌에 기대 기절한 사람처럼 미동도 없었고, 한 중사는 허리춤에 손을 올리며 정면에 보이는 철책을 바라보았다. 정 팀장 역시 죽을 것 같았지만 최 중위 옆으로 천천히 걸어간 뒤 그의 어깨에 손을 얹었다.

"저깁니까?"

"그렇습니다. 좌선 다섯 번째 열입니다."

"보기에는 가까워 보이는데 이제 내리막입니까?"

"일단 내려갔다가 다시 약간만 올라가면 됩니다. 저기 보입니까? 웅덩이처럼 된 곳입니다."

그들 앞에는 거대한 일자형 철조망이 끝도 없이 이어져 있었으며 전등은 마치 하늘에서 주황색 햇빛이 비치듯 철망을 따라 끝없이 켜져 있었다. 마치 만리장성을 보는 듯한 광경이었다. 정 팀장은 나름 빨리 왔다는 사실에 고무되었다. 하지만 아직 그들이 넘어가려는 철망 앞에 도착한 것은 아니었기 때문에 방심은 금물이었다. 아직 지뢰를 발견하지 못했고 순찰자도 만나지 않은 것은 행운이었다. 하지만 이런 행운이 언제까지 자신들의 곁에 있을지는 아무도 알 수 없었다. 빗소리는 더욱 굵어졌고 우측의 계곡으로 물이 급류처럼 흘러내려 갔다. 마치 폭포를 보듯 물은 쉴 새 없이 산허리를 향해 곤두박질쳤다.

진흙 밭은 끝도 없이 이어졌고 그들은 나무에 의지한 채 한 걸음 한 걸음 나아갔다. 온몸이 성한 곳이 없었고 크레인을 지고 있는 어깨뼈는 금방이라도 으스러질 듯한 고통을 느꼈다. 정 팀장은 계속해서 야간투시경을 이용해 철책을 주시했고 최 중위 역시 좌측 철책의 초소들을 감시했다. 폭우로 인해 근무지가 조정된 듯 빈 초소들이 여럿 보였다. 그들은 젖 먹던 힘까지 이용하여 능선을 내려갔다. 배 계장이 마지막으로 능선 하부에 도착하자 그들 앞에는 비탈길 위에 철책선이 눈에 들어왔다. 최 중위는 즉시 몸을 낮추어 비탈길을 올라갔다. 얼마 지나지 않아 철책 바로 밑 부분에서 불빛이 세 번 깜빡였다. 그들은 내려놓았던 크레인을 이고 다시 올라갔다. 이 순간만큼은 그 누구도 신음을 내지 않았고 그 흔하던 삐걱 소리조차 자취를 감추었다. 말 그대로 정적이었다.

그들이 중턱 부분을 오를 무렵 우려했던 일이 벌어졌다. 김 대리의 신발에서 신호음이 발생하기 시작했고 김 대리는 그 자리에 멈춰 섰다. 김 대리보다 앞서가던 일행들은 그가 멈춰 선지 모르고 있었다.

"멈춰!"

김 대리는 나지막하면서도 굵은 목소리로 말했다. 그 소리를 들은 사람들은 무슨 일인지 즉시 짐작할 수 있었다. 그들은 김 대리의 말대로 자신의 자리에 멈춰 섰고 정 팀장은 조심스럽게 고개를 돌렸다.

"밟았나?"

"모르겠습니다."

"인계 철선이 근처에 없는지 봐 봐."

배 계장은 김 대리 바로 앞에 있었기 때문에 자칫 잘못하면 자신이 예기치 않게 밟을 가능성도 충분히 있었다. 그는 절대 그런 상황을 원하지 않았다. 만약 허튼 움직임으로 인계 철선이라도 건드리는 날엔 모두가 폭사하는 것은 분명했다. 그들은 연습했던 대로 한쪽 다리를 들어 좌우로 움직였다. 그 즉시 배 계장의 신발에서도 소리가 난 듯 그가 외쳤다. 정 팀장은 이 펄 밭이 토사로 인해 휩쓸려온 지뢰밭임을 확신했다. 여기서 속도를 냈다간 모두 고기 경단이 될 터였다. 또한, 인계 철선이 살아 있다면 신발이 철선까지 감지하는 것은 무리가 있었다. 일반적인 지뢰탐지기보다 소형화된 만큼 탐지에도 한계가 있었다. 정 팀장은 즉시 뒤로 갔고 자신의 앞으로 김 반장을 올려 보냈다. 그는 조심스럽게 김 대리에게 다가갔다. 진흙 범벅이 된 김 대리는 발을 부들부들 떨고 있었다. 정 팀장은 즉시 조심스럽게 장갑으로 땅을 훑기 시작했다. 김 대리는 눈을 꼭 감은 채 얼어 있었다. 정 팀장은 자신이 만진 곳에 지뢰의 흔적이 있음을 알 수 있었다. 그의 미세한 촉으로 근처에 발목 지뢰가 있음을 확인했다.

"일단 인계 철선은 없어. 두 발짝 정도 건너뛸 수 있겠어?"

"크레인 부품이 지뢰를 칠 수 있어요."

정 팀장은 즉시 야광찌를 지뢰 옆으로 뿌렸다.

"이리로 건너와."

김 대리는 조심스럽게 왼발을 내디뎠고 천천히 느리게 움직였다. 김 대리가 지뢰 옆을 지나가자 정 팀장은 김 대리가 있던 자리 뒤로 서서히 움직였고, 그 뒤에 있던 배 계장에게 다가갔다.

"아직도 소리가 들리나?"

"네,. 귀 아파 죽을 것 같아요."

정 팀장은 다시 바닥을 훑었고 허리춤에서 대검을 꺼내 조심스럽게 바닥을 쑤셨다. 마치 생선을 발라내듯 대검으로 살며시 지면을 훑었고 칼날 끝이 들어갈 때마다 대검 주위로 자국이 생겼다. 그가 어느 정도 흙을 뒤엎자 무언가 어떤 물체가 보였다.

"이거다."

정 팀장은 즉시 야광찌를 지뢰 주위로 뿌렸고 한 중사는 조심스럽게 발을 내디뎠다. 배 계장이 자신의 옆을 지나가자 정 팀장은 주위를 한 번 둘러본 뒤 야광찌를 하나하나 주워서 주머니에 넣었다. 그런 뒤 한 개의 야광찌만 남겨둔 채 다시 돌아갔다. 그는 안도의 한숨을 내쉬며 대열의 후미를 따라갔다.

최 중위는 일행 중에 가장 먼저 목적지에 도착했다. 최 중위는 도착하자마자 들고 왔던 절단기를 꺼내 철책 주변의 전선 피복들을 벗겨냈다. 환한 불빛이었지만 그가 거의 몸을 지면에 밀착한 채 작업을 진행했기에 가까이서 보지 않는다면 그를 발견할 수 없었다. 크레인의 모든 부품이 비탈길 끝에 올라왔다. 김 반장은 이를 능숙하게 조립하기 시작했다. 전동기를 내려놓은 김 중사는 죽을 것 같다는 표정을 지으며 바닥에 나뒹굴었다. 김 반장은 전동기에 크레인을 연결했다. 정 팀장은 마지막으로 좌·우측의 초소들을 보며 순찰자가 오는지를 감시했다. 다행히도 그들이 내는 소음은 거센 빗소리에 묻혔다. 곧 김 반장이 설치가 완료되었다는 사인을 보냈고 정 팀장이 가장 먼저 자신의 몸을 철 줄에 묶었다. 그런 뒤 손전등으로 좌측에 있던 최 중위를 향해 두 번 깜빡였다.

그러자 일제히 철망의 전력이 나갔다. 화려한 주황빛 불이 전부 나가 버렸고 미리 가져온 무전기에서는 정전에 당황하는 근무자들의 무전 교신이 잡혔다. 김 반장은 불이 꺼지자마자 크레인을 작동시켰다. 정 팀장은 유유히 윤형 철조망 위를 넘어갔고 묶었던 고리를 풀었다. 그 즉시 정 팀장은 밑으로 떨어졌지만 낙법을 이용해 안전하게 착지했다. 그 뒤를 이어 김 대리와 배 계장이 차례차례 넘어갔다. 마지막으로 최 중위가 전선 절단 흔적을 지우기 위해 흙으로 절단 부위를 덮은 뒤 철망을 넘어갔다. 모두가 넘어간 뒤 크레인은 김 반장에 의해 순식간에 해체되었고, 즉시 김 반장과 김 중사는 부품들을 계곡 밑으로 질질 끌어 지뢰지대에 던져 버렸다. 거대한 철골 소리가 울려 퍼졌지만 마침 들린 천둥소리로 인해 묻혀 버렸다. 그렇게 그들은 DMZ로 넘어갔다.

김 반장, 김 중사 그리고 한 중사는 미칠 듯한 속도로 철수했다. 능선 꼭대기에 이르자 모든 철조망의 전력이 나간 것을 확인했다. 곳곳에서 육성이 들렸고 내용으로 보아 쉽게 복구될 문제는 아니었다. 적어도 해가 밝기 전까지는 시간이 있었다. 김 반장은 야간투시경으로 사방을 한 번 둘러본 뒤 서둘러 산비탈을 내려갔다. 같은 시간, 정 팀장은 인원들과 물품들을 확인한 뒤 예정된 코스를 따라 걸었다.

사람의 손이 60여 년 동안 닿지 않은 DMZ는 밀림과 다름없었다. 그들은 정강이까지 차오르는 진흙을 밟고 수풀을 헤치며 갔다. 일반적인 숲과 비교할 수 없을 정도로 DMZ의 숲 지대는 울창했고, 야간 속에서도 그들은 눈코 입이 모두 나뭇잎으로 가려지는 정글을 헤치며 지나가야 했다. 다행히 최 중위가 벌목도를 가져왔기에 그들은 어느 정도 길을 개척할 수 있었다. 늪지대를 지나 언덕으로 올라가서 GP가 보이는 능선 중턱으로 올라갔다. 최 중위는 다시 한 번 야간투시경으로 좌우를 살폈고 배터리를 교체하며 말했다.

"야생마 고지입니다. 여기서부터 사건이 시작되었을 겁니다."

"일단 아무것도 보이지 않으니 여기서 잠시 쉬었다 갑시다."

정 팀장은 목표했던 야생마 고지에 도착했으니 성공했다고 판단했다. 그러나 최 중위는 한 수 더 앞서 나가 있었다.

"여긴 너무 노출되었으니 능선 하부에서 쉬는 것이 좋을 듯합니다. 동굴이 없어도 산 밑이라면 GP에서 저희의 존재를 알 수 없을 겁니다. 그리고 이 일대는 TOD 사각지대라 감시가 불가능할 겁니다."

"최근 TOD가 신형으로 교체되어서 그렇지 않을 수도 있습니다."

최 중위는 TOD의 위력에 대해 잘 알고 있었다. 특히 그는 641정보부 대원을 교육할 때도 TOD에 대해 많은 고민을 한 터였다.

"최대한 떨어져서 움직여야 합니다. 그리고 지그재그로 움직여야 사람의 움직임 패턴이 아니라 동물이 움직이는 것처럼 보일 수 있습니다."

김 대리는 고개를 끄덕였고 목이 마른 듯 수통에서 물을 꺼내 마셨다. 최 중위는 그를 보고 말했다.

"곧 식수가 부족해질 테니 오늘 같은 날 물을 최대한 저장해야 합니다. 일단 가져온 수통이나 물을 담을 수 있는 모든 용기로 물을 받는 것이 좋겠습니다."

최 중위는 정 팀장을 바라보았고 그는 최 중위의 충고를 따랐다. 그 역시 최 중위의 실력을 모르지 않고 있었다. 일전에 그가 자주 이 국장과 대화하는 모습을 지켜보았고, 그가 국정원 사내에서 요원들 전담교관을 맡았을 때도 참관한 기억이 있었기 때문이었다. 그는 뇌 일부가 특수전으로 구성되어 있다고 해도 믿을 만큼 특수전에 실력을 갖춘 자였다. 그들은 능선 하부에서 잠시 군장을 내려놓고 용기를 모두 펼쳐놓은 채 빗물을 받았다. 노출될 위험 때문에 손전등은 사용할 수 없었고 서로를 맨눈으로 확인할 수 있는 방법은 오직 야간투시경밖에 없었다. 그것도 배터리가 많이 없었기 때문에 정말 필요한 것이 아니라면 모든 것을 촉감으로 해결해야 했다.

그날 새벽, 그들은 진흙과 빗물에 젖은 옷을 입은 채 나무에 기대어 새우잠을 청했다. 오직 최 중위만이 매서운 표범처럼 두 눈을 부릅뜬 채 주위를 경계했다. 철책의 정전은 쉽게 복구되지 않았고 다음 날까지도 해결되지 않았다. 대대에선 원인 파악이 한창이었으나 그 누구도 누군가 전선을 끊었다고 상상조차 하지 못했다. 그들은 오후에 한전 직원이 오고 나서야 전선에 문제가 있음을 알 수 있었다. 그러나 그곳이 어딘지는 알 수 없었다. 그날 아침, 비 맞은 생쥐 꼴을 한 김 반장과 일행은 수사과로 돌아왔다. 돌아온 즉시 자신들의 모든 복장을 창고에 쑤셔 넣은 뒤 그 자리에서 곯아떨어졌다. 다행히도 그 누구도 들키지도, 다치지도 않았다. 그러나 다시 한 번 할 일은 절대 아니었다.

일출이 시작될 무렵 최 중위는 곤히 잠들어 있는 정 팀장을 건드려 깨웠다. 마치 연탄재를 뒤집어쓴 듯 위장이 번진 정 팀장의 얼굴에서 피곤이 묻어났다. 차례차례 배 계장과 김 대리를 깨웠지만 그들 역시 녹초가 되어 있었다. 잠에서 깨어난 그들은 간밤에 내린 빗물을 담은 용기를 군장에 다시 결속시켰다. 빗줄기는 상당히 약해졌으며 주위는 안

개로 가득해서 1m 앞을 내다보기도 힘들었다. 그들에겐 최고의 조건이었으나 최 중위를 제외한 다른 대원들의 머릿속엔 피곤이라는 단어 외엔 아무것도 없었다. 배 계장은 자신의 뒷주머니에서 초콜릿 바를 꺼내 한 입 베어 물었고, 김 대리는 식사를 하자고 정 팀장에게 요청했다.

정 팀장 역시 아랫배에서 소리가 나고 있었기에 최 중위에게 조심스럽게 식사를 제안했다. 최 중위는 빨리 이동해야 한다고 말했으나 배 계장의 생떼로 인해 어쩔 수 없이 전투식량을 까야 했다.

"이거 수증기는 어떻게 처리합니까?"

배 계장이 전투식량 봉지를 찢으며 말했다.

"안개가 짙어서 냄새만 안 나면 크게 지장 없을 겁니다."

그러자 정 팀장도 궁금한 듯 질문했다.

"담배 냄새가 보통 20m인데 음식은 얼마나 더합니까?"

"그래서 식사하실 때 판초 우의를 덮은 채로 식사하셔야 합니다. 만약 그 조사위원 중에 특 수전에 특화된 사람이 있다면 금방 우리의 위치를 알아낼 수 있을 겁니다."

"거 참 조건도 많네."

김 대리는 빈정대며 지퍼 팩을 연 뒤 발열 팩을 꺼냈다. 그러자 수증기가 모락모락 났고 즉시 판초 우의로 자신의 몸을 덮었다. 네 남자는 모두 거북이처럼 판초 우의를 덮은 채 쥐새끼처럼 전투식량을 먹었다. 자세는 불편했지만 따뜻한 음식만큼 행복한 것도 없었다. 따뜻하게 익은 밥은 검은 입술 사이를 지나 그들의 내장에 온기를 불어넣었다. 잠시 뒤 배 계장은 판초 우의를 다시 군장에 넣었고 멍하니 앉은 채 입맛을 다셨다. 최 중위 역시 배가 고팠는지 허겁지겁 먹어 치웠고 다시 경계 자세를 취했다. 정 팀장은 뒷정리를 한 뒤 지도를 꺼내 다음 목표 지점을 확인했다.

김 대리는 쓰레기를 땅에 파묻으려 했으나 최 중위는 군장에 결속하라고 지시했다. 김 대리는 파묻어야 한다며 한동안 티격태격했으나 정 팀장이 최 중위의 손을 들어주면서 일단락되었다. 만약 근처에 군견이 있다면 분명 유기물 냄새를 금방 맡을 것이라는 것이 최 중위의 주장이었다. 그러나 김 대리는 계속해서 콧방귀만 뀌어댔다. 그는 최 중위에 대해 안 좋은 감정이 있었다. 그는 흘린 땀에 비례하여 대접을 받을 권리가 있다고 믿은 자였다. 그러나 최 중위는 투입 시부터 크레인의 어느 한 부분도 들지 않았다. 김 대리는 그 부분을 못마땅해했다.

최 중위를 필두로 네 남자는 조심스럽게 수풀을 헤치며 걸어갔다. 그들 앞에는 기울어진 추진철책이 나 있었고 무너진 토사들이 눈에 들어왔다. 추진철책을 통과하는 것은 그리 어려운 일이 아니었다. 대부분 노후되었고 보수작업을 했다고 했으나 철책으로서의 의미를 상실한지 오래였다. 단지 남북한 기 싸움의 상징일 뿐이었다.

"또 넘어야 하네."

배 계장은 정면에 보이는 추진철책을 보며 혀를 찼다. 정 팀장은 최 중위를 바라보며 어떻게 넘어갈 것인지 물었다.

"일단 지금 철책을 넘진 않을 겁니다. BENT 직후 30분 뒤에 넘어갈 겁니다."

"그럼 지금 오전 내내 공치자는 겁니까?"

"그동안 이 일대를 샅샅이 뒤져서 641정보부대원들의 흔적을 찾아내야 합니다."

"예정된 루트라면 크게 문제가 없을 것 아닙니까?"

"그렇지 않아서 문제라는 겁니다."

정 팀장은 최 중위에 말에 뜻밖이라는 표정을 지어 보이며 그에게 재차 물었다.

"그게 무슨 말입니까?"

"원래 야생마 고지가 이번 코스의 시작점이었고 우리가 지나온 길은 그들이 가야 하는 예정 된 루트입니다. 저 정면에 보이는 철망이 이 추진철책 구간 중 가장 취약한 부분입니다. 그 리고 우리는 항상 침투 시 복귀를 고려하여 수목 사이사이에 우리만이 알 수 있는 흔적을 남기는 데 지금 그 흔적이 전혀 보이지 않습니다. 그들이 바보가 아닌 이상 그것을 남기지 않을 수가 없는데 없는 것을 보면 분명 중간에 피치 못할 사정으로 코스가 변경된 것이 분명합니다."

"그렇다면 돌발 변수가 생겼다는 말인가요?"

"그런 셈이죠."

"그럴 가능성은 없잖습니까?"

"팀장이 정신이 나가거나 적의 습격을 받거나 긴급 철수 요청을 받았을 때는 이야기가 다르겠죠."

정 팀장은 최 중위의 말에 의아해하는 표정을 지으며 물었다.

"일단 그러면 저희가 가는 이 코스들은 더는 의미를 갖지 않는 것 아닙니까?"

"그렇습니다."

"그래서 이 주변을 뒤지자는 겁니까?"

"그렇습니다. 추진철책을 넘어가지 않았다면 이 근방에 그들의 흔적이 있을 겁니다. 시신들이 모두 수습이 안 되었다면 분명 몇 구는 이 주위에 있을 것이 분명합니다. 구급차가 와서 싣고 갔다고 해도 한 대만 왔지 않습니까? 모두 옮길 수는 없었을 겁니다. 그 후에 상당한 시간이 흘렀으니 시체를 모두 수습하지 않았다면 냄새를 금방 알 수 있을 겁니다."

"시체 썩는 냄새 말씀하시는 겁니까?"

최 중위는 정 팀장의 말에 고개를 끄덕였다. 최 중위의 말을 정 팀장은 대통령조사위가 이 오랜 시간 동안 무엇을 하고 있는지에 대해 점점 궁금해졌다. 분명 그 일 이후 대통령조사위가 철수했다는 말은 듣지 못했다. 또한, DMZ로 들어간 그들이 철책을 넘어 불법적으로 나올 리도 만무했다. 그렇다면 그들은 과연 무엇을 위해 장시간 동안 DMZ에 체류하는지 알아야 했다. 그것을 알게 된다면 641정보부대원들의 행방의 궤적도 추적이 가능할 터였다.

"일단 우측으로 한 번 갔다가 남쪽을 한 번 수색하도록 합시다. 좌선은 GP 감시 대상 구역이니 금방 들킬 겁니다."

"안개가 이렇게 짙은데 찾을 수 있겠습니까?"

"어차피 우리는 눈으로 찾는 것이 아니고 냄새로 찾는 겁니다."

"시체 썩는 냄새 맡아보셨습니까?"

김 대리는 조롱하는 듯한 목소리로 최 중위에게 말했다.

"적어도 당신보단 내가 낸 부조금이 더 많을 겁니다."

최 중위를 필두로 네 남자는 우측으로 걸어갔고 별다른 소득 없이 주위를 배회할 뿐이었다. 그들이 남쪽을 갔을 때도 마찬가지였고 좀 더 무리해서 좌측을 갔을 때도 딱히 소득은 없었다. 그들은 우거진 수풀을 헤치며 걸었다. 발밑으로 썩지 않은 낙엽들이 무수히 널려 있었다. 배 계장은 발이 빠질 때마다 기분이 더럽다며 투덜댔고 김 대리는 수통을 골백번도 넘게 열었다 닫았다 했다. 울창한 수풀로 인해 햇빛이 많이 들어오진 않았으나 날은 무더웠다.

그들은 몇 개의 동굴과 확인점을 더 돌았다. 그러나 소득은 없었다. 결론은 추진철책 이북을 향해 있었고 최 중위는 그날 밤 철책을 넘기로 했다. 정 팀장 역시 최 중위의 말에 동의했다. 일단 GP로부터의 총격은 상식적으로 불가능해 보였다. 소총 유효사거리를 충분히 벗어난 구역까지 조심스럽게 시체의 흔적을 찾아보았으나 보이지 않았기 때문이었다.

점심때가 지나자 안개는 거의 걷혔다. 그들은 좌우로 흩어져 몸을 최대한 은폐해야 했다. 몇 번의 지뢰로 인한 위기를 넘긴 그들은 더는 추진철책 내부의 소득이 없다고 판단했다. 추진철책 안에서 641정보부대원들의 흔적을 찾을 수 없었다. 가끔 수색대원들이 남기고 간 듯한 쓰레기들만을 찾을 수 있었다. 최 중위는 애타는 마음으로 곳곳을 샅샅이 뒤졌으나 부질없는 짓이었다. 배 계장은 지도를 보며 그들이 수색한 지점을 선으로 연결한 뒤 더 이상의 수색은 무의미하다고 말했다. 정 팀장 역시 극심한 체력의 고갈을 느꼈기에 휴식이 필요하다고 판단했다. 최 중위는 못마땅한 표정으로 그들을 바라보았으나 정 팀장의 간곡한 권유로 인해 수색을 멈추고 휴식을 취하기로 했다.

마침 소강되었던 비가 다시 내렸고 굵은 나뭇잎 위로 물방울이 하나둘 떨어졌다. 그들은 숨으려 했고 마침 능선 앞 하천 주변으로 암반지대가 있었기에 열 사람 정도가 들어갈 만한 동굴을 찾을 수 있었다. 그들은 군장을 하나둘 내려놓고 오래간만에 젖은 옷을 벗은 뒤 마른 옷으로 갈아입었다. 더는 젖은 옷을 입고 있다면 건강상의 문제 때문에 작전에 이상이 있을 터였다. 배 계장은 새로운 위장복을 꺼냈고 정 팀장은 수건으로 얼굴을 닦았다. 김 대리는 기진맥진한 듯 군장에 기대어 쓰러졌다. 최 중위는 지도를 꺼내 동선을 다시 한 번 확인했다.

"오늘 밤에 남겠습니다."

최 중위는 지도를 보더니 고개를 돌려 정 팀장에게 말했다. 정 팀장은 말없이 고개만 끄덕였다.

"일단 지금 제가 취약 지점을 알아 올 테니 그때까지 여기 계세요. 대략 두 시간 정도 걸릴 겁니다."

"예상 확인 지점 선정은 언제 하실 생각입니까?"

"전 제 일 하기도 바쁩니다. 그 부분은 팀장님께서 신경 써주셔야 합니다. 제가 모든 것을 다 할 수는 없잖습니까?"

최 중위는 귀찮은 듯한 표정을 지으며 정 팀장을 바라보았고 정 팀장은 떨떠름하게 알았다는 표시를 했다. 이를 지켜보는 배 계장과 김 대리는 심술이 가득한 표정이었다. 굳이 비가 소강상태에 이르지도 않았는데 가망도 없는 수색을 한다는 것은 그들에게 지옥 같은 일이기 때문이었다. 그들에게 지금 필요한 것은 따뜻한 음식과 마른 옷가지였지 수사가 아니었다. 최 중위가 동굴을 빠져나가자 배 계장과 김 대리는 기다렸다는 듯 바닥에 누워 잠을 청했다.

정 팀장 역시 졸음이 미칠 듯이 쏟아졌으나 만약 자신도 자게 된다면 어떤 일을 당할지 모를 터였다. 이곳은 엄연한 DMZ였고 설사 그럴 일은 없겠지만, 공비라도 만나게 되는 날엔 베레타 한 정은 장난감에 불과했다. 또한, 그것은 수색대를 만나도 마찬가지였고 GP 감시에 걸려도 마찬가지였다. 결국, 자신만큼은 도저히 자면 안 된다는 생각마저 하게 되었다. 이곳엔 아군이란 존재하지 않았다. 그 누구도 믿을 수 없는 정글이었다. 그러나 눈꺼풀 위로 쏟아지는 잠은 도저히 버틸 수 있는 것이 아니었다. 이미 그가 그러한 생각을 하고 있었을 때는 그 역시 군장 옆에 처박혀 잠을 자고 있었다. 세 남자는 정신없이 잠이 들었고 도저히 일어날 기미가 보이지 않았다.

빗줄기는 점점 굵어졌고 최 중위는 아직도 수풀에 숨어 철책을 엿보고 있었다. 정 팀장이 잠에서 깬 것은 김치볶음 냄새 때문이었다. 정 팀장은 어디선가 풍겨오는 냄새에 살며시 한쪽 눈을 떴고 자신의 눈앞에 수증기를 모락모락 내며 밥을 먹는 배 계장을 볼 수 있었다. 그는 즉시 배 계장을 향해 소리쳤다. 배 계장은 답답하다는 듯 판초 우의로 수중기를 덮었다.

"너 뭐 하는 짓이야? 미쳤어? 다 죽으려고 작정했어?"

정 팀장은 노발대발하며 배 계장을 몰아세웠으나 배 계장은 태연스럽게 말했다.

"일단 먹고 살아야 하지 않겠어요? 그리고 그 수증기가 지금같이 비 오는 날에 멀리서도 보일 것 같아요? 둘러보세요. 여긴 계곡이에요. 그리고 하천이 바로 앞이라고요."

정 팀장은 배 계장의 말에 할 말을 잃었다. 여기선 논리가 중요하지 않았다. 비효율적이지만 확실하게 하는 것이 안전을 보장할 수 있는 유일한 방법이었다. 하지만 정 팀장은 다시 숟가락을 든 배 계장을 보며 아무 말도 하지 않았다. 여기서 논쟁을 해 봤자 상황은 더욱 악화할 것이 뻔했기 때문이었다. 한때 배 계장을 나무란 김 대리마저도 그의 그런 행동에 대해 큰 문제의식을 느끼지 않았다. 만약 담배가 있었다면 김 대리도 배 계장의 행동 못지않게 담배를 피웠을 터였다.

"아, 그 꼰대 새끼 없으니까 살 만하네."

김 대리는 걸쭉하게 발음을 굴리며 스트레칭을 했다. 반찬을 비벼 넣던 배 계장 역시 미소를 지으며 그에 동조했다.

"뭣도 모르는 놈이 까부는 것, 보기 안 좋습니다."

"암, 그럼 그렇지. 지가 준비한 것이 뭐가 있다고 여기서 대장 노릇을 하려고 하나? 진짜 대장은 여기 가만히 있구먼. 자기 혼자 북 치고 장구 치고 지랄을 해요."

김 대리는 계속해서 최 중위에 대한 모욕을 이어나갔고 배 계장은 중간중간 그를 더욱 부추겼다. 정 팀장은 잠자코 듣고만 있었으나 이것은 분명 아니었다. 최 중위는 임무 수행을 위해 최선을 다하는 자였다. 정 팀장은 김 대리와 배 계장이 옳지 않다고 생각했다.

사실 정 팀장의 비중은 그리 크지 않았다. 마치 원맨쇼를 보듯 이번 작전은 최 중위를 위한 작전이었다. 체력의 고갈은 그들에게 아무것에도 관심을 두지 않게 만들었으며 그들은 단지 이곳을 벗어날 방법에 대해서만 고민했다. 벌써 그들에겐 균열이 생기기 시작했다.

정 팀장은 애초에 배 계장과 김 대리를 데려온 것이 자신의 실수라고 믿었다. 김 대리의 우직함과 배 계장의 명석함이 이번 수사에 도움이 되리라 판단했지만, 사지에서 그들의 행동은 전혀 도움될 만한 것이 아니었다. 김 대리는 여전히 논리적이긴 하였으나 그의 체력적 한계와 이전에는 볼 수 없었던 신경질적인 반응은 예상을 빗겨가게 하는 커다란 요소였다. 배 계장 역시 그의 냉소적임에 대해선 충분히 인지하고 있었으나 계속되는 막무가내식의 요구는 정 팀장을 피곤하게 만들었다.

그중에서도 가장 애가 타는 사람은 최 중위였다. 그는 표면상 정 팀장의 말을 따르는 듯했으나 그는 다른 목적이 있어 보였다. 이것은 분명 실패의 냄새가 나는 작전이었다. 사실상 철책을 넘어온 것도 기적이었으나 아직 사고가 나지 않은 것도 기적이었다. 이 정도 수준이라면 분명 곧이어 분열로 인한 사고가 날 법도 했기 때문이었다. 정 팀장은 배 계장과 김 대리 그리고 최 중위 사이의 갈등이 그것의 시발점일 수도 있다고 생각했다.

"팀장님, 그 꼰대 월북한 것 아닙니까?"

김 대리는 농담조로 말하며 정 팀장을 바라보았다. 정 팀장은 더는 눈을 뜨고 볼 수 없다는 표정을 지으며 나지막하게 말했다.

"그만하십시오. 더는 역겨워서 못 들어주겠으니까."

김 대리는 정 팀장이 자신의 의견에 동조하리라고 생각했다. 사실 정 팀장에겐 악감정이 없었다. 최 중위에 대한 반발심에 대해 정 팀장이 필요 이상으로 과민 반응을 한다고 생각했다. 목포의 뱃사공은 자신의 편을 들어줄 것이라 믿었던 정 팀장에게 배신감을 느꼈다.

"뭐 팀장님도 그놈 편이면 앞으로 그놈 따까리나 하십시오. 내는 모릅께."

배 계장은 김 대리의 말에 피식 웃었고 정 팀장은 턱밑까지 올라온 욕설을 간신히 참았다. 별것 아닌 조롱에 대해 크게 반응할 필요는 없었다. 아직은 갈 길이 멀었기 때문이었다. 현 상황에서 이런 일에 일일이 반응하여 괜히 팀이 갈라지기라도 한다면 원인 조사는커녕 여기서 죽을 수도 있었다. 게다가 시간도 촉박했다. 오늘 밤 철망에 전기가 들어온다면 분명 대대에서 철책 전기선이 인위적으로 절단되었다고 알게 되었을 것이었다. 그렇게 된다면 대대적 수색은 불을 보듯 뻔했다. 여러모로 추진철책을 넘어가지 않으면 목덜미가 잡히는 것은 시간문제였다. 또한, 김 반장이 나머지 잔해를 어떻게 처리했을지는 아는 바가 없었다. 불확실한 변수들은 그에게 큰 스트레스였다.

"오늘 철책 넘어가면 그 이후로 루트라도 있습니까? 딱 봐도 온종일 헤맬 것 같은데…"

배 계장은 비닐 팩을 주섬주섬 주위 담으며 퉁명스럽게 물었다.

"나머진 최 중위의 판단에 맡긴다. 더는 내가 간여하지 않겠다."

정 팀장은 잘라 말했고 배 계장은 다시 그에게 비아냥대는 듯한 말투로 말했다.

"그 사람이 그렇게 유능하고 전지전능한 사람입니까?"

"여기선 그렇다."

"무엇 때문입니까?"

"일단 그가 이 모든 루트를 계획했고 우리 중에선 유일하게 침투 경력이 있는 사람이다."

"그걸 어떻게 압니까? 저 사람하고 친구입니까?"

"일전에 최 중위는 우리 요원들의 특수전 훈련을 담당했었고 최근까지도 그래 왔다. 그리고 이 작전의 실무자이기도 했지."

"그렇다면 팀장님은 최 중위가 이 모든 계획을 다 만들어 냈다는 것을 미리 알고 있었던 겁니까?"

"아니. 나도 상부를 통해 알게 된 사실일 뿐이야. 그에 대해선 안면만 텄지 구체적으로 무엇을 하는지는 알지 못했지. 그가 641정보부대를 조직한 사람이라는 건 처음 알게 되었어."

사실 정 팀장도 그가 전담 교관이라는 사실만 알고 있었을 뿐이었다. 이 국장이 언질을 하기 전까지 그가 이러한 거대한 일의 직접적인 실무자라고는 생각지도 못했다. 당찬 태도와 다부진 몸은 그가 언젠간 분명 큰일을 해낼 것이라는 믿음을 주었으나 이런 식일 줄은 상상도 하지 못했다. 더욱 충격적이었던 것은 이 국장이 그를 그 옆에 아주 가까이 두고 있었다는 점이었다. 최 중위가 오기 전 그는 이 국장으로부터 간단한 소개를 받았을 뿐이었다. 그러나 그의 음성에서 묻어나오는 말투는 그를 매우 오래전부터 알아오던 것처럼 말했다. 그만큼 최 중위는 이 국장의 비호를 철저히 받아 온 것이었다. 정 팀장 자신도 이 국장과의 관계가 특별하다고 생각했지만 이 국장에겐 더 끈끈한 관계가 있었다. 최 중위의 존재는 이 국장의 카멜레온 같은 얼굴을 의미했다.

"우선 최 중위가 돌아오기 전에 내부 수색을 한 번 더 해 봅시다. 그것이라도 해야 최대한 변수를 줄일 수 있을 테니까."

정 팀장은 그들을 바라보며 말했으나 그들은 콧방귀를 뀌는 듯 들은 척 만 척했다. 배 계장은 하품을 하며 고개를 뒤로 젖힌 뒤 허리를 꼿꼿이 세워 스트레칭을 했다. 그의 마른 몸은 마치 나뭇가지처럼 곧게 펴졌고 뼈 소리가 나기도 했다. 따뜻한 밥의 효과였는지도 모르겠지만 그에겐 약간의 여유가 생겨 보였다. 그는 입을 삐죽 내밀더니 늘어지는 소리로 말했다.

"그나저나 이 사건은 아무리 봐도 아군 소행일 리가 없는 거예요. 척 보면 척 아니겠어요? 기동 루트에 흔적도 없고 그렇다고 시체가 있는 것도 아니고…. 상식적으로 추진철책 내부에서 사체가 있다는 것은 말도 안 되는 일이에요. 이건 원점에서부터 다시 검토해야 해요. 우리가 잘못 생각하는 것일 수도 있다고요. 지금 우린 쓸데없는 시나리오에 너무 집착하고 있어요. 답이 뻔한 내용을 굳이 다 들춰 볼 필요는 없는 거예요. 이건 낭비예요, 낭비. 팀장님이 지금 내부에 그것들이 있을 수도 있다는 가정에 따라 그런 말씀을 하지만 제가 볼 땐 아니에요. 지금 팀장님은 불안해하기 때문에 판단력 있는 결정을 못 하는 거라고요. 우린 한계치가 있어요. 그걸 아셔야 해요."

배 계장의 볼멘소리에 김 대리 역시 맞장구를 치며 배 계장 편을 들었다.

"그래 맞아. 이건 어쩌면 북한의 소행일지도 몰라. 상식적으로 아군이 왜 아군을 죽이겠어? 죽일 만한 이유라도 있나? 물론 뭐 월북자로 오인하고 사살했을 수도 있겠지. 그런데 말이 안 되는 게 그 야밤에 얼마나 사격을 잘하면 조준사격으로 쏴 죽이나? 그리고 그렇게 쐈다면 탄흔은? 보고는? 중요한 건 GP가 총격을 당했다는 거지. 이건 GP에서 그들을 먼저 쏜 것이 아니야. 답은 뻔하지."

정 팀장은 잠자코 그들의 말을 듣고만 있을 뿐 아무 말도 하지 않았다. 더는 팀의 리더는 자신이 아니었다. DMZ엔 김 반장이라는 공동의 적이 있지 않았다. 더는 포식자를 두려워해 뭉칠 필요가 없었다. 정 팀장의 무기력함은 예정된 순서였다.

레임덕

빗줄기는 아까보다 더 심해졌고 침묵이 감돌았다. 우천에 대한 충분한 대비가 되어 있지 못했다. 그들은 진흙 범벅인 옷을 동굴 구석에 처박았다. 최 중위가 보았다면 분명 노발대발할 일이었으나 그들은 자신들의 군장 속에 더러운 옷가지를 넣고 싶지 않았다. 정 팀장만이 자신의 옷가지를 군장 속에 구겨 넣었다. 김 대리가 자신의 젖은 속옷을 바닥에 널고 있을 무렵 빗줄기 사이로 검은 위장 크림으로 범벅된 최 중위의 얼굴이 희미하게 보였다. 그는 자세를 최대한 낮춘 채 천천히 걸어왔다. 동굴 안으로 들어온 최 중위는 방탄 헬멧을 벗고 진흙으로 얼룩진 손으로 머리를 쓸어 넘겼다. 마치 무언가 홀린 듯한 표정에 정 팀장은 최 중위를 바라보았다.

"저 밑에서 흔적을 찾았어요."

최 중위는 숨을 고르며 차분하게 말했다. 정 팀장이 물었다.

"무슨 흔적을 찾은 겁니까?"

"그들은 쫓기고 있던 것이 분명합니다."

"누구에게? 무슨 말을 하는 겁니까?"

정 팀장은 최 중위의 끊기는 말에 대해 재차 물었다. 김 대리와 배 계장은 동굴 안쪽으로 몸을 기울인 채 관심 없는 듯한 표정을 지었으나 귀는 최 중위의 말에 집중되어 있었다.

"저 밑부분 암반지대에서 다수의 혈흔이 발견되었어요. 누군가 이를 지우려고 페인트를 발라놓았는데 운이 좋게 수용성이었나 봐요. 비에 젖어서 페인트가 벗겨진 자리에서 핏자국이 확인되었어요. 이건 분명 그들의 피예요."

"그 말은 시체가 이 어딘가에 있을 거라는 말입니까?"

"그럴 겁니다. 피의 양으로 볼 때 절대로 멀리 못 갈 수준입니다. 분명 살아남은 누군가가 부상자나 사망자를 업고 이동했거나 본인이 총에 맞은 뒤 이동한 것입니다. 핏자국이 암반 전체에 걸쳐 소량씩 묻어 있었고, 마지막으로 확인된 혈흔이 GP 쪽을 향해 있었습니다. 만약 죽었다면 동쪽에 시체가 있을 확률이 높습니다."

"그렇다면 왜 시체 냄새가 나지 않는 겁니까? 최소한 이렇게 오랜 시간 부패했다면 분명 냄새가 날 텐데…."

"치웠거나 살아 있거나 둘 중 하나겠죠. 시체 냄새가 안 날 수가 없습니다. 사람의 냄새란 것은 수 킬로미터 떨어진 곳에서도 납니다. 특히 일전에 비와 건조한 기상이 계속되었기 때문에 부패 정도가 훨씬 심할 겁니다."

최 중위의 말에 정 팀장은 가슴이 철렁했다. 만약 이들이 습격을 받았다면 분명 수 킬로미터에 걸쳐 총격전을 벌였다는 것이 되기 때문이었다. 그 말은 북한에서 내려온 분견대가 수색대와 교전을 벌인 뒤 이들을 쫓아 남방한계선까지 내려왔을 가정도 배제할 수 없었다. 결국, 북한의 총격이었다는 것도 말이 되었으며 내부에서 누군가 총기 난사를 했다는 가정도 성립했다. 또한, 수 킬로미터에 걸친 총격전이었다면 수사 범위는 기하급수적으로 늘어날 수 있는 상황이었다. 최 중위는 자신이 작전 직전 이 국장으로부터 들었던 긴급 첩보의 내용을 상기했다. 만일 그 첩보 내용이 거짓이었다면 핏자국의 동선은 충분히 설명될 수 있었다. 그는 서서히 죽음의 진실에 대해 직감했다. 그러나 아직 입을 열 만한 단계는 아니었다. 함정이라고 판단하기엔 아직 이른 감이 있었다. 증거가 더 필요했다.

"철책은 어떻게 되었습니까?"

"루트는 찾은 것 같습니다."

"무슨 말입니까?"

"누군가 인위적으로 급하게 보수한 흔적을 발견했습니다. 땜질이 제대로 안 되었는지 곳곳이 뜯겨 있었습니다."

정 팀장은 윤곽이 그려지는 듯 고개를 끄덕였다. 추진철책 이북으로 넘어간 것이 분명했다. 상황은 복잡하게 돌아갔다. 그러나 정 팀장의 복잡한 머릿속에서 한 가지 스쳐 가는 확신이 있었다.

"침투하기 전에 총격을 받을 수는 없겠죠? 상식적으로?"

정 팀장은 우의를 벗는 최 중위를 바라보며 말했다.

"그렇겠죠. 그랬다면 추진철책을 넘어가지 못한 채 철망 앞에서 사살되었을 테니까."

"그렇다면 추진철책을 넘어갔고 무언가 급하게 쫓겨 돌아오는 도중에 피를 흘렸겠죠?"

최 중위는 숨을 고르며 답했다.

"그럴 가능성이 높겠죠."

"그리고 누군가 혈흔을 지우기 위해서 페인트를 발라놓았다고 했죠?"

"네, 암벽과 비슷한 회색으로 칠해져 있었습니다."

"그 보수된 철망 주변으로는 혈흔이 없었습니까?"

"자세히는 못 봤는데 아마 가서 직접 봐야 할 겁니다."

정 팀장은 배 계장과 김 대리를 번갈아가며 보았다. 정 팀장은 말을 하지 않았지만 배 계장은 그의 시선의 의미를 바로 알아차릴 수 있었다. 골똘히 생각하던 배 계장의 입에서 한마디가 흘러나왔다.

"대통령조사위원회…"

정 팀장은 바로 그거라는 듯 고개를 끄덕였다.

"결국, 그들이 이곳에 온 목적이 분명해지는군"

그들은 시체 냄새가 나지 않는 이유에 대해 짐작할 수 있었다. 시체는 원래 그 자리에 있었고 분명 수백 발의 탄피 역시 그 자리에 있었다. 그들이 썼던 총기는 물론 그날 입었던 옷가지들이며 모두 그 자리에 있었다. 그러나 그것들은 모두 사라졌다. 대통령조사위원회의 역할은 바로 그것이었다. 그들은 모든 것을 은폐한 것이었다. 그들이 왜 오랜 시간 동안 DMZ에 있는지에 대해서 알게 되었다. 그러나 그들이 왜 그러한 일을 벌이고 있는지에 대해선 알 턱이 없었다.

그날 밤, 그들은 최 중위가 일러둔 철망을 절단했고 가벼운 철사로 봉한 뒤 추진철책 이북으로 넘어갔다. 예상대로 철망의 상단 부분에는 핏자국이 선명히 남아 있었다. 그들이 수용성 페인트를 쓰지 않았다면 절대 발견할 수 없을 것이었다. 월광은 없었고 비는 계속해서 내렸다. 다행히도 아직 후방 철조망에 전기는 들어오지 않는 듯해 보였다. 다만 임시로 몇 개의 투광등이 띄엄띄엄 철책을 비추고 있었다. 그들은 각종 감시망을 피해 넘어갔고 추진철책에 관심을 두는 자는 아무도 없었다.

정 팀장이 넘어간 후 최 중위는 능숙한 솜씨로 철사로 절단한 철망판을 엮었다. 실제로 건들지 않는 한 그것이 뜯겼었다는 것을 알 수 있는 사람은 거의 없었다. 그러나 밖에서 건드리면 쉽게 해제될 수 있도록 돌아올 때를 대비하여 엮어 놓았다. 철책을 넘어간 그들은 우측으로 계속해서 내려갔고 하천 지류를 따라 북쪽으로 계속 건너갔다. 최 중위는 그곳에서부터 자신이 예전에 침투 루트로 썼던 지형으로 움직였다. 산세는 상당히 험준했으나 바로 앞에 보이는 평야에서 그들은 멈춰 설 수밖에 없었다.

"이곳이 맞긴 합니까? 너무 멀리 온 것 같은데…"

정 팀장은 목소리를 낮춘 채 나무 뒤에 숨어 최 중위에게 말했다.

"아직 잡히는 것이 없으니 일단 침투 루트를 따라 이동해보는 것이 가장 현명한 방법입니다. 그렇게 따라가야만 사건의 재구성도 가능할 것입니다."

정 팀장 역시 최 중위의 말이 틀린 것이 아니라고 생각했지만 여긴 엄연한 북한 땅이었다. 조금이라도 흐트러지거나 허점을 보인다면 발각될 것이 분명했다. 돌아갈 수도 없으며 나아갈 수도 없는 진퇴양난의 상황이었다. 결국, 진실에 가까워진 이상 멈출 수 없는 노릇이었다. 대열은 계속해서 나아갔고 최 중위는 마치 사냥꾼이 된 듯 수풀 곳곳을 유심히 보며 걸어갔다. 이곳에 암반지대는 없었고 계속되는 평야와 하천 그리고 깎아지른 듯한 산맥 봉우리들이 그들을 기다리고 있었다. 대열은 추진철책의 능사면을 넘어 낮은 지대로 이동했다. 하천의 지류가 그들 앞에 나타날 무렵 최 중위는 갈대밭 옆에 몸을 낮춘 뒤 움푹 패인 구덩이로 그들을 인도했다. 그런 뒤 잠시 휴식을 했다.

"저게 오성산입니까?"

정 팀장은 고개를 살며시 들어 바로 앞에 우뚝 솟은 거대한 산을 가리켰고 조심스러운 목소리로 최 중위에게 물었다.

"그렇습니다."

"정말 김일성이 남한 장교 군번줄 수만 개를 줘도 바꾸지 않겠다고 했답니까?"

"뭐 이야기야 항상 그렇지만 진짜인지는 모르겠습니다. 그만큼 중요한 산이란 이야기겠죠."

"여기서부터는 어떻게 할 겁니까?"

"일단 이 일대를 샅샅이 뒤져보는 수밖에 없을 겁니다. 그것 외에는 달리 방도가 없습니다."

"어디서부터 어디까지 말입니까?"

"전부 다 수색해야 할 겁니다."

"여기 위치가 어떻게 됩니까?"

그러자 최 중위는 지도를 꺼내고 붉은 손전등으로 지도를 비추었다. 그런 뒤 좌표를 확인하여 금지로 지도상의 한 부분을 가리켰다.

"여기서부터 반경은 얼마나 되는 겁니까?"

"대충 두 방안 정도는 잡아야 할 겁니다. 그래야 정확하게 확인 가능합니다."

"더 갔을 확률은 없습니까?"

"사건 일지 기록상 총격 시간과 제가 통문에서 통과 시간을 기록했을 때 아무리 빨라도 두 방안 이상으로 간다는 것은 불가능합니다. 그것은 제가 장담할 수 있습니다."

정 팀장은 고개를 끄덕였고 구덩이 한쪽에서 잠자코 있던 배 계장은 불쑥 퉁명스러운 말투로 물었다.

"우리가 아직 지뢰를 밟지 않은 것이 과연 우연이라고 생각합니까? 아직 운이 좋은 거요. 언제 일이 일어날지는 모르는 법입니다. 제가 볼 때 그냥 침투로 먼저 가 보는 것이 좋을 거라 생각합니다."

"대통령조사위를 찾기 전까지 계속할 거니까 잠자코 있어."

정 팀장은 인상을 잔뜩 쓴 채 배 계장의 말을 일축해 버렸다. 그는 아까와 달리 무언가 힘이 솟는다는 느낌을 받았다. 더는 배 계장과 김 대리의 동의를 구할 필요도 없었다. 이젠 수사에 대한 명확한 명분이 생겼고 남은 것은 몸을 굴리는 일만 남았다. 결국, 왜 그들이 증거를 은폐하려 하는 것이고 사건이 종결되는 이유를 알아야 했다. 대통령조사위를 찾으면 모든 문제는 해결될 터였다.

"만약 그들과 만난다면 어떻게 되는 겁니까?"

김 대리는 아까와는 달리 약간 누그러진 목소리로 최 중위에게 물었다.

"무조건 발각되어서는 안 됩니다. 우리는 그들을 촬영해서 증거 자료로 남길 겁니다. 다시 말하지만 우린 여기 없는 사람들입니다. 그들과 마주쳐도 안 되며 그들이 우리의 존재를 알아서도 안 됩니다. 모르지만 그들이 무장했을 수도 있다는 가정도 배제할 수 없습니다."

그들은 최 중위의 말에 공감했다. 만약 대통령조사위와 만나게 된다면 분명 상대방이었어도 사살할 것이 분명했다. 이것은 증거를 조작하고 있는 일이었고 누구도 알아선 안 될 일이었기 때문이었다. 잠시 휴식이 끝난 뒤 최 중위는 다시 선두로 이동했고 김 대리와 배 계장은 낑낑대며 군장을 다시 멘 채 대열에 합류했다. 아까와 달리 상황의 주도권은 강인한 자에게 넘어갔다. 목숨의 풍전등화 속에선 강자에게 붙는 것은 가장 합리적인 행동이었다. 최 중위에게 힘이 실릴수록 정 팀장의 입지는 좁아졌다.

김 반장이 정신을 차린 것은 김 중사의 모닝커피가 그의 침상 앞에 전달될 때였다. 이미 정신없이 널브러진 장비들은 말끔히 사라진 상태였고 김 반장은 머리를 부여잡으며 김 중사가 전달한 커피를 한 모금 마셨다.

"어찌 된 기야?"

"제가 뒷정리 다 해 놨습니다."

"잘했어."

김 반장은 옷가지를 주섬주섬 주워 입었고 가볍게 전기면도기로 턱 밑 부분을 밀었다.

"한 중사는 어디 갔어?"

"아직 자고 있습니다."

"얼빠진 놈이로구먼."

김 반장은 자신의 나이에 비해 젊은 사람들이 자신보다 게으른 것에 대해 불만스러워했다. 그는 신체 조건에 대해 엄격한 판단 잣대를 들이대는 습관이 있었기에 자신보다 한 살이라도 젊은 사람이라면 그 사람은 반드시 부지런해야 했다. 그것은 그가 사람을 판단하는 잣대이기도 했다.

"아, 그리고 어제 대대 인사과에서 반장님 찾았습니다."

"누군데?"

"아마 인사과장님일 겁니다. 목소리를 들었는데 너무 곤히 주무시고 계셔서 내일 다시 전화드린다고 하고 끊었습니다."

김 반장은 하의를 입으며 입가에 미소를 지어 보였다. 분명 정 팀장이 출발 전 상부에 손을 쓰고 간 것이 분명했다. 그는 정 팀장의 의리에 대해 뜻밖에 감사해했다. 한편으론 지금 DMZ 이북 어딘가에서 비를 맞으며 수색 중일 그들을 가엾게 생각했다. 그는 날아갈 듯이 웃었고 김 중사는 그 웃음의 의미를 알지 못했다. 또 어떤 심중의 변화가 생길지 몰라 안절부절못한 것이 사실이었다.

"일단 기다려 봐. 내가 지금 중요한 일이 있으니까 나가 봐."

김 중사는 즉시 방을 나갔고 김 반장은 인사과에 전화를 넣었다.

"예, 인사과장입니다."

"예, 필승! 수사반장입니다."

"아, 예. 어제 전화드리려고 했는데 사정이 여의치 못해서서 오늘 전화드리려고 했습니다. 듣자 하니 몸이 좀 편찮으셨다고 들었습니다."

"그 뭐 별거 아닙니다. 갑자기 비가 와서 몸살 기운이 있어서 조기 퇴근했습니다. 그런데 어떤 용무로 전화하신 겁니까?"

"아, 그게 다름이 아니고 원래 이번에 인사 단행에서 과장님이 양구 쪽으로 인사 발령이 났었는데 어제 명령이 다시 내려와서 일단 유임으로 결정이 났습니다. 그거 알려 드리려고 전화드린 겁니다."

"아, 그렇습니까?"

"여담인데 어디서 그런 힘을 끌어오시는지 모르겠습니다. 반장님 항상 말이 많아서 전 이번에 아예 가시는 줄 알았습니다."

김 반장은 지붕이 떠나갈 듯 좋아했으나 한편으론 그를 좌천시키려던 사람들이 한둘이 아니었다는 사실에 불쾌감을 느꼈다. 결국, 아무리 웃고 떠들어도 현실 앞에선 냉정해질 수밖에 없었다는 사실을 깨달았다. 항상 그들과 만날 때마다 웃음을 머금었던 그들을 생각하니 구역질이 올라왔다. 그래도 그는 메스꺼움을 꾹 참은 채 전화를 끊었다. 정 팀장이 그에게 보답했다는 사실에 그는 회심의 미소를 지어 보였다. 이제 거래는 확실히 끝난 것이었다. 하지만 정 팀장이 살아서 나오지 못한다면 그것은 또 다른 사건의 전개를 의미했다. 지금으로선 그가 무사히 빠져나오는 것만이 모두가 사는 길이었다. 하지만 김 반장에게 더는 정 팀장을 보호해야 할 의무는 없었다. 남은 것은 소주잔의 약속뿐이었다. 어쩌면 이 거래가 심각한 불균형을 내재한 거래일 수도 있었다.

"야 영배야!"

김 반장은 문을 나오며 컴퓨터 앞에 앉아 있던 병사를 불렀다.

"예, 필승!"

"한 중사 깨워서 밥 먹으라고 해."

"예, 알겠습니다."

한 중사는 곧이어 눈을 비비며 일어났고 김 반장과 아침 식사를 했다. 김 반장에게 아침은 꿀맛이었고 그날 몸 상태는 최고조였다. 더는 누구에게 빌빌대며 자신의 자리를 걱정할 필요도 없어졌다. 아침 식사를 마친 뒤 그들은 다시 수사과 사무실에서 커피를 즐겼다. 소파에 앉은 세 사람은 고개를 젖히며 커피를 조용히 들었다.

"어휴, 그날 밤은 정말 죽는 줄 알았네요."

"뭔 훈련이 이렇게 빡셉니까?"

김 반장은 웃으며 한 중사에게 눈치를 주었다. 한 중사는 즉시 말귀를 알아들었다는 듯 태연하게 김 중사를 바라보며 말했다.

"뭐 훈련이 다 그런 것 아니겠습니까? 비도 오고 하니 힘든 것뿐이겠죠."

"이건 비공식적 훈련이니까 어디 가서 이런 훈련 있었다고 말하면 안 된다. 무슨 말인지 알지?"

김 반장은 특유의 표정을 지은 채 김 중사를 노려보았고, 김 중사는 오금이 저린 표정을 지으며 고개를 연신 끄덕였다.

"한 중사, 잠깐 내 방으로 들어와 봐."

"예, 알겠습니다."

김 반장은 자신의 책상 위에 지도를 올려놓았고 한 중사를 쳐다보았다. 한 중사는 마지막 남은 잔을 비운 채 종이컵을 구겼다.

"지금 날이 매우 안 좋아. 앞으로도 1주일 동안 비가 올 거야. 만약 정 팀장이 지금 추진철책을 넘어갔다면 십중팔구 나오는 데 걸리는 시간이 더 필요할 거야. 그리고 그가 다시 넘어올 때 약조한 날은 지금으로부터 13일 뒤야. 그 전에 일을 끝낸다면 모르겠지만 그럴 확률은 매우 낮아. 다시 말하자면 그가 13일 이내에 나올 수 있을 가능성은 매우 적다는 거야. 전투식량도 그에 맞춰서 배분했기 때문에 시간이 지체될

수록 소요가 커지지. 그건 매우 불리한 조건이야."

한 중사는 미간을 찌푸린 채 입을 꾹 다물었다.

"어떻게 해야 하는 겁니까?"

"일단 추가 보급을 고려해야 해. 작전이 지속하려면 그것밖에는 없어. 자네도 그 크레인 메고 또 거기까지 올라가고 싶은 건 아니잖은가?"

"그야 당연합니다. 문제는 철책의 전기선이 훼손된 걸 대대에서 알게 된다면 우리가 내부로 들어갈 수 있는 확률은 거의 없습니다. 오히려 잡힐 것을 걱정해야 할 겁니다."

"걱정하지 말게. 일단 대대에도 물꼬가 있으니 그들이 아는 정보는 내가 모를 수가 없어. 다만 정 반장하고 어떻게 교신하느냐가 문제이지. 위성 전화기가 있긴 한데 분명 감청될 거야. 약호를 쓰면 너무 오래 걸려 배터리 소모가 클 테고."

"위성 전화기를 준비하셨습니까?"

"그건 기본이야."

"그럼 수동 충전 배터리 아닙니까? 인력으로 돌아가는…."

"그것도 있긴 한데 너무 오래 걸려. 적어도 한 통화 하는 데 하루 종일 충전해야 해. 그래서 정말 필요한 것 아니면 전화를 할 수 없어. 그리고 정 반장이 지금 전화를 껐다면 아무런 대책이 없지. 그래서 우리는 계속 전화 대기를 해도 그쪽은 그럴 수가 없어. 그러니 그쪽에서 전화 오기만을 기다릴 수밖에."

"그럼 이쪽에서 연락할 방법이 전혀 없는 겁니까?"

"4일 단위로 정기 교신을 하기로 약조는 해 놨어. 아직 시간이 그만큼 안 되었으니 너무 지금부터 걱정할 필요 없어."

김 반장은 특유의 전문성을 발휘했다. 인사 문제의 해결로 인한 자신감 때문이었는지 그는 확실히 여유로운 자세로 문제를 해결하려 했다.

정 팀장이 죽었으면 자신도 죽게 될 것을 누구보다 잘 알고 있었기 때문이었다. 그는 그날 밤 술잔의 의미를 다시 한 번 되새겼다. 정 팀장은 분명 자신이 DMZ에서 나온 뒤에 일을 처리할 수도 있었지만, 출발 전 미리 일을 처리했다는 것은 김 반장에 대한 신뢰이기도 했다. 이것은 상대방의 호의를 믿었다는 일종의 증표였다. 김 반장이 이를 모를 리가 없었다.

"우선 철수 날 그들을 안전하게 대피시킬 여건을 조성해야 해. 기상은 물론이고 순찰 동선 그리고 순찰 시간 모든 것이 완벽해야 해. 그러니 한 중사는 GOP 순찰을 실시해 각 소초마다 돌면서 점검 형식으로 순찰 루트를 확인해. 그리고 오늘 밤에 철책 순찰 명목으로 한 번 맥도날드 계곡을 확인해 봐. 나는 대대에서 필요한 정보들을 가져올 테니까."

"알겠습니다."

"더 질문 있나?"

"딱히 없습니다."

"그럼 바로 가 보게. 점심은 소초에서 해결하게."

"알겠습니다."

한 중사는 그의 말이 무슨 말인지 알 수 있었다. 철책의 상태를 확인하는 것은 다음 철수 루트를 확인하는 것과 같았다. 또한, 근무자 명령 패턴을 확인한다면 쉽게 구역 공백기의 기간을 알 수 있었다. 김 반장은 확실히 모든 것을 머릿속에 그려 놓았다. 그러면서 그들이 필요한 정보를 하나하나 취합할 생각이었다. 어찌 보면 정 팀장을 살리기 위한 방도이기도 하였으나 반대로 그가 살려는 방법이기도 했다. 그 순간 김 반장의 전화기가 울렸다.

"예, 김 반장입니다."

"안녕하십니까? 연대 정보장교입니다. 혹시 김 중사 있습니까?"

"김 중사 있습니다. 무슨 일이십니까?"

"오늘 밤에 처리할 일이 있어서 그런데 혹시 연대본부로 오늘 오라고 전파 좀 주실 수 있겠습니까? 휴대전화를 받지 않아서 부득이하게 부탁 좀 드리겠습니다."

"뭐 그러죠."

전화는 끊겼고 김 반장은 김 중사를 불러 말했다.

"무슨 일 있냐, 연대에?"

"무슨 일을 말씀하시는 겁니까?"

김 중사는 긴장한 듯이 김 반장을 바라보았고 그의 입만을 뚫어져라 바라보았다.

"아니 연대 정보장교가 널 보자고 하니까 너무 뜬금없잖아."

"별거 아닐 겁니다. 아마 그 지난번 수사 자료 협조 때 메일을 제대로 못 보내서 이번에 직접 대면으로 받을 생각인 것 같습니다."

"그래? 알았다."

김 반장은 담배를 태우며 김 중사에게 나가보라 손짓했고 문을 닫았다. 방 안은 니코틴 냄새로 가득했고 그는 의자에 앉아 책상 위에 놓인 가족사진을 바라보았다. 활짝 웃고 있는 여자 한 명과 재롱을 부리는 남자아이가 김 반장 품에 안겨 있었다. 그는 살며시 미소를 지어 보였고 눈을 천천히 감았다.

"일도 잘 끝났으니 오늘은 일찍 집에 가 봐야겠네. 아 참, 다솜이 생일이 언제였더라?"

그는 책상 위의 달력을 바라보며 굵게 붉은 표시가 된 달력의 동그라미를 세어 보았다.

"음, 얼마 남지 않았네. 요것 깜짝 놀라겠지?"

김 반장은 미소를 지으며 사진의 여자를 엄지로 문질렀다.

토끼몰이

"대대장님! 이건 분명 누군가가 절단을 하고 들어간 겁니다. 예? 이럴 시간이 없습니다!"

김 실장은 화를 내며 대대장에게 말했다. 그러나 대대장은 꿈쩍도 하지 않았다. 그는 마치 망부석처럼 나긋나긋하게 그에게 설명했다.

"어제 제가 직접 섹터를 다 돌아봤는데 아직 둥근 모양 철조망에 이상이 없고 철망도 상단 하단 손댄 흔적이 없습니다. 흔적 선도 그렇고요. 섣불리 병력을 DMZ 내부로 보낸다는 것은 시기상조입니다. 일단 한전에서 계속 원인 파악 중이니까 조사 끝난 뒤에 투입 여부를 상부에 보고할 겁니다."

김 실장은 자신의 촉이 맞는다고 확신했다. 사실상 철책의 전기가 나갔다는 것은 한 가지 사실밖에는 없었다. 물론 그의 과민 반응일 수도 있었지만 그는 대통령조사위의 활동이 새어나갈 수 있는 모든 변수에 대해 민감해했다. 멀쩡하던 전기선이 이틀째 끊어져 있다는 것은 분명 의심될 만한 사안이었다. 지금이라도 DMZ 내부를 수색하지 않는다면 대통령조사위의 활동들이 들어간 인원들에게 밝혀질 것은 불을 보듯 뻔한 일이었다. 그렇게 된다면 모든 일은 끝날 것이었다.

"대대장님, 제발 간곡하게 요청하는 겁니다. 이건 외부의 침투가 맞습니다. 분명히 그럴 겁니다. 그렇지 않고서야 멀쩡한 전기가 나갈 수가 없잖습니까?"

"실장님, 일기예보 보십니까? 시간당 100㎜예요. 이런 날씨에 전기가 안 나가는 것이 이상한 겁니다. 그리고 그날 초소 관측자에 의하면 낙뢰가 계속 떨어져서 뇌우 조치가 안 된 것에선 합선이 일어나고 그랬습니다. 철책이 단전된 것은 그날 어쩌면 당연한 걸지도 모릅니다."

사실상 대대장도 전 철책 구간에서 유일하게 맥도날드 능선 철책만 불이 나간 것에 의아해하긴 했다. 그러나 그것을 침투로 단정 지을 순 없었다. 그것은 자신의 목에 스스로 밧줄을 거는 꼴이었기 때문이었다. 그는 군 생활을 오래 하고 싶은 사람이었고 진급 심사도 머지않았다. 불필요한 부스럼을 자초하는 것은 옳지 못했다. 또한, 혹시나 하는 마음에 직접 철책을 돌아보았지만 침투로 볼 만한 흔적은 존재하지 않았다. 그랬기에 더욱 스스로 평정심을 찾으려 애썼다. GP 추진철책이 의심스럽긴 했지만 좌우선 모두 이상 없다는 결과 보고는 그를 안심시켰다. 물론 506 GP가 아직 사건 수습이 덜 된 것은 사실이었으나 그들이 허위 보고를 할 이유는 없었다.

그는 오히려 자신을 압박하는 김 실장에 대해 불쾌한 감정을 드러내었다. 신사적인 태도로 일관한 그였으나 계속되는 김 실장의 추궁과 집착은 모욕적인 대접이었다. 물론 DMZ 내부의 일을 모르는 바는 아니었으나 그 일이 과연 군에서 책임져야 할 문제인가에 대해서는 분명 의구심을 품은 것이 확실했다. 자신은 그날 베일에 가려진 그 사람의 지령을 충실히 이행했을 뿐이었다. 오히려 똥줄이 타는 쪽은 자신이 아닌 것은 확실했다. 명령에 대한 상명하복의 미덕에 충실한 자가 문제가 될 수는 없는 노릇이었다. 그러나 만약 모든 책임을 뒤집어씌울 경우 자신이 모든 책임을 져야 한다는 것만은 확실했다. 어떤 경로로든 그날 641 정보부대의 출입을 허가한 자는 그였기 때문이었다. 그가 생각하기에 그 혼자 이 모든 일을 했다는 것은 이 세상 그 누구도 믿지 않을 것이었기에 자신이 죽는다면 모두가 죽을 것이라는 생각을 하고 있었다. 그만큼 그는 믿는 구석이 있었다.

"대대장님. 이건 정말 다시 생각하셔야 하는 겁니다. 지금 저 안에서 무슨 일이 일어나고 있는지 아무도 모르실 겁니다. 이건 정말 심각한 문제입니다. 그걸 아셔야 합니다."

김 실장은 핏대를 올리며 대대장을 바라보며 말했으나 대대장은 사실상 미동도 없었다. 단지 그의 오래된 검정 가죽 소파만이 축 늘어질 뿐이었다. 그의 꾹 다문 입은 아무 말도 하지 않는 듯 굳게 물려 있었다.

"이거 몸에 좋은 겁니다."

망부석처럼 앉아 있던 대대장은 자신의 우측에 있던 서랍장에서 찻잔 두 개를 꺼냈고, 달여 놓았던 오가피가 담긴 커피포트를 들어 찻잔에 부었다.

"오가피가 보통 좋은 것이 아닙니다."

대대장은 쓴웃음을 지어 보였고 김 실장은 마지못해 찻잔을 받아들이는 척하며 그것을 한 번에 들이켜 버렸다. 오가피의 씁쓸한 맛이 그의 목젖을 타고 넘어가면서 그의 신경을 더욱 자극했다. 김 실장은 불편한 기색을 숨길 수 없었고 계속해서 붉게 상기되었다. 가끔 그는 양 볼을 떨었으며 마치 치욕스럽다는 듯 눈에선 가득 찬 흰자위가 없어질 기미가 보이질 않았다. 대대장 역시 그의 심리 상태를 잘 알고 있었으나 굳이 말로 표현하지는 않았다. 그만큼 그는 그에게 자신이 있었다. 어차피 아무 권한 없는 민간인일 뿐이었고 아무리 청와대라 해 봤자 그것은 멀리 떨어진 권력자일 뿐이었다. 점령지의 총독은 실세 그 자체였다.

이틀 밤 동안 철책의 불은 들어오지 않았다. 정 팀장 일행은 아주 꼼꼼히 주변을 수색했다. 이전과 달리 내분 따위는 없었다. 오직 목적에 의한 상명하복만이 존재했다. 그러나 다가갈수록 그들은 대통령조사위가 자신들과 멀지 않은 곳에 있는 것을 직감했다. 곳곳에서 발견된 미량의 배설물과 파묻힌 비닐봉지의 발견은 인적이 있음을 의미했다. 최 중위는 주변 일대를 충분히 수색했다고 판단하였고 이젠 하천 지류를 따라 이동했으며 더욱 깊숙한 지점으로 들어가고 있었다. 날이 지날수록 그들은 피로했으나 그들의 움직임은 이전과 달리 상당히 민첩했으며 위기에 재빨리 대응할 수 있었다. 아직 지뢰로부터의 위협은 없었으나 그것은 단지 운이 좋았을 뿐이었다.

하루 뒤 그들은 약속한 시간에 김 반장으로 부처의 연락을 기다렸으나 아무런 소식이 없었다. 백 팩 속의 위성 전화기 배터리가 방전되어 있는지 몰랐기 때문이었다. 사실 배터리 방전이 자주 있는 일은 아니었으나 오랜 시간 사용을 하지 않은 경우에도 종종 방전이 되곤 했다. 또한, 위성 전화기 자체가 워낙 오래된 기종이었기에 배터리 자체의 수명도 그리 길지 않았다. 중요한 점은 정기 교신의 기회를 놓쳤기에 또 다른 4일을 기다려야 했다. 그동안 어떠한 일이 벌어진다 해도 밖으로 소통할 방법은 없었다.

정 팀장은 1분 안에 말하려 했던 목록이 적힌 종이를 자신의 품 안에 다시 구겨 넣었다. 1분 이상 통화가 길어진다면 도청의 위험이 있었기 때문이었다. 김 대리는 망할 위성 전화기라며 욕설을 퍼부었고, 정 팀장은 실망한 표정을 지으며 다시 비닐봉지를 싼 뒤 배낭 안에 넣었다. 그들은 잠시 휴식을 취했다.

"얼마나 더 남은 겁니까? 지금 여기 이 지점하고 이 지점까지 모든 구역을 다 돌았어요."

"아마 제가 생각하기엔 이 계곡 사이 분지에 있을 겁니다."

최 중위는 가죽 장갑을 낀 채 지도 위를 가리켰다. 정 팀장은 지도를 본 뒤 그를 다시 바라보았다.

"그들이 우리의 존재를 알아차렸을까요?"

"그렇진 못할 겁니다. 여긴 전파 월경 지대라 그들도 쉽사리 외부와 통신을 하지 못할 겁니다. 물론 그것은 우리도 마찬가지죠. 대대가 지금 어떤 상황인지는 모르겠지만 이 DMZ 안에선 우리뿐입니다. 결국, 여기서 모든 걸 해결해야 한다는 말이겠죠."

"일단 오성산 하부 능선을 이용해서 계곡 분지로 들어가도록 하는 것이 좋겠군요."

정 팀장은 지도상에 그려진 능선 부분을 가리키며 말했다.

"그들 뒤로 돌아가는 것도 나쁘지 않지만 제가 볼 땐 우리 행군 속도로는 너무 이상적인 루트입니다. 차라리 하천을 끼고 지류를 타고 내려가면서 평야에서 분지로 들어가는 것이 나을 겁니다."

최 중위는 지도를 보다가 고개를 드러누워서 졸고 있는 김 대리와 배 계장을 곁눈질로 쳐다보았다.

"저 두 사람은 왜 데려오신 겁니까?"

"마땅한 인원이 없었습니다. 그리고 나름 그들만큼 철저한 사람도 없습니다. 그것만은 분명합니다."

"어떤 부분에서 마땅한 부분이 없다고 말씀하시는 겁니까? 머리로 할 수 있는 것이 아무것도 없습니다. 물론 배 계장이 특출한 인재라고는 하지만 그가 정말 필요한 사람이라고는 생각되지 않습니다. 그는 행정에 어울릴 사람이지 이런 위험한 일에는 크게 도움이 되지 못합니다. 김 대리는 말할 나위도 없습니다. 전 왜 그 사람이 이번 작전에 포함되어 있는지 알 수가 없습니다. 용기가 있는 것도 아니고 충성심이 있는 것도 아니고 그렇다고 매우 뛰어난 머리를 가진 것도 아니잖습니까?"

정 팀장은 그의 말이 백번 옳다고 생각했으나 그렇다고 긍정할 수도 없었다. 어쨌거나 자신의 팀원들이었고 그들을 통해 성과를 만들어 내야 하는 입장이었다. 더군다나 이러한 사지 속에서 우군의 존재는 필요성의 존재보다 더 큰 의미를 지녔다. 적어도 이러한 정글 속에선 효율성은 그리 큰 해결책이 되지 못했다.

"물론 그들이 어떤 일을 벌일지는 잘 모르겠습니다. 그러나 중요한 점은 적어도 날 팔아먹을 사람들은 아니라는 겁니다. 그들이 내게 줄 수 있는 위안은 그것뿐입니다."

최 중위는 방탄 헬멧의 끝을 올리며 그를 바라보았다.

"잘 판단하셔야 합니다. 신 말고 그 누구도 알 수 없는 것이 사람 마음입니다. 그들이 언제 무슨 짓을 할지는 그 누구도 모르는 법입니다. 절대적인 것은 없습니다. 그것이 제 철칙입니다."

"일단 두고 보십시오. 지금은 그들을 찾는 것이 더 큰 목적이니 최 중위님께서 좀 더 수고해 주셔야겠습니다. 이미 당신은 우리 모두 이상의 몫을 해내고 있습니다."

"그것이 얼마나 갈지는 장담할 수 없습니다. 저도 사람입니다."

정 팀장은 그 말의 의미를 잘 알고 있었다. 사실 지금까지 살아남을 수 있었던 이유도 그 덕분이었다. 그가 아니었다면 작전은커녕 목숨의 부지조차 어려울 것이 분명했다. 그 점에서 이 국장이 최 중위를 보내 준 것은 천만다행이었다. 정 팀장 역시 잘해낼 수 있다고 믿었지만 그는 부족했다. 아무리 그가 유능한 인재라고 해도 지옥 같은 사지에서의 지도력은 또 다른 문제였다. 이곳에선 강인함과 야수 같은 판단력만이 목숨을 부지시켜 주는 유일한 수단이었다. 정 팀장에겐 부족한 그것을 최 중위는 충분히 갖고 있었다.

그들은 하천 지류를 따라 천천히 걸었다. 아직 우천이 계속되었기 때문에 오전이건 오후건 온통 안개밖에 보이지 않았다. 게다가 빠져드는 개흙 밭은 그들의 전진을 더욱 느리게 했다. 그러나 최 중위는 오히려 이러한 움직임이 체력 소모를 줄이고 적으로부터 자신들을 은폐할 수 있는 좋은 방법이라고 생각했다.

대열의 우측으로는 북한군 GP가 희미하게 언덕 꼭대기에 머리를 들이 내놓고 있었다. 그러나 근무자가 없는지 불빛은 보이지 않았고 총 안구 역시 개방되지 않은 상태였다. 북한의 GP는 그만큼 허술했다. 그들이 경계에 쏟는 에너지란 남한의 10분의 1도 안 될 만큼 열악했다. 과연 그들에게 경계의 의지가 있는지조차 의심스러울 정도로 그것은 가없는 것이었으며 또한 비루한 것이었다. 최 중위의 대담함은 그러한 사실을 그 누구보다 잘 알았기에 가능했다. 수차례에 걸쳐 개성을 다녀올 만큼 그는 그들의 경계령이 얼마나 형편없는 것인지 알고 있었다. 그런 그의 제자들이 한순간에 몰살당했다는 것은 그로서 받아들이기 힘든 일이었으며 상식적으로 믿기 힘든 일이었다.

꼬박 이틀이 걸려 그들은 분지 근처의 의심 지역을 모두 정찰하는 데에 성공했다. 성과는 대통령조사위 인원들이 버리고 간 각종 생활 쓰레기와 매몰한 생필품 조각들이었다. 김 대리가 무슨 능력이 있는지는 몰랐지만 마치 개코처럼 그는 그들이 남기고 간 잔해물을 기가 막히게 찾아냈다. 마치 패턴을 읽은 듯 지난번 비닐봉지를 발견한 이후 비슷한 사람들이 매몰하고 있다는 사실을 알아냈다. 그는 나중엔 삽을 드는 척하면서 어떻게 매몰을 했는지까지 재연하는 시늉을 해보았다. 나름대로 꽤 중요한 정보였다. 그럴수록 그들은 계곡 분지 안에 그들이 있다는 것에 확신을 하게 되었다. 한 걸음 한 걸음 다가갈수록 최 중위의 움직임은 더욱 더뎌졌고 의심스러운 것은 반드시 짚고 넘어갔다.

다행히 지뢰는 아직 없었다. 이미 6·25 때 전부 누군가 밟았다고 해도 믿을 만큼 추진철책 내부와는 달리 지뢰가 거의 발견되지 않았다. 가끔 이어폰으로 들려오는 경고음 소리는 있었어도 그 빈도를 비교한다면 거의 없는 것과 마찬가지였다. 능선 하부를 지나는 그들의 움직임은 마치 뱀이 비단을 기어가듯 느리면서도 부드럽게 지나갔다. 그것은 그들이 계속해서 한 지점에 머무는 시간이 많았다는 이야기이기도 했다. 사실상 최 중위는 참새 소리만 들어도 모두에게 엎드리라고 지시했기 때문에 김 대리와 배 계장이 그의 인솔을 극도로 혐오했던 것은 당연한 일이었다. 그러나 위험이 가까이 왔음을 모두가 직감했고 그랬기에 겉으로 드러내놓진 않을 뿐이었다.

전우의 시신

"들립니까?"

정 팀장이 말하자 최 중위는 즉시 주먹을 말아 쥐어 위로 올렸다. 그러자 그들은 모두 바닥에 엎드렸다. 최 중위는 정 팀장에게 가까이 다가갔다.

"뭐가 들린다는 겁니까?"

그는 지나칠 정도로 낮은 목소리로 말했다. 그러자 정 팀장은 입에 검지를 갖다 대었다. 그러자 조용한 바람 소리와 함께 어디선가 말소리가 들려왔다. 비가 아까보단 적게 왔기 때문에 빗방울 소리로 착각할 수도 있었으나 분명 이것은 대화하는 소리가 분명했다. 최 중위는 즉시 약정된 신호대로 엄지를 편 뒤 위아래로 흔들어댔다. 김 대리와 배 계장은 간담이 서늘함을 느꼈다. 최 중위는 즉시 배낭에서 고성능 카메라를 꺼냈고 정 팀장에게 움푹 파인 웅덩이로 들어가 있으라고 말했다. 그는 즉시 날렵하게 몸을 반대편에 밀착한 뒤 서서히 말소리가 들리는 곳으로 움직였다.

그가 한참을 기어가자 그의 눈앞엔 경사면이 보였고 그 아래 분지가 눈에 들어왔다. 길을 제대로 들었다고 안심할 나위도 없이 그는 입에서 새어 나온 탄식을 간신히 참을 수 있었다. 그의 눈앞엔 다섯 구의 시체가 나뒹굴고 있었다. 청색 재킷을 입은 사람들은 발로 그 시체를 굴렸고, 일부는 무언가를 끄집어내듯 흉부를 갈라낸 뒤 장기를 꺼내고 있었다.

최 중위는 그 다섯 구의 시신 중 머리를 하늘로 하는 시신을 보자 단박에 그가 누군지 알 수 있었다. 그는 내부에서 우러나오는 뜨거운 감정을 애써 참으려 했지만 이내 눈시울을 붉힐 수밖에 없었다. 그는 엎드려 흐느꼈고 소리 없는 탄식을 계속해서 내뱉었다. 청색 재킷의 사람들은 꺼낸 장기들을 마치 생선을 발라내듯 흰 고무장갑으로 이리저리 뒤졌고 무언가를 찾는 듯했다. 잠시 뒤 장기를 뒤지던 사람들이 일어나 다른 시신의 흉부를 가르자 그것을 지켜보던 사람은 마스크를 쓴 채 노란 봉투 안에 장기들을 하나하나 주워 담았다. 최 중위는 메스꺼움을 참지 못한 채 구역질을 해댔다. 그것은 전우들을 지키지 못한 것에 대한 스스로 자책이었고 홀로 살아 있는 자신에 대한 원망이기도 했다.

최 중위는 마치 총을 쏘듯 닥치는 대로 셔터를 눌러 계속해서 사진을 찍었다. 그들이 마지막 다섯 번째 시신을 훼손할 때까지도 최 중위는 두 눈을 부릅뜨고 그들을 바라보았다. 청색 재킷의 남자 중 검은 챙 모자를 쓴 남자는 마지막 시체를 본 후 흰 장갑을 바닥에 던진 뒤 바로 앞에 있는 남자의 뺨을 후렸다. 무슨 영문인지는 알 수 없었으나 그들이 무언가를 찾고 있었음이 분명했다. 그러나 그것은 알 수 없었다. 나중에야 알게 된 일이었지만 그들이 찾는 것은 절대 북한에 넘어가서는 안 되는 물건이 분명했다. 만약 넘어가게 된다면 국가 안보에 치명적 위해가 될 것이 확실했다. 어느새 정 팀장은 그의 옆으로 다가왔다. 그 역시 그 광경을 볼 수밖에 없었다. 그는 아무 말도 할 수 없었고 하지도 않았다. 조사위의 존재를 알게 된 이상 이 일은 보통 일이 아니었다.

잠시 뒤 검은 챙 모자의 남자는 담배를 꺼내더니 한 모금을 빨았다.

연기는 바람을 타고 최 중위가 있는 능선까지 퍼졌으나 그는 아랑곳하지 않아 보였다. 그제야 최 중위는 자신이 주운 말보로 담뱃갑의 출처를 알 수 있었다. 그가 담배를 시체 위에 던지자 그 주위에 몰려 있던 사람들은 일제히 삽으로 땅을 파기 시작했다. 대략 10분 정도 파자 1m 이상의 깊이를 가진 웅덩이를 파내었고 검은 챙 모자는 시체들을 발길질하며 구덩이 속으로 넣기 시작했다. 그가 다섯 번째 시체를 밀어 넣을 즈음 갑자기 한 명의 청색 재킷의 남자가 드릴을 가져오더니 시체의 머리에 구멍을 여러 개 내기 시작했다. 그런 후 그라인더로 좌우를 갈랐다. 그는 여러 번 해 본 솜씨처럼 뇌의 뒷부분을 오른손으로 잡더니 딸려오는 눈알과 시신경들을 왼손으로 뽑아 구덩이 속에 던져 버렸다. 그가 뇌를 꺼내자 즉시 사람들은 시체를 구덩이에 밀어 넣었다.

정 팀장은 구역질이 났는지 눈을 감아 버렸고, 어느새 옆에서 바라보던 배 계장과 김 대리는 입을 다물 수 없었다. 그것은 야만 그 자체였고 인간으로서 도저히 할 수 없는 행동들이었다. 그러나 그것들은 그들 앞에서 현실로 다가왔다. 그 어떠한 인권과 연민 따위는 없었으며 그 시체들은 단지 쓰고 버리는 일회용품에 불과했다. 최 중위는 그제야 왜 시체 냄새가 나지 않았는지 알 수 있었다. 또한, 그들이 지나온 자리마다 지하 어딘가엔 저들이 파묻어 놓은 641정보부대원들의 시체가 있음을 확신했다. 고통스러운 장면이었지만 그것으로 인해 그들은 사건의 실마리를 통해 문제를 어느 정도 해결할 수 있다고 믿었다. 최 중위는 자신이 처음에 가졌던 추측이 맞았다는 사실을 확신했다.

"그만 가죠. 도저히 못 볼 것 같습니다."

김 대리는 정 팀장에게 간청하듯 말했다. 그 역시 더는 보고 싶은 장면이 아니었던지 아직도 셔터를 눌러대고 있는 최 중위의 허리춤을 오른손으로 쿡쿡 찔렀다. 최 중위는 그를 한 번 바라보더니 철수 신호를 보곤 알았다고 표현했다. 그들은 서서히 현장을 빠져나왔고 언덕 뒤로 숨어들었다.

최 중위는 아직도 정신적 충격이 가시지 않았는지 아무 말도 하지 않은 채 말없이 그가 찍은 사진들만 계속해서 돌려 보았다. 정 팀장도 그 심정을 이해할 수 있었는지 그에게 그 어떠한 말도 하지 않았다. 말하진 않았지만 그들 스스로는 무엇을 해야 하는지 잘 알고 있었다.

"무엇을 했는지 알아야겠어요."

정 팀장은 굳은 표정을 지은 채 최 중위를 바라보았다.

"따라갈 겁니까?"

고개를 숙인 채 나뭇가지로 땅을 긁던 배 계장은 정 팀장을 올려다보았다.

"따라가야 또 다른 시체의 위치를 알 수 있겠죠."

배 계장은 고개를 다시 숙였다.

"난 저 새끼들을 죽일 겁니다."

최 중위는 중 저음의 목소리를 내며 서늘하게 말했다.

"일을 그르치지 맙시다. 원래 목적했던 대로 갑시다."

김 대리는 그를 바라보며 따지듯이 말했다.

"좋습니다. 불알 한 짝밖에 없어 오그라들기 싫으시다면 저 혼자라도 가겠습니다."

최 중위는 즉시 일어났고 정 팀장은 일어나려는 그의 팔을 붙잡았다.

"앉으십시오. 이런다고 해결될 문제는 아닙니다."

"그럼 무엇으로 해결할 수 있다는 겁니까? 놈들은 내… 내 동생들을 다 저 지경으로 만들어 놓고 이젠 그들을 모독하고 있습니다. 난 절대 해결책이 있다고 믿지 않습니다. 그것은 전부 다 거짓일 뿐이란 말입니다."

최 중위는 정 팀장이 잡은 팔을 뿌리치며 일어났다.

"수사에 집중합시다. 저들을 죽이는 것은 당신 부하들 위신을 다시 살리는 데 아무런 도움이 되지 못합니다. 그들의 범죄를 모두 세상에 알려야 하는 겁니다. 그것이 당신의 부하들을 위하는 진정한 방법입니다. 그런데도 당신이 고집하겠다면 잡지는 않겠습니다. 그러나 한 번 건너게 된 다리로 다시는 돌아올 수 없을 겁니다. 체급이 맞지 않는 싸움은 애초에 시작하지 않는 것이 답입니다. 지금은 체급을 늘리는 시기이지 매치로 나가서는 안 됩니다. 아시겠습니까?"

정 팀장의 나긋나긋한 말투는 최 중위에게 또 다른 생각을 품게 하였고 그것은 분명 그 전보다 복잡해진 것이 확실했다. 정말 부하들을 위하는 것을 원하고 있는 것인지 아니면 단지 자신의 분노를 해결하기 위해 과욕을 부리는 것인지에 대해 고민할 필요가 있었다.

"당신은 쥐뿔 알지도 못해."

최 중위는 떨리는 목소리로 정 팀장을 바라보며 말했고, 정 팀장은 그의 떨리는 눈동자를 바라보았다.

"정신 차리세요. 당신은 아무것도 가진 것이 없습니다. 그들을 어찌할 수 있는 방도가 없어요! 지금으로선 그들의 행적을 모두 증거로 남기는 수밖에 없습니다. 그것만이 유일한 복수입니다. 내가 저들을 가만두지 않겠다고 당신에게 맹세하겠습니다. 제발 진정하세요. 이건 감정적으로 나가선 안 되는 일입니다!"

정 팀장은 그의 두 어깨를 붙잡고 말했다. 최 중위는 그를 바라보지 못했다. 그도 그 혼자 그들을 모두 상대할 수 없음을 잘 알고 있었다. 그러나 끓어오르는 분노를 식히는 것은 초인적인 인내를 요구하는 일이었다. 배 계장은 그런 그를 한심하다는 듯 쳐다봤고 김 대리는 배가 고픈 듯 입맛을 다셨다. 오직 분노하는 이는 정 팀장과 최 중위밖에 없었다. 당연한 결과였다.

"일단 거리를 갖고 이동합시다. 들키지 않도록 최대한 멀리 이동합시다. 그리고 배 계장은 시체의 위치를 지도에 표시하도록 하세요."

최 중위는 울분을 참으며 고개를 떨구었고, 배 계장은 정 팀장의 지도를 받아 위치를 표시했다.

"걱정하지 마시오. 반드시 다시 올 겁니다. 반드시 그 억울함을 모두에게 알릴 겁니다."

끝내 최 중위는 복받치는 감정을 주체하지 못한 채 두 눈에서 눈물을 흘렸다. 다섯 구의 시 체 모두 그가 애지중지하며 키운 후배들이었고 그들에게 쓴소리와 못 할 소리 모두 해 가며 가르쳤던 그들이었다. 그래도 강아지처럼 그의 바짓가랑이를 붙잡으며 해맑게 웃던 그들이 이젠 사지가 절단된 채로 누군가에 의해 파묻히고 있다는 것은 최 중위로서 절대 받아들일 수 없는 현실이었다.

그러나 주검으로 돌아온 그들에게 해줄 수 있는 것은 아무것도 없었다. 그들은 조사위가 움직이기 전까지 죽은 듯이 자리에 엎드려 있었다. 조사위 사람들은 옷가지들을 챙긴 채 일어섰고 일부는 지뢰탐지기를 앞세워 걸어 나갔다. 후미에 있는 사람들은 기관단총을 메고 있었고 탄창이 결합하여 있는 것으로 보아 분명 실탄을 장전하고 있는 것이 분명했다. 만약 섣불리 덤볐다간 분명 모두가 죽을 일이었다. 정 팀장은 쌍안경으로 그들을 지켜보며 자신이 최 중위를 말린 것은 백번 잘한 일이라고 생각했다. 사람들은 대략 20명 정도 되어 보였으며, 다양한 직업의 사람들이 모인 것같이 머리 모양도 가지각색이었다. 그러나 옷은 같았다. 정 팀장은 다시 일어나 그들의 뒤로 천천히 이동했다.

예상외로 조사위 사람들은 상상 이상으로 느리게 이동했다. 그러면서 무언가를 뒤지듯 일렬로 늘어서서 땅바닥을 헤집고 다녔다. 마치 보물찾기라도 하듯 그들은 구석구석을 뒤졌다. 각종 탐지 장비를 이용하는 듯 그들 손에는 금속탐지기가 하나씩 들려 있었다. 가끔 삑삑 소리와 함께 황금빛 나는 물체를 집어 드는 사람이 여럿 있었다. 탄피가 분명했다. 정 팀장은 그들이 사건 현장의 증거를 모두 채취하고 있다는 것을 알아냈다. 그러나 그들이 그것으로 무엇을 하려는지 알 수 없었다. 그들은 능선과 분지를 이동하며 수색을 계속했고 날이 어두워지자 침낭을 깐 채로 그 자리에서 잠이 들었다. 북한군 GP의 시야에는 들어오지 않는 사각지대였다.

최 중위는 그들이 기존 침투로대로 이동하고 있다는 사실을 직감했다. 우측의 저격능선은 그가 일전에 답사할 때 주로 이동하곤 했던 코스였기 때문이었다. 그만큼 저격능선 좌측 하단부는 산세가 험준했고 눈에 절대로 띌 수 없는 천혜의 자연 구조를 갖추고 있었다. 조사위원들은 손바닥 안을 들여다보듯 침투조가 어디로 갔는지 정확히 짚어냈다. 최 중위는 분명 저 중에 있는 사람이거나 혹은 정보를 제공한 자가 641정보부대 내부 관계자임을 확신했다. 그들이 움직이는 코스 자체가 너무나도 정확했기 때문이었다.

사실상 이 국장을 제외한 인원 중에 세부적인 작전 계획을 아는 이는 거의 없었다. 굳이 밝히자면 작전에 참여했던 일부 장교들과 훈련 전담 교관들이 대부분이었을 것이었다. 그들이라면 충분히 이 사실에 대해 발설했을 가능성이 농후했다. 그러나 그들을 모두 찾는다는 것은 불가했다. 사건 이후 모두 연락이 끊긴 상태라 그들을 찾는다는 것은 사막에서 바늘을 찾는 것보다 어려운 일이었다.

그들이 침낭 속에 들어가 취침을 취하자 그제야 정 팀장은 무리로 돌아와 식사를 하자고 했다. 그러나 거리가 너무 가까웠고 자칫 잘못하면 냄새가 풍길 가능성도 배제할 수 없었다. 그랬기에 그들은 모포를 두

겹씩 덮은 뒤 한 명씩 취사를 하기로 결정했다. 먼저 최 중위가 식사를 했고 정 팀장이 망을 보았다. 그런 뒤 차례대로 김 대리와 배 계장이 먹었고 정 팀장이 가장 늦게 식사를 했다. 만약 김 대리나 배 계장을 먼저 먹인다면 분명 그들이 다른 인원의 식사 시 경계에 실패할 수 있다는 불안감이 있었기 때문이었다.

조사위 사람들은 두 시간 간격으로 두 명씩 보초를 번갈아 서는 듯했고 총은 K-1 6정으로 확인되었다. 그러나 얼마만큼의 실탄을 휴대했는지는 알 턱이 없었다. 확실한 것은 그들이 충분한 화력을 보유했음은 의심할 나위 없는 사실이었다.

그날 최 중위가 확인한 사실은 그들이 탄피 몇 개를 주웠다는 것과 더 많은 시체를 찾고 있다는 것이었다. 최 중위는 그날 밤도 뜬눈으로 그들을 노려보며 밤을 지새웠다. 가끔씩 정 팀장이 한쪽 눈을 뜬 채 그를 바라보았으나 이내 잠에 취해 버렸다.

조사위원들은 새벽 5시에 일어난 뒤 취사를 시작했다 그들은 적 GP가 보이든 보이지 않든 신경 쓰지 않은 채 시끌벅적하게 취사를 했다. 마치 모든 것을 알고 있다는 듯 대담한 행동이었다. 보통 북측에서도 수색대를 내보내는 일이 잦았기에 연기와 냄새는 좋은 살해 표적이 되었다. 그들이 식사를 마친 것은 한 시간 뒤의 일이었다. 다들 한 대씩 담배를 돌려 피웠고 마지막 남은 이가 꽁초를 배낭에 넣었다.

김 대리와 배 계장은 그것을 보며 침을 삼켰고 흡연에 대한 욕구가 목 끝까지 올라왔다. 그러나 그들에겐 아무런 담배도 없었다. 가진 것이라곤 몇 개의 껌밖에 없었다. 김 대리는 자신의 욕구를 잠재우려는 듯 껌을 질겅질겅 씹어댔다. 정 팀장은 그들이 현장을 떠나기 전까지 그들을 뚫어져라 쳐다봤고 최 중위도 마찬가지였다. 어느 정도 준비가 된 듯 무장한 사람들이 선두에 섰고 그 뒤로 그들이 차례대로 움직였다. 그러면서 그들은 좌우를 살피며 혹시나 떨어진 물건이 없나 살피는 눈치였다.

보물찾기는 오늘도 계속되었으나 지루한 꼬리 물기 식 미행은 속도를 내지 못했다. 그러면서도 용케도 능선을 지나 오성산 좌측까지 이동하게 되었다. 원래 작전은 저격능선 하부를 지나 오성산 좌측의 산비탈을 올라 앵커를 걸고 위로 등반을 하는 것이었다. 그 계획에 맞게 조사위원들은 착실하게 움직였다. 그러나 그들은 점점 최 중위가 그어놓은 수색 한계 반경에 도달하고 있었다. 그 이상으론 도저히 시간상 그들이 주파할 수 없는 거리였기 때문이었다.

최 중위는 저격능선 하부에서 확인할 것이 있다며 정 팀장 일행을 앞서가게 두었다. 그런 뒤 남대천 지류를 따라 내려갔다. 한 시간가량 지나자 최 중위는 낙심한 표정으로 올라왔다. 정 팀장은 그에게 무얼 하고 왔느냐고 물었다. 최 중위는 간단히 이 국장이 전에 말한 첩보 사항에 관해 확인 차 갔다 왔다고 말한 뒤 다른 질문들을 일축했다.

점심쯤 되자 그동안 지긋지긋하게 오던 비가 그치고 그들 머리 위로 강렬한 햇살이 비추었다. 마치 태양은 머금고 있던 빛을 토해내듯 강렬한 빛을 쏟아내었다. 정 팀장 일행은 하늘을 바라보며 충만한 수통을 꺼내 목을 축였다. 분명한 것은 이러한 날씨가 이틀만 돼도 물이 전부 고갈될 것이라는 사실이었다. 물을 아낀다고 해도 물을 아낀다면 체력 저하가 일어날 것이 분명했다. 또한, 3일 후엔 두 번째 정기 교신이 있는 날이었다. 이번에도 교신에 실패한다면 마지막 교신 전까지 식량을 보급받지 못할 것이 분명했다. 결국, 두 번째 정기 교신에 실패한다면 작전은 끝이었다. 그대로 돌아가야 했다.

정 팀장은 그 사실을 누구보다 잘 알았기에 최악의 상황에 대비해 날

것을 먹을 생각도 했다. 그러나 불을 피운다는 자체가 이미 상식 밖의 일이었기에 취사는 꿈도 꾸지 못했다. 또한, 식중독에 걸리기라도 하는 날엔 조사위원들과 마주칠 수밖에 없을 것이고, 그렇게 된다면 그들이 자신들에게 어떤 짓을 하게 될지는 불을 보듯 뻔한 일이었다. 이래저래 그는 고민이 많았다.

최 중위는 무언가를 발견한 듯 정 팀장을 보며 급하게 손짓했다. 정 팀장이 최 중위 곁으로 기어갔을 땐 그들의 눈앞에 또 다른 시체 두 구가 있었다. 일전에 발견한 다섯 구와는 비교도 안 될 만큼 상태가 좋지 못했다. 마치 가장 오래 부패한 시체들처럼 이미 얼굴 곳곳엔 벌레들이 득실했고, 몸은 수일에 걸친 비로 인해 잔뜩 불어 있었다. 군복을 입고 있어도 그들의 몸은 맨눈으로 보기에도 많이 부풀어 있었다.

조사위원들은 즉시 그들의 옷을 벗긴 채 다시 고무장갑을 끼고 흉부를 도려내었다. 마치 즉석 부검이라도 하듯 흰 수염의 남자가 각종 내장을 들어내며 무엇인가를 찾는 듯했다. 그러던 그는 그 시체에서 소득이 없는 듯 집기류를 집어 던진 뒤 두 번째 시체를 도려내었다. 그가 위를 꺼내 들었을 때 그는 흥분한 듯 옆에서 그것을 바라보는 선글라스의 사내에게 무언가를 건넸다.

최 중위는 그것을 확대해서 보았고 그것이 컴퓨터 칩임을 확인했다. 그것이 무엇인지 확신할 수 없었으나 그들이 그것을 찾기 위해 모든 시체를 까보았음이 확실해졌다. 다른 남자들은 즉시 땅을 팠고 이전과 같이 시체를 메워 버렸다. 선글라스의 남자는 선지처럼 된 칩을 집어 든 뒤 흰 수염 남자의 어깨에 손을 올리며 수고했다는 듯 그의 등을 두드려 보였다.

최 중위는 또다시 끓어오르는 분노를 느꼈으나 지난번과 달리 그는 잘 참아냈다. 배 계장과 김 대리는 역시 참을 수 없는지 구역질을 해 대며 눈을 감았다. 정 팀장은 덤덤하게 그 광경을 지켜보았다.

"뭘까요?"

정 팀장은 쌍안경으로 바라보며 물었다.

"글쎄요."

최 중위는 덤덤하게 말했다.

"정말 중요한 거겠죠?"

정 팀장은 말꼬리를 올리며 계속해서 쌍안경으로 주시했다.

"아마 저걸 찾으려고 이 지랄을 한 것이 아닐까 싶네요."

최 중위는 아무런 감정의 미동도 보이지 않은 채 차갑게 답했다. 뒤이어 조사위원들은 움직이기 시작했고 시체 두 구를 파묻었다. 배 계장은 지도를 꺼내 보고 이 지점이 마지막 지점임을 확신했다. 더는 이곳 이상으로 빗금이 쳐져 있지 않았기 때문이었다. 최 중위 역시 이곳이 마지막임을 알았다. 더는 넘어간다면 산악 지형이었기에 시체가 있다 해도 밑으로 굴러떨어졌을 것이 분명하기 때문이다.

그들은 조사위가 움직이자 그들을 따라 다시 움직이려 했다. 그러나 최 중위는 정 팀장을 붙잡으며 시체를 묻은 지점에 잠시만 있다 가자고 애원했다. 정 팀장은 그의 간곡한 청을 거절할 수 없어 그들은 그곳에서 잠시 기다리기로 했다. 그들은 나무가 우거진 지점으로 내려갔다. 그곳엔 방금 땅을 판 흔적이 역력했다. 최 중위는 무릎을 꿇은 채 그곳을 향해 큰절을 두 번 올렸고 감정에 복받친 듯 결국엔 눈물을 보이고 말았다. 정 팀장은 그를 위로할 어떤 말도 하지 않았다. 이것은 입으로서 위로할 것이 아닌 것은 본인 스스로 더 잘 알았기 때문이었다. 배 계장은 먼 산을 바라본 채 주위를 배회했고, 김 대리는 정 팀장의 말에 따라 산등성이 위에서 망을 보았다. 최 중위는 잠깐 감정을 추스르며 눈물을 닦았다. 그가 일어나자 언덕 위에서 정 팀장을 찾는 김 대리의 신호 소리가 들려왔다. 정 팀장은 즉시 언덕 위로 올라갔다. 김 대리가 자신의 손에서 무언가를 건네주었다.

"보이십니까?"

김 대리는 굳은 표정을 한 채 정 팀장을 바라보았다.

"어디서 났습니까?"

"이 주변을 봤는데 유독 이곳과 저 튀어나온 지점에 이것이 수십 개가 있었습니다."

정 팀장은 순간 가슴이 철렁했다. 김 대리가 들고 있는 것은 탄피였고 그것은 아군의 것이 아니었다. 분명 AK 계열의 탄피가 분명했다.

"그렇다면 이곳에서 저 시체가 있는 지점으로 총을 쐈다는 말인가?"

"그럴 겁니다. 이건 확실합니다."

"최 중위 좀 불러 오세요."

"네."

잠시 뒤 최 중위는 현장을 확인했고 이것이 AK 계열의 탄임을 확신했다. 그런 뒤 그것들을 하나하나 비닐봉지에 담았다. 그는 사거리가 닿는 지점임을 확신했다.

"이거 시체를 다시 봐야겠습니다. 제가 법의학자는 아니지만 이것이 어떤 종류에 의한 총상인지는 가려낼 수 있습니다."

최 중위는 정 팀장에게 간곡하게 말했다.

"안 됩니다. 이미 벌써 그들이 이곳으로부터 출발한 지 20분이 지났어요. 더 이상 지체하면 그들을 추적하기 힘들 겁니다."

"아니에요. 그들의 임무는 끝난 겁니다. 여기서부턴 더 이상 시체도 없고 증거물도 없어요. 그들의 일은 끝났다고요! 그리고 우리 임무가 641대원들의 사망 경위와 이유에 대해 밝히는 것 아닙니까? 이것은 절

호의 기회입니다. 만약 이들이 AK탄에 의해 희생되었다면 이야기 자체가 달라질 수 있어요!"

"그럼 왜 청와대에서 이 사건을 은폐하려 하는 겁니까? 말이 안 되잖습니까? 국가원수를 보좌하는 기관이 북한 편을 들 리가 없잖아요."

정 팀장은 그를 강하게 반박했다 그 역시도 의구심이 남았으나 조사위를 따라가는 것이 더 급선무라고 판단했다.

"그렇지 않아요. 세상에 절대적인 것은 없어요. 그 누구도 이곳에서 이런 일이 일어날지 알았겠어요? 그 누구도 상상하지 못한 일이 이곳에서 일어났어요. 세상에 확신할 것은 없어요! 정 팀장님!"

최 중위는 외치듯 그에게 쏘아붙여 말했다. 정 팀장은 그가 흥분했다고 판단했다. 분명 그랬다. 최 중위는 흥분한 상태였다. 물론 그가 조금 전까지 감정에 휩싸여 그 자신을 통제하지 못한 그였다. 그러한 사실을 아는 이상 그의 의도대로 따라갈 수는 없었다. 그의 말대로 절대적인 것은 없었다. 또한, 조사위원들이 어떠한 일을 벌일지도 모르는 일이었다. 말 그대로 절대적으로 믿을 수 있는 것은 없었다. 어떠한 의미에서 그의 말은 양비론에 가까웠다.

"어쩌자는 겁니까? 인제 와서 우리 고유의 임무를 포기하자는 겁니까?"

정 팀장은 그에게 소리쳤다. 최 중위 역시 지지 않았다. 그를 말린다는 것은 더는 불가해 보였다.

"무슨 임무! 이미 모든 것이 드러났는데 무슨 임무! 저 쓰레기들을 따라가려면 따라가라고! 난 임무고 나발이고 이것을 먼저 해야겠어! 이들이 북한 놈들에 의해 죽었다는 것만 판명되면 모든 것이 끝나요, 끝이라고! 이 지긋지긋한 정글 놀이도 끝이야! 당신이 한 번이라도 우리 죽은 애들을 위해 생각이나 해 봤어? 당신은 그저 성과에 집착하는 괴물일 뿐이야, 괴물! 당신을 한번 돌아보라고! 여태까지 나도 당신한테 협조했지만 그건 우리 애들을 찾기 위해서였지 다른 것은 아무 것도 없었다고!"

최 중위는 씩씩거리며 그에게 얼굴을 바짝 갖다 대더니 속사포처럼 말을 쏟아냈다. 그의 말투에선 분노가 느껴졌고 말투는 거의 모욕적인 수준이었다. 정 팀장은 그에게 그러한 대접을 받을 이유는 아무것도 없다고 생각했으나 상황은 상황이었다. 마지막 보루로 믿었던 그가 자신에게 이렇게 나오는 이상 그가 선택할 수 있는 것은 많이 없었다. 그를 따르거나 혹은 그를 저지하는 수밖에 없었다.

"배 계장과 김 대리는 어떻게 생각해요?"

정 팀장은 두 남자를 바라보며 말했다. 사실상 그들은 생각이 없었다. 단지 이 지긋지긋한 정글에서 벗어나기만 한다면 무엇이라도 할 사람들이었다. 그런 그들이 탄 종류에 관심을 가질 리가 없었다. 그러나 최 중위의 살기 어린 눈을 본 이상 대놓고 반대할 수도 없었다. 결국, 그들은 마음에도 없는 말을 했다.

"그거 뭐 죽은 사람 이유라도 알아야 하지 않겠습니까? 이유도 없이 죽어서 억울한 사람들이 중요하지 이 마당에 다 끝난 조사를 뭐 하러 찾으러 갑니까?"

배 계장은 약간 비아냥거리면서도 정 팀장에게 그간 쌓여왔던 분노를 표출하듯 말했다. 김 대리 역시 맞장구를 치며 최 중위를 옹호했다.

"그렇죠. 뭐 북한군 소행이면 이야기가 달라지니까 확실히 하는 것이 좋겠죠. 그 뭐 얼마나 걸린다고…. 그런데 전 부검 안 할 겁니다. 최 중위님이 하려면 알아서 하십시오. 난 그저 딱해서 부검하는 것이 낫겠다 싶어서 하는 거지 나 시키려거든 난 반대입니다."

김 대리는 딱 잘라 말했고 최 중위는 음흉한 미소를 지으며 정 팀장을 바라보았다.

"당신은 신뢰를 잃었어. 이제야 만족하나?"

정 팀장은 아무 말도 하지 않았고 최 중위는 남은 탄피를 모두 주운 뒤 언덕 밑으로 내려갔다. 그런 뒤 야전삽을 꺼내 흙을 파내기 시작했다. 얼마 안 되어 하얗게 불은 손끝이 보이더니 이내 머리와 목 그리고 몸통이 모습을 드러냈다. 최 중위는 눈물을 흘리며 시체들을 조심스럽게 꺼냈다. 모래와 흙이 섞인 시체들은 상당히 훼손되어 있었다. 드러내진 살갗 곳곳에 흙이 박혀 있었다. 최 중위는 장갑을 꺼내 조심스럽게 털어냈다. 그런 뒤 두 구의 시체를 모두 밖으로 끌어내는 데 성공했다. 김 대리는 구역질을 해대며 언덕배기 뒤에서 뒤돌아보지 않았고, 배 계장은 묵묵히 그가 하는 행동을 지켜봤다. 정 팀장은 역시 무표정하게 그를 바라보았다.

최 중위는 시체를 앞뒤로 눕히더니 관통상을 조사하듯 펜을 꺼내 총알 자국을 그렸다. 그런 뒤 카메라를 꺼내 두 시체를 모두 촬영했다. AK 계열의 관통상이 어떠한 모습을 가졌는지 잘 알았다. 그만큼 총기에 관해선 그는 프로였다. 분명 그것은 5.56㎜ 탄으로 나올 수 없는 관통 구조였다. 관통의 지름 자체가 K 계열이나 M 계열과는 차이가 있었기 때문이었다. 그리고 언덕에서 쐈을 경우의 거리를 고려했을 때 그것은 반드시 AK 계열이었다. 그렇지 않다면 이러한 상처는 나올 수 없었다. 비록 조사위원들이 시체를 훼손하긴 했지만 관통상 자체는 워낙에 큰 상처라 쉽게 구별이 되었다. 한 시체는 다섯 발을 흉부에 맞았고 정면은 부검했기에 멀쩡하지 않지만 등 부분의 구멍을 통해 그것이 관통했음을 짐작했다. 또한, 그는 마지막 상처 부위에서 총알 하나가 폐 주위를 맴돌다 멈췄음을 발견했다. 아주 미세한 금속 파편 조각은 그에게 확신을 심어 주었다. 분명 아까 부검 시 그들이 총알 탄두까지 모두 회수해갔음이 분명했다.

두 번째 시신은 두부 관통상을 입어 몸 상체는 깨끗한 편이었다. 그는 즉시 마른걸레를 이용하여 시신을 닦고 추가적인 상처나 관통상이 있는지 확인했다. 그는 분명 오른쪽 정강이에 총상을 입었음이 분명했다. 응급조치를 한 듯 그의 오른쪽 허벅지엔 두건이 묶여 있었다. 출혈이 심했음은 두말할 나위 없는 일이었다. 두부는 거의 알아볼 수 없게 훼손되어 있었고, 역시나 탄두는 그들이 회수해 간 것이 분명했다. 최 중위는 피 묻은 손으로 부위 하나하나를 착실히 촬영했다. 마치 동물을 박제하듯 그는 시신의 구석구석을 촬영했다.

정 팀장은 그런 그의 모습을 보며 한편으론 부하에 대한 애착에 대해 존경을 표하기도 했다. 그러나 자신이 겪고 있는 자괴감을 토로하고 싶기도 했다. 애초에 이런 일이 벌어지리라곤 상상도 못 했던 그였다. 정글에선 계급과 직책 따위는 소용없었다. 힘센 자가 모든 것을 지배하는 곳이었다. 비록 그들에게 이끌려 다니며 소기의 목적을 달성하려 했지만 이젠 그러한 의지조차 조금씩 사라지는 듯한 감정을 느꼈다. 더는 그들을 통제해야 할 이유도 그리고 막아야 할 이유도 없었다. 그는 단지 정글에 남겨진 한 명의 대원 그 이상 그 이하도 아니었다. 남을 원망할 것도 아니었다. 애초에 그들을 초대한 것은 그 자신이었다. 그는 그 자신을 자책했지 최 중위를 비롯한 두 남자를 원망하지 않았다. 자신을 변화시키는 것이 남을 움직이기보다 쉽다는 것은 이미 몸으로 체득해 아는 절대적 진리였다. 이 상황에서 문제를 더욱 악화시킬 이유는 없었다. 그러나 조금씩 찾아오는 우울 증세는 속일 수도 없었다. 여러모로 그는 최 중위를 바라보며 많은 생각을 품었다.

최 중위가 그 시체들을 모두 묻은 것은 그가 야전삽으로 땅을 판 지 한 시간이 지난 후였다. 이미 거리상 조사위원들은 최소한 2㎞는 떨어져 있을 시간이었다. 최 중위는 마지막 삽을 뜬 후에 고개 숙여 절을 하고 일어났다. 그런 뒤 한동안 자신의 손에 든 AK 탄피를 내려다보았다. 정 팀장은 다시 내려간 뒤 말없이 앞으로 걸어갔고 배 계장과 김 대리도 그를 따라갔다. 최 중위는 한동안 말없이 무덤을 바라보더니 고개를 돌려 그들을 따라갔다. 정 팀장의 예상대로 더는 조사위원들은 보이지 않았다. 그렇게 밤이 지났다.

그날 밤, 정 팀장은 잠을 이루지 못한 채 이리저리 설쳤고 다른 사람들은 모기 때문에 잠을 설쳤다. 우기 동안 알을 충분히 번식시킨 모기들은 비가 그치자 물이라도 만난 듯 더욱 극성을 부렸다. 이럴수록 말라리아의 위협에 노출될 확률이 높았다. 최 중위는 덥더라도 침낭을 싸고 자 버렸고, 김 대리는 더워 죽으려는 듯해 거의 팬티만 입고 잠을 청했다. 다음 날, 그의 몸이 퉁퉁 부어있음은 안 봐도 훤했다. 배 계장은 유난히 깔끔을 떨며 모기향을 피우려 했으나 최 중위가 그 냄새를 맡자마자 향을 부숴버렸기에 그는 온갖 인상을 다 쓰며 긴 옷을 걸친 채잠이 들었다. 서먹서먹한 분위기가 그날 저녁 동안 계속되었고 정 팀장은 최 중위의 얼굴조차 쳐다보지 않았다. 최 중위 역시 마찬가지였다.

다음 날 새벽, 정 팀장은 일찍이 일어나 위성 전화기를 가동했다. 그는 열심히 수동 손잡이를 돌려 전력을 만들었고 예비 배터리를 다른 손에 쥐고 있었다. 최 중위와 두 남자는 정 팀장의 전화기를 뚫어져라 쳐다보았다. 정 팀장의 손목시계가 05:30을 가리키자 지지직거리는 소리와 함께 짤막한 몇 마디가 오갔다. 정 팀장은 즉시 약호 판을 펴본 뒤 그가 말하는 말을 옮겨 적었다.

"올빼미, 가오리, 냉장고."

"이상… 없이… 임무 수행 중?"

정 팀장은 약호 판을 바라보며 이를 빠르게 해석했다.

"아아, 호랑이… 호랑이"

그는 즉시 양호하다는 말을 전했다.

"기린… 대나무… 판소리."

"다음… 식량… 4일 뒤."

"아아… 호랑이, 호랑이."

식량 배급 날짜가 느리긴 했으나 굳이 재촉할 이유는 없었다. 철책까지만 가면 이상 없었기 때문이었다. 그는 구체적 위치가 처음에 약조한 코스인지를 확인해야 했다. 그가 김 반장과 약속했을 때는 세 가지 코스를 약조했기 때문이었다.

"알파, 브라보, 찰리, 봉황."

"아아… 브라보, 호랑이."

"브라보 코스라…."

"호랑이, 호랑이, 파랑새."

"호랑이, 호랑이, 파랑새."

교신은 2분도 안 되어 끝났다. 전력을 아끼기 위한 것도 있었지만, 정기 교신의 가장 큰 목적은 식량 보급에 있었기 때문이었다. 또한, 비상시에 구조 요청을 하기 위함도 있었다. 김 반장이 지금 자신들이 발견한 사실에 대해 알게 된다면 매우 놀랄 것이 분명했다. 그만큼 이것은 특종이었고 엄청난 사실이었다. 그러나 아직 조사위원들이 빠져나간 것이 아니었고 철책 끝에 온 것도 아니었다. 멀리 볼 때 아직 한전 직원들이 문제를 규명해 보인 것은 아닌 듯했다 .그러나 시간이 벌써 상당히 흘렀고, 곧 고장의 원인을 발견하는 것은 그리 오랜 시간을 필요로 하진 않을 것이었다.

올가미 씌우기

"어디가 끊어졌으려나?"

사복을 입은 두 남자는 빨간 챙 모자를 쓴 채 철책의 전선을 점검했다. 그들은 일일이 검전기를 대가며 어디서 단선이 되었는지를 찾으려 했다. 콧수염의 두 남자는 귀찮은 듯 하품을 해대며 땡볕 아래 철책을 힘겹게 오르락내리락했다. 목은 타들어갈 듯이 건조했고 수염이 좀 더 짙게 난 남자는 연신 물병을 입에 댄 채 뗄 생각을 하지 않았다. 그에 반해 수염이 옅게 난 남자는 헉헉거리며 붉게 상기된 얼굴로 땀을 한 바가지 쏟고 있었다. 두 사람의 머릿속엔 오직 일이 일찍 끝나기만을 기다리는 생각밖에 없었다. 마치 식탁에 앉아 고깃국을 기다리듯 그들은 답답한 심경을 서로에게 토로했다.

"단선이 되긴 어디가 됐다는 거야? 단선이 맞긴 맞아?"

물병을 입에 꽂고 있던 남자는 인상을 박박 쓰며 옅은 수염의 남자를 바라보며 말했다. 그러자 다른 남자 역시 인상을 쓴 채 검전기를 계속해서 꽂아댔다.

"멀쩡하게 흐르는구먼. 이건 개짓거리야, 개짓거리. 그냥 정상적으로 돈 줄 일이 그렇게 없나? 이 오지까지 우리를 보내서 이렇게 죽으라고 고생시켜야 속이 시원한가?"

"말도 말라고. 그 반장 놈은 때려죽어도 곧 죽어도 이곳으로 보낼 놈이야. 실적이라면 사족을 못 쓰는 놈이니 그렇지."

옅은 수염의 남자는 짙은 수염 남자의 말에 파안대소했고 그 말이 맞는다며 맞장구를 쳐댔다. 어느새 해는 중천에 떴고 그들 위로 직사광선이 내리쬐고 있었다. 물은 거의 다 떨어졌고 이제 돌아가야 할 구간만 남았다.

"이거 뭐야?"

짙은 수염의 남자는 옅은 수염의 남자를 바라보며 물었다.

"뭔데?"

"여기 같은데? 누가 피복을 벗겨 놨어!"

"뭐라고?"

"잘 보라고. 암페어가 안 올라가잖아."

옅은 수염의 남자는 조심스럽게 그가 짚는 부분에 손을 댔다. 그러더니 짙은 수염의 남자를 바라보곤 고개를 한 번 끄덕였다. 그런 뒤 그는 즉시 뒤에 있던 경계병을 보고 외쳤다. 그러자 경계병은 자신이 압수하고 있던 휴대전화기를 돌려주었고, 그 짙은 수염의 남자는 즉시 휴대전화기로 어디론가 전화를 걸었다.

"예. 김수만 팀장입니다. 단선 부분을 찾은 것 같습니다."

결국, 한전의 집요한 조사 끝에 그날 밤의 전력 차단은 인위적인 단선에 의한 것임이 판명되었다. 대대장은 믿을 수 없다며 현장을 직접 순시했지만 두 직원은 잘려나간 피복 위에 덧씌워진 부분을 보여주며 이것은 인위적으로 절단하지 않는 한 절대로 일어날 수 없는 일이라고 잘라 말했다. 김 실장은 소식을 듣자마자 철책으로 단번에 달려왔고 불안한 심기를 내색하지 않을 수 없었다. 그는 그곳에서 대대장에게 자신이 옳았음을 계속해서 말했으나 대대장은 참모들의 눈치를 보며 그의 말을 일축해 버렸다. 아직까진 그래도 그것이 왜 잘려나갔는지에 대해 아는 사람이 없었기에 명확한 답은 밝혀지지 않았다. 그럴수록 김 실장은 초조해졌다.

"이건 분명 누군가 월북을 했다는 증거입니다. 그렇지 않고서야 이런 일이 일어날 수가 없는 겁니다."

대대장의 집무실로 돌아온 김 실장은 문을 열고 들어오자마자 대대장을 몰아세웠고, 그럴수록 대대장은 이맛살을 찌푸렸다.

"아직 철책에 흔적이 없습니다. 그리고 이것이 월북으로 단정할 만한 증거도 없고요. 물론 전선이 단선되었다만 그것이 과연 보수공사에 의한 훼손인지 아니면 다른 요인이 있었는지는 아무것도 밝혀진 것이 없어요. 그러니 섣불리 판단하지 맙시다. 아시겠습니까?"

대대장은 그의 말을 듣고 싶지도 않았으며 그의 조언 따위는 필요하지 않다고 생각했다. 무례한 자의 말은 어디까지나 독이었고 그것은 양아치 그 이상도 이하도 아니었다. 군인의 책임이라는 것은 직속상관도 아닌 자의 권위에 눌려 소멸할 수 있는 그런 것이 아니었다. 그는 책임의 가치와 무게를 아는 사람이었다.

"아, 정말 돌아버리겠네."

김 실장은 뒷목을 부여잡으며 답답하다는 표현을 지속해서 해댔다.

"그럼 김 실장님은 만약 누군가 월북을 시도했다면 그 흔적과 증거를 제시할 수 있는지 말할 수 있습니까?"

대대장은 그에게 더는 말릴 이유가 없다고 판단했고, 김 실장은 떨리는 눈으로 그를 바라보았다.

"증거고 자시고 절대적인 사실이에요, 사실!"

"이렇게 비이성적인 분과 대화할 줄은 몰랐습니다. 나가주십시오."

대대장은 즉시 일어나더니 문을 가리켰다. 더는 그에게 모욕을 들을 만큼 그는 아량이 넓은 사람이 아니었다. 이것은 치욕이었고 민간인 따위라는 생각이 그의 머릿속에 엄습해왔다.

"두고 봅시다. 내가 이 사건 반드시 끝낼 겁니다."

김 실장은 그를 노려본 뒤 문밖으로 나가 버렸다. 대대장은 어이가 없다는 듯 자리에 앉아 전화를 걸었다.

"꼴통 새끼 하나 나가니까 대대 위병소까지 헛짓거리 못 하게 안내해."

대대장은 인상을 찌푸린 채 전화를 바로 끊어버렸다. 말이야 그가 월북, 월북, 입에 달고 다녔지만 만약 그것이 사실이라면 이야기는 크게 달라질 것이 뻔했다. 하지만 그는 자기 부하들과 철책의 견고함을 믿었다. 아직 흔적은 없었고 단지 전선만 훼손되었을 뿐이었다. 하지만 그 자신도 자신이 위험한 줄타기를 하고 있음을 알고 있었다.

김 반장은 지도를 보며 브라보 코스로의 기동로를 살폈다. 이번엔 철책을 넘어갈 필요도 없었고 그저 전투식량을 철책 위로 넘기기만 하면 되는 일이었다. 그러나 전과 달리 비가 오지 않았고 건기가 계속 되었다. 그렇기에 설불리 야간 침투를 강행하다가 걸릴 수도 있는 노릇이었다. 게다가 지뢰 탐지 신발이 물을 많이 먹어 작동이 불가해진 것이 두 쪽이나 되었다. 만약 작전이 예정대로 2주 철수가 예정된다면 다행인 일이었지만 어떻게 될지는 그 누구도 알 수 없는 일이었다. 아무리 완벽한 작전일지라도 그것의 초기 입안 계획의 반만 시행돼도 성공한 작전이었다.

결국, 그들이 계획한 날 철수하든 안 하든 무조건 식량은 넣어야 했다. 그렇지 않으면 그들의 행동에 제한이 있을 수도 있는 것은 분명한 사실이었다. 물론 사람이 최대 한 달은 굶으며 버틸 수 있겠지만 이미 계획된 내용이었기에 부정할 수도 없는 노릇이었다. 어쩌면 정 팀장이 식량을 받으러 오는 것을 꺼리는 상황에 부닥쳤을지도 모르는 일이었다. 무전 교신의 내용으론 그들이 어떤 상태에 잇는지 제한적으로 알 수밖에 없었기 때문이었다. 김 반장은 그들의 건강 상태나 식수 보급 문제 혹은 작전의 진행 정도에 대해 아는 것이 아무것도 없었다. 단지 브라보 코스에 식량을 던져놓아야 한다는 사실만 명확히 알았다. 그렇다고 그가 김 대리나 배 계장처럼 정 팀장의 뒤통수를 노릴 사람은 아니었다. 그는 철저히 계약자의 입장에서 일을 진행했을 뿐이었기에 사사로운 개인적 감정을 개입하지 않았다.

"야, 한 중사! 이리 와봐."

한 중사는 고개를 숙이며 바로 달려갔다.

"이번에 브라보라는 데 알지, 어딘지?"

"아, 그 지난번에 정 반장이 이야기해놓긴 했는데 정확한 지점이 어딘지는 잘 모르겠습니다."

"에라, 얼빠진 놈. 이거 봐 봐."

김 반장은 지도에 그려진 브라보 코스를 가리키며 물었다. 그러더니 그는 입맛을 다셨다.

"야! 김 중사!"

"예, 갑니다."

"혼합으로 두 잔만 좀 해 와라."

"예, 알겠습니다."

김 중사 역시 사건의 내막에 대해 어느 정도 알게 되었으나 그리 자세히는 모르는 일이었다. 단지 김 반장이 말하길 자신의 거취 문제도 정 반장이 어느 정도 해결을 해주었기에 그를 돕는 것이 도리라는 이야기만을 들었을 뿐이었다. 그러나 그것은 중요한 문제가 아니었고 더욱 중요한 것은 김 반장이 정 반장을 돕는 그 사실 자체 때문이었다. 김 반장은 아직 그에게 절대적인 사람이었다.

"그나저나 또 그곳에 올라가면 정말 죽어날 텐데 가실 겁니까?"

"뭔 소리 하는 거야? 그럼 안 가려고 했어?"

"아니, 전 그냥 일단은 그때도 길이 험했으니 다른 길을 알아보는 것이…."

한 중사는 말꼬리를 흐리며 말을 꼬았다. 그러면서 주위 사물로 시선을 돌리며 그의 시선을 회피하려 했다. 김 반장은 그의 시선을 놓치지 않은 채 계속해서 노려보았다.

"그냥 이대로 간다. 알겠나? 쓸데없이 모험하려 하지 마. 내가 DMZ는 너보다 백 배는 더 많이 가 봤으니까."

"그래도 그 길은 지난번에 완전히 진흙탕이 된 길 아닙니까?"

"너 왜 내가 그 길을 고집한 건지 아나?"

한 중사는 고개를 내저으며 모른다고 말했다. 김 반장은 담배를 한 대 꺼낸 뒤 불을 지폈다.

"그 길 말이야. 예전에 무장공비들이 침투했던 길이야."

"정말입니까?"

한 중사는 눈을 동그랗게 뜨며 그를 쳐다보았다.

"구 12중대 자리가 원래 막사가 있었는데 그때 총기 난사 사건이 원래 무장공비 소행이라는 거지. 그놈들이 소초 하나를 거의 박살내고 다시 돌아갔어."

"그걸 어떻게 아십니까?"

"내가 그때 수사관이었으니까."

한 중사는 어안이 벙벙한 듯 그를 바라보았다.

"정말입니까?"

"그래."

"어떻게 되었습니까?"

"놈들이 콘크리트 바닥을 파쇄하고 그리로 넘어갔지. 그 누구도 그길로 올 거라고 생각하지 못했어. 우리가 그날 밤 크레인을 이고 그 계곡을 넘어간 건 정말 지금 생각해도 기적적인 일이야. 거의 불가능한 일에 가깝거든. 그런 짐을 이고 간다는 건… 정말 초인적인 힘이었지. 그때는 어땠겠어? 누가 그리로 사람이 넘어올 거라고 상상이나 했겠어? 그 지뢰밭을 말이야."

김 반장은 길게 담배를 빨고 연기를 내뿜었다. 그런 뒤 재떨이에 담배꽁초를 짓눌렀다. 한 중사가 두 손을 무릎에 올려놓은 채 조심스럽게 물었다.

"지난번에 여쭙다 말았는데, 왜 그 사건이 총기 난사 사건이 된 겁니까?"

한 중사의 뜬금없는 질문에 김 반장은 입맛을 다시며 말했다.

"해도 넘어가고 정권도 넘어가니 그렇게 된 거지. IMF도 있었고…. 사건이란 게 그런 거야. 입맛에 맞게 해 다치지 않게 그렇게 되는 거지."

김 반장은 다리를 꼰 채 머리를 의자 뒤로 젖힌 뒤 스트레칭을 했고, 한 중사는 김 반장 위의 책상 등을 바라보며 한동안 아무 말도 하지 않았다.

"김 중사! 김 중사!"

"예."

김 중사의 목소리가 문밖에서 들려왔다.

"식량 4인분 6일 치 챙겨 놔. 밖에다 깔아 놔. 사무실 밖에."

"예, 알겠습니다."

다음 날 밤, 정 팀장은 추진철책 너머로 GOP 철책의 전등이 들어온 것을 확인했다. 그는 자신의 덥수룩해진 수염을 만지며 정면을 바라보았다. 그는 자신들이 버텨야 할 날이 머지않았다는 사실을 알고 있었다. 곧 철책의 흔적을 발견하게 된다면 GP에서 수색 팀이 추진철책으로 점검을 나올 테고 GOP 철책도 마찬가지였다. 그렇게 된다면 2중으로 장애물을 쌓는 꼴이 될 뿐이었다. 최악의 경우엔 수색대가 DMZ 내부로 들어오는 일이었다. 그렇게 된다면 그들에게 발각되는 것은 시간 문제일 뿐이었다. GOP 철책에 불이 들어왔다는 것은 그만큼 많은 의미를 담고 있었다.

"이제 어떻게 넘어간대요? 저렇게 훤한데 제대로 넘어갈 수나 있을는지…"

"지금 그게 문제가 아니고 추진철책에도 이젠 사람들이 나오겠지. GOP 철책은 고사하고 추진철책조차 못 넘어갈 확률이 높은걸."

김 대리의 말에 배 계장은 넌지시 던지듯 말을 꺼냈다. 최 중위는 그들의 말을 듣고 있었다.

"밥 받으러 가는 건 거의 자살행위야."

김 대리는 비아냥거리며 말했다. 그러자 배 계장은 그의 말을 거들듯 맞장구치며 말했다.

"그렇지. 군이 김 반장 고생시킬 필요 있으려나? 그 밥 몇 끼 안 묵는다고 뒈지는 것도 아닌데 말이야."

최 중위는 그들을 비웃었다. 가장 식사에 집착하는 그들이었고 하루라도 끼니를 거른다면 가만있지를 못하는 그들이었기에 최 중위의 조소는 그들의 심기를 건드렸다.

"왜 웃는 거요? 뭐가 그렇게 웃겨서?"

김 대리는 그를 노려보며 물었다.

"하루라도 끼니를 거르면 개돼지마냥 낑낑대는 당신들이 그런 말을 하니 안 우스울 수가 있나. 언행일치라도 돼야 할 말이라도 있을 것 같은데."

"곧이곧대로 사는 사람이 어디 있다고…"

김 대리는 그의 비판에 대해 딱히 정면으로 반박할 생각은 없었다. 사실이었고 군이 부정할 이유도 없었기 때문이었다. 그만큼 왈가왈부하는 일은 피곤한 일이었다. 김 대리도 최 중위를 충분히 겪었기에 그가 자신에게 어떤 해악을 가할지에 대해서 예상해보는 것도 그리 어려운 일은 아니었다.

"어떻게 할 거요? 받으러 갈 거요, 말 거요?"

최 중위는 정 팀장을 아니꼬운 시선으로 바라보며 마지못해 말을 꺼냈다. 사실상 이빨 빠진 호랑이에 불과한 정 팀장을 군이 닦달할 필요도 없었다. 그만큼 그는 형식적인 리더에 불과했고 자신이 모든 것을 통제한다는 생각이 분명했기 때문이다.

"어차피 조사위도 빠져나가는 판에 군이 식량 보급이 필요 있겠어?"

배 계장은 최 중위의 눈치를 보며 정 팀장에게 쏘아붙였다.

"좋습니다. 식량 때문에 군이 위험을 감수할 필요는 없겠죠. 하지만 그에 따른 대가는 모두 감수해야 할 겁니다."

정 팀장은 잘라 말하듯 냉정하게 말했다. 그의 찌푸려진 미간은 그가 얼마나 많은 스트레스를 받고 있는지 간접적으로 보여주었다. 이렇게 된 이상 김 반장은 헛수고를 하는 것이었다. 식량을 받아가든 받아가지 않든 그는 그것을 던지고 갈 것이었기 때문이었다. 결국, 무선 교신은 아무런 소용이 없었다. 남은 것은 마지막 3차 교신이 전부였다. 그러나 그 안에 추진철책을 넘어 GOP 철책까지 갈 수 있을지 의문이었다. 그는 자신이 여태까지 걸어온 길을 되뇌어보며 거리를 계산해 보았다. 하지만 아무리 계산해도 약속된 시간 내로 철책에 간다는 것은 불가능해 보였다. 이미 그들은 너무 멀리 와 버렸고 제한 사항도 늘어났다. 몸만 성히 나갈 수 있어도 그것은 대성공에 가까운 것이었다. 그들에겐 기적이 필요했다.

"그럼 계속 놈들의 뒤를 쫓는 것으로 대신하는 겁니까?"

최 중위는 볼멘소리로 말했고 고개를 숙인 채 군화로 흙바닥을 긁어댔다.

"이미 증거품을 확보한 이상 놈들이 범행에 연관되었다는 사실엔 변함이 없죠. 게다가 아까 우리가 주운 탄피는 분명 아군 것은 아니니 이미 모든 실마리는 해결된 셈이죠. 그러니 그들을 쫓을 필요는 없어요."

배 계장은 자신 있는 목소리로 말했다. 그런 뒤 동의를 구하려는 듯한 표정을 지으며 좌우를 살펴보았다. 그러나 그에게 돌아온 것은 싸늘한 시선이 전부였다. 오직 김 대리만이 고개를 끄덕이며 긍정의 표시를 했다.

"아직은 아니야…"

최 중위는 낮은 목소리로 말했다. 마치 볼일이 남았다는 듯 철모 끝에 시선을 두며 죽일 듯한 살기로 배 계장을 노려보았다.

"무… 무슨 말입니까, 그게?"

김 대리는 그의 살기 어린 표정을 보며 긴장한 목소리로 말했다.

"아까 그놈이 내 부하의 몸속에서 꺼내간 그것을 알아내야 돼."

"꺼내간 거라니?"

"그놈이 복부에서 꺼내간 그 물건 말이야."

김 대리는 그제야 아까의 끔찍한 장면이 생각났는지 헛구역질을 해댔다. 그런 뒤 인상을 찌푸리며 최 중위를 바라보았다.

"그게 뭔 줄 알고 찾아? 그리고 그 많은 사람은 어떻게 상대할 건데?"

"나도 몰라."

"지금 아무 대책도 없이 무작정 개 쫓아다니듯이 따라가자는 건 아니 겠지?"

김 대리는 설마 하는 표정으로 최 중위를 바라보았다. 최 중위는 조 심스럽게 고개만 끄덕였다.

"넌 미쳤어. 이쯤 하는 것이 좋아. 이제부턴 우리 목숨을 걱정할 때야."

"어차피 이러나저러나 죽는 것은 마찬가지야. 내가 장담하는데 넌 저 추진철책을 넘어가기도 전에 사살될 것에 내 모든 것을 걸지."

김 대리는 얼굴이 붉게 상기되었으나 그 말이 틀린 말도 아니었다. 사 실상 침투 루트를 아는 이는 최 중위와 정 팀장뿐이었고, 그중에서도 최 중위는 지도 없이도 짐승 같은 본능으로 길을 찾아내는 재주를 갖 고 있었다. 그도 그 사실을 잘 알았기에 섣불리 그에게 대항할 수 없었 다. 속으로는 끓는 분노를 주체할 수 없었지만 환경은 그에게 가식을 요 구했다. 최 중위는 씩씩거리는 김 대리를 한번 보더니 남은 두 명에게 쏘아붙이며 말했다.

"어차피 당신네도 나 없으면 다 죽어. 그러니 내가 시키는 대로 해. 우 린 조사위를 쫓는다. 놈들이 내 부하들에게서 뭘 찾아내려 했는지를 알기 전까지 다른 곳으로 벗어나는 일은 없다."

정 팀장은 아무 말 없이 눈을 지그시 감았다. 그는 암묵적으로 동의 했다. 이 국장이 말한 칩이 그들이 꺼낸 물건일 가능성도 있었기 때문 이었다. 결국, 자신이 군이 이 국장과의 약속을 최 중위에게 말하지 않 더라도 그가 그것을 발견한다면 임무 수행에는 큰 도움이 될 것이었기 때문이었다. 배 계장도 분위기를 보아 이번만큼은 별달리 할 말이 없었다. 이미 모든 주도권은 최 중위의 손에 있었다. 그는 조사위를 끝까지 쫓을 모양새였다. 더는 이성적인 판단을 기대하는 것은 어려웠다. 최 중위에겐 오직 복수와 의구심만이 남았을 뿐이었다.

그들은 조사위의 흔적을 쫓아 이동했다. 그것은 먼 길이었다. 돌아온 길을 되돌아가는 것은 분명 아니었으며 희미하게 남은 인적을 찾아 움직이는 험난한 길이었다. 과연 그들이 거기에 있는지조차 의심스러운 동행이었다. 하천 지류를 건너 우거진 숲으로 들어간 그들은 숨을 죽이며 한참 동안 그들의 흔적을 찾아 헤맸다.

김 대리의 예상대로 그들은 그곳에 없었다. 계속해서 찾으려 했지만, 그곳엔 아무도 없었다. 그들의 시야에 추진철책이 들어올 무렵 정 팀장은 과연 조사위가 아직도 이곳에 남아있다면 시체가 더 있을 것이라고 짐작했다. 혹은 이전에 발견하지 못한 시체 무덤의 위치를 찾는 것이 훨씬 이득이 될 것으로 생각했다. 그는 재차 최 중위를 설득하려 했지만 최 중위는 더는 남의 말을 들을 만큼 이성적인 판단 능력을 갖추지 못했다. 마치 좀비를 연상케 하듯 최 중위는 무언가에 홀려 있었다. 3차 교신의 시기는 점점 다가오고 있었다. 며칠 내에 복귀 의사를 표시하지 않는다면 다음 교신은 사실상 없는 것과 마찬가지였다. 그 말은 곧 DMZ 내에서의 죽음을 의미했다.

광기의 복수

"저기야, 저기라고!"

최 중위는 낮은 목소리로 정 팀장에게 말했다. 그의 두 눈은 마치 무언가에 홀린 듯 붉게 충혈돼 있었고 표정은 다급해 보였다. 정 팀장은 앞서가던 그의 자리로 옮겨간 뒤 바닥에 엎드린 채 그가 가리키는 곳을 바라보았다. 어두운 새벽녘 달빛 아래 수많은 사람이 제각기 침낭을 덮은 채 누워 있었다. 정 팀장은 그간 정글을 헤치며 걸어온 성과가 드디어 빛을 발했다고 생각했다. 그러나 앞으로가 더 문제였다. 과연 어떻게 그들을 상대할 것인지 혹은 그들에게서 어떻게 정보를 빼낼지가 문제였다. 하지만 최 중위 눈엔 그들 그 자체로서 모든 것이 해결된 듯이 보였다. 마치 가뭄에 단비를 만난 듯 최 중위는 쌍안경을 내려놓을 생각을 하지 않았다.

두 명의 보초를 제외하곤 모두가 곯아떨어진 상태였고 보초마저 졸고 있었다. 최 중위는 나무 뒤에 숨어 그들을 바라보며 정 팀장에게 반대편 나무로 가라고 손짓했다. 김 대리와 배 계장은 그들을 숨죽인 채 쳐다보며 두 눈만 내놓은 채 낙엽으로 몸을 가렸다. 피를 보고 싶진 않았기 때문이었다. 최 중위는 작심한 듯 앞으로 나무와 나무 사이를 이동하기 시작했다. 갑작스러운 그의 행동에 정 팀장은 손짓을 해 대며 그를 다급하게 불렀다. 그러나 최 중위는 아랑곳하지 않은 채 서서히 조사위 일행 근처로 접근해갔다. 정 팀장은 그것을 지켜보며 몸을 최대한 낮춘 뒤 숨죽은 채 바라보았다.

최 중위는 특수전 교관답게 능숙한 솜씨로 그들을 향해 슬그머니 다가갔다. 바람 소리와 헷갈릴 만큼 소리 없이 그는 보초에게 다가갔다. 바로 앞에 있던 보초는 꾸벅꾸벅 졸고 있었다. 최 중위는 살그머니 그의 뒤로 돌아가 급소를 가격했다. 마치 교살을 하듯 최 중위는 손에 든 끈으로 그의 목덜미를 강하게 졸라맸다. 보초는 맥없이 쓰러지더니 K-1을 떨구며 바닥에 주저앉았다. 최 중위는 의식을 잃은 보초를 끌고 일행이 보이지 않는 나무 뒤로 숨겼다. 보초를 끌면서 이따금씩 큰 소리가 들렸으나 그렇게 주의할 만한 것은 아니었다. 그런 뒤 그는 보초의 K-1을 등에 맸다. 총의 멜빵끈에서 약간의 마찰로 인한 쇳소리가 들려오자 그는 즉시 멜빵끈을 조여 맸다. 다음 보초가 정신을 잃는 데는 많은 시간이 소요되지 않았다. 결국 조사위는 아무런 경계 없이 무방비 상태에 놓이게 되었다. 정 팀장은 그 광경을 지켜보며 자신이 무엇을 해야 하는지 고민했다. 워낙 순식간에 일어난 일이었기에 판단 자체가 불가능했다. 이미 이렇게 된 이상 조사위가 그들의 실체를 알 수밖에 없을 것이었다.

최 중위는 숨을 죽인 채 침낭을 덮은 사람들 사이를 왔다 갔다 했다. 그는 귀퉁이에서 부하들의 장기를 서슴없이 도려내던 흰 수염의 남자를 찾았다. 흰 수염의 남자는 침낭 밖으로 목만 빼꼼히 내밀고 곤히 자고 있었다. 이따금 코를 골긴 했으나 최 중위에게 그것은 중요한 것이 아니었다. 최 중위는 즉시 전투 조끼에서 자그마한 병을 꺼내더니 그 병의 액체를 수건에 묻혔다. 그런 뒤 흰 수염 남자의 코끝을 잡고 손수건으로 그의 입과 코를 막았다. 그 즉시 남자는 격렬한 소리를 내려 했으나 최 중위가 힘껏 누르는 힘은 그가 소리조차 지르는 것을 가능하게 하지 않았다. 말 그대로 일방적인 폭행이었고 그렇게 남자는 정신을 잃었다. 최 중위는 그의 의식 상태를 확인한 뒤 두 팔을 붙잡고 나무 뒤로 끌어내리기 시작했다. 그런 뒤 그를 업고 정 팀장이 있는 곳으로 걸어왔다. 그 누구도 그 야밤에 조사위원이 납치되었을 것이라고는 상상도 하지 못했다.

그들이 그 사실을 알게 된 것은 해가 뜨고 나서였다. 모두가 허둥지둥 흰 수염의 남자를 찾았지만 흔적도 남지 않았다. 최 중위는 흰 수염의 남자를 끌고 가는 내내 분풀이라도 하듯 복부를 쳤다. 얼마나 쳤던지 흰 수염의 남자는 더는 비명조차 내지 않았다. 정 팀장도 김 대리도 그 누구도 그것을 말리지 않았다. 오히려 놔두는 것이 분노로 가득한 최 중위를 그나마 정상적으로 만들 수 있는 유일한 길이라고 생각했기 때문이었다. 그들은 한참 동안 그를 질질 끌고 산등성이를 넘어갔다. 날이 이미 밝았기에 곧 있으면 조사위의 추격이 시작될 터였다. 만일 그들이 외부와 협조하고 있다면 더 큰 일이 발생할지도 모르는 일이었다.

한참을 이동하더니 그들 눈앞에 추진철책이 선명하게 들어왔다. 언덕 바로 위에 놓여 있는 추진철책은 지난번 그들이 넘어온 가짜 판막이 있는 곳과 같았다. 배 계장은 지도를 꺼내 위치를 확인한 뒤 고개를 끄덕였다. 그때야 최 중위는 흰 수염의 남자에게 씌운 복면을 벗겼다. 남자는 매우 고통스러운 듯 인상을 잔뜩 찌푸린 채 침을 흘리고 있었다. 정 팀장은 그에게 물을 몇 모금 주었다. 남자는 주변을 경계하는 눈빛을 보였고 수통을 마치 꿀단지를 핥듯 빨아먹었다. 최 중위는 수염에 물방울이 잔뜩 묻은 그를 바라보며 아무런 표정도 짓지 않았다.

"너 뭐 하는 새끼야?"

최 중위는 그 어떠한 감정도 없는 메마른 목소리로 물었다. 그의 표정은 덤덤했고 더는 어떠한 감정도 느끼지 않는 것처럼 보였다. 흰 수염의 남자는 곁눈질로 최 중위를 한 번 쓱 보더니 이내 침묵을 유지했다. 그러자 최 중위는 있는 힘껏 오른손으로 남자의 뺨을 후렸다. 남자의 고개가 우측으로 돌아갔고 그는 다시 한 번 최 중위를 노려봤다.

"너희는 빠져 있어."

최 중위는 묵직한 목소리로 말했다. 그의 얼굴엔 그 어떠한 표정의 변화조차 보이지 않았다. 흰 수염의 남자 역시 아무 말도 하지 않은 채 그를 노려보기만 했다. 두 남자의 신경전은 극에 달했다. 마치 두 마리의 맹수가 서로를 잡아먹을 듯한 눈빛이었다. 그 순간 최 중위는 즉시 주먹으로 그의 머리를 사정없이 내리쳤다. 마치 고릴라가 두 팔을 휘두르듯 그는 흰 수염의 남자를 때렸다. 그는 두 팔을 올리며 저지하려 했으나 최 중위는 악에 받친 듯 있는 힘껏 그를 내리쳤다. 한동안 일방적인 폭행이 이어졌고 정 팀장을 비롯한 두 남자는 서서 그 장면을 말없이 내려다보기만 했다. 최 중위가 숨을 헐떡일 무렵 흰 수염의 남자는 고통스러운 듯 신음을 냈다. 최 중위는 계속해서 그의 얼굴을 내리쳤다. 피멍과 코피가 쏟아졌으나 최 중위의 주먹질은 멈추지 않았다. 그가 가격을 멈춘 것은 오른손에 커다란 돌이 들려 있을 때였다. 정 팀장은 그의 오른손을 강하게 붙들었다.

"그만해, 이제!"

정 팀장은 최 중위의 팔을 강하게 잡은 채 소리쳤다. 최 중위는 즉시 그의 팔을 뿌리쳤고 흰 수염의 남자를 돌로 치기 시작했다. 남자는 죽는소리를 내며 살려달라고 애원했지만 마치 곡식을 빻듯 최 중위는 그의 온몸을 돌로 찍어 내렸다.

"제발! 제발 살려주십시오!"

흰 수염의 남자는 눈물 콧물을 다 쏟으며 애원했고 급기야 괴성을 지르며 자신의 눈앞에 놓인 칡덩굴을 필사적으로 손에 쥐며 앞으로 기어 갔다. 그걸 본 최 중위는 군홧발로 그의 허벅지를 강하게 누르면서 그의 귓가에 대고 말했다.

"살고 싶나?"

"그… 그… 그렇습니다. 제발 살려주십시오. 목숨만을 살려주십시오."

최 중위는 그제야 돌멩이를 반대편으로 집어 던졌다. 그는 이번에는 엎어진 그를 나무 기둥에 세웠다. 남자는 겁에 질린 채 입가에 묻은 피를 닦으려 했지만 이미 힘이 풀려 도저히 일어설 수가 없었다. 그가 한 번씩 쓰러질 때마다 최 중위는 군홧발로 그의 양 허벅지를 사정없이 내리쳤다. 남자는 짐승의 울음소리를 내며 고통스러워했고 필사적으로 최 중위의 정강이를 부여잡으며 통곡했다.

"제… 제발… 제발 부탁입니다. 살려주십시오. 제발 살려주십시오."

그는 두 손을 모아 빌기 시작했고 눈물을 하염없이 흘리며 소리쳤다. 이를 지켜보던 정 팀장조차 그에게 연민을 느꼈지만 최 중위의 위압감으로 인해 쉽게 말을 꺼낼 수 없었다. 배 계장은 눈을 돌렸고 한 중사는 고소한 듯이 그 광경을 쳐다보았다.

"살고 싶다고 했지?"

최 중위는 즉시 땅바닥에 뒹굴고 있던 k1을 집어 들었다. 흰 수염의 남자는 총구를 보자마자 손을 더 싹싹 빌며 애걸했다.

"제발 살려주십시오. 제발 목숨만 살려주십시오."

흰 수염의 남자는 급기야 최 중위의 군화를 핥기 시작했다. 최 중위는 즉시 그의 정수리를 발로 짓이기며 나무 쪽으로 걷어찼다. 남자는 다시 기어오더니 최 중위의 정강이에 매달렸다.

"원하는 것이 뭡니까! 제발 살려주십시오. 제발 부탁입니다."

최 중위는 더욱 세게 총구를 그의 이마에 눌렀다. 흰 수염의 남자는 숨을 가파르게 쉬며 몸을 떨었고 계속해서 말을 중얼거렸다. 마치 벌레를 바라보듯 최 중위는 그를 정강이에서 떼어내기 위해 소총의 개머리판으로 그를 사정없이 내리쳤다. 극심한 고통 속에서도 흰 수염의 남자는 떨어지지 않으려 했고, 순간 노리쇠가 뒤로 움직이는 소리가 들렸다.

"쏘지 마! 쏘지 마! 원하는 게 뭐야!"

남자는 애걸했고 최 중위는 그의 머리채를 붙잡고 위로 잡아당겼다. 머리카락이 한 움큼 뽑히고 나서야 흰 수염의 남자는 뒷걸음치듯 나무로 기어갔다. 최 중위는 즉시 라이터를 꺼냈고 K-1의 개머리판의 철심을 뽑아 태웠다.

"네놈 고기 맛은 어떤지 한번 볼까?"

최 중위는 라이터로 쇠를 지졌고 흰 수염의 남자는 괴성을 지르며 손발로 기어갔다. 남자는 있는 힘을 다해 일어나려 했으나 김 대리는 일어나려는 그의 등을 강하게 짓눌렀다. 최 중위는 계속해서 살기 어린 눈빛으로 쇠를 달구기 시작했다. 쇠는 검게 그을렸고 쇠 주위에서 연기가 나기 시작했다. 정 팀장은 말없이 최 중위가 하는 행동을 지켜보았다.

"네놈이 울부짖으며 죽여 달라고 애원할 때까지 네놈의 목에 자국을 남겨 줄 거야. 그러니 기대해. 더 이상 너에게서 정보를 얻을 생각이 없다. 난 그냥 네놈이 고통스럽게 죽어주기를 바랄 뿐이니까."

최 중위는 즉시 정 팀장에게 자루 포대를 낚아챈 뒤 그의 얼굴에 씌웠다. 흰 수염의 남자는 눈을 질끈 감았고 온 이빨을 꽉 깨물었다. 김 대리는 그의 두 팔을 잡았고 흰 수염의 남자는 포대가 자신의 얼굴에 씌워지자 거친 숨소리를 내며 괴성을 질러댔다. 자루는 그의 숨결에 따라 압축과 팽창을 반복했다. 잠시 후 최 중위는 자루의 두 눈 부분을 칼로 찢어냈다.

"제발 그만 해! 살려줘!"

남자는 최 중위가 붉게 그을린 쇠막대를 들고 있었고 그것이 눈으로 향하고 있는 것을 보았다. 최 중위는 그의 떨리는 어깨를 붙잡은 뒤 말했다.

"아플 테니까 한 번에 가자. 알겠지?"

순간 흰 수염은 소리를 지르며 외쳤다.

"나… 난… 대통령조사위원회 위원장 김태성이야!"

"위원장이라고?"

최 중위는 막대를 치우지 않은 채 좀 더 가까이 눈앞으로 막대를 이동시켰다.

"그래! 이것 좀 치우고 말해! 다 말하고 있잖아! 제발 이러지 말라고!"

최 중위는 그제야 막대를 치운 채 오른손으로 그의 턱을 잡고 자신을 향해 돌렸다.

"대통령조사위가 왜 이번 사건에 끼어든 거야! 말해!"

"자세한 건 나도 몰라! 김 실장이 내게 지시한 건 수색대 인원들의 증거 인멸이야. 그것뿐이라고! 내가 아는 것은 그것뿐이야! 제발…!"

흰 수염의 남자는 손사래를 치며 뒤로 물러나려 했다. 또 다시 고문을 당했다간 자신의 명줄이 남아나지 않을 것을 직감했기 때문이었다.

"청와대 김 실장이라니, 무슨 말이야, 그게!"

"청와대 김 실장은 국정원 놈들이 싸놓은 똥을 우리가 치워야 한다고 했어. 그래서 나를 이곳으로 보냈어."

"왜 증거 인멸을 하려는 거지?"

"내가 정치인이 아닌데 어떻게 알겠어!"

최 중위는 즉시 쇠막대를 그의 눈앞에 가져갔다.

"이봐! 난 정말 모른다고! 단지 이게 남북 관계에 놈들이 걸림돌이 될 것이라고만 했어! 기생충 같은 놈들이라고!"

"남북 관계라니?"

"이 수색대원들은 전부 금강 상류 분지에서 북한군에 의해 사살되었어. 첫 교전에서 두 명이 사살되었고 도주 중에 전원 사살되었다고! 게다가 이건 극비 작전이야! 만약 이 교전의 실체가 드러난다면 앞으로 남북 관계는 어떻게 되겠냐고!"

남자의 말에 최 중위는 분노하며 소리쳤다.

"그래서 이 극비 작전이 북한에 빌미를 제공하고 정권에 부담될 수 있어서 모든 것을 없던 일로 하겠다는 건가?"

"이봐, 제발, 난 그냥 하수인이야. 하수인이라고! 난 군인도 아니고 정치인도 아니야! 그저 시키는 대로 할 뿐이야. 난 너희한테 악감정도 없어! 그냥 돈 주니까 하는 거라고!"

최 중위는 정신적 충격이 컸던지 머리를 부여잡고 숨을 거칠게 내쉬었다.

"이들이 죽은 이유가 내부 정보가 새어나갔기 때문인가?"

"이봐! 난 아는 게 없어. 나도 알려주고 싶지만 아는 게 없다고!"

순간 최 중위는 그의 목을 강하게 조르기 시작했다. 서서히 붉은 실핏줄이 그의 눈 주위로 모이기 시작했고 흰 수염의 남자는 이를 꽉 깨문 채 숨을 쉬려 안간힘을 썼다.

"그날! 그… 날!"

최 중위는 그가 말을 하려 하는 기색을 보이자 목을 서서히 놓았다. 흰 수염의 남자는 괴로운 듯 숨을 크게 들이마시며 기침 소리를 냈다. 그는 결국 잠시 망설이더니 입을 열었다.

"투입 전에 그들에게 내장형 초소형 칩을 먹였어. 캡슐형 칩인데 거기에 모든 침투 경로와 침투 기록이 내장되어 있어. 초소형 GPS야. 그걸로 본부에서 네 친구를 통제할 수 있었어. 만약 북한군의 손에 들어간다면 두고두고 엄청난 정치적 약점을 갖게 되는 것이겠지."

순간 정 팀장은 이제야 왜 이 국장이 칩을 요구했는지 알 수 있었다. 칩을 갖는 자가 결국 힘을 쥐는 것이었다. 그가 칩을 갖는다면 지금껏 받아왔던 모든 압력을 무력화시키고 판세를 뒤집을 수 있었던 것이었다. 그는 무언가 머리에 스쳐간 듯 그에게 물었다.

"혹시 이 국장을 알고 있나?"

"그래! 그놈! 그놈이 이 모든 일의 원흉이야. 이 모든 일을 작당했다고!"

정 팀장의 물음에 흰 수염의 남자는 정 팀장을 검지로 가리키며 눈이 빠져라 소리쳤다.

"그게 무슨 말이야?"

최 중위는 살기 어린 눈빛으로 그의 멱살을 잡으며 물었고 흰 수염의 남자는 겁에 질린 듯 큰소리로 소리쳤다.

"이 국장 그놈이 프로그램을 폐쇄하고 이 팀을 모두 정리한다고 했어!"

최 중위는 부들거리는 손으로 잡았던 그의 멱살을 서서히 놓으면서 정 팀장의 얼굴을 노려보았다.

"너 그거 사실이야?"

정 팀장은 최 중위의 물음에 당황했는지 말을 더듬으며 말했다.

"그럴 리가… 없어."

"그래! 맞아! 이 국장 그놈이 결국에 모든 일을 정리한다고 했어!"

순간 정 팀장은 그에게 달려가 머리채를 끄집어 당기며 소리쳤다.

"너 이 새끼 똑바로 말해. 어디서 그런 이야기를 주워들었어?"

흰 수염의 남자는 비열한 웃음을 지으며 말했다.

"이 국장이 수석실장과 밀약을 맺은 사실에 대해 알고 있나? 놈은 프로그램 폐쇄를 대가로 국정원장 자리를 대가로 주선받았어. 김 실장이 내게 모든 경위를 이야기해주더군. 결국, 너들 밥그릇 싸움 때문에 애꿎은 군인들이 모두 죽어 나갔다고 말이야."

정 팀장과 최 중위는 그의 말에 충격을 받은 듯 어안이 벙벙했다. 분명 이 국장은 이 사건에 대해 청와대의 공작이라고 했지만, 청와대는 또 다른 태도를 보이고 있었다. 그가 자신을 이런 사지로 보낸 것은 진실을 밝히기 위함이라고 했었으나 흰 수염의 말은 그렇지 않았다. 그가 본부에서 작전을 통제할 정도라면 그들이 왜 죽었는지를 아는 것은 의미가 없는 일이었다. 결국, 그가 원했던 것이 따로 있었음을 다시 한 번 깨달았다.

"그럼 이 국장이 프로그램을 정리하기 위해 일부러 작전 동선을 바꿨다는 건가?"

"그랬겠지. 이 국장이 이 살인 기계들을 정리하는 방법이 북한에 팔아버리는 일밖에 더 있나?"

흰 수염의 남자는 입가에 묻은 핏자국을 닦아냈다. 그러면서 의미심장한 미소를 지어 보였다.

"그러고 보니 네놈들은 이 국장의 하수인들이 분명하군. 놈이 뭐라던가? 대통령조사위 모두를 죽이라고 시키던가? 그리고 칩을 빼앗아 DMZ를 빠져나가려던 건가?"

정 팀장은 아무 말도 할 수 없었고 충격을 받은 듯했다. 검게 그을린 철심을 들고 있던 최 중위는 거친 숨을 내쉬며 정 팀장을 노려보았다.

"정말 그런가 보군. 답을 못하는 걸 보니."

흰 수염의 남자는 혀를 차며 정 팀장을 바라보았다. 최 중위는 철심을 바닥에 집어 던지며 나지막한 목소리로 물었다.

"이 국장이 이 짓을 저질렀다면 왜 청와대는 쉬쉬하는 거지?"

"내가 아까도 모른다고 했잖아. 난 그저 하수인일 뿐이야. 높으신 분들이 생각하는 걸 어떻게 알겠어. 하지만 그들 역시 죽은 군인들에 관해서 관심 없어. 오직 이 사건이 조용히 덮이길 원할 뿐이야."

"결국, 권력을 위한 제물이었다는 거군."

최 중위는 이를 갈며 극도로 차분한 목소리로 말했다.

"그 칩 어디 있어?"

"몰라."

"정말 몰라?"

정 팀장은 즉시 쇠막대를 그에게 갖다 대려 했고 남자는 손사래를 치며 다급히 말했다.

"나한텐 없고 부위원장한테 있어, 부위원장한테! 제발 그만둬! 제발!"

그는 눈을 질끈 감으며 몸을 뒤로 뺐다. 최 중위는 정 팀장을 바라보았다. 그런 뒤 조심스럽게 말했다.

"개 같은 새끼."

최 중위는 바닥에 침을 뱉으며 정 팀장을 두 눈으로 노려보았다. 한동안 그의 시선은 그에게 고정되었고 정 팀장은 고개를 들 수 없었다. 자신이 이 국장의 개가 되어 일해 온 사실은 부정할 수 없었고, 이 국장의 사욕이 결국 자신을 이곳으로 불러들였음은 변하지 않는 사실이었다. 수치스러운 일이었지만 작전은 작전이었다. 이런 음모가 진행될 동안 아무것도 모르고 있던 최 중위만이 졸지의 피해자가 되어버린 형국이었다.

"네놈 친구들은 버려진 거야, 버려진 거. 세상이 그들에 대해 신경이나 쓸 것 같아? 중요한 것은 살아남은 사람들의 이익이지 죽은 놈들의 안위가 아니야. 죽은 자식 불알 만진다고 살아 돌아오는 것도 아니잖아."

최 중위는 그 말을 듣자 격분했다. 그는 다시 흰 수염 남자의 멱살을 잡고 쏘아붙였다.

"함부로 지껄이지 마. 죽여 버리기 전에."

흰 수염의 남자는 최 중위의 말을 듣자마자 시선을 밑으로 깐 채 두려움에 몸서리쳤다.

"네놈들 일행들 어느 정도고 무장은 얼마나 돼? 그리고 그 칩을 가진 놈은 누구야!"

흰 수염의 남자가 머뭇거리는 사이 최 중위는 즉시 쇠막대를 들고 그의 얼굴로 가져갔다.

"진정하라고, 진정!"

정 팀장은 최 중위를 말리려 했다. 그가 한번 격분하면 걷잡을 수 없음을 알고 있었기 때문이었다. 그는 여태껏 억눌린 그의 분노가 표출되고 있다고 느꼈다. 최 중위는 즉시 쇠막대를 그의 얼굴에 갖다 대었다. 또 다시 살이 익는 냄새가 났고 흰 수염의 남자는 미친 듯이 울부짖었다.

"그만… 그만해! 제발!"

최 중위가 쇠막대를 떼자 살점이 막대에 붙어 나왔고 그의 얼굴에선 아직 연기가 가시지 않은 듯 흰 연기가 모락모락 올라왔다.

"25명, K-1 4정, 부 팀장."

흰 수염의 남자는 정말 필요한 정보만 언급한 뒤 쓰라린 상처를 어루만지며 고개를 떨어뜨렸다. 정말 고통스러운 듯 이젠 신음조차 내지 않은 채 어금니를 꽉 깨물었다.

"이제 3정이겠군. 군인 몇 명이야? 훈련받은 인원은?"

"세 명 정도. 공수여단 출신이라는데 자세한 건 몰라."

"나머지는?"

"다 어중이떠중이들이야. 다 민간인이야."

"그래서 아무 생각 없이 쓰레기를 다 갖다 버렸었군."

최 중위는 경멸하는 듯한 눈빛으로 그를 바라보았고 흰 수염의 남자는 고통스러운 듯 아직도 오른손으로 얼굴을 어루만지며 신음을 내기 시작했다. 잠깐의 정적이 흘렀고 최 중위는 탄창을 빼 실탄 수를 확인했다. 그러자 흰 수염의 남자는 눈만 처들고 그를 바라보았다.

"어쩔 셈이야? 전부 죽일 셈이야? 미쳤어?"

정 팀장의 외침에 최 중위는 아랑곳하지 않고 탄알을 확인한 후 다시 장전했다.

"너희는 우릴 이용했어. 아주 더러운 술수로 우릴 이용하고 버렸다고! 그러니 나도 너희를 갈기갈기 찢어 놓겠어! 이 국장부터해서 이 일에 관련된 모든 놈을 내 손으로 죽여 버리고 말겠어."

그는 마치 이성을 잃은 사람처럼 그를 노려보며 장비들을 점검했다.

"그래, 일이 이렇게 된 이상 모두 죽는 것도 나쁘지 않은 일이겠지."

흰 수염의 남자는 중얼거리면서 입가에 미소를 지어 보였다.

"그래, 모두 다 죽여 버리겠어. 모두 다 말이야."

최 중위의 얼굴은 분노로 휩싸여 있었고 그 누구도 그에게 말을 걸기 어려웠다. 정 팀장 역시 자신의 잘못을 잘 알고 있었다. 그것은 자신으로부터의 것이 아니었다. 하나 그 실타래의 끝에 자신의 뿌리가 있다는 사실은 변함없었다.

"최 중위, 멈추게."

정 팀장은 최 중위를 바라보며 말했다.

"여기서 널 죽이고 싶지는 않으니 그 더러운 아가리를 좀 닥쳐줬으면 한다. 네가 인간이라면 나와 이 하늘 아래 같은 공기를 공유할 수 없을 거다."

흰 수염의 남자는 일그러진 얼굴 사이로 비열한 표정을 지으며 정 팀장과 최 중위를 번갈아 바라보았다. 최 중위는 검지로 흰 수염의 남자를 가리키며 말했다.

"넌 내가 네 친구를 모두 죽인 후 천천히 죽여줄 거다. 진실을 알려준 삯이라고 생각해."

최 중위는 살기 가득한 눈으로 그를 노려보며 총을 뒤로 뺐다. 정 팀장은 내심 최 중위가 그러지 않기를 바랐다. 이 일에 관련된 모든 사람을 죽인다는 것은 말도 안 되는 일이었다. 설사 최 중위가 이 장정들을 모두 해치운다고 하여도 그것은 광기에 지나지 않았다. 단지 개인의 분노를 풀기 위한 헛짓거리였다. 아직 확실한 것은 없었기 때문이었다.

"최 중위님, 그만하십시오."

정 팀장은 그의 팔을 잡고 그를 멈추려 했다. 그러나 최 중위는 싸늘한 눈빛으로 그에게 독설을 퍼부었다.

"뭐야? 인제 와서 리더 행세를 하려는 거야? 넌 아무 관련도 없어. 넌 내 부하가 죽든 말든 아무 관심조차 없어. 그저 이 국장이 보내놓은 애완견에 불과해. 넌 지금 이 국장 대리인일 뿐이지. 그 이상도 이하도 아니야. 그런데 주위를 둘러보라고. 이 국장은 어디 있어? 그 비겁한 새끼는 지금도 지하 벙커에서 벌벌 떨며 하수인들에게 더러운 일을 시키고 있겠지. 너도 그중 하나에 불과해. 그런 네가, 그런 네가 나에게 뭐라고 할 처지가 된다고 생각하나? 그리고 다시 한 번 말하는데, 날 막지 마. 너 역시 비참한 버러지이기에 내가 목숨만은 살려두는 거야. 절대로 내게 이래라저래라 하지 마."

"최 중위님!"

"뭐가 최 중위야! 닥쳐!"

"이런다고 죽은 부하들이 돌아오는 것도 아닙니다. 당신은 지금 분노를 풀 곳을 찾는 것에 불과합니다. 당신은 지금 그것에 집착하고 있는 거라고요!"

"북한군이 쏴 죽였고 결국 이 모든 개짓거리가 정치하는 작자들의 개술수라는 것이 밝혀졌는데 뭐가 더 필요해? 이놈의 조국은 우리를 버렸어. 개같이 충성한 우리를 버렸다고! 이 비겁하고 더러운 세상에 정의 따윈 없어. 결국, 우린 우리 자신을 지킬 뿐이야. 그게 전부라고! 맞아, 그놈 말이 맞아. 산 놈들 눈에 죽은 자들은 안중에도 없어."

최 중위는 정 팀장의 팔을 뿌리치며 그의 앞에 아주 가까이 자신의 얼굴을 들이밀었다.

"착각하는 것이 있는데 세상에 아무리 많은 나쁜 새끼들이 활보하고 다녀도 그 어딘가 심판자가 존재한다. 내가 그 대가가 반드시 존재한다는 걸 보여줄 거야. 알아들어? 지금 이 시각 부로 날 저지했다간 네놈의 대가리부터 날려 버릴 거야!"

정 팀장은 더는 그를 잡지 않았고 그를 설득하려는 그 어떠한 말도 하지 않았다. 사실상 그 역시 앞으로 어떻게 갈피를 잡아야 할지 막막했다. 지금껏 이런 적은 없었다. 이것은 그의 한계를 넘어서는 일이었다. 그는 사람을 잘 안다고 생각했지만 그렇지 않았다. 극한에 놓인 사람이란 그것의 본성을 드러내는 법이었다. 그는 결국 애송이였다. 그가 아는 지식이란 것은 파편에 불과한 것이었고, 그가 자랑하던 경험이란 것은 한낱 종이쪼가리에 불과했다. 그것이 정 팀장이었다.

"당신 부하들을 죽게 한 실제 장본인이 궁금하지 않아요? 당신 부하들을 죽인 그놈은 어디선가 우리 모두를 비웃을 거예요. 어리석은 우리를 말이에요!"

정 팀장은 떠나가는 최 중위의 뒷모습을 보며 소리쳤다. 그러나 최 중위는 멀찌감치 사라진 뒤였다.

"어리석은 놈."

흰 수염의 남자는 콜록거리며 나지막하게 말했다.

"어쩌면 당신 말이 맞을지도 몰라. 정말 그 누군가가 수색대의 몰살을 기도했을지도 모르지. 정말 그랬을지도 몰라. 하지만 그것은 어디까지나 추측이야. 확인되지 않은 사실이라고…. 결국, 미친놈에게 피를 보여준 이상 다른 것은 보이지 않아. 그 아무것도 헛짓거리 한다고 하여도 그것은 아무 소용없는 것일 뿐이지."

"가장 속 편한 것은 그냥 있는 그대로를 받아들이는 것이지. 북한군에 의해 죽은 것은 맞는 것이고 정치적 부담을 느낀 정권이 이 사실을 덮는 것도 사실이야. 밖을 보라고. 아주 조용해. 남북 관계는 평화로 나아가고 있고 더 이상 무력 도발은 없다는 공동성명까지 나왔다고. 정치란 그런 거야. 결국 군인의 피라는 것은 때로는 국가를 위한 축배가 되기도 하는 것이지."

정 팀장은 흰 수염 남자의 말을 들으며 깊은 생각에 잠긴 듯 나무에 머리를 뒤로 젖힌 채 눈을 감았다.

"잡아야 하는 거 아니야? 이대로 가다간 정말 모두가 죽을지도 몰라. 알아?"

흰 수염의 남자는 눈을 크게 뜨며 정 팀장에게 말했다. 그러나 정 팀장은 눈을 뜨지 않았다. 대신 배 계장이 말했다.

"그 무식한 새끼는 막을 방도가 없어. 그냥 지켜볼 뿐이지."

"결국, 운명의 손에 모든 것을 던지셨구먼."

"그럴 수밖에…. 더는 의미 있는 것은 없어. 그저 지켜볼 뿐이야. 당신 말대로 더는 할 수 있는 것도 없고…. 될 대로 되라지. 그러면 무언가 되지 않겠어?"

그러자 흰 수염의 남자는 파안대소하며 웃었으나 얼굴의 상처가 아직 아물지 않아 웃을 때마다 인상을 찌푸렸다.

"그래… 그래… 뭔가는 되겠지. 암, 그렇고말고. 될 대로 되라면 뭔가는 될 거야. 그런데 그것이 무엇을 가져올지에 대해선 충분히 감수해야겠지. 항상 도박의 대가는 냉혹한 법이야. 자신이 운명을 주사위로 결정한 이상 1이 나온다 해도 그것은 결과이고 사실이지."

"당신이 운명에 대해 논할 만큼 좋은 위치에 있는 것은 아닌 것 같군. 찢어진 얼굴에… 온몸에 상흔… 그리고 알량한 자존심…. 너 같은 인간쓰레기는 참으로 많이 봐 왔지. 마치 아이히만이랄까. 운명의 꼭두각시 같은 네가 운명이 결정한 수에 대해 왈가왈부하는 것은 정말 우스운 일이야."

흰 수염의 남자는 배 계장의 말에 기분이 상했는지 어금니를 깨문 채 그를 노려보았다.

"알량한 자존심이란 거 버리는 것이 인생에 좋아. 그것 때문에 불필요한 비용이 더 상계된다면 전체적인 손해겠지. 넌 손해에 민감하잖아?"

"네가 나에 대해 뭘 안다고 지껄이는 거야?"

흰 수염의 남자는 기분 나쁜 듯 그를 쳐다보았으나 배 계장은 어떠한 동요도 보이지 않았다. 항상 모든 사람이 느끼듯 배 계장의 말투나 표정은 분노를 일으키기에 적당했다.

"애써 숨길 것도 없어. 너 같은 족속들은 패턴이 뻔하거든. 애써 숨길 필요도… 숨길 것도 없어."

"닥쳐! 죽여 버리기 전에."

"이해할 수 있어. 비루한 인생이 알긴 뭘 안다고 그래?"

"이 새끼가…!"

순간 흰 수염의 남자는 배 계장의 목덜미를 잡았고 능숙한 솜씨로 그를 눕혔다. 그가 배 계장의 목덜미 근처의 급소를 치려는 순간 정 팀장은 그의 관자놀이에 권총을 가져다 댔다.

"그럴 줄 알았다."

배 계장이 목이 눌린 채로 웃으며 말했다. 정 팀장 역시 순식간에 일어난 이 일에 대해 믿을 수 없다는 표정이었다.

"넌 민간인이 아니야. 그렇지?"

배 계장은 그를 노려보며 말했다.

"보통 사람이 살갗이 찢어지는 고통을 참으면서까지 연기를 한다는 것은 불가능하지. 하지만 난 알고 있었어. 넌 꽤 거짓말에 능숙하더군."

흰 수염의 남자는 씩씩대며 뒤로 물러났고 정 팀장은 계속해서 그의 관자놀이에 겨누었다.

"맨손의 살인 기술을 익히고 있는 이들은 몇 안 되지. 사실대로 말해. 너 정체가 뭐야?"

흰 수염의 남자는 곁눈질로 정 팀장을 한 번 바라본 뒤 실없이 웃기 시작했다. 그는 고개를 떨구며 웃었고 배 계장을 다시 노려보았다.

"그래. 상당히 인상적이군…. 인상적이야…."

"사실대로 말하는 것이 좋을 거야. 더는 자비는 없어. 기대할 것도 없지."

"아주 만만한 뼈다귀 새끼인 줄 알았는데 의외였군. 게다가 권총까지 있을 줄이야."

정 팀장은 즉시 안전에서 가격으로 조정 간을 움직였다. 미묘한 소리와 함께 흰 수염의 남자 역시 약간 움찔했다.

"이제 어쩔 셈이야? 쏠 거야?"

뒷주머니에서 소음기를 꺼내는 동안 김 대리는 그의 양팔을 다시 뒤에 있는 커다란 바위에 묶었다.

"이제 쏴도 아무도 모르겠지."

배 계장은 정 팀장과 흰 수염의 남자를 번갈아 바라보았다. 그런 뒤 흰 수염의 남자에게 말했다.

"날 속일 생각 하지 마. 얄팍한 수는 통하지 않으니까."

"두고 보면 알겠지."

"정체가 뭐지? 넌? 넌 절대 일반 업자가 아니야. 그럴 수가 없어. 정말 이곳에 온 이유가 증거 인멸이야?"

흰 수염의 남자는 아무 말도 하지 않았다.

"넌 최 중위를 오히려 화나게 했어. 그렇지? 그리고 그가 오히려 일행에게 가도록 부추겼어."

배 계장은 그의 두 눈을 계속해서 노려보았으나 흰 수염의 남자는 그의 눈을 회피하려 했다.

"내가 한 가지 맞춰 볼까?"

배 계장은 즉시 그의 상의를 찢어버렸다.

"일반 사람들은 절대로 그 정도의 고문을 견뎌낼 수가 없어. 그 말은 이미 넌 고문을 수차례 받은 전력이 있다는 이야기지. 너의 등과 가슴에 난 상처들 모두 정상은 아니야. 그렇지?"

배 계장은 상처들을 일일이 손으로 가리키며 말했다.

"이것들은 고문에 의한 상처야. 고문에 의한 상처…. 민간인이 고문을 받을 기회를 얻는다는 것은 흔치 않은 일이지. 게다가 고온에 의한 화상에도 불구하고 꽤 태연하더군. 정신을 잃는 연기도 아주 수준급이었어. 오히려 무언가를 말하기 위한 일종의 수작이었겠지, 그렇지?

그렇다면 넌 왜 우리에게 무언가를 숨기고 속이려 하는 걸까? 이쯤에서 너의 정체가 궁금해지는 것은 당연한 일이겠지. 그리고 아주 결정적으로… 넌 억양이 달랐어. 내가 대학 시절 우리나라 방언을 조사한 적이 있었는데 그 계기로 난 지방 방언에 대해 일가견을 갖게 되었지. 그런데 넌 남한 그 어디에서도 들을 수 없는 특이한 억양 구조로 되어 있어. 물론 언뜻 들으면 표준어처럼 들리지만 네가 발음할 때마다 들리는 그 미묘한 둔탁한 소리는 네가 남한 사람이 아니란 사실을 증명하고 있는 것이지."

흰 수염의 남자는 그의 눈을 회피하려 했다. 그러자 배 계장은 그의 턱을 오른손으로 잡은 채 자신에게 위치시켰다.

"날 똑바로 바라봐. 넌 이미 모든 정체가 드러났어. 여기서 널 죽인다고 해도 우리가 손해 볼 것은 아무것도 없어. 목적이 다른 남한 사람끼리라도 어떨 때는 손을 잡기도 하는 법이지. 그런데 북쪽 사람과는 아니야. 그럴 수 없어."

흰 수염의 남자는 배 계장에게 턱을 잡힌 채로 실실 웃었다.

"그래, 아주 소설을 잘 쓰는구먼. 아주 훌륭해. 재미있는 헛소리 잘 들었네."

배 계장은 정 팀장을 한 번 올려다보았고 정 팀장은 고개를 끄덕였다. 정 팀장은 한 발을 장전했고 즉시 관자놀이에 총구를 깊숙이 박았다. 그러자 흰 수염은 순식간에 자신의 뒷주머니에 있던 작은 초소형 칩을 입에 넣으려 했다. 이를 지켜보던 정 팀장은 즉시 그의 팔을 발로 찼고 그가 넣으려던 칩은 뒤로 떨어졌다. 김 대리는 즉시 그를 주먹으로 쳤고 정 팀장은 떨어진 칩을 손에 넣었다. 그 즉시 정 팀장은 권총을 내린 뒤 최 중위가 달려간 곳으로 뛰어갔다.

그가 최 중위를 막지 못하면 그 이후의 결과는 돌이킬 수 없었다. 대통령조사위는 분명 반대세력이었지만 농간으로 인해 서로를 쏠 수는 없는 일이었다. 어쩌면 흰 수염의 남자와 내통한 북한군이 주위에 있는지도 모르는 일이었다. 그가 모두를 죽인 뒤 할 일은 분명 GPS 칩과 관련된 것이 분명했다.

"이 개 같은 간첩 새끼!"

김 대리는 즉시 주먹으로 그의 면상을 후려갈겼고 배 계장은 드디어 밝혀질 것이 밝혀졌다며 은은한 미소를 지어 보였다. 한참 동안 맞던 흰 수염의 남자는 이마에 피를 흘리며 소리쳤다.

"너희는 아무것도 할 수 없어! 아무것도!"

흰 수염의 남자는 배 계장을 바라보며 비웃었다. 배 계장은 그런 그를 무표정하게 바라보았다.

"우린 항상 너희 머리 꼭대기에 있었어. 너희가 과연 우리의 실체를 알아낼 수 있다고 생각하나?"

흰 수염의 남자는 숨을 가쁘게 쉬며 말했다.

"적어도 네가 대공 분실에 가게 된다면 이야기가 다르겠지."

그러자 흰 수염의 남자는 코웃음을 치며 그를 노려보았다.

"그깟 심문에 네놈들이 얻을 수 있는 정보가 있을 것으로 생각해? 너흰 아무것도 없어. 그저 쓰레기들일 뿐이야. 얼마 뒤 난 곳곳에 널린 우리 조직의 힘으로 풀려나겠지. 시민단체와 각종 평화단체는 모두 우리 편이야! 너희는 절대 이길 수 없어! 난 남한 사회의 이 자비로운 시스템을 존경해. 정말 존경한단 말이야!"

김 대리는 즉시 주먹으로 그의 턱주가리를 날려 버렸다. 억센 손으로 그의 얼굴을 후려 내리치는 모습은 마치 돌이 힘없는 나뭇가지를 박살 내는 것같이 보였다. 뱃사람의 주먹 힘은 상당했다. 흰 수염의 남자는 피를 흘리며 고통스러워했지만 결코 기죽어 하거나 수그러드는 모습은 보이지 않았다. 오히려 맞을수록 악에 받치는 듯 그는 어금니를 세게 깨물었다. 순간 수풀에서 몇 발의 총성이 들려왔다. 이미 흰 수염의 남자를 찾으러 온 대통령조사위원들이 분명했다. 김 대리는 반사적으로 몸을 엎드렸고 흰 수염의 남자는 미친 듯이 웃어댔다.

"남조선 놈들끼리 총부리를 겨누는 것만큼 즐거운 구경거리도 없지"

김 대리와 배 계장은 나무 뒤에 몸을 바짝 낮춘 채 총알이 날아오는 방향을 파악하려 했다. 그러나 수풀이 우거져 쉽사리 보이지 않았다. 정 팀장이 미친 듯이 나무 사이를 헤집으며 그에게 도착했을 때는 이미 늦은 상태였다. 그가 첫 번째 갈림길에 도착했을 때 세 발의 총성이 울렸다. 그는 순간적으로 멈춰 섰고 그것이 자신의 뒤라는 사실을 파악했다. 순간 뒤이어 앞에서 여러 발의 총성이 울려왔다. 총격전이 시작된 듯 곳곳에서 함성과 비명이 이어졌다. 정 팀장은 소리를 쫓아 뛰어갔고 얼마 뒤 자신의 눈앞에서 시체를 발견할 수 있었다. 관통상을 당한 듯 푸른색 재킷의 남자는 돌 위에 피를 흩뿌린 채 엎어져 있었다. 계속해서 비명과 함성 그리고 총격전이 이어졌다. 시간상 최 중위는 곧 총알이 거의 다 떨어져 갈 즈음이었다. 그는 미친 듯이 최 중위를 불렀다. 나무와 돌을 뛰어넘으며 마치 그는 한 마리의 노루처럼 뛰어갔다.

그가 우거진 수풀 속에 도착했을 때 나뭇잎 사이로 수명의 사람들이 바위 뒤에 숨어 총격전을 벌이는 모습을 발견할 수 있었다. 한 명은 계속해서 조준 사격을 하고 있었고 나머지는 마치 조직적으로 작전을 짠 듯한 사람의 말에 귀 기울이고 있었다. 정 팀장은 오금이 저림을 느낄 수 있었다. 분명 그들이 자신을 안다면 다짜고자 쏴 죽일 가능성도 배제할 수 없었기 때문이었다. 그러나 그렇다고 가만히 있을 수도 없는 노릇이었다. 결국, 그는 수풀을 헤치고 나가기로 했다.

"이보시오!"

순간 바위 뒤에 있던 사람은 즉시 몸을 웅크린 채 두 손을 들고 있는 정 팀장을 조준했고, 나머지 인원들은 마치 약속이라도 한 듯 쥐 죽은 듯이 바닥에 엎드려 정 팀장을 향해 두 눈만 내놓았다.

"저 사람 죽이면 안 돼요!"

"잡아, 저 새끼!"

청 재킷을 입은 사람 중 하나가 그를 바라보자마자 소리쳤고 정 팀장은 얼떨결에 계속해서 두 손을 들고 있었다.

"저 사람 저희 일행입니다!"

"야! 저 새끼 잡아!"

즉시 엎드려 있던 남자 두 명이 정 팀장에게 달려들어 순식간에 정 팀장을 포박했다. 그런 뒤 바위 뒤에 끌고 와 앉혔다. 그러는 동안 바위 뒤에 숨었던 남자는 다시 바위 뒤에 비스듬히 숨어 추가적인 사격에 대비했다.

"너 누구야!"

모두가 청 재킷을 입었지만 그중에서도 콧수염이 유난히 짙은 남자가 정 팀장의 뺨을 후리며 재빠르게 말했다. 발음이 워낙 빨라서 외국어라고 해도 믿을 정도였다.

"신원을 밝힐 수 없습니다!"

정 팀장은 독기가 오른 사람처럼 이를 꽉 깨문 채 소리쳤다. 아직도 우측에선 총격전이 벌어지는 듯했고 함성이 오갔다.

"야, 이 새끼야! 지금 나랑 농담 따먹기 하는 거야?"

"지금 저희 쪽으로 사람들을 보냈습니까? 빨리 멈춰주십시오. 투항하겠습니다!"

콧수염의 남자는 다시 한 번 정 팀장의 뺨을 후렸다. 그는 누구냐고 계속해서 고함을 질렀다. 정 팀장은 그의 말을 잘라내고서 말했다.

"그 흰 수염의 남자, 흰 수염 난 새끼, 그 새끼 간첩이야! 간첩이라고! 우리도 속았어. 투항한다고! 모든 교전을 멈춰야 해!"

"무슨 소리 하는 거야? 지금 탐지반장 이야기하는 거야?"

"탐지반장이고 나발이고 그 새끼 간첩이라고! 빨리 사람을 보내서 우리 쪽 인원들에게 사격을 멈추라고 말하십시오!"

"네가 탐지반장을 납치한 거냐?"

콧수염의 남자는 다시 한 번 정 팀장의 뺨을 양옆으로 후리려고 했다.

"시간이 없다고! 일단 저 사람부터 진정시켜야 해!"

"무슨 소리야!"

"이것 좀 풀어봐! 내가 말로 할게!"

콧수염의 남자는 다시 한 번 손찌검하려 했다.

"야, 이 새끼야! 풀라고!"

정 팀장은 순간 악에 받쳤는데 진성이 섞인 목소리로 크게 외쳤다. 콧수염의 남자는 손을 머리 위까지 올렸으나 정 팀장의 순간적인 말에 잠시 행동을 멈추었다. 그런 뒤 양옆의 두 사람에게 눈짓했다.

"풀어줘 봐, 이 새끼."

그러자 두 장정은 정 팀장에게 채운 수갑을 풀었고 정 팀장은 즉시 바위 위로 올라갔다. 소총으로 대응사격을 하고 있던 남자는 정 팀장의 등장에 밑을 바라보았다. 콧수염의 남자는 큰 소리로 보내라고 소리쳤다.

"최 중위! 다 오해야!"

정 팀장은 큰 소리로 외치며 손을 흔들었다. 최 중위는 분명 실탄이 거의 남아 있지 않을 터였다. 아무리 한 탄창을 꼭 채운 총이라도 마음먹기에 따라 모두 써버리고도 남을 시간이었다.

"최 중위!"

우측에서 누군가의 외침에 잠시 총성이 멈추었고 우거진 풀숲에선 정 팀장의 말만 메아리치며 울려 퍼졌다.

"최 중위! 다 오해야! 당장 나와! 이럴 필요 없어! 당신은 속은 거라고!"

"야, 배태성, 가서 분견대 철수하라 해! 교전 중지하라 해! 그리고 거기 있던 놈들한테 자기들 팀장이란 놈이 투항했으니 항복하지 않으면 쏴 버리고 무장을 해제해서 데려와. 지금 당장!"

콧수염의 남자는 정 팀장을 바라보더니 다급한 목소리로 부하에게 지시했다. 정 팀장은 마치 목청이 끊어질 것처럼 목이 터져라 소리쳤다. 그동안 콧수염의 남자는 우측으로 이동해 나머지 대원들에게 사격 중지 명령을 내렸고 총성은 한동안 멈추었다. 정 팀장은 최 중위를 계속해서 찾았으나 최 중위는 모습을 드러내지 않았다. 30분이 지나도 최 중위의 인적은 보이지 않았고 그가 남긴 탄피만이 곳곳에 널려 있을 뿐이었다. 콧수염의 남자는 소득이 없다고 판단했는지 정 팀장 주위로 모든 인원을 모이게 했다.

"자, 이제 다 말해 봐. 저건 뭐고 넌 뭐고 일단 말부터 해. 말하라고!"

콧수염의 남자는 흥분한 듯 허리춤에서 두 손을 올리고 붉게 상기된 얼굴을 한 채 큰 소리로 외치며 정 팀장에게 쏘아붙였다. 정 팀장은 그저 그를 노려보며 조곤조곤 말했다.

"당신들처럼 우리도 같은 일을 하는 사람들이고 단지 당신들이 하는 일을 멈추려 했을 뿐이에요."

"무슨 소리야? 너 어디 기관이야?"

"밝힐 수 없어요."

"뭐라고?"

콧수염의 남자는 어이없다는 표정을 지어 보였다. 그런 뒤 뒤에 보이는 주검들을 가리키며 정 팀장을 향해 고함을 질렀다.

"니 새끼 일원이 우리 팀원을 죽였어! 안 보여? 네놈들이 사람을 죽였어!"

콧수염의 남자는 정 팀장의 멱살을 잡은 채 바닥으로 그를 내팽개쳤다. 정 팀장은 쓰러지며 팔 끝을 바위에 박았다. 그는 팔을 어루만지며 고통스러운 표정을 지어 보였다.

"너 같은 파리 새끼, 지금 골로 보내는 것 일도 아니야! 당장 말해! 말하라고!"

콧수염의 남자는 쓰러져 있는 그를 향해 발길질을 했고 특히 그의 복부를 수차례 발로 걷어찼다.

"어찌할 거야? 죽고 싶어? 그럼 보내줄게!"

콧수염의 남자는 커다란 돌을 주워왔고, 두 명의 남자는 정 팀장의 두 팔을 잡은 채 반반한 바위 위에 그의 머리를 올려놓았다.

"이게 네가 원하는 최후라면 받아들여!"

콧수염의 남자는 머리 위까지 돌을 들어 올려 보였고 정 팀장은 괴성을 지르며 소리쳤다.

"알았어! 알았다고!"

사실 정 팀장은 그가 유순하게 나오리라 판단했다. 그러나 그것은 틀린 것이었다. 그는 정말 화나 있었고 그를 진정시키는 것은 모든 것을 밝히는 것밖에는 없었다. 더는 이 국장은 머릿속에 들어오지도 않았고 자신이 국정원 출신이라는 사실조차 중요하지 않았다. 그가 서 있는 곳은 DMZ였다. 누구하나 죽는다 해도 이곳을 벗어나기 전까지 모든 것은 은폐될 수 있었다. 결국, 역사는 살아남은 자에 의해 쓰일 수밖에 없었다.

"난 국정원 소속이고 내 일행들도 마찬가지야! 너희를 쏜 놈은 너희가 증거를 없앤 수색대 인원들을 훈련한 교관이라고!"

순간 콧수염의 남자는 모든 것이 이해가 가는 듯 돌을 뒤로 던져 버렸다. 그런 뒤 정 팀장을 일으켜 세웠다.

"너, 우리 뒤를 캐러 온 놈이냐?"

"그래."

"어디서 시키던? 이 국장이야? 그런 거지?"

"그래."

"그 새끼가 뭐라던? 우리 모두를 죽이라고 시키던?"

"단지 칩이 필요했을 뿐이야."

그러자 콧수염의 남자는 비웃으며 말했다.

"박수가 필요한 인간이구먼. 그래, 겁대가리 없이 그 칩을 찾으러 오셨다? 그리고 대통령 직속기관의 일원을 살해하려 했다? 지금 네가 무슨 말을 하는지, 그리고 네가 뭘 이야기하고 있는지 알고 있느냐? 아니면 지금 날 간 보는 거야?"

"절대 그런 의도가 아닙니다."

정 팀장 역시 답답한 듯 가슴을 부여잡으며 토로했다. 콧수염의 남자는 그럴수록 혈압이 오르는 듯 머리채를 잡으며 인상을 썼다.

"닥쳐! 듣기 싫어! 헛소린 집어치워!"

"그 흰 수염의 남자, 간첩이야."

"헛소리하지 마! 반장이 어째서 간첩이라는 거야?"

"그가 최 중위에게 당신들을 죽이라고 사주했어."

"내가 너희를 뭘 믿고 그 말을 곧이곧대로 들으라는 거지?"

"지금 반장이라고 했지? 놈은 분명 간첩이야. 그렇지 않은 이상 부위원장에게 칩이 있다고 밝히진 않겠지. 그리고 자신을 위원장이라 속이며 사칭 행세를 할 이유도 없을 거고."

"뭐라고? 놈이 부위원장에게 칩이 있다는 사실을 발설했다는 거냐?"

"그래. 북한군에게 넘어가서는 안 되는 그 금기 물건. 놈이 모두 말해 주었어. 그래도 놈이 간첩이 아니라고 말할 수 있어? 그리고 결정적으로 그놈이 목구멍 너머로 삼키려던 그것이 나에게 있어."

콧수염의 남자는 정 팀장 손에 들린 칩을 보고선 그 광경을 믿을 수 없었다. 만약 흰 수염의 남자가 설사 간첩이 아니라도 그것은 신의를 배신한 행동이었다. 만약 그가 북한군에게 납치되었다면 모든 사실을 불어버린 것과 다름이 없는 이적 행위였기 때문이었다. 그가 간첩인지 아닌지는 알 수 없었지만 정 팀장이 말한 이야기로 보아선 그것은 분명 설득력 있는 사실이었다. 게다가 부위원장에게 칩이 있다는 사실은 위원장인 자신과 부위원장 둘만이 아는 사실이었기 때문이었다. 물론 그에게 칩을 직접 받긴 했지만 부위원장에게 넘겼다는 것은 그 누구도 모르는 일이었다. 게다가 나머지 칩이 어떤 기능을 하는지 알 리가 없는 사람들이었다. 순간 콧수염의 남자는 뒤통수를 얻어맞은 듯한 느낌을 받았다. 그는 한동안 정 팀장을 계속해서 바라보았고 입가에 피가 묻은 정 팀장 역시 콧수염의 남자를 바라보았다.

"일단 그 흰 수염 새끼를 잡는 것이 우선이겠군. 기다려, 사람이 갔으니까. 그리고 그 칩은 나에게 당장 줘야겠어."

"내가 얻게 되는 건?"

"일단 DMZ에서 빠져나가게 해 주지."

정 팀장은 경계하며 콧수염의 남자에게 칩을 건넸다.

"이봐, 최 씨하고 박 씨는 시신 수습하고 정운이는 탄피 모두 회수해. 나머지는 부상자를 치료한다."

콧수염의 남자는 신속하게 임무를 주었고 사람들은 각기 맡은 일을 시작했다. 삼십 분이 흐르자 정 팀장과 김 대리 그리고 배 계장과 대통령조사위원 두 명이 흰 수염의 남자를 데려왔다. 김 대리와 배 계장은 주위를 둘러보며 경계심을 늦추지 않았고 자신들에게 해코지를 하지 않을까 하는 우려심을 품었다. 몇 분만 늦게 사람이 왔다면 그들은 모두 벌집이 되어 있을 것이었다. 그들은 정 팀장이 투항했다는 소식에 냉큼 항복 의사를 전달했다.

정 팀장은 아랑곳하지 않고 콧수염의 남자들과 대통령조사위원 인원들에게 말을 걸었다. 흰 수염의 남자는 아주 괴로운 표정을 지으며 콧수염의 남자 앞에 섰다. 그는 손발이 묶여 있었고 얼굴은 김 대리의 주먹으로 인해 퉁퉁 부어 있었다. 마치 벌에게 쏘이기라도 한 듯 그의 얼굴은 거의 함몰되어 있었고 핏자국이 선명했다. 콧수염의 남자는 무릎을 굽힌 뒤 천천히 그의 얼굴을 바라보았다.

"너 이 새끼…"

콧수염의 남자는 즉시 주먹으로 다시 한 번 그의 얼굴을 정통으로 쳤다. 그러자 흰 수염의 남자는 울음을 내보이며 서럽게 울었다.

"네가… 어떻게 우리에게 이럴 수 있지? 그 칩으로 뭘 하려 했던 거야? 북괴의 손에 넘기려고 했던 거야? 김 실장이 암세포 같은 놈을 보냈군. 도대체 김 실장이 너 같은 놈을 어떻게 내게 보낸 건지 이해할 수 없다만 김 실장도 알고 있는 사실이야?"

콧수염의 남자는 흰 수염을 살기 있는 눈으로 노려보았다.

"대장, 사실이 아니에요! 이건 모함이라고요! 저 새끼가 우리 모두를 죽일 거라고요!"

흰 수염이 남자는 처절하게 울부짖었고 콧수염의 남자를 눈물 어린 두 눈으로 쳐다보았다. 콧수염의 남자 역시 마음이 흔들렸는지 쉽사리 그에게 다시 말을 걸지 못했다. 그러자 김 대리는 그의 허리를 걷어차며 말했다.

"이 새끼 악질 간첩이요. 우리 모두를 이간질해서 서로를 죽이게 하고 그 칩을 삼키려 했소."

"거짓말하지 마! 너 이 새끼 네놈이 칩을 훔친 뒤 DMZ를 빠져나가자고 한 거 다 기억나!"

흰 수염의 남자는 고래고래 소리를 지르며 정 팀장을 바라보았다. 그러자 콧수염의 남자 역시 그를 바라보았다. 그러나 진실을 말하지 않는다면 더는 숨을 곳도 없었다. 만일 얄량한 술수를 부렸다간 모든 것이 허사가 될 수도 있는 노릇이었다.

"정말이야?"

"네, 사실입니다."

콧수염의 남자는 정 팀장을 노려보며 재차 물었다.

"왜 그랬냐?"

"당신들이 한 일들을 모두 지켜보았고 그 칩을 우리가 손에 넣지 않으면 이 사건에 진실이 모두 묻힐 거로 생각했기 때문입니다."

"결국, 그럼 네놈도 우릴 죽일 생각이 있었다는 것이군."

"부인하진 않겠어요. 그건 내가 이 사건의 경위를 알지 못했을 때입니다."

"좋아. 용기는 가상해. 인정하지."

콧수염의 남자는 곁눈질을 하더니 두 명의 장정이 정 팀장과 김 대리 그리고 배 계장의 두 팔을 잡은 채 그들을 포박하려 했다.

"지금 뭐 하는 거야! 칩을 줬잖아!"

정 팀장은 외쳤으나 콧수염의 남자는 눈 하나 깜짝하지 않았다.

"흰 수염 새끼가 배신자인 것은 분명해. 그렇다고 이 국장의 하수인인 너희가 우리 뒤통수를 치지 말라는 법은 없지."

"우린 모두 진실로 대했다고! 이러지 마!"

콧수염의 남자는 이글거리는 눈빛으로 그를 바라보며 말했다.

"진실 따위는 중요하지 않아. 우린 진실이 밝혀지면 안 되는 사람들이야."

"이봐! 이러지 마! 이러지 말라고!"

"최 중위라는 인간은 수색에서 처리할 거다. 너희는 우리와 함께 간다."

"어딜 간다는 거야?"

"소기의 목적이 달성되었으니 여기에 있을 이유가 없어. 게다가 덤까지 얻었으니 더는 아쉬울 것이 없지. 그리고 겨우 이 수십 명을 상대하는 놈이 겨우 한 놈이니 여기서 대치할 필요도 없어. 난 또 수 명은 되는 줄 알았지. 그래도 없어진 칩을 되찾아준 것, 그건 감사하게 생각하고 있어."

콧수염의 남자는 뒤 돌아서서 자신의 짐을 챙기기 시작했다. 배 계장과 김 대리는 순간 정 팀장이 자신들의 존재에 대해 모든 것을 전부 불었다는 사실을 알 수 있었다. 만약 이대로 밖으로 나가게 된다면 그들은 군사재판은 물론 법정 최고형은 면치 못할 것이었다. 배 계장은 정 팀장의 어리석음을 힐난했고 김 대리 역시 분노하기는 마찬가지였다. 그러나 입까지 틀어 막히고 손발이 묶인 상태에서 그들은 오직 눈빛으로만 자신들의 분노를 표출할 뿐이었다. 분명 어쩔 수 없는 투항이었지만 적어도 최 중위가 이들 모두를 죽이는 것은 막았다.

그날 밤, 그들은 시신을 수습한 뒤 추진철책을 넘어갔다. 미리 대기하고 있던 GP 인원들이 문을 열었고 조사위는 안으로 들어갈 수 있었다. 그들은 아주 천천히 이동했다. 김 반장과 약속한 마지막 날, 결국 그들은 교신할 수 없었다. 사실상 그들이 가져온 모든 짐은 사라진 지 오래였고 자멸감과 공포심만이 그들에게 남았을 뿐이었다. 분명 김 반장은 식량을 놓고 갔을 것이고 철수를 위한 마지막 교신을 기다렸음이 분명했다. 그러나 그 일은 일어나지 않았다. 마지막 날 밤 모습을 드러내지 않았기에 밖에선 분명 정 팀장 일행이 죽었거나 일이 꼬였음을 알 수 있었다. 그러나 그들이 할 수 있는 것은 아무것도 없었다. 단지 같이 들어가 있는 대통령조사위가 나오길 기다릴 뿐이었다.

결국, 김 반장은 수사과로 다시 돌아올 수밖에 없었고 멍하니 시계만 바라볼 뿐이었다. 한 중사 역시 피곤했던지 소파에서 잠을 청했다. 김 반장은 그들이 이미 유명을 달리했다고 믿었다. 이미 모든 것이 끝났다고 판단했다. 순간 전화 한 통이 울렸고 모르는 번호였다.

"김 반장님 되십니까?"

"예, 맞습니다."

"청와대 김대진 실장입니다. 긴히 할 말이 있으니 저 좀 보셔야겠습니다."

"누구라고요?"

전화는 일방적으로 끊겼고 한 시간 뒤 말쑥한 남자 한 명이 수사과로 찾아왔다.

그들이 테이프를 떼고 잠깐 말을 할 수 있는 시간은 오직 식사 시간과 물을 먹는 시간이 전부였다. 그 틈을 타서 그들은 서로에 대해 욕지거리를 하곤 했고 이미 지나간 일을 비난하며 한탄했다. 다시 테이프가 붙여지자 배 계장은 코를 훌쩍이며 정 팀장과 흰 수염의 남자를 번갈아 바라보았다. 흰 수염의 남자는 분노에 타오르는 눈빛으로 김 대리를 노려보았다. 김 대리는 가끔 성에 안 차는지 흰 수염의 남자를 향해 발길질했고 흰 수염의 남자는 그것을 보며 이를 갈았다. 다음 식사는 점심이었다. 이슬은 이미 말라버렸고 뜨거운 햇볕은 그들을 내리쬐었다.

"이봐, 물 남은 것 좀 없나?"

조사위원 중 한 명이 뒤를 바라보며 말했으나 뒤에선 아무런 답이 없었다. 급한 강행군이었기에 물을 챙길 만한 시간적 여유가 없었다. 모두가 새벽이슬까지 모두 담았으나 수통에 남은 것은 말라버린 침이 전부였다. 정 팀장은 끌려가면서도 온통 머릿속이 복잡했다. 이제 그들은 꼼짝없이 검거될 터였고 그다음은 상상조차 할 수 없었다. 아니 상상하기 싫었다. 더는 돌아갈 곳은 없었다. 이 국장의 음모를 알아버린 이상 모든 것은 분명해졌다. 그 칩은 이 국장도 청와대도 그 누구도 가져가서는 안 되는 물건이었다.

엉켜버린 실타래

"국장님, 들어가도 되겠습니까?"

이 국장의 비서 최정은은 결재 서류를 들고 이 국장의 오래된 나무 문을 두드렸다. 안에선 들어오라는 소리와 함께 조심스럽게 문이 열렸다. 방 안은 늘 그래 왔듯 담배 연기로 자욱했고 소파와 책상에 니코틴이 배지 않은 곳이 없었다. 이 국장은 두 다리를 책상에 얹은 채 눈을 감고 클래식을 감상하고 있었다. 최정은은 얼굴을 찡그린 채 코를 막았다.

"놓고 나가겠습니다."

"소식 없지?"

"네."

"그리고 말이야… 조만간 청와대에서 널 좀 보자더군. 자세한 시간과 날짜를 알려주지. 나랑 같이 갈 거야."

"알겠습니다."

"정은아, 그간 고생이 많았다."

"왜 새삼스럽게 그렇게 말씀하세요?"

이 국장은 그녀를 향해 미소를 지었다. 그녀는 아무것도 몰랐다. 아니 아무 영문도 몰랐다. 이 국장은 안타깝게 생각했지만 방도가 없었다. 수석실장이 무슨 이유로 최정은을 요구하는지 알 수 없는 노릇이었지만 시간을 벌기 위해서는 이것이 제일 나은 방법이었다. 보증금 일부라도 걸어놓으면 최소한 다음 빚까지는 시간이 충분했다. 최정은은 기침을 하며 문을 조심스럽게 닫고 나갔다.

이 국장은 고민에 빠졌다. 만약 정 팀장이 실패했다면 그다음은 자신이 감당할 수 있는 것이 아니었다. 만약 그가 대통령조사위에 의해 사살되었다면 속 편한 것이었다. 그러나 생포되었다면 분명 그건 아니었다. 권한을 넘어서는 일이었다. 물론 지금도 그는 권한을 넘어선 행동을 하고 있었지만 조만간 그가 맞이하게 될 상황은 그것에 대한 책임이었고 감내하기 힘든 형벌이었다. 그는 자신이 법정 최고형까지 받게 될 것을 조심스럽게 짐작하고 있었다. 그가 항상 책상 서랍에 실탄 두 발이 들어 있는 리볼버를 넣어놓고 근무를 하는 것은 전혀 이상한 일이 아니었다. 그의 줄담배는 정 팀장이 작전을 시작한 이래로 단 한 순간도 멈춘 적이 없었다. 담뱃재는 쌓여만 갔고 그것을 치우는 것은 최정은의 주요 업무 중 하나가 되었다. 바그너의 트리스탄 이졸데의 감미로운 선율은 갑작스럽게 걸려온 한 통의 전화와 함께 묻혀 버렸다.

"예, 이 국장입니다."

그는 매우 늘어지는 목소리로 전화를 받았다.

"김대진 실장입니다."

순간 이 국장은 온몸에 전기가 돋는 듯한 느낌을 받았다.

"웬일이지?"

"국장님, 다 끝났습니다."

"뭐가?"

"난 국장님이 그 정도로 무모한 사람인지는 몰랐습니다."

"무슨 말이야, 그게?"

"헌병대라니… 이거 국가기관의 실무자가 신분 세탁까지 종용해서야 되겠습니까?"

순간 이 국장은 정 팀장이 한 말을 떠올렸다. 만일 김 실장이 이들의 신분에 대해 모두 알게 되었다면 그것은 김기섭 반장의 소행이 분명했다. 사실상 작전 기일의 마지막 날이 엊그제였고 아직까지 정 팀장으로부터 한 통의 소식도 없었다. 분명 김 반장은 정 팀장이 죽었다고 판단했을 것이었다. 그렇게 된다면 이 사건의 모든 후폭풍을 김 반장이 모두 뒤집어쓰게 될 것이었고, 그는 인사 문제보다 훨씬 더 심각한 사실에 직면하게 될 터였다. 이 국장은 김 실장과 김 반장 간의 밀거래가 있었음을 짐작할 수 있었다.

"김기섭 반장인가?"

"뭐, 굳이 실명을 공개할 이유는 없지만… 사람이란 동물은 항상 위기를 두려워하는 법이지요."

"어쩔 셈이야?"

"난 당신들의 개가 지금 어디 있는지 알고 있습니다."

순간 이 국장은 말문을 잇지 못했다. 김 실장이 그런 말을 한다면 분명 그는 정 팀장 일행의 생사를 알고 있음이 분명했다.

"날이 좋지 않아서 확답은 안 드리지만… 이틀 뒤에 대공 분실에서 같이 보셔야 할 것 같습니다."

"너 이 새끼, 내가 그냥 죽을 것 같아?"

"국장님, 너무 자신하지 마십시오. 당신은 여기가 종착역이야. 아, 그리고 한 차장이 안부 전해 달라고 하더군. 당신은 적이 너무 많았어."

"한 차장 그년도 네놈 편이냐?"

"그렇진 않습니다. 단지 내가 이용하는 여자일 뿐입니다. 조그마한 과자 부스러기라면 죽어라 달려드는 비둘기 같은 여자죠."

이 국장은 자신의 휴대폰을 벽으로 던져버렸다. 벽에 부딪힌 휴대전화기에서 배터리가 바닥에 떨어지는 소리와 함께 방 안엔 조용한 정적이 감돌았다. 그는 지금 당장에라도 리볼버를 자신의 입에 넣고 싶은 심정이었다. 두 해 전만 해도 빌빌 기던 버러지 같은 인간이 자신에게 이렇게 모욕적인 언사를 한다는 것이 그로서는 받아들일 수 없는 현실이었다.

그는 다시 손을 부르르 떨며 담배를 입에 물었다. 그는 연기를 정신없이 뿜어댔고 입술마저 파르르 떨렸다. 한 차장이 만일 그에게 귀띔했다면 이미 작전은 만천하에 드러난 것이나 마찬가지였다. 물론 그가 한 차장에 대해 미안한 감정을 가지고 있던 것은 아니었다. 그는 그녀가 멍청했기에 자기 일을 말아먹은 것이라 믿었다. 이 바닥의 생리라는 것은 정당성이란 것을 필요로 하지 않았다. 지금 그에게 중요한 것은 조만간 검찰이 자신의 사무실에 대해 압수 수색을 할 가능성이 높다는 것이었다. 그는 벌떡 일어났고 벽에 붙은 모든 항공사진과 인물사진 들을 미친 듯이 떼기 시작했다. 그는 거침없이 종이들을 찢어 버렸고 찢는 즉시 라이터로 불태우기 시작했다. 방 안은 종이 타는 냄새로 진동했고 그의 카펫엔 온통 검은 재가 휘날렸다. 그는 담배를 입에 문 채 뻐끔거리며 종이들을 태웠고 일부는 담뱃불로 태우기도 했다.

"미친 연놈들끼리 어디 한번 잘해보라지. 벌도 죽더라도 침은 쏘고 죽으니까…."

이 국장은 미친 듯이 웃었고 내선 전화를 집어 들더니 한 차장에게 한 통의 전화를 걸었다. 서류가 담긴 철제 쓰레기통에선 종이들이 불타고 있었다.

정 팀장 일행과 조사위가 통문 근처에 다다른 것은 그들이 잡히고 이틀이 지나서였다. 그날 밤은 고요했으나 비가 추적추적 내렸다. 빗줄기는 그리 강하진 않았으나 몸이 젖을 만큼 내리고 있었다. 철책의 불은 환하게 들어와 있었고 통문 앞엔 최원석 중사를 비롯한 대대장과 참모진들이 모두 나와 있었다. 물론 김 실장도 그 자리에 와 있었다. 새벽 2시경 보급로 끝 부분에서 불빛이 관측되었고 최원석 중사는 통문을 열었다. 대통령조사위는 아무 소리도 내지 않은 채 조용히 통문을 통과했다.

　그들은 통문을 통과하자 주변에 하나둘씩 주저앉아 휴식을 취했다. 그들은 나오자마자 물을 찾았고 참모진들은 가져온 물을 그들에게 건넸다. 김 실장은 흡족한 표정으로 콧수염의 남자를 바라보았고 둘은 외진 곳에서 몇 분간 대화를 나누었다. 대대장은 똥 씹은 표정을 지은 채 그들을 돌담 위에서 내려다보았다. 잠시 후 두 명의 장정이 정 팀장 일행을 끌고 나왔다. 김 실장은 그들의 얼굴을 하나씩 확인했다. 대대장은 김 실장 옆으로 오더니 역시 정 팀장 일행의 얼굴을 확인했다.

　"이놈들이오?"

　대대장은 베레모 위의 빗물을 쓸어 내리며 김 실장에게 물었다.

　"네, 이 사람들입니다."

　"일단 가둬야 하니 대대에서 억류하고 있겠습니다."

　그러자 김 실장은 대대장의 말을 잘라 말했다.

　"이제부터 우리 소관입니다. 대가로 철책 절단 일은 없던 일로 하겠고 이들이 월북 시도자라는 사실도 숨겨드리겠습니다. 이건 대대장님과 저와의 거래입니다."

　대대장은 아니꼬운 표정을 지었으나 더는 답하지 않았다. 더 말을 해 보았자 김 실장이 말한 그대로 되었기 때문이었다. 그날 정전이 의도된 공작에 의한 정전이라면 분명 모든 것이 뒤집힐 터였다. 그날의 정전은 천재지변에 의한 정전으로 남아야 했다. 그렇지 않는다면 많은 사람이 다칠 것이었다. 그는 이미 며칠 전에 연대장이 자신에게 한 말을 기억하고 있었다.

"믿어도 되겠소?"

대대장은 김 실장을 노려보며 말했다. 군인은 본래 의심이 많은 법이었다. 군인에게 신뢰라는 것은 오직 피로써 쌓을 수 있었다. 그것이 아니라면 그것은 어디까지나 빈말이었다. 그러나 지금은 별다른 수가 없었다. 이미 균형의 추는 자신의 편이 아니었다.

"대신 대대장님도 대통령조사위 이외에 다른 어떤 이도 안에 들어가지 않았다고 하셔야 합니다. 우린 모두 한배를 탄 겁니다. 아시겠습니까?"

대대장은 고개를 끄덕였고 참모들은 비를 맞으며 부동자세로 있었다. 잠시 뒤 대대장은 차량으로 이동했다. 대통령조사위원들도 미리 준비된 차량에 하나둘 탑승하기 시작했다. 최원석 중사는 배 계장과 눈이 마주쳤고 정 팀장 역시 최 중사를 쳐다보았다. 최 중사는 그들의 시선을 회피하려 했고 정 팀장은 차에 타기 직전까지 그를 뚫어져라 바라보았다.

여섯 대의 검은 승합차는 GOP를 빠져나갔고 위병소를 통과했다. 그런 뒤 55번 국도로 향했다. 중간에 있던 모든 검문소를 한 번에 지나쳤고 특별한 제지는 없었다. 그들은 포천이 아닌 화천을 거쳐서 춘천으로 가고 있었다. 그들은 그곳에서 춘천 서울 간 고속도로를 탈 생각이었다. 만약 서울로 곧바로 간다면 혹시라도 그들을 쫓는 누군가가 눈치챌 수도 있는 노릇이었기 때문에 보안에 좀 더 신중을 기해야 했다. 정 팀장은 김 실장 그리고 콧수염의 남자와 한차를 탔다. 그래도 차 안에서는 입에 붙인 테이프를 떼어주었기 때문에 정 팀장은 말을 할 수 있었다.

"이제 어쩔 셈이야?"

정 팀장은 김 실장을 바라보며 낮은 목소리로 말했다.

"어쩌긴, 너희 모두 사라져야 해."

"우릴 죽일 겁니까?"

"너희가 죽어야 내가 살 수 있어. 그래야 이 국장도 잡을 수 있지."

"도대체 이 국장과는 무슨 관계입니까?"

"이 국장이 죽어야 우리가 산다. 그리고 청와대가 살 수 있다."

김 실장은 짤막하게 말했다.

"아무리 이렇게 한다 해도 진실은 드러날 겁니다."

정 팀장은 김 실장을 노려보며 말했다.

"진실? 어떤 것이 진실인데? 이건 전혀 없던 일이야. 조용히 사라져주면 돼. 그것이 진실이 될 거야. 진실이란 본래 만들어지는 것이거든."

"내가 밝혀낼 겁니다."

"마음대로 해. 더는 DMZ 안엔 수색과 관련된 그 어떠한 정보도 남아 있지 않아. 물론 칩도 회수했기 때문에 증거품도 완벽히 수거된 상태이지. 이 국장이 이 칩을 노리고 너희를 이곳으로 보냈지만 결국 애꿎은 목숨만 낭비하게 된 것이지. 게다가 유일한 목격자인 너희는 곧 죽을 것이고 이 계획의 입안자 역시 곧 이적 행위로 무기징역을 선고받겠지. 아주 완벽한 시나리오야. 자네가 이변을 만들 확률은 제로에 가까워."

김 실장은 정 팀장의 말을 무시해 버렸다.

"그리고 말이야… 내가 너희를 어떻게 찾은 줄 알아?"

김 실장은 그를 비웃듯이 바라보며 말했다.

"김 반장이 너희 뒤통수를 쳤어. 그가 아니었다면 난 너희 존재를 지금까지 몰랐을 거야. 물론 콧수염의 남자와 우연한 시간대에 너희를 붙잡았지만 내가 통문까지 가진 않았겠지. 사실 그는 현명한 선택을 한 거야. 역사의 죄인이 되는 것보단 자기 한목숨 보전하는 것이 훨씬 이득이 되는 것이지. 삶이란 것은 모름지기 그렇게 살아야 하는 거야. 이미 최 중사도 모든 일을 함구하기로 했어. 너희를 본 적도 그리고 일면식도 없다고 말이야. 너흰 모두의 기억 속에서 지워지는 거지. 간단하게 받아들여."

"비겁한 새끼!"

정 팀장은 그럴 줄 알았다며 조용히 곱씹었다.

"그나저나 중요한 기밀 자료들을 하드에 보관했더라고. 아직 보진 못했는데 상당히 보안에 대해 무감각하시더군."

"뭐라고? 내 하드까지 넘겼다고?"

그가 말을 마치는 순간 차의 속력이 점점 줄어들었다.

"뭐야, 뭐야, 뭐야! 왜 멈춰! 왜!"

김 실장이 탄 차량은 55번 국도를 달리는 중이었고 대열의 중앙에 있었다. 차량은 앞에서 달리던 두 차량이 멈춰 서자 같이 멈춰 섰다. 운전자는 즉시 무전기로 앞 차량에 무전을 실시했다.

"고라니! 고라니! 여긴 청룡! 무슨 일로 멈췄는지."

"사고가 난 것 같다. 전방에 트레일러 한 대가 누워 있고, 근처에 네 명의 남자로 보인다. 전부 경찰복을 착용했다. 경찰인지는 신분 확인 안되었고 지금 차량으로 접근 중이다."

"해당 차량은 공무 차량임으로 검문 불가라고 답변할 것!"

"이미 실시했음!"

무전을 듣던 김 실장은 즉시 운전자의 무전기를 낚아챘다.

"야, 이 새끼야! 그냥 통과한다고 해! 이건 멈춰서는 안 되는 차야!"

순간 세 발의 총성이 울렸고 첫 번째 차량의 유리창 깨지는 소리와 함께 총격 소리가 울려 퍼졌다. 김 실장과 차량 내부의 사람들은 즉시 엎드렸다. 콧수염 남자는 조수석의 문을 열어젖힌 채 문 뒤에 숨어 베레타로 앞에서 총격을 가하는 경찰관을 향해 발사했다. 그러나 상대방은 분명 소총 이상의 무기로 무장하고 있음이 분명했다. 우측 문에 이미 다섯 발 이상의 총탄이 박혔다. 뒤의 차량에서도 경호요원들이 내려 경찰관들을 향해 권총을 발사했다. 그러나 상대의 화력이 훨씬 막강했기에 그들의 공격은 효과가 없었다. 경호원들은 고개를 숙이기에 급급했다.

"야! 칩! 칩!"

김 실장은 콧수염 남자를 보며 미친 듯이 외쳤다. 콧수염 남자는 첫 번째 차량에 탄 부위원장을 불렀다. 그러나 그가 고개를 드는 순간마다 총알 세례가 이어졌기 때문에 쉽사리 첫 번째 차량으로 접근할 수가 없었다. 물론 부위원장의 생사도 확인할 수 없었다.

"소총 없어요, 소총?"

콧수염 남자는 김 실장의 귀에 대고 소리를 질렀으나 김 실장은 도리어 화를 내며 말했다.

"이 새끼야! 차에 그걸 왜 넣고 다녀?"

총격 소리 때문에 잘 듣지는 못했지만 콧수염 남자는 이대로 있다간 모두가 죽을 수도 있다고 판단했다. 그는 몸을 날려 논두렁으로 굴러떨어졌다. 그런 뒤 우회하여 첫 번째 차량이 관측 가능한 위치로 이동했다. 경찰관들은 모두 M16으로 무장하고 있었고 아직도 탄이 많이 남은 듯보였다. 콧수염 남자는 즉시 조준하여 가장 가까운 위치에 있는 경찰관을 쏘았으나 빗맞았다. 오히려 그는 자신의 위치를 들통 내고 말았다. 경찰관들은 도로에서 논두렁으로 내려가며 대열의 좌·우측을 공격했다. 그 순간 가장 후미에 있던 차량 한 대가 방향을 틀며 돌아온 길로 유턴을 시도하려 했다. 그러나 한 명의 경찰관이 바퀴에 난사했고 차량은 즉시 뒤집어졌다. 결국, 그들은 도로 한가운데 갇히고 말았다.

그들은 절대 경찰관이 아니었다. 그들은 프로에 가까웠다. 아니, 프로였다. 김 실장은 문틈으로 경찰관들이 첫 번째 차량에 탄 사람들의 몸을 마구잡이로 뒤지는 것을 볼 수 있었다. 그는 단번에 그들이 칩을 노리는 사람들이란 사실을 잘 알고 있었다. 김 실장은 미친 듯이 피 묻은 손으로 스크린의 번호를 터치하며 전화를 걸려 했다. 그러나 피 때문에 인식이 안 되었다. 그는 계속해서 넥타이 끝으로 스크린을 닦으며 번호를 눌렀다.

주위에선 아직도 총소리가 들려오고 있었으나 대응사격 소리는 점점 줄어들고 있었다. 많은 사람이 죽고 있었고 상대의 총알은 떨어질 기미가 보이지 않았다. 차량에 총알이 맞아 불꽃 튀기는 소리가 들려왔다. 분명 누군가 그들의 동선을 알고 있었고 그들을 기다리고 있던 것이 분명했다. 김 실장은 그와 유일하게 철수 날을 공유한 단 한 사람, 한 차장을 머릿속에 떠올렸다. 그녀가 이 국장 부하들의 위치를 제공한 대신 그녀는 작전 계획을 요구했었고, 그녀만이 대통령조사위의 철수를 아는 유일한 외부인이었기 때문이었다.

"김 실장입니다! 지금 공격당하고 있습니다! 위치 추적 부탁합니다!"

"너 무슨 소리 하는 거야?"

"수석실장님! 지금 거의 몰살 직전입니다! 가장 가까운 팀 연결해 주십시오!"

김 실장은 파면을 감수하고서라도 수석실장에게 사실을 알려야 했다. 물론 그가 수석실장에게 정 팀장 일행에 대해 보고한 것은 아니었다. 사실 그가 철원에 온 이유가 이 국장의 하수인들을 잡기 위해 온 것이었기에 이를 알릴 이유는 없었다. 다만 수석실장은 오늘 대통령조사위 사람들이 서울로 온다는 사실은 알고 있었다. 수석실장은 대통령에게 보고할 내용을 정리하는 중이었다. 그들이 획득한 정보는 보고의 핵심이었다. 그런 그들이 공격당하고 있다는 말은 충격 그 자체였다.

그는 질타할 시간도 없이 가장 가까운 군부대와 경찰서에 협조를 요청했다. 그는 전화를 마친 뒤 한동안 자리를 배회하며 발을 동동 굴렸다. 만일 이 일을 아는 누군가가 대통령조사위를 표적으로 테러를 가했다면 분명 모든 일이 수면으로 올라갈 수도 있는 노릇이었다. 그것만은 막아야 했다. 수색실장이 김 실장에게 다시 전화를 걸었을 땐 이미 상황은 종료되어 있었다. 여섯 명 이상이 사망했고 중상자 세 명, 경상자 일곱 명이었다. 김 실장 본인도 찰과상을 입은 상태였다. 문제는 정 팀장 일행이 난리 중에 모두 도주했다는 것이었고, 부위원장이 사망하면서 놈들이 칩을 꺼내 갔다는 것이었다. 사실상 모든 것이 수포로 돌아갔다. 콧수염 남자는 팔에 관통상을 당해 아스팔트 위에 누워 있었다.

사태가 수습된 것은 그날 새벽 5시가 넘어서였다. 근처 군부대와 경찰 인력들이 사고 현장을 수습했고, 사상자들은 춘천에 있는 대학병원으로 후송되었다. 김 실장 역시 구급차로 후송되었다. 그는 현장 주위를 지금 당장 수색해야 한다며 소리를 질렀으나 구급대원들은 그를 단순한 외상 후 스트레스로 치부한 채 강제로 그를 구급차에 태웠다. 그는 수차례 수석실장에게 전화를 걸었으나 연결이 닿지 않았다. 김 실장이 휴대전화기를 뚫어져라 쳐다보며 곳곳으로 전화를 걸었으나 그의 상황에 대해 반기는 이는 아무도 없었다. 결국, 그는 아무런 조치도 하지 못한 채 춘천으로 와야 했다. 돌아오는 내내 그는 구급차에서 응급요원의 제지에도 불구하고 계속해서 줄담배를 태웠다. 손은 주체할 수 없을 정도로 떨렸고 이마에선 땀방울이 떨어졌다. 그에게 남은 일정이란 문책과 심문 그리고 보이지 않는 폭력이었다. 그는 마지막으로 남은 번호에 전화를 걸었다.

"나야."

"웬일이야? 이 늦은 시각에."

"당했어."

"뭐라고?"

"당했다고."

"무슨 소리야? 설명을 해 봐."

한 차장은 다급한 목소리로 그에게 물었다. 그녀는 아직 잠에서 덜 깬 듯 목소리가 잠겨 있었다.

"오늘 이 국장의 개들을 모두 잡았고 대통령조사위도 철수했어. 복귀 중에 55번 국도 근처에서 습격을 당했어. 누가 그랬는지는 몰라. 그런데 이미 우리가 도착하기 전에 경찰복으로 위장한 괴한들이 여럿 있었고 트레일러가 길을 막고 있었어. 누군가 우리 정보를 흘린 것이 분명해."

"지금 어딘데?"

"춘천이야."

"목표물은?"

"도주했어."

"그럼… 물건은 어떻게 되었지?"

"무슨 물건 말하는 거야?"

김 실장은 순간 간담이 서늘해짐을 느꼈다. 칩이 존재한다는 사실은 그와 대통령조사위 그리고 청와대 관계자 일부만이 아는 사실이었기 때문이었다. 그렇다고 그녀가 이 국장과 손을 잡은 것은 아닐 터였다. 그는 그녀가 아직도 미 대사관 사건에 집착하는 것을 잘 알고 있었기 때문이었다.

"칩 어떻게 됐는데?"

"네가 그걸 어떻게 알아?"

"칩 없어진 거야?"

한 차장은 낮고도 위협적인 목소리로 말했다. 김 실장은 아무 말도 할 수 없었다. 그녀가 알고 있다면 모두가 아는 사실이었기 때문이었다. 그는 조심스럽게 머리를 감싸 쥐었다.

"끊어."

한 차장은 즉시 전화를 끊었다. 이미 며칠 전 김 실장이 이 국장에게 협박 전화를 할 당시 그녀는 이 국장에게 모든 내용의 경위를 들은 상태였다. 김 실장은 앙숙 관계인 두 사람이 절대로 같은 방을 썼으리라곤 생각하지 못했다. 그러나 그의 도발적 언사가 이 국장의 행동을 더욱 대담하게 하였다는 것은 확실했다. 어차피 이 국장은 더는 잃을 것이 없는 사람이었다. 오히려 도박판에 끼어들어야 할 판이었기 때문이었다. 그런 그가 과거의 원수에게까지 자신의 처지를 설명하지 못할 이유는 없었다. 한 차장 역시 손해 볼 것이 없었기에 이 국장의 제안을 곱게 받아들였다.

그녀에게 과거란 과거일 뿐 과거가 미래의 이익에 영향을 준다면 깨끗이 지울 수도 있었다. 이 국장은 그녀에게 GPS 칩의 존재에 관해 설명했다. 그것이 결국 청와대 스캔들의 유일한 증거물임을 알았다. 한 차장은 청와대가 왜 DMZ에서 그토록 오랜 시간을 보냈는지 알게 되었다. 그녀는 그 칩이 결국 권력으로 핵이라고 판단했다. 이 국장은 그녀에게 칩을 가져다준다면 국장 직위를 깨끗이 포기하겠다고 제안했고 한 차장은 그것을 받아들였다. 그러나 그녀는 그 칩을 넘겨줄 생각이 없었다. 오히려 그것을 자신의 것으로 삼을 생각이었다. 앞으로 대한민국 최대의 스캔들이 될 수도 있는 사건의 핵심이었기 때문이었다.

그녀는 청와대를 붙잡고 국정원까지 한꺼번에 삼키려는 속셈이었다.

그녀는 이미 빈사 상태인 이 국장이 할 수 있는 것은 그 무엇도 없다고 판단하고 김 실장이 철수하는 날짜와 시간을 그에게 알려주었다. 그러나 그것은 독배였다. 그녀는 팀을 동원해 그날 새벽 춘천 방향 고속도로 한가운데서 그들 모두를 죽일 생각이었다. 이미 자신의 수하들이 그녀의 명령만을 기다리고 있었다. 대통령조사위가 모두 변사체가 된다고 해도 그녀는 아쉬울 것이 없었다. 칩을 갖게 된다면 수백 아니 수천의 목숨이 죽어도 청와대는 아무런 태클조차 걸 수 없었기 때문이었다.

덤으로 이 국장까지 완벽한 식물인간으로 만들어버린다면 그것보다 좋은 시나리오는 없었다. 그러나 그녀는 이 국장을 너무 만만히 보았다. 늙은 노인네는 골방 냄새와 니코틴 냄새를 풍기며 그녀에게 자신의 무기력함을 호소했으나 실은 날카로운 칼날을 품고 있었다. 이 국장이 필요한 것은 철수 날짜였고 한 차장을 멀리 떨어뜨려 놓는 것이 목적이었다. 결국, 그는 선수를 쳤고 정 팀장 일행은 물론 칩까지 얻을 수 있었다. 그녀는 낙동강 오리 알보다 못한 신세가 되었다.

그녀는 즉시 본관으로 향했고 베레타를 소지한 채 게이트를 통과했다. 보안요원들이 그녀를 제지하려 했으나 그녀는 오히려 그들을 위협하며 엘리베이터에 올랐다. 그녀가 이 국장의 사무실 문을 부수고 들어갔을 때 그의 골방은 마치 임대하려고 내놓은 사무실처럼 깨끗했다. 정말 거짓말같이 깨끗했다. 그녀는 벽에 권총을 집어 던지며 소리를 질렀다. 마치 칠판을 손톱으로 긁는 듯한 소리가 온 복도로 울려 퍼졌다. 그녀는 머리를 쥐어짜며 무릎을 꿇은 채 소리를 질렀고 앞에 보이는 남은 상자들을 집어 던졌다. 스티로폼이 휘날렸고 그녀는 헝클어진 머리를 한 채 사무실을 빠져나갔다.

정 팀장 일행은 논두렁에 숨어 있다가 괴한들이 자신들을 쫓아오는 것을 보고 부리나케 도망쳤다. 그러나 배 계장이 그들에게 잡히면서 추격전은 싱겁게 종결되었다. 그들은 자신들이 이 국장의 명령을 받고 온 팀원들이라고 소개했고 즉시 도로변으로 올라왔다. 잠시 뒤 춘천 방향에서 검은색 카니발이 다가와 그들 모두를 태웠다. 정 팀장은 그들을 둘러보며 경계를 늦추지 않았으나 적어도 그들이 이 국장의 부름을 받고 온 이들이란 것에 안도했다.

"지금 국장님께서는 어디 계십니까?"

정 팀장은 자신을 장 팀장이라고 소개한 남자에게 물었다. 그러자 그는 짤막하게 답했다.

"안전 가옥으로 대피하셨습니다.

"무슨 일이죠?"

"자세히 아는 것은 없습니다."

"당신들은 처음 보는 것 같은데 어디 소속입니까? 국정원입니까?"

"우린 어디 소속도 아닙니다. 최 교관님의 제자들입니다."

"뭐라고요?"

정 팀장은 간담이 서늘해짐을 느꼈다. 이 모든 일을 하는 동안 그는 최 중위를 잊고 있었다. 분명 아직도 그는 대통령조사위를 쫓으며 DMZ 어딘가에서 사경을 헤매고 있을 것이 확실했다. 문제는 아직 한 명의 시신이 덜 발견되었다는 사실을 알게 된다면 대대에서 수색대를 보낼 것이 분명했다. 아무리 출중한 군인이라도 고도로 훈련된 다수의 전투 병력을 상대한다는 것은 불가능했다.

"최 중위님은…."

"알고 있습니다."

장 팀장은 정 팀장의 말을 끊어버렸다. 그는 마치 프로처럼 자신의 감정을 능수능란하게 통제했다. 그 어떠한 동요도 흐트러짐도 없었다.

"칩은 확보하신 겁니까?"

"그렇습니다. 나머지 전우들을 위해서라도 꼭 밝혀야 합니다. 비록 최중위님이 사지에서 비명횡사한다 해도 우리가 그의 일을 마무리 짓지 못한다면 그 역시 달가워하지 않을 겁니다."

정 팀장은 그들이 순순히 최 중위와 자신들의 전우들을 위해 이 일에 가담했다는 사실을 느낄 수 있었다. 그들이 표면적으론 이 국장의 명을 받았다고 하나 그렇지 않았다. 그들은 그들의 전우와 선배를 위해 이곳에 와 있는 것뿐이었다.

"이제 어디로 가는 겁니까?"

"시간이 좀 걸릴 겁니다. 한숨 주무시는 것이 좋을 겁니다."

장 팀장은 짤막하게 말했고 더는 그 어떤 설명도 하지 않았다.

2권에서 계속.